# 널
# 만난
# 이유

# 널 만난 이유

초판 1쇄 찍은 날 | 2014년 1월 13일
초판 1쇄 펴낸 날 | 2014년 1월 20일

지은이 | 주은영
펴낸이 | 예경원

편집 | 유경화

펴낸곳 | 예원북스
등록번호 | 제396-2012-000132호
등록일자 | 2012. 7. 25
YRN | 제1-0050호

주소 | 경기도 고양시 일산동구 무궁화로 8-28 삼성메르헨하우스 712호 (우) 410-837
전화 | 031-819-9431 팩스 | 031-817-9432
http://cafe.naver.com/yewonromance
E-mail | yewonbooks@naver.com



ISBN 979-11-5630-024-3 03810


※ 이 도서의 국립중앙도서관 출판시도서목록(CIP)은 서지정보유통지원시스템 홈페이지(http://seoji.nl.go.kr)와 국가자료공동목록시스템(http://www.nl.go.kr/kolisnet)에서 이용하실 수 있습니다.

YEWONBOOKS
ROMANCE
STORY

# 널 만난 이유

주은영

일곱 번째 이야기

C O N T E N T S

# 01. 갑자기 내린 소낙비

병원은 고요하면서 소란스럽고, 환희와 안타까움이 교차하고 공존하는 공간이다. 꼭 와야 하지만 다시는 오고 싶지 않은 곳. 이 곳에 오는 사람들은 저마다의 사연을 간직하고 있다. 저 여자도 마찬가지일지도…….

무표정한 얼굴로 복도를 걸어가던 지훈은 진료실에서 나온 한 여자가 비틀거리는 걸 목격했다. 여자는 넘어질 듯 벽을 더듬으며 겨우 걸음을 옮기고 있었다. 주변을 두리번거리는 여자는 꽤 큰 충격을 받은 얼굴이었다.

얼굴은 창백하게 질려 있었고, 초점을 잃은 눈동자는 목적지를 찾지 못해 허공을 헤매고 있었다. 여자는 결국 바닥에 주저앉고 말았다. 여자는 어떻게 해서든 일어나려고 바동거렸지만 중심을 잡지 못하고 크게 흔들렸다.

지훈은 반사적으로 여자를 향해 손을 뻗었다. 다행히 여자가 바닥에 쓰러지기 전에 붙잡을 수 있었다. 지훈은 여자의 팔을 꽉 잡고 위로 끌어 올렸다. 힘을 준 것과 달리 딸려 올라온 여자의 몸은 공기처럼 가벼웠다.

갑작스러운 일에 놀란 듯 여자가 고개를 들었지만 그와는 눈도 마주치기 전에 스르르 눈을 감더니 그대로 무너져 내렸다. 지훈은 쓰러지는 그녀를 잡으며 바닥에 웅크리고 앉았다. 정신을 잃은 여자를 깨우려고 얼굴을 두드려 봤지만 소용없었다.

얼떨결에 여자를 품에 안게 된 지훈은 당혹스러웠다. 딱히 도와주고 싶은 마음이 있었던 것도 아닌데 졸지에 생면부지의 여자를 구해야 하는 처지에 놓였다. 어쩔 수 없이 여자를 막 안아 올리는데 간호사가 놀란 얼굴로 다가왔다.

“어머, 쓰러지신 거예요?”

간호사가 여자를 알고 있는 눈치였다. 그는 품에 안겨 있는 여자를 힐끔 쳐다보았다.

“그런 것 같습니다.”

“이쪽으로 오세요.”

간호사는 그를 비어 있는 처치실로 안내하고 밖으로 나갔다. 잠시 후 간호사를 따라 들어온 의사가 정신을 잃은 여자를 살펴보기 시작했다. 이어 여자의 가느다란 팔에 굵은 주삿바늘이 들어갔다.

“버틸 재간이 없었겠지.”

뒤에서 들려오는 낯익은 목소리에 지훈이 몸을 돌렸다.

"박사님."

"그래."

지훈에게 아는 체를 하며 안으로 들어와 여자의 상태를 잠시 살펴보던 최진구 박사가 따라 나오라는 듯 손짓을 했다.

"아시는 환자입니까?"

복도로 나온 지훈이 묻자 최 박사는 고개를 끄덕였다.

"환자 보호자야. 오늘 환자 조직 검사 결과가 나왔거든."

"암…… 이군요?"

최 박사는 아무런 답도 하지 않았지만 암 병동에서 마주쳤고 최진구 박사의 환자 보호자라면 백발백중 암이다. 그런데 보호자라고 하기에 여자는 꽤 어려 보였다.

"가지."

여자를 물끄러미 보고 있던 지훈은 최 박사를 따라 밖으로 나갔다.

최 박사와의 면담을 마친 지훈은 여자를 옮겨놓았다는 입원실의 문을 열었다. 침대 위의 여자는 곤히 잠들어 있었다. 그는 무심한 표정으로 시간을 확인했다. 아무런 인연도 없는 그가 베풀 수 있는 호의는 다 베풀었다. 그런데 그는 무언가에 이끌리듯 입원실로 들어가 침대 옆에 앉았다.

여자의 자그마한 얼굴은 혈색이라고는 찾아보기 힘들었다. 입술도 바짝 말라 군데군데 껍질이 일어나 있었고, 손목은 또 어찌나 얇은지 잘못 대면 툭 부러져 버릴 것 같았다. 진찰했던 의사의 말로는 영양부족 상태라고 하니 몸도 앙상하게 말랐을 것이다.

환자보다 더 환자 같은 여자의 몰골에 한심함을 느끼고 있을 때 여자의 고개가 조금 움직였다. 정신을 차리려는 듯 미간을 잔뜩 구겼다 편 여자는 얕은 신음을 흘리며 천천히 눈을 떴다. 깜빡깜빡 느리게 움직이던 눈꺼풀이 열리고 조심스럽게 주변을 살피던 여자의 눈동자가 그의 눈과 마주쳤다.

"어머."

놀란 여자가 자리에서 벌떡 일어났지만 제 몸을 이기지 못하고 침대에 그대로 쓰러졌다.

"기껏 눕혀놨는데 또 쓰러지면 곤란해. 가만히 있어."

지훈은 불안한 기색의 여자를 향해 단조로운 목소리로 경고했다. 지금의 상황이 민망하기라도 한 듯 여자는 기어들어 가는 목소리로 말했다.

"고맙습니다."

쓰러지는 사람을 도와줬으니 그녀의 입장에서는 고마운 일이 맞을 거다. 그런데 그걸로 그만인 그녀에게 그는 마치 오래전부터 알고 지내던 사람마냥 잔소리를 늘어놓았다.

"보호자라면서 제 몸도 하나 건사 못하는데 환자를 제대로 보살필 순 있겠어?"

무례한 남자의 질책에 희영은 잠시 잊고 있던 선영을 떠올렸다. 자기가 암이라는 것도 모른 채 학교에서 수업을 받고 있을 하나뿐인 피붙이. 한동안 항암치료를 받아야 할지도 모르지만 초기라 수술이 어렵지 않다고 했다. 의사 선생님은 초기 발견 시 생존률이

높으니 너무 낙담하지 말라며 위로 했다.

그런데 낯선 남자의 말대로 부실하기 짝이 없는 언니는 지금, 동생을 위해 해줄 수 있는 것이 아무것도 없었다. 암이라는 병도 무섭지만 그걸 치료할 수 있는 돈이 없다는 현실이 더 무서웠다. 이럴 때 부모님이 계셨다면 얼마나 좋을까. 밀려오는 절망감에 감정이 북받쳐 올랐다. 희영은 울음을 참으려고 손으로 눈을 가렸다. 그녀의 작은 손이 파르르 떨렸다.

"누가 아픈 거야?"

"……동생이요."

"동생이 몇 살인데?"

"고 1이에요."

"아가씨 이름은?"

"김희영."

처음 보는 남자가 예의 없는 말투로 취조하듯 묻는데도 희영은 술술 대답을 하고 있었다. 왜 그런지 이유는 몰랐다. 어쩌면 그가 그녀의 사정을 빤히 다 알고 있는 사람처럼 물어보았기 때문일지도…….

꼭 이 남자가 아니어도 상관없었다. 지금 그녀는 혼자서는 감당할 수 없는 삶의 무게를 누군가와 나누고 싶은 마음이 간절했다. 하나뿐인 동생의 든든한 언니로, 보호자로 잘 버텨왔다고 생각했는데 제 힘으로 해결할 수 없는 일이 생겨 버리자 이렇게라도 하지 않으면 무거운 돌덩이에 깔려 죽을 것만 같았다. 그가 꼭 임금님 귀는 당나귀 귀라고 외칠 수 있는 대나무 숲처럼 느껴졌는지도 모른다.

"부모님은?"

그 질문에 정신이 번쩍 든 희영은 얼른 자리에서 일어나 앉았다.

"가볼게요."

팔에 바늘이 꽂혀 있다는 것도 모른 채 희영이 허둥대며 침대에서 내려오려고 했다. 지훈은 자리에서 일어나 그녀의 어깨를 눌러 침대에 도로 눕혔다.

"약 아직 남았어."

"가야 해요."

희영은 울음이 터져 나올 것 같았다. 그의 걱정은 고마웠지만 더는 지체할 시간이 그녀에게는 없었다. 불안하게 흔들리는 그녀의 눈동자로 절박함을 읽은 지훈은 마지못해 기다리라는 말을 남기고 간호사를 데리러 나갔다. 그가 왜 나갔는지 모르는 희영은 서툰 손짓으로 바늘을 뽑고 침대에서 내려와 짐을 챙겨 도망치듯 병실을 나갔다.

"이게 단가요?"

"네."

수납처에서 병원비 지불 영수증을 받은 희영은 고개를 갸우뚱거렸다. 내역서를 아무리 봐도 그녀가 맞은 링거 대금은 없었다. 쉽게 말하면 주사를 공짜로 맞은 것이었지만 기분이 영 개운하지 않았다.

병원 출입구로 향하던 희영의 걸음이 멈추었다. 그녀는 우두커니 서서 망연자실 밖을 내다보았다. 예보에도 없던 비가 쏟아지고 있었다. 그것도 장대처럼 굵은 비가. 비를 보고 있노라니 마음이 더 서러워졌다. 마치 '넌 아무것도 할 수 없어.' 라고 조롱하는 것 같았다.

'지지 마.'

덤벼보라는 듯 희영은 입을 야무지게 다물고 문을 나섰다. 비는 앞이 보이지 않을 정도로 거세게 쏟아지고 있었다. 계단 끝에서 잠시 비를 바라보던 희영은 심호흡을 하고 빗속으로 발을 내디뎠다. 후두둑 소리와 함께 쏟아져 내린 빗줄기는 그녀의 낡은 청바지를 순식간에 적셔 버렸다. 차갑고 따가운 비가 사정없이 그녀의 몸 위로 쏟아져 내렸다.

짙은 회색빛 거리로 나온 희영은 터벅터벅 길을 걸었다. 몇 발자국 걷지도 않아 온몸이 흠뻑 젖어버렸지만 걸음을 멈추지 않았다. 누가 보면 정신 나간 사람이라고 손가락질할지도 몰랐다. 그래도 지금은 이렇게 비를 맞으며 걷고 싶었다. 땅 위로 떨어지는 빗줄기의 소음 속에서라도 울고 싶었다. 쉴 새 없이 얼굴을 타고 내리는 빗물에 눈물을 흘려보내고 싶었다.

빠앙— 끼이익!

귀가 찢어질 것 같은 소리가 어딘가에서 터져 나왔다. 고개를 돌렸을 땐 까맣고 커다란 승용차가 몸집을 키운 곰처럼 순식간에 달려들었다.

"꺄악!"

차가 아슬아슬하게 멈추고 희영은 몸을 웅크리며 바닥에 주저앉았다. 빗소리마저 지워 버린 정적이 찾아왔다. 놀란 건 차 안에 있던 민우나 지훈도 마찬가지였다. 주차장 출구라 서행을 했기에 망정이지 일반 도로였다면 큰 사고가 날 뻔한 아찔한 순간이었다.

"나가보겠습니다."

민우가 안전벨트를 풀며 뒷좌석의 지훈에게 말했다.

고급 시트에 몸을 묻은 지훈은 쓰러져 있던 여자를 부축하는 민우를 무심한 눈으로 지켜보았다. 바닥에서 일어난 여자는 민우에게 연신 사과를 하고 있었다. 지훈의 눈이 가늘어졌다. 털이 몽땅 젖은 새끼 고양이 같은 모습을 한 여자는 병원에서 자취를 감춘 여자였다. 간호사와 함께 병실로 갔을 땐 제 역할을 다 수행하지 못한 링거 바늘만 침대 위를 뒹굴고 있었다. 그런데 이렇게 마주칠 줄이야.

입술 끝을 올리며 짧은 웃음을 짓던 지훈은 우산을 들고 밖으로 나갔다. 여자는 민우에게 사과를 하느라 그가 다가가는 것도 몰랐다.

"정말 괜찮으십니까? 어디 불편한 곳 있으면 말씀하십시오."

"죄송합니다."

"다친 곳은 없습니까?"

"죄송합니다."

희영은 갑작스럽게 벌어진 일에 당황하여 어쩔 줄 몰라 하며 계속 사과를 했다. 아까는 듣지 못했던 출차 사이렌이 요란했다. 병원에서도 그러더니 밖에서까지……. 오늘은 정말 실수 연발이다.

"김희영 씨."

앞다투어 떨어지는 빗줄기를 비집고 어느 남자의 굵은 목소리가 들렸다. 희영은 제 곁으로 다가오는 남자를 어리둥절한 표정으로 바라보았다.

"탑시다."

그가 가까이 다가오고서야 병원에서 보았던 남자라는 걸 알아챈 희영은 재빨리 고개를 저었다.

"아니요. 괜찮아요. 저 다친 데 없어요. 조금 놀란 것뿐이에요."

손은 물론이고 고개까지 저으며 괜찮다고 했지만 희영은 결국 차에 타야 했다. 차 내부는 따뜻하고 넓었다. 하지만 희영은 편하게 앉을 수 없었다. 흠뻑 젖은 몸도 그렇고 빗물로 비싸 보이는 가죽 시트가 망가지기라도 할까 봐 걱정되었다.

"여기, 닦으십시오."

운전석에서 민우가 수건을 내밀었지만 희영은 그것도 쉽게 받지 못했다. 보다 못한 지훈이 대신 받아 그녀에게 건넸다.

"병원으로 다시 갈까요?"

그 말에 기겁을 한 희영이 자리에서 튕겨 오르며 말했다.

"정말 괜찮아요. 저 안 다쳤어요."

잔뜩 겁에 질린 표정이었다.

"그냥 출발해."

"네."

그의 지시로 차가 출발했다. 잠시 눈치를 살피던 희영은 수건으로 물기를 닦아내기 시작했다. 정신을 어디다 빼놓고 다닌 것일까. 선영이 때문에라도 정신 바짝 차려야 하는데 벌써부터 이렇게 넋이 나간 사람처럼 굴고 있으니 한심하기만 했다. 그나마 다행인 건 조금 전까지 주체할 수 없을 정도로 흘러내리던 눈물이 멈추었다는 것뿐이었다.

이제 울면 안 된다. 선영이를 위해서라도 그리고 자신을 위해서라도.

금방 기운을 차리고 씩씩하게 물기를 닦아내고 있는 그녀의 눈앞에 불쑥 명함이 하나 나타났다. 희영이 의아한 눈으로 그를 바라보았다.

"문제 생기면 연락해."

"괜찮—"

"받아."

단호한 목소리에 희영은 얼떨결에 명함을 손에 쥐었다.

세진화학 대표이사 사장 박지훈.

낯익은 회사 로고가 새겨진 명함이 그의 정체를 알려주었다. 희영은 이게 꿈인가 싶어 명함과 그의 얼굴을 번갈아 보았다. 세진화학이라면 우리나라에서 손꼽히는 기업 중 하나인데 그곳의 사장이라니. 평범한 그녀가 쉽게 접할 수 있는 사람이 아니었다. 그래서인지 살짝 의심이 들었다.

"이거…… 진짜예요?"

명함을 가리키며 믿을 수 없다는 목소리로 희영이 물었다. 룸미러로 보고 있던 민우의 멍한 표정이 일순간 일그러졌다. 이내 웃음을 참지 못하고 어깨를 들썩이며 키득거렸다. 희영은 알 수 없는 표정의 지훈과 눈이 마주치자 슬그머니 고개를 돌렸다.

"죄송합니다."

민망함에 작게 중얼거렸다.

❖

"에취!"

작은 방이 떠나가라 재채기를 한 희영은 흐르는 콧물을 휴지로 닦아내고 계산기를 다시 두드리기 시작했다. 조금만 기다리면 그칠 비였는데 울적한 기분에 취해 쓸데없이 비를 맞았더니 감기에 걸려 버렸다. 지훈의 비서인 민우가 미리 챙겨준 감기약 덕분에 심해지지는 않았지만 완전히 낫지는 않았다. 희영은 그 약을 받으며 속으로 생각했다. 차라리 돈으로 주세요, 라고. 이 얼마나 우울하고 비굴한 생각인가.

"쯧."

버릇처럼 혀를 한 번 찬 희영은 눈을 부릅뜨고 몇 개 없는 숫자들을 열심히 더했다. 선영이 입원을 하게 되면 소요될 치료비와 생활비를 계산하고 있었다.

계산기를 두드리는 만큼 돈이 생긴다면 손가락이 부러질 때까지 두드릴 텐데…….

희영의 입에서 작은 한숨 소리가 흘러나왔다. 어깨를 축 늘어뜨린 채 멍하니 노트를 보고 있던 희영은 단순하기 짝이 없는 벨소리에 고개를 들었다. 처음 보는 번호였다. 일반번호로 걸려오는 전화는 대부분 대출 받으라는 스팸 전화였다.

생활비가 부족해 딱 한 번 상담을 받은 적이 있는데 이후로 심심하면 대출 받으라는 전화들이 걸려왔다. 정말 힘들 때면 대출을 받을까 하다가도 뒤에 벌어질지도 모르는 섬뜩한 일들 덕분에 유혹을 뿌리칠 수 있었다. 그러나 무턱대고 걸려오는 전화들은 막을 길이 없었다. 희영은 시간을 확인했다. 설마 자정이 넘어서까지 영업을 하지는 않겠지. 희영은 통화버튼을 누르고 기어들어 가는 목소리로 물었다.

"누구세요?"

[……감기엔 안 걸렸나?]

수화기 너머로 들려오는 낯선 남자의 질문에 답이라도 하듯 갑자기 재채기가 튀어나왔다. 희영은 전화기를 내려놓고 휴지를 뜯어 코를 한 번 풀고 주눅 든 목소리로 다시 물었다.

"누구…… 세요?"

[박지훈.]

의외의 인물에 깜짝 놀란 희영은 전화기에 찍힌 번호를 뚫어져라 쳐다보았다. 만약을 위해 전화번호와 주소를 남겨놓고 가라고 해서 적어주고는 왔지만 정말 전화가 올지는 상상도 못했다. 어찌나 놀랐는지 말을 잇지 못하고 숨소리마저 죽였다.

[감기에 제대로 걸렸나 보군.]

대답을 해야 하는 건가? 희영은 망설였다.

[어디 다른 데 아픈 곳은 없나?]

비 오던 날 바닥에 넘어졌던 것 때문에 묻는 것일 거다. 그러나 다행인지 불행인지 그녀의 몸은 감기에 걸린 것 외엔 멀쩡했다.

"괜찮아요. 그런데…… 무슨 일이세요?"

[내일 잠깐 회사로 오지.]

"왜요?"

다친 곳도 없는데 왜?

[자세한 이야기는 만나서 해. 내일 몇 시에 가면 되지?]

"어딜요?"

[데리러.]

희영은 그의 말이 무슨 말인지 몰라 한참 동안 눈을 깜빡이다 물었다.

"무슨 말씀이세요?"

[내일 김희영 씨 데리러 몇 시에 어디로 가면 되냐고 물었어.]

"아……."

그의 추가 설명을 듣고도 희영은 마치 딴사람의 이야기를 전해 듣는 것처럼 굴었다.

[김희영 씨.]

그가 재촉하듯 제 이름을 부르고서야 정신을 차린 희영이 당황한 목소리로 대답했다.

"아, 네. 죄송해요. 갑자기 그런 말 들으니까 제가 좀……."

[시간과 장소.]

아르바이트 시간을 따져 보던 희영은 아르바이트 전에 직접 회사로 가겠다는 대답을 하고 얼른 전화를 끊었다.

'에비.'

희영은 무서운 것을 발견한 사람처럼 휴대폰을 책상에 버리듯 내려놓았다. 가슴에 양손을 모으고 그와 통화가 끝난 휴대폰을 한참 동안 뚫어져라 쳐다보았다.

왜 보자고 하는 것일까? 설마 감기 때문은 아닐 거고…….

가벼운 접촉 사고라도 있었다면 모를까, 놀라서 넘어진 것이 다인데 왜 보자고 하는지 이해가 되질 않았다. 한참을 고민해 보아도 마땅한 이유가 없었다. 희영은 끝내 생각하기를 포기했다.

"아이, 몰라."

귀찮다는 듯 뒤로 벌러덩 누워 버린 희영은 곰팡이로 얼룩진 천장을 올려다보았다.

선영과 함께 살고 있는 이곳은 집이라고 하기에 볼품없는 작은 단칸방이었다. 햇볕도 잘 들어오지 않는 반 지하방은 작은 부엌이 하나 딸려 있었고 밖에 있는 공동 화장실을 이용했다. 불편하기 짝이 없는 집이었지만 마음만은 편히 지낼 수 있는 두 사람만의 공간이었다.

든든한 버팀목이던 부모님의 갑작스러운 부재는 아직 어리기만 한 두 자매에게는 큰 시련이었다. 자매를 맡겠다는 친척들이 없어서 둘은 고아원에 맡겨졌다. 희영이 열두 살, 선영이 여섯 살의 어느 날이었다.

희영은 그곳에서 고등학교를 졸업하고 대학은 장학생으로 입학했다. 1학년을 마치고 휴학을 한 후, 국가에서 나온 얼마 안 되는 자립자금을 가지고 동생과 함께 고아원을 나왔다. 그리고 지금은 취업을 준비하면서 아르바이트를 하고 있다.

자립을 한 후 경제적으로 빠듯하게 지냈지만 희영은 언제나 긍정적이었다. 동생이 대학을 졸업한 후 둘 다 취업을 하고, 지금까지 보살펴 준 고아원에 작은 보답을 하면서 사는 것, 그것이 그녀의 작은 소망이었다.

그런데 현실은 그녀의 그런 바람을 비웃기라도 하듯 선영에게 위암이라는 반갑지 않은 선물을 안겼다. '별 탈 없이 잘 살았어.' 라는 말은 함부로 하면 안 되는 말이었나 보다. 그 '별일' 은 소리소문 없이 갑작스레 찾아왔다.

선영의 암 선고는 그녀가 감당하기엔 버거운 일이었다. 수술을 하고 치료만 잘 받으면 크게 걱정할 것 없다는 의사의 말도 큰 위로가 되어주지 못했다. 수술보다 더 걱정해야 하는 것은 돈이었기 때문이다. 그녀의 수중에는 집을 구할 때 지불한 보증금 외에는 없다. 그 돈으로는 부족하기도 할뿐더러 도움을 청할 만한 곳도 없다. 그 암담한 현실에 자꾸 눈물이 차올랐다.

"안 돼. 울지 마. 참아."

희영은 손으로 눈을 지그시 누르고 입술을 깨물며 터져 나오려는 눈물을 속으로 삭였다.

"언니, 나 왔어!"

밖에서 선영의 목소리가 들렸다. 희영은 눈가에 맺혔던 눈물을 닦아내며 자리에서 벌떡 일어났다.

옛 생각과 감상에 젖어 있는 사이 시간이 벌써 그렇게나 흘러버렸나 보다. 문을 열고 혀를 내민 선영이 핵핵거리며 안으로 쏙 들어왔다. 선영은 가로등이 많지 않은 골목이 무섭다며 버스 정류장에서 집까지 항상 뛰어왔다. 보증금과 월세가 싼 곳을 찾다 보니 상당히 외진 곳으로 와야 했는데 그래서인지 동네는 한여름에도 을씨년스러웠다. 버스 정류장까지 거리도 꽤 멀어서 늦은 시간에 귀가하는 선영이 항상 걱정되었다.

"배고프지?"

작은 냉장고에서 물을 꺼내 마시던 선영이 예쁜 이마를 찡그렸다.

"언니, 또 저녁 안 먹고 기다렸어?"

"금방 밥 차려줄게."

"나 매일 늦게 오는데 왜 자꾸 안 먹고 기다려. 내가 어련히 알아서 안 챙겨먹을까."

"손 씻고 들어가서 옷 갈아입어."

선영이 타박을 주듯 툴툴거렸다. 속상한 마음에 그런다는 걸 잘 알고 있는 희영은 그저 배시시 웃으며 상을 차릴 뿐이었다.

선영은 아직 제 병을 모른다. 차마 어떻게 말해야 할지 몰라서 혼자 계속 속만 끓이고 있는 중이었다. 선영은 병원에서 지어준 약이 어떤 약인지도 모르고 약 먹고 나니 몸이 좋아졌다며 씩씩하게 말했다. 그런 동생을 볼 때마다 마음이 무너질 듯 아픈 희영이었지만 수술비가 해결될 때까지는 비밀로 할 생각이었다. 그래야 선영이 마음 편히 치료를 받을 것이다. 준비되지 않은 상태에서 제 병을 알게 된다면 수술 안 한다고 고집을 부릴 것이 뻔했다.

의사 선생님이 그랬다. 수술만 잘되면 충분히 나을 수 있다고.

그러니 언니 위한답시고 치료를 포기하지 않도록 만반의 준비를 해둬야 한다. 나을 수 있는 희망이 있는데 돈 때문에 스스로 포기하게 할 순 없으니까. 희영은 밥상을 들고 씩씩하게 방으로 들어갔다.

아침에 일어나니 감기가 더 심해진 기분이 들었다. 선영이 학교 가는 것도 못 볼 정도로 몸은 물 먹은 스펀지처럼 무거웠다. 병원 안 가고 버틴다며 선영에게 또 잔소리를 들었지만 병원에 가고 싶은 마음은 없었다. 병원에 가면 자기까지 무슨 큰 병이라도 얻어 올 것 같아 불안했다.

'안 돼, 안 돼. 난 괜찮아. 멀쩡해.'

또다시 시작된 자기최면. 희영은 아픈 머리를 감싸며 자리에서 일어났다. 엄습하는 한기에 부르르 몸을 떨다가 물에 밥을 말아 대충 먹고는 감기약을 입안에 털어 넣었다.

아르바이트 가는 것도 힘든데 오후에는 종로에 있는 세진화학까지 가야 했다. 이렇게 몸이 말을 안 들을 줄 알았다면 데리러 온다고 할 때 얌전히 있을 걸 그랬다고 후회를 했다. 그러나 그런 생각도 잠시, 모든 것이 귀찮아져 버렸다. 아르바이트는 생계가 달린 문제니 어쩔 수 없다지만 이유도 모르는 세진화학 방문은 미루거나 취소를 해도 될 것 같았다.

이불을 뒤집어쓰고 누워 있던 희영은 흐릿한 시선 너머로 보이는 전화기를 집어 들었다. 통화 이력을 뒤져 어제 걸려왔던 번호를 찾았다. 일반 전화번호였다.

'어딜까?'

휴대폰 번호였다면 좋았을 텐데……. 그에게서 받은 명함을 찾아봤지만 거기도 개인 휴대폰 번호는 없었다. 부디 집은 아니길 바라며 통화버튼을 눌렀다. 벨소리가 두 번도 울리기 전에 밝고 절제된 목소리가 수화기를 타고 흘러나왔다.

[세진화학 사장실 이민우입니다.]

익숙한 이름에 굳어 있던 희영의 얼굴이 조금 풀렸다.

"여보세요."

입을 연 희영은 순간 눈을 질끈 감았다. 퉁퉁 부운 목구멍을 타고 흘러나온 목소리가 흉측했다.

[실례지만 어디십니까?]

민우가 차분한 목소리로 누군지를 물어왔다. 희영은 아픈 목을 손으로 매만지며 말했다.

"안녕하세요. 저 김희영이라고 하는데요."

[아! 안녕하십니까?]

그의 목소리에서 반가움이 느껴졌다. 이유는 모르겠지만.

"오늘 사장님이랑 만나기로 약속을 했는데 제가 몸……."

몸이 안 좋다는 얘기를 하려다 말을 끊은 희영은 아주 짧은 순간 다른 핑곗거리를 찾았다.

"제가 오늘은 거기 못 갈 것 같아서요."

[실례가 되지 않는다면 무슨 이유인지…….]

그냥 알았다고 해주면 참 좋을 텐데 그는 굳이 이유를 물었다.

"그냥 좀…… 집에 일이 있어서요."

잠시 생각에 잠긴 듯 아무 말이 없던 그가 말했다.

[그럼 언제 시간이 되십니까?]

"그런데요."

[네.]

"제가 거길 꼭 가야 하는 일이 있나요?"

[그건…… 사장님이 따로 말씀을 드릴 겁니다. 그럼 오늘은 방문 못하시는 걸로 보고드리고 차후에 연락드리고 다시 약속을 잡도록 하겠습니다.]

민우는 그녀의 의문을 해결해 주지 않았다. 반갑던 마음이 사라져 버린 희영은 알았다며 건성으로 대답하고 전화를 끊었다.

그 후 희영은 한 시간 정도 더 누워 있다가 방을 치우고 아르바이트를 갔다. 몸이 너무 아파 조퇴라도 하고 싶었지만 억지로 일을 끝냈다. 선영이 입원하기 전까지 일을 더 해야겠기에 스케줄을 늘려달라는 부탁까지 하고 집으로 돌아왔다.

천근만근 무거워진 몸을 차디찬 방바닥에 뉘었을 때 난데없이 노크 소리가 들렸다. 화들짝 놀란 희영은 휘둥그레진 눈으로 문을 바라보았다.

'누구지?'

올 사람이라고는 주인아주머니 외엔 없었다. 하지만 주인아주머니는 아닐 것이다. 월세가 한 달 밀린 상태지만 자매들끼리 힘들게 산다고 야박하게 재촉하지 않는 분이었다. 그렇다면 도대체 누굴까?

똑똑. 다시 들려오는 노크 소리에 희영은 잔뜩 주눅이 든 표정으로 문을 응시했다.

"김희영 씨."

뜻밖에도 점잖은 남자 목소리였다. 문득 겁이 났지만 남자가 자신의 이름을 알고 있다는 사실에 어렵사리 용기를 내었다.

"누구세요?"

"이민우입니다."

이게 무슨 일인가 싶어 문을 연 희영은 기절할 뻔했다. 갑자기 나타난 장신의 남자들 때문에.

가뜩이나 작은 방에 자리를 잡고 앉은 덩치 좋은 남자는 소인국에 놀러 온 거인처럼 보였다. 보잘것없는 방 안을 둘러보는 그의 표정은 덤덤했지만 희영은 그를 통해 느껴지는 엄청난 괴리감에 잔뜩 기가 죽었다.

초라한 이 집과는 전혀 어울리지 않는 남자였다. 그의 손목에 단단하게 매어져 있는 번쩍이는 시계는 말로만 듣던 해외 명품 브랜드의 마크가 그려져 있었고, 잘은 모르지만 그가 입은 정장은 수백만 원을 쏟아부었을지도 모른다. 한 기업의 사장쯤 되면 돈도 많이 벌 테니 그 정도는 사치도 아닐 거다.

'저 시계 하나면 선영이 수술하고도 남겠지?'

엉뚱하면서 비참한 상상이었다. 내가 가질 수 없는 것에 욕심을 부린 적이 없고, 내 손에 있는 것만으로도 감사하며 살던 그녀였지만 갑자기 불어닥친 태풍에 별생각을 다 하고 있었다. 그런 비교는 스스로를 더 참담하게 만들 뿐이었다.

희영은 시계에서 시선을 들었다. 그의 검은 눈동자가 그녀를 쳐다보고 있었다. 피할 기회를 놓쳐 멀뚱멀뚱 쳐다보고 있는 그녀에게서 눈을 돌린 그가 제 시계를 힐긋 쳐다보더니 다시금 그녀를 바라보았다. 순간 얼굴이 새빨갛게 달아올랐다. 시계를 너무 탐욕스럽게 보았나. 제 마음을 들킨 것만 같아 어디라도 숨고 싶었다.

"연락도 없이 여기까지 무슨 일로 오셨어요?"

그녀가 뒤늦게 그의 시선을 피하며 물었다.

"약은 먹었어?"

"네."

"병원은?"

"……안 가도 돼요. 그런데 정말 왜 오셨어요?"

희영이 톡 쏘아붙였다.

연락도 없이 불쑥 찾아와서는 이유도 밝히지 않고 엉뚱한 소리만 하는 그 때문에 슬슬 짜증이 나기 시작했다. 몸이 아파서 더 그랬을지도 몰랐다. 그래도 지훈은 그녀를 물끄러미 바라보기만 했다. 그녀가 남겨놓은 주소로 생활환경이 어떨지 대충 짐작은 했는데 막상 와서 보니 할 말을 잃고 말았다. 방은 비좁고 추웠다. 따뜻하게 샤워를 할 만한 공간도 없으니 비를 흠뻑 맞은 그녀가 감기에 걸리는 건 당연한 일이었다.

목소리는 흉하게 갈라지고 코맹맹이 소리까지 났다. 아닌 척 허리를 꼿꼿이 세우고 앉아 있지만 열이 높다는 건 이마의 식은땀을 보면 충분히 알 수 있었다. 민우에게서 몸이 많이 안 좋은 것 같다는 말이야 들었지만 상태가 이 지경까지인 줄은 몰랐다.

지훈은 말없이 자리에서 일어났다. 어리둥절한 표정의 희영도 덩달아 일어나 그를 올려다보았다. 천장에 매달려 있는 형광등을 등지고 선 그의 검은 그림자가 열에 들뜬 그녀의 얼굴에 드리워졌다.

"그냥 가는 거예요?"

"감기 나으면 다시 얘기하지."

희영은 뒤돌아서는 그의 재킷 끝자락을 황급히 붙잡았다.

"무슨 얘긴데 그래요?"

좀처럼 이해되지 않는 행동만 하는 그 때문에 이제는 화가 났다.

"여기까지 올 정도면 중요한 얘기였을 거 아니에요. 사람 잔뜩 궁금하게 해놓고 그냥 가는 법이 어디 있어요?"

그는 또 대답 없이 쳐다보기만 했다. 나중에는 이유고 뭐고 빨리 갔으면 좋겠다고 생각했다. 만사가 귀찮아졌다.

"그럼, 지금 나랑 병원 갈 텐가?"

그가 불쑥 꺼낸 말이었다.

"병원 가서 진찰받고 나면 얘기해 주지."

"그런 게 어디 있어요?"

"선택해. 갈 건지 말 건지."

희영은 싫다고 거부할 겨를도 없이 그의 손에 붙잡혀 집을 나서야 했다.

## 02. 어이없는 제안

커다란 빌딩 앞에서 차가 멈추었다. 희영은 문이 열리고서야 부랴부랴 가방을 챙겨 내렸다. 높디높은 빌딩을 올려다보느라 민우가 내려 문을 열어주는 것도 몰랐다. 물 위를 부유하듯 조용히 차가 떠나고 민우의 안내를 받으며 건물 안으로 들어갔다.

안내데스크에서 출입증을 발급 받았다. 회사 출입증을 목에 걸고 거리를 활보하는 사람들이 신기하고 부러웠는데, 비록 방문자용이긴 하지만 목에 출입증을 걸게 되자 기분이 이상하게 설레었다.

좁은 게이트의 터치패드에 출입증을 대자 삑, 소리를 내며 작고 투명한 문이 활짝 열렸다. 모든 일이 신기하기만 해서 저도 모르게 주변을 두리번거리게 되었다. 엘리베이터에 오른 희영은 긴장으로 땀이 밴 손바닥을 바지에 문지르며 어제를 떠올렸다.

얼떨결에 따라간 병원에서 감기 진찰만 받으면 되는 줄 알았다가 종합검진에 버금가는 검사를 받아야 했다. 마지막으로 엑스레이까지 찍고 나왔을 때 그는 사라지고 없었고 민우만 홀로 그녀를 기다리고 있었다.

민우는 그를 대신해 양해를 구하고 오늘로 약속을 잡았다. 병원에 다녀온 덕분에 몸은 가뿐해졌지만 의문은 더 늘었다. 만나게 되면 알게 된다지만 이런 친절을 베풀면서까지 자신을 만나고자 하는 이유가 없기 때문이었다.

'뭐가 뭔지 하나도 모르겠네.'

긴장된 표정으로 표시등만 바라보고 있을 때 엘리베이터의 문이 열렸다. 밖으로 나가자 고급 카펫이 깔린 넓은 복도가 펼쳐졌다. 푹신한 카펫에 파묻혀 발소리가 전혀 들리지 않았다. 마치 딴 세상에 와 있는 기분이 들었다.

복도 중간쯤에 위치한 사무실의 문이 열렸다. 벽 쪽으로 나란히 놓여 있는 책상에 앉아 있던 여비서 두 명이 일제히 일어나 그녀에게 인사를 했다. 희영도 그녀들에게 어색하게 웃으며 인사를 하고 민우를 계속 따라갔다. 드디어 민우가 어느 문 앞에서 걸음을 멈추고 노크를 했다. 문이 열리고 세진화학 로고 앞의 넓은 책상 근처에서 서류를 보며 서 있던 그가 그녀를 바라보았다.

"앉아."

"……네."

희영은 그가 시키는 대로 가장 가까운 소파에 조심스럽게 엉덩이를 붙였다. 잠시 후 여비서가 티 테이블에 커피를 올려놓고 집무실을 나갔다. 소파로 다가와 상석에 앉은 그가 커피를 한 모금 마시는 동안 희영은 그의 집무실을 쭉 훑어보았다.

심심하다는 생각이 들 정도로 사무실은 단조로웠다. 한쪽 벽은 전체가 유리창으로 되어 있어 채광이 좋았고, 한쪽 벽은 여러 서적들이 빼곡하게 꽂힌 책장이 차지하고 있었다. 그리고 넓은 집무용 책상에는 모니터 두 대와 노트북이 놓여 있었고, 그 앞으로 소파가 놓여 있었다. 깊은 생각에 잠긴 듯 앞만 보며 앉아 있는 그와 어딘지 모르게 많이 닮은 사무실 풍경이었다.

관찰하기를 그만둔 희영은 얕은 한숨을 쉬었다. 어쩌다 보니 그가 시키는 대로 회사에 오기는 했지만 이유가 무엇인지는 여전히 몰랐다. 병원에서 쓰러지던 그녀를 도와주고, 그날 맞았던 고가의 영양제도 그가 지불했다는 걸 알았다. 주차장 입구에서의 일로 당황하는 그녀를 집까지 무사히 데려다 주고 혹시 모를 일을 대비해 연락처까지 남겨놓은 사람이다. 이 정도라면 그는 충분한 친절을 베풀었다. 이것만으로도 충분히 염치가 없었다.

도대체 무슨 생각을 하고 있는 걸까.

희영은 의문이 가득한 눈으로 그를 바라보았다. 단순한 친절이라고 생각하기에도 어딘지 모르게 어색하고, 그렇다고 친구를 사귀고 싶어하는 사람처럼 보이지도 않았다. 엄청난 회사에서 이런 어마어마한 사무실과 직원들을 거느린 사람이 시간이나 때우려고 부른 것은 더더욱 아닐 것이다. 이유야 어찌 되었든 이렇게 한가하게 커피나 마실 시간이 그녀에게는 없었다.

"무슨 일로 보자고 하셨어요?"

김이 모락모락 올라오는 커피잔을 내려다보고 있던 그가 시선을 들었다. 급한 일이라고는 전혀 없는 사람처럼 다리를 꼬고 앉은 그가 턱을 괴었다. 검지로 턱을 스윽 문지르는 그의 잔잔한 표정을 보며 희영은 마른침을 꿀꺽 삼켰다. 용무가 있다며 부른 사람치고는 무심하고 무표정했다. 아니, 공허했다.

희영은 가볍게 헛기침을 하고 앞에 놓인 잔을 들어 입에 댔다.

"김희영 씨에게 청혼을 하려고 하는데."

"푸웃!"

충격적인 말에 희영은 마시던 커피를 그대로 뿜어버리고 말았다. 부랴부랴 입을 가리긴 했지만 일은 이미 벌어진 뒤였다. 그녀가 허둥대는 동안 그는 태연한 얼굴로 티슈를 뽑아 내밀었다.

"고맙습니다."

그녀의 목소리가 기어들어 갔다. 그는 어깨를 한번 으쓱거리고 인터폰을 눌렀다.

"커피가 쏟아졌는데 정리 좀 부탁하지."

—알겠습니다.

잠시 후, 여비서가 집무실로 들어와 엉망진창이 된 테이블을 닦아내고 다시 커피를 내왔다.

"미쳤어요?"

비서가 사무실에서 나가고 희영의 입에서 거친 소리가 흘러나왔다.

"지극히 정상인데."

"지극히 정상인 분은 이렇게 청혼을 하지 않아요."

"그래?"

"네! 딱 봐도 아쉬울 것 없는 지극히 정상인 사람은 몇 번 보지도 않은 여자에게 청혼을 하지 않아요. 그럴 이유도 없고요."

정색을 하며 따지는 그녀와 달리 그의 무심한 표정은 여전했다.

"얘기를 끝까지 들어보는 것이 어때?"

희영은 다 필요 없다는 듯 손을 마구 저으며 자리에서 일어났다.

"됐어요. 들을 것도 없어요."

"김희영 씨를 도와줄 수 있는데도?"

막 돌아서려던 희영이 멈추었다.

"흥분은 잠시 미루고 좀 더 들어보는 것이 어떨까?"

그녀가 눈을 가늘게 뜨고 쳐다보았다. 웃음기 없는 얼굴의 그가 다시 앉으라는 듯 소파를 가리켰다. 그의 얼굴과 소파를 번갈아 보던 희영은 못 이기는 척 소파에 다시 앉았다. 도와줄 수 있다는 말에 마음이 움직였다.

"내가 아내는 필요한데 결혼은 생각이 없거든."

"그게 나랑 무슨 상관인데요?"

희영이 신랄한 목소리로 대꾸했다.

"김희영 씨가 내 아내가 되어준다면 동생의 치료비를 해결해 주겠어."

"그걸 어떻게 알았죠?"

희영이 불쾌한 목소리로 반문했다.

"그날 병원에서 김희영 씨의 사정을 알게 되었지. 따로 뒷조사를 조금 하기도 했고."

"뭐라고요?"

그는 그게 무슨 대수냐는 표정이었다. 그의 뻔뻔함에 말문도 막히고 언짢았다.

"동생을 맡은 박사님과 개인적으로 친분이 있어. 그날 김희영 씨가 쓰러지고 박사님이 걱정하시는 걸 들었지. 수술도 어렵지 않고, 꾸준히 치료만 받으면 일상생활에 아무런 지장도 없는데 사정이 있는지 언니가 많이 힘들어한다고 걱정하시더라고. 그 얘기 듣고 내가 개별적으로 좀 알아본 거야."

희영은 아랫입술을 아프게 깨물었다.

사람은 누구나 사생활을 보호받아야 하고, 지켜야 하는 자존심이 있는 법이다. 그런데 어떻게 사람의 약한 부분을 건드리면서까지 결혼을 요구할 수 있을까. 아무리 돈이면 다 되는 세상이라지만, 도저히 용납이 되지 않았다.

더 화가 나는 건 그에게 따지지 못하는 그녀 자신이었다. 그의 말을 계속 듣고 있을 필요가 없는데, 그럴 이유가 없는데 그날 병원에서 그랬던 것처럼 희영은 그에게 무방비 상태가 되어버렸다. 해결할 수 없는 일을 누군가가 해결해 줄 수 있다는 사실만으로도 안도감이 밀려왔다.

그러면 안 되는데…… 그러면 안 되는데…….

희영은 고개를 숙이고 긴 한숨을 흘렸다.

"그래요, 돈 때문에 많이 힘들어요. 박사님 말씀처럼 수술도 쉽다는데 그 쉬운 수술을 맘 편하게 할 수 없어요. 먹고사는 것도 빠듯하고 동생 학교 보내는 것도 솔직히 말하면 벅차요. 그래도 낙심한 적은 없어요. 언젠가는 나아질 거라는 희망을 품으며 살았어요. 죽을 듯이 힘들어도 이 세상에 태어났다면 마지막까지 최선을 다해 사는 것이 도리라고 생각하며 살았어요. 그런 저를…… 이 이상 비참하게 만들지 마세요."

사정하듯 바라보는 그녀의 목소리에 지친 기색이 역력했다.

"내가 거저 주겠다는 것도 아닌데 왜 비참하다고 생각하지? 이건 거래야. 아내가 필요한 사람에게 아내가 되어주고, 돈이 필요한 사람에게 돈을 주므로 성립되는 계약이라고."

"설마 그 말도 안 되는 계약에 내가 동조할 거라고 생각한 건 아니죠?"

"적어도 고민은 할 것 같은데."

"지금 하는 말들이 다 나에겐 어떻게 들리는 줄 알아요?"

"글쎄?"

"농담이요! 그것도 저질스럽고 최악의 농담! 됐어요?"

어깨까지 들썩거리며 씩씩거리던 희영은 미지근해진 커피를 벌컥벌컥 들이켰다. 잠시라도 마음이 흔들렸던 것이 분했다.

"그렇게 들렸다면 유감이군."

"그럼 이제 우리 얘긴 여기서 끝내죠."

그만하자는 사인을 담아 그에게 고개를 한 번 끄덕여 보이고 가방을 들었다. 말도 안 되는 대화를 하고 있었더니 감기가 도지는 것 같았다.

"6개월이야."

그녀의 손이 멈칫거렸다.

"더도 필요 없어. 딱 6개월만 내 아내로 나와 함께 지내. 그동안 김희영 씨가 무얼 하든 난 상관 안 해. 계약이 끝난 후 이혼은 당연한 거고, 만약 돈 많은 남편이 필요하다면 계속 그렇게 이용해도 돼."

"제가 만약 이혼을 안 하겠다고 하면 사장님은 뭐가 좋은데요?"

"난 결혼을 안 해도 되는 구실을 오랫동안 유지할 수 있지."

"나더러 결혼하자면서요?"

희영은 답답했다.

"결혼이지만 나에게 이 결혼은 사업일 뿐이야."

"하아……."

기가 막혀 한숨이 흘러나왔다. 그가 말을 이었다.

"계약대로 이혼을 하겠다고 하면 위자료는 얼마든지 줄 수 있어. 이 정도면 김희영 씨에게 손해되는 일은 없는 것 같은데."

계약서 하나로 선영의 치료도 하고 학교도 다시 나갈 수 있으며 생활은 넉넉하다 못해 윤택해진다. 이렇게 짜릿한 일이 또 있을까.

"그래요, 아저씨 말대로 내가 손해 보는 건 없어 보이네요. 난 돈 많은 남편을 얻고 그 남편 돈으로 동생 치료도 하고 떵떵거리며 살 수 있으니까."

"그럼 결정한 건가?"

"가만히 있어도 여기저기서 혼담이 들어올 것 같은 사람에게 얼마나 대단한 사연이 있어야 그런 미친 짓을 아무렇지 않게 할 수 있죠?"

이건 정말 미친 짓이다. 그는 동등한 조건이라고 우기지만 단순 계산법으로는 그가 한참 손해 보는 조건이었다. 부러울 것 없는 그가, 그럼에도 이 결혼을 해야겠다고 주장하는 속내가 궁금했다. 그와 결혼을 하겠다고 결정을 한 건 아니지만 적어도 이유는 알고 싶었다. 하지만 그는 알려줄 생각이 전혀 없어 보였다.

"알아야 할 필요가 있나?"

"이것 보세요. 아저씨는 별일 아닌지 몰라도, 나에게는 중요한 일이에요. 20대 창창한 나이에 유부녀가 되는 것도 모자라 예비 이혼녀가 될 입장이라고요. 아무리 돈이 좋아도 제 인생이 걸린 문젠데 그 정도는 알려줘야 하는 거 아니에요?"

"그렇다면 나와 결혼하는 조건에 그것도 포함시키도록 하지. 이유는 절대 물어보지 말 것."

그는 단호한 목소리로 선을 그었다. 희영은 질렸다는 표정으로 손을 저었다.

"아아. 됐어요. 아무리 생각해도 이건 말이 안 되는 일이에요."

"설마 내가 김희영 씨에게 반해서 이런 제안을 했다고 생각하는 건 아니지?"

"아니에요!"

같이 미치고 싶지는 않았다.

"그래도 나 정도 되는 남자가 남편이라는 건, 흥미로운 일 아닌가?"

"허."

이번에는 실소가 흘러나왔다.

"나처럼 돈 많고 잘생긴 남자라면 많은 여자들이 바라는 남편감 아닌가? 평범한 결혼은 아니지만 김희영 씨에게는 어느 여자라도 부러워할 만한 남자가 남편이 되는 건데, 이 정도면 꽤 괜찮은 거래잖아?"

그의 장난기 다분한 대꾸가 어이없었다.

"좋으시겠어요. 돈 많고 잘생기셔서. 그렇게 잘나셨으면 다른 여자를 찾으세요."

그는 웃는 둥 마는 둥 입술 끝을 한 번 실룩거리고 말았다. 그의 농담 같지 않은 농담도, 결혼을 대수롭지 않게 대하는 태도도, 무심하다 못해 뻔뻔하게 느껴지는 표정도 희영은 다 못마땅했다.

"아무리 조건이 좋아도 당장 결정하기는 어려울 테지. 시간을 얼마나 주면 될까?"

"싫어요."

"싫다는 대답도 일주일 후에 듣도록 하지."

"그걸 왜 마음대로 정해요?"

희영이 잔뜩 화가 난 얼굴로 따졌다.

"김희영 씨가 망설이는 것 같으니까."

"그런 거 아니에요!"

강하게 부정하기는 했지만 더 있다가는 그에게 설득당하게 될 것 같았다. 어서 돌아가서 귀라도 씻고 싶어졌다. 희영은 새침한 표정을 지으며 가방을 어깨에 둘러멨다.

"좋은 결과 기다리지."

"안녕히 계세요."

희영은 그와는 시선도 마주치지 않은 채 유치원생처럼 배꼽 인사를 하고 집무실을 나갔다. 잠시 후 집무실로 민우가 들어왔다.

"얘기는 잘되셨습니까?"

"글쎄……."

지훈은 쓴웃음을 지으며 이젠 다 식어버린 커피를 한 모금 마셨다.

"너무 무모한 계획 아닐까요? 아무리 상황이 급해도 김희영 씨를 어디까지 신뢰할 수 있을는지……."

민우의 목소리에 걱정이 가득했다.

"그것보다 이런 일을 계획하고 있는 내가 더 한심해."

창밖으로 시선을 던지는 그의 표정은 착잡하기만 했다.

등 뒤로 선영의 코골이가 작게 들렸다. 바깥과 통하는 자그마한 창문으로는 늦은 귀가를 서두르는 사람들의 발걸음 소리가 띄엄띄엄 흘러들어 왔다. 어이없는 제안을 받은 지 열흘이 훌쩍 지났지만 아무런 결정을 내리지 못했다. 전화벨이 울릴 때마다 큰 잘못이라도 저지른 사람처럼 깜짝깜짝 놀라던 것이 무색할 정도로 그는 아무런 재촉도 없이 침묵을 지키고 있었다. 어떤 대답이든 해야 하는 그녀만 숨이 막혔다.

그의 제안을 받아들이고 결혼을 하게 된다면 아마 최단기간 결혼 결정의 신기록을 세우는 것일지도 몰랐다. 기네스북에라도 올려야 하나. 선영이를 생각하면 넙죽 절부터 해야 할 일이었지만, 그의 제안은 아무리 생각해도 무리였다.

로맨틱 영화에서처럼 한눈에 반한 사이도 아니고, 차라리 오고 가며 마주쳤던 동네 노총각 아저씨나 같이 아르바이트를 하는 오빠가 결혼을 하자고 했다면 이렇게까지 고민을 하지도 않았을 것이다. 적어도 거짓 결혼은 아니니까……. 차라리 돈을 빌려달라고 사정을 해볼까. 그래도 그는 결혼을 담보처럼 요구할지도 몰랐다.

'아아아. 뭐가 이래.'

책상에 엎드린 희영은 머리를 마구 헝클어뜨리며 속으로 비명을 질렀다. 머리가 엉망인 채로 고개를 든 그녀는 힐긋 시계를 쳐다보았다. 새벽 2시였다. 엄지손톱을 깨물며 시계를 잡아먹을 듯 노려보다가 휴대폰을 들었다. 어떤 결정도 내리지 못했지만 그렇다고 계속 이 상태로 있을 수도 없었다. 희영은 뒤늦게 알게 된 그의 핸드폰 번호를 과감하게 누르고 벨소리에 귀를 기울였다.

[여보세요.]

몇 번 울리지도 않은 벨소리 뒤로 매끄러운 저음이 흘러나왔다. 그녀의 심장이 느닷없이 뜀박질을 하기 시작했다.

"아, 저기……. 저 김희영인데요."

[알아.]

"혹시 제가 잠을 깨웠나요?"

[아니. 결정한 건가?]

"아직……."

[쉽게 생각해.]

정말 아무렇지도 않게 생각하는 그에게 울컥 화가 치밀었다. 희영은 격앙된 목소리로 말했다.

"일을 꾸미는 아저씨는 쉬울지 몰라도 영문도 모르고 당하는 나는 안 쉽다고요."

[그래도 내가 원하는 대답을 들을 수 있을 것 같은데?]

"아저씨 제안 받아들이기로 한 건 아니에요."

[그렇다면 전화는 왜 한 거지?]

"아저씨 얘기를 좀 더 들어봐야겠어요."

[협상을 하겠다는 소린가?]

희영은 인상을 찌푸렸다. 틀린 말 같지 않은데 묘하게 기분이 나빴다. 보이지도 않는 그를 향해 턱을 치켜세웠다.

"그래요. 그렇다고 쳐요. 내일 회사로 갈게요."

[내일 이 부장이 전화할 거야.]

"이 부장이 누군데요?"

[이민우.]

"아……."

[늦었으니 자.]

열흘 가까이 잠 못 자게 만든 사람이 누군데 이제 와서 자라니. 괜한 심술이 올라왔지만 희영은 '알았어요.' 라고 쌀쌀맞게 대답하고 먼저 전화를 끊었다.

책상을 정리한 희영은 선영이 잠들어 있는 이불 속으로 들어갔다. 깨기라도 한 듯 잠시 몸을 뒤척이던 선영은 다시 깊은 잠에 빠졌다. 희영은 조심스럽게 손을 뻗어 동생을 꼭 안았다.

협상이라…….

코웃음이 터져 나왔다. 그와의 협상에서 내놓을 만한 것은 아무것도 없었다. 아무리 생각해도 그는 정상이 아니었다. 이미 마음이 수락 쪽으로 많이 기울었지만 이 결혼의 의도는 꼭 알고 싶었다. 그것이 결혼을 요구하는 그와의 협상 조건이었다.

두 번째 보는 그의 사무실은 변함없이 깔끔하고 적막했다. 달라진 것이 있다면 그의 책상에 어지럽게 흩어져 있는 서류 정도랄까? 희영은 아무도 없는 사무실을 둘러보다 시원한 주스로 목을 축였다.

멀뚱멀뚱 주인 없는 집무실을 지키는 일에 지쳐 가고 있을 때 그가 돌아왔다. 인사를 하려고 했지만 그는 앉으라는 손짓을 했다. 희영은 작게 헛기침을 하며 얌전히 다시 자리에 앉았다. 책상에서 몇 장의 서류를 더 들춰본 그가 드디어 소파로 와서 상석에 앉았다.

"협상을 시작해 볼까?"

평범한 인사도 없이 그는 인터폰으로 민우를 호출했다. 잠시 후 서류를 들고 집무실로 들어온 민우가 그녀의 맞은편에 앉았다. 설명하라는 듯 지훈이 고개를 끄덕이자 민우는 서류를 펼쳐 그녀가 잘 볼 수 있도록 앞으로 내밀었다.

"계약은 계약서를 작성하면서 효력이 발생하고 혼인신고를 하는 날로부터 6개월 후가 만료 예정일입니다. 계약이 성사되면 동생분의 치료 지원은 바로 시작합니다. 계약 기간 동안에는 매월 생활비를 지급해 드리고 품위 유지비는 별도입니다."

"품위 유지비……."

황당함에 중얼거리는데 민우는 설명을 멈추지 않았다.

"계약기간이 끝나는 대로 합의 이혼을 하시게 되지만 김희영 님이 원치 않으시면 결혼은 계속 유지됩니다. 계약이 만료되더라도 두 분의 대학 학비는 계속 지원을 할 예정입니다. 이혼 시 위자료는 합의해서 결정되지만 김희영 님의 조건을 충분히 수용할 의사가 있습니다. 마지막으로 김희영 님이 지켜주셔야 하는 것은 계약 내용은 죽을 때까지 비밀을 지키는 일입니다. 여기까지가 계약서의 주 내용입니다. 좀 더 세부적인 내용은 계약서를 참고하시면 됩니다."

설명이 다 끝났지만 서류에서 시선을 뗄 수 없었다. 두근대는 심장도 좀처럼 진정되지 않았다. 가짜 결혼에 이렇게 어마어마한 돈을 지불하겠다니, 그것도 모자라 이혼을 할 때는 원하는 대로 위자료도 준다고 한다. 도대체 이게 말이나 되나.

"서류를 좀 더 살펴보시겠습니까?"

"에? 아, 네."

그녀의 상념을 민우가 깨웠다.

"나머지는 내가 처리하지."

그의 지시로 사무실에는 두 사람만 남았다. 설명은 간단했던 것 같은데 서류는 세 장이나 되었다. 어려운 단어들이 즐비한 공문서를 의미 없이 보고 있을 때 그가 끼어들었다.

"김희영 씨의 거래 조건은 뭐지?"

희영이 고개를 들었다. 이제 그녀 차례였다.

"이유요."

"……."

"사장님의 조건을 듣고 보니 더 궁금해졌어요. 이렇게까지 하면서 결혼을 해야 하는 이유를 알려주세요. 그게 제 조건이에요."

"지난번에 말했을 텐데. 하고 싶지 않은 결혼을 피하려면 이 방법밖에 없다고."

"그러니까요. 그게 이상하잖아요. 결혼하기 싫으면 안 하면 되지 결혼으로 결혼을 피한다는 게……."

희영이 답답하다는 표정을 지었다.

"말이 안 된다고요. 뭔가 이상하지 않아요?"

한참을 말없이 바라보던 그가 입을 열었다.

"계약서에 서명해 주면 좋겠지만, 영 내키지 않는다면 그냥 덮어도 돼. 대신 이 일을 함구하겠다는 각서는 써줘야겠어."

결혼이 절실해 보이던 그는 계약을 포기하면서까지 대답을 회피하고 있었다. 이렇게 되면 그녀만 아쉬워진다. 희영은 슬픈 눈으로 제 앞에 놓여 있는 계약서를 바라보았다. 선영의 수술을 생각하자 암담했다.

"난 김희영 씨의 인생을 사는 거야. 결혼이야 그렇다 치더라도 이혼이라는 좋지 못한 경력이 남게 돼. 그 점이 김희영 씨에게 가장 중요한 문제 아니었나? 난 내가 제시한 조건이 과하다고 생각하지 않아. 혹시 부족한 건가?"

희영은 흠칫 놀라 고개를 들고 마구 저었다. 그의 한쪽 눈썹이 미묘하게 꿈틀거리는 걸 본 희영은 제 속내를 모두 드러낸 것 같아 한심해졌다. 어차피 속사정은 다 들켰고, 이 사람이 아니면 선영의 수술 문제를 해결할 수 있는 뾰족한 방법이 없었다. 그녀에게는 선택의 여지가 없었다. 그래도 비굴하게 사인을 하고 싶지는 않았다.

"사장님 계약 조건은 모두 수용하겠어요. 한 가지 확실하게 해두고 싶은 부분이 있는데 추가해도 되죠?"

"마음껏."

그는 무엇인지 묻지도 않고 흔쾌히 대답하며 작성하라는 듯 서류를 가리켰다. 계약서의 마지막 장을 펼친 희영은 작은 글씨로 내용을 적었다. 그리고 계약서에 사인을 해서 내밀었다. 그는 계약서에 추가된 내용은 확인해 보지도 않고 무심한 얼굴로 제자리에 사인을 했다. 그가 준비되어 있던 봉투에 서류를 넣어 그녀에게 내밀었다. 희영은 서류를 침울한 표정으로 바라보았다.

"그래도 김희영 씨가 알아야 하는 건 있어."

희영이 귀를 쫑긋거렸다.

"내가 세진그룹 박영규 회장의 아들이라는 사실."

누구? 어안이 벙벙한 얼굴로 쳐다보자 그의 부연 설명이 이어졌다.

"회사에서는 후계자로 불리고, 언론에서는 재벌이라고도 부르지."

분명 한국어가 맞는데 바로 이해가 되지 않아 다시 물었다.

"뭐라고요?"

"좀 더 쉽게 설명할까?"

"……."

"김희영 씨가 흔히 말하는 재벌가 며느리가 되었다는 소리야."

비로소 말의 의미를 깨달았다. 봉투를 들고 있는 손이 부들부들 떨렸다. 그녀의 얼굴은 점점 사색이 되어갔다.

날벼락 같은 소리였다. 명함을 보고도 단순히 사장님이라고만 생각했던 것이 바보였을까? 하지만 그것만으로 어떻게 그의 출생 신분을 가늠할 수 있을까. 끝없이 이어지는 아르바이트에 지쳐 다른 곳에는 관심을 두지 않았더니 결국 이런 낭패를 보고야 말았다.

"많이 놀란 모양이군."

폭탄을 터뜨린 사람 같지 않게 그는 태연하기만 했다.

"하…… 하하하……."

멍한 표정으로 그를 쳐다보던 희영이 실성한 사람처럼 띄엄띄엄 웃기 시작했다.

언제나 경직된 분위기의 정장을 입는 그였지만 연예인에 뒤지지 않을 정도로 패션 감각이 뛰어나 보였다. 또한 그는 사장이라는 직함에 어울리지 않게 꽤 젊어 보였다. 많아야 삼십대 초중반 정도. 그 나이에 고급 의류와 장신구를 걸치고 있고, 대기업의 임원으로 근무하고 있으니 재력과 학력을 두루두루 갖춘 부잣집의 자제일 것이라고 생각은 했었다.

하지만 세진그룹 후계자라고? 그런 사람이 지금 국민을 대상으로 사기 행각을 벌이고 있다는 소리였다. 그렇지 않다 해도 이런 일을 꾸미는 것이 납득이 쉽지 않은데 한술 더 떠 세진그룹의 후계자라고 하니 그가 정말 정신이라도 나간 것처럼 생각되었다.

이런 엄청난 사실을 어쩜 저렇게 아무렇지 않게 그것도 상큼하게 밝힐 수 있을까. 대기업에 다니는 대단한 엘리트가 집안의 복잡한 문제를 해결하겠다고 잠시 말도 안 되는 일을 꾸민 거라고 단순하게 믿어버린 그녀가 바보같이 순진했던 것이다.

그는 평범한 사람들의 끊임없는 호기심을 자극하는 로열패밀리다. 그런 남자가 평범함에도 못 미치는 사람과 결혼을 한다니, 아무리 속내가 계약이라 해도 이건 말이 안 되는 조합이었다. 도대체 어느 누가 그와의 관계를 순순히 믿겠는가 말이다.

"그걸 왜 이제 말해요?"

겨우 정신을 수습한 희영이 신경질적인 목소리로 물었다.

"그 사실을 김희영 씨가 먼저 알든 나중에 알든 우리의 계약과는 상관없으니까."

"상관이 왜 없어요? 이건 중요한 문제예요. 단순히 돈 많은 남자가 결혼하기 싫어서 거짓말하는 거랑 대기업의 후계자가 결혼하기 싫어서 사기 치는 거랑은 엄연히 다른 문제라고요."

"그 차이를 난 잘 모르겠는데?"

그는 정말 모르겠다는 표정으로 고개를 갸우뚱거렸다.

"이것 보세요, 박지훈 씨!"

"아저씨나 사장님보다 훨씬 듣기 좋군."

"뭐, 뭐라고 지금……."

"분명히 말하겠는데, 달라지는 건 없어."

어이없어하는 그녀의 눈을 똑바로 쳐다보며 지훈이 단호하게 말했다.

"돈 많은 남자와 돈 없는 여자의 결혼을 대부분의 사람들은 정상이라고 생각하지 않지. 부모님이라면 당연히 반대를 할 것이고. 거기에 내가 재벌 총수의 아들이라는 점이 추가된다고 해서 달라지는 건 뭐지? 아무것도 없는 것 같은데."

말문이 탁 막혀 버린 그녀와 달리 그는 술술 말했다.

"만약 우리가 서로 죽도록 사랑해서 결혼했다고 해도 부모님의 반대는 피할 수 없어. 그렇다고 나와 결혼했으니 부모님의 반대도 이겨내야 한다, 뭐 이런 소리를 하는 건 아니야. 진짜 아내라고 해도 그 문제를 내 아내만의 문제라고 생각하지 않지만, 하물며 김희영 씨는 가짜잖아. 가짜 아내에게 그런 일을 던져 줄 순 없지. 이 계약으로 김희영 씨가 해야 할 일은 서류상의 아내 역할이야. 충분히 누리면서 말이야. 그러니 내가 재벌이든 아니든 계약과는 아무런 상관도 없다는 거야."

"그래도, 이건 반칙이에요."

충격에서 헤어나지 못해 입만 벙긋거리던 희영이 어렵게 말했다.

"반칙도 게임의 일부지."

"반칙도 많이 하면 퇴장이에요."

"또 반칙할 일은 없어."

"하아."

"내 지위와 이름을 걸고 책임지겠다는데, 얼마나 더 김희영 씨를 안심시켜야 하는 거지?"

그의 목소리와 눈빛이 하도 진지하고 단호해서 더 이상의 토는 달 수 없었다. 그의 깊은 눈동자를 보고 있자니 정말 세상의 모든 문제와 걱정거리는 다 해결해 줄 것 같은 근거 없는 안도감이 밀려왔다. 그의 말처럼 그만 믿으면, 그만 따라가면 모든 길이 순탄할 것 같은 바보 같은 믿음이 생겼다. 그녀가 생각하기에 아무래도 둘 다 정신 나간 사람 같았다.

"만약에……."

체력을 모두 소진한 사람처럼 기운 없는 목소리가 흘러나왔다.

"만약에?"

"또 반칙하면 고소할 거예요."

정신이 제대로 나갔는지 헛소리가 흘러나왔다. 그도 실없다는 듯 피식 웃었다.

"마음껏."

대답은 들었지만 여전히 마음 한구석이 찜찜했다.

"차후 일정은 이 부장이 따로 연락을 줄 거야. 동생 수술 일정부터 잡도록 하지."

"알았어요."

이미 지칠 대로 지친 희영이 기어들어 가는 목소리로 대답하고 자리에서 일어났다.

"이젠 가도 되는 거죠?"

그도 자리에서 일어났다.

"그래."

"수고하세요."

희영은 이번에도 그와는 눈도 마주치지 않고 아무 데나 대고 인사를 했다. 넋이 나간 사람처럼 걸어가 막 문을 열려고 할 때 뒤에서 그가 말했다.

"또 연락하지."

희영은 그대로 집무실을 나갔다.

## 03. 실체 없는 결혼

7월의 하늘은 맹렬한 태양이 장악했다. 희영은 이글거리며 타는 하늘을 올려다보며 인상을 찌푸렸다. 오늘 선영이 입원했다. 처음에는 소화불량으로 병원에 왔었다. 단순한 위염일지도 모른다고 생각했는데 뜻밖에도 암이라는 진단을 받게 된 것이다. 그 소식에 선영은 세상이 끝난 것 같은 표정을 지었다. 당장이라도 울음을 터뜨릴 것 같았는데, 대견하게 잘 참고 최 박사의 말을 경청했다.

위암 1기로 위의 3분의 2가량 절제해야 하지만 수술 부위도 어렵지 않고 다행히 전이도 없어 완치가 가능하다는 희망적인 이야기에 선영은 바로 기운을 차렸다. 그 와중에 애어른처럼 치료비 걱정까지 했다. 얼마 전까지만 해도 그것이 가장 큰 걱정이었지만 지금은 필요하다면 무엇이든 해줄 수 있게 되었다. 오히려 다른 걱정이 생겼으니 바로 그녀의 결혼 소식을 알리는 것이었다.

"타시죠."

병원 입구에서 멍하니 서 있던 희영이 고개를 돌렸다. 민우가 웃으며 서 있었다. 멀지 않은 곳에 비상등을 깜빡이는 검은 승용차가 있었다. 뒷좌석에는 그가 앉아 있었다. 그녀가 차에 오르고 승용차는 조용히 병원을 빠져나갔다.

"수속은 잘 끝냈나?"

길게 침묵을 지키던 그가 드디어 입을 열었다.

"네."

"동생에게 결혼 소식은 알렸고?"

"아직……."

시선을 떨군 희영이 제 손가락을 꼬물거리며 말끝을 흐렸다.

"이미 혼인신고도 끝냈는데 하루라도 빨리 알리는 것이 낫지 않겠어?"

"후우……."

희영은 대답도 못하고 한숨만 쉬며 창밖을 내다보았다.

계약서를 작성한 후로 쭉 연락이 없던 그에게서 연락이 왔다. 정확히 말하면 연락을 해온 건 민우였다. 혼인신고서를 작성해야 한다며 약속을 잡았는데 막상 그 자리에 당사자인 그는 나오지 않았다. 처음에는 황당했지만 나중에는 어차피 진짜 결혼도 아닌데 그가 오든 말든 무슨 상관인가 싶었다. 그렇게 그와는 서류 몇 장과 사인으로 법적인 부부가 되었다.

무심히 지나가는 건물들을 보고 있던 희영은 옆자리의 그를 힐끗 쳐다보았다. 그는 서류 꾸러미를 무릎에 올려놓고 서류를 보고 있었다. 법적으로 자기 위치가 바뀌었음에도 그는 전혀 아무렇지 않아 보였다.

저 서류 속에 혼인신고서도 있을 것 같았다. 그에게 결혼은 수많은 비즈니스 중 하나일 것이다. 어쩌면 진짜 결혼도 그렇게 생각할 것 같았다. 가짜 결혼에 로맨스가 있을 수는 없지만 하나의 서류로만 치부되는 건 유쾌하지 않았다. 그렇다고 화를 낼 수도 따질 수도 없었다. 그녀 역시 어디까지나 돈이 필요해서 계약서에 사인을 한 것에 지나지 않기 때문이었다.

그렇다면 그녀도 아르바이트 하나 더 늘었다고 생각하면 그만이었다. 아니다. 세진화학에 입사했다고 생각하는 것이 더 그럴듯할지도 모르겠다. 누구는 못 들어가서 안달인 회사에 어마어마한 연봉을 받고 스카우트되었다. 상상만으로도 즐거운 일이었다. 6개월이다. 6개월은 금방 지나갈 것이다.

승용차가 도착한 곳은 화려하게 꾸며진 스튜디오였다. 분위기로 보아 웨딩촬영을 하는 스튜디오 같았다. 아침 일찍 연락을 해서 약속을 잡더니 목적이 웨딩촬영이었나. 아무리 계약에 의한 결혼이고 이름뿐인 아내여도 이런 일은 먼저 말해주면 얼마나 좋을까. 하지만 친절하게 설명해 줄 생각이 없는 그는 이미 옷을 갈아입기 위해 사라져 버렸다. 희영도 드레스로 갈아입기 위해 직원을 따라갔다.

드레스는 고르고 말 것도 없이 이미 다 준비가 되어 있었다. 희영은 거짓으로 순백의 웨딩드레스를 입은 제 모습을 보며 서글픔을 느꼈다. 생활이 빈곤해 마음에 여유가 없었어도 그녀에게는 결혼에 대한 로망이 있었다.

잘생기면 좋지만 꼭 그렇지 않더라도 웃는 얼굴이 멋있는 남자였으면 좋겠다던가, 부자는 아니어도 작은 것에 감사할 줄 알고 성실한 남자라던가. 더불어 가족을 중요하게 생각하고 아내를 끔찍이 사랑하는 남자라면 좋겠다는 그런 꿈 말이다. 그런데 연애도 제대로 못해보고 결혼을 하는 것도 모자라 이혼 예약이라니. 아무리 예쁘게 꾸몄어도 속이 없는 쭉정이 신세였다.

'안 돼!'

희영은 거울에 비친 자신을 나무랐다. 수술을 기다리는 동생을 눕혀놓고 말도 안 되는 감상에 젖어 있었다.

'정신 차리자, 희영아.'

한 번 더 마음을 다잡은 희영은 직원을 따라 촬영장으로 갔다. 그곳에는 벌써 준비를 끝낸 그가 지루한 얼굴로 소파에 앉아 있었다. 그녀가 들어가자 무료한 표정이던 그의 눈이 가늘어졌다. 그의 미묘한 표정 변화를 놓치지 않은 희영은 민망함에 얼굴을 붉히고 말았다.

어째서 웨딩드레스는 이렇게 죄다 헐벗었을까.

희영은 훤하게 드러난 어깨가 어색해 손으로 자꾸 쓰다듬었다. 꼼꼼하게 말아 올린 헤어스타일도 어색하긴 마찬가지였다. 그러고 보니 화장도 어색했다.

"신부 단독 컷부터 시작할게요."

카메라를 든 사진작가가 큰 소리로 외쳤다.

'몇 장만 찍는 게 아니야?'

희영은 치렁치렁 늘어진 드레스를 들어 올리는 직원을 당황스러운 눈으로 바라보았다. 직원이 세 명이나 달라붙어 그녀를 화사한 꽃장식이 있는 장소로 데리고 갔다. 그는 이제야 흥미가 생긴 듯 팔짱을 끼고 감상하듯 그녀를 바라보았다.

그리고 시작된 촬영. 작가가 아무리 웃으라고 주문을 해도 경직된 그녀의 표정은 좀처럼 풀어지지 않았다. 그녀가 모델이나 연기자가 아닌 이상 가짜 결혼사진에 자연스러운 웃음이 나오려야 나올 수가 없었다. 그래도 작가는 용케 OK 사인을 보내고 그를 불렀다. 계속 기다리고 있던 그가 드디어 그녀 곁에 섰다.

"자, 신부 허리에 팔을 두르세요. 네, 그렇죠."

속도 모르는 작가의 주문에 희영은 당혹스러웠다. 그러나 그는 무덤덤한 얼굴로 그녀에게 다가가 팔을 둘렀다.

"신랑 얼굴 보세요."

작가의 요구에 희영은 용기를 쥐어짜 그를 올려다보았다. 그가 무심한 표정으로 그녀를 굽어보고 있었다. 맑고 검은 눈동자와 눈이 마주쳤다. 이렇게 가까이서 이성을 본 적이 없었다. 기분이 이상했다. 그에게서 풍기는 은은한 향기가 코를 간질이고, 어깨가 오들오들 떨렸다. 그렇게 진땀이 흐르는 촬영이 끝나고 잠시 쉬는 시간이 주어졌다.

"에어컨을 좀 줄이죠."

발이 아파 제대로 걷지 못하는 그녀를 부축해 소파에 앉힌 그가 직원에게 말했다.

"신부님이 추울까 봐 걱정되시나 봐요. 다정하시네요."

직원이 웃으며 가볍게 물었지만 그는 굳이 대답은 하지 않았다. 다정은 무슨. 희영은 입술을 삐죽이며 속으로 구시렁거렸다. 너무 긴장을 해서인지 정신이 다 멍한 상태로 앉아 있던 희영은 문득 제 어깨에 무언가가 덮이는 걸 알았다. 그가 심각한 표정으로 어깨에 숄을 둘러주고 있었다. 마치 고난위도의 수학 문제를 푸는 것 같은 표정이었다.

"고맙습니다."

희영은 기어들어 가는 목소리로 인사를 하고 그에게서 시선을 돌렸다.

짧은 휴식 시간이 지나고 촬영은 계속 이어졌다. 드레스를 다섯 번 더 갈아입고 셀 수 없을 정도의 사진을 찍어댔다. 촬영은 한참 만에 끝났다. 답답하던 화장을 깨끗이 지우자 숨통이 틔었다. 별로 어려운 포즈들도 아니었는데 긴장을 한 탓에 몸 구석구석 근육이 뭉친 것처럼 아팠다.

사무실로 들어가니 사진 몇 컷이 벌써 나와 있었다. 정식 앨범과 벽에 걸 액자는 보름 뒤에 보내주겠다며 사진의 일부를 먼저 뽑아준 것이다. 그는 그다지 관심이 없는 듯 소파 한쪽에서 누군가와의 통화에 열중하고 있었고 사진들만 덩그러니 테이블 위에 놓여 있었다.

"사진 무척 잘 나왔어요. 두 분 정말 잘 어울리시네요."

"아…… 네."

희영은 직원의 말에 어색한 웃음을 지어 보이며 사진을 천천히 넘겨보았다. 사진을 넘기던 그녀는 눈을 휘둥그레 떴다. 사진 속에 서 있는 사람이 정말 자신인지 의심스러웠다. 옷이 날개라는 말이 사실이라는 걸 실감했다. 몰라보게 달라진 제 모습에서 시선을 땐 희영은 위풍당당한 모습으로 곁에 서 있는 남자를 천천히 살펴보았다.

키를 맞추기 위해 신었던 10센티 하이힐로도 커버를 할 수 없는 그의 커다란 키와 딱 벌어진 어깨, 그리고 흠잡을 곳 없는 반듯한 얼굴은 하나의 작품이었다. 사진을 보고서야 이제껏 그의 얼굴을 제대로 살펴본 적이 없다는 걸 알았다. 자신을 두고 돈 많고 잘생긴 남자라고 하더니 허풍이 아니었다.

희영은 여전히 통화 중인 그를 슬쩍 쳐다보았다. 그와 계약서를 작성하고 오랜만에 PC방에 가서 인터넷을 했다. 그렇게 대단한 사람이라면 인터넷에 기사 몇 개쯤은 충분히 있을 것 같았다. 예상대로 세진화학과 세진그룹, 그의 이름으로 검색되는 기사가 꽤 많았다. 그전에는 검색해 볼 생각을 왜 못했을까. 그의 말처럼 미리 알았다고 해서 달라지는 건 없었을 것이다. 고민의 시간은 더 길어졌을지 몰라도 선영의 수술이 시급했던 그녀는 결국 결혼을 선택했을 것이다.

그는 형제가 없이 외아들이었고 단란해 보이는 가족은 아니었지만 그렇다고 나빠 보이지도 않았다. 그의 아버지인 박영규 회장은 풍채가 좋았다. 미소 속에 숨겨진 근엄함에 절로 긴장하게 되었다. 그의 어머니 이선주 여사와 관련된 기사도 있었다. 재계 부인들이 만든 자선 모임 '사랑나무' 관련 기사들이었다. 어머니는 나이가 가늠되지 않을 만큼 빼어난 미모의 소유자였다. 온화한 미소가 우아하며 고상했다. 문득 어렸을 때 갑자기 세상을 떠난 부모님이 떠올라 코끝이 찡해졌다.

무엇 하나 부족해 보이지 않는 그가 이런 거짓 결혼을 왜 해야 했을까. 기사나 드라마 등을 통해 정략결혼에 대해 많이 듣지만 그렇게 결혼하고도 잘사는 부부들이 얼마나 많은데……. 정말 단순히 그런 결혼을 피하려는 것뿐일까. 그녀의 의문은 계속 이어지고 있었다.

해가 떨어지기 시작한 늦은 오후. 서류에서 시선을 뗀 지훈은 낯익은 풍경에 목적지가 가까워졌음을 알았다. 그는 아까부터 조용한 옆자리를 바라보았다. 그녀는 어느새 곤히 잠이 들어 있었다. 아침 일찍 동생을 입원시키고 지금까지 정신없이 따라다녔으니 지칠 만도 했다.

처음에는 이런 결혼을 해야 하는 이유를 그리도 궁금해하더니 이제는 현실을 받아들이기로 한 모양인지 아무런 불평도 없이 그를 따라다녔다. 잠은 들었으나 불편해 보이는 자세만큼 그녀를 바라보는 그의 마음도 편하지는 않았다.

조만간 언론에 결혼 사실을 알릴 계획이었다. 예상치 못한 아들의 반격에 아버지는 진노하겠지만 그는 상관없었다. 정말로 사랑해서 하는 결혼이 아니기에 아버지가 반대를 하든 안 하든 관계가 없었다. 결혼했다는 사실만으로도 충분했다. 문제라면 지쳐 잠이

든 그녀였다. 그녀에게 서류상의 역할 외에는 아무것도 없다고 했지만 불가피하게 부모님에게는 인사를 시켜야 했다. 과연 그녀가 잘 버틸 수 있을까.

"으음……."

여전히 꿈속인 그녀가 입맛까지 다시며 그를 향해 돌아누웠다. 그는 고개를 기울여 그녀의 얼굴을 천천히 들여다보았다. 자그마한 얼굴에 이목구비가 뚜렷했다. 동생의 수술이 해결돼서인지 몰라도 처음보다 안색도 많이 좋아졌다. 청바지에 티셔츠 입은 모습만 보았을 때는 마냥 어려 보이더니 화장을 제대로 하고 머리까지 올리자 어엿한 숙녀였다. 공들여 꾸미면 꽤 미인이라는 걸 본인은 알까.

"훗."

고개를 푹 숙인 그가 갑자기 헛웃음을 터뜨렸다. 엉뚱한 참견이지 않나. 마침 차가 멈추고 그는 그대로 문을 열고 밖으로 나갔다.

탁!

둔탁한 소리와 함께 희영이 눈을 떴다. 그는 벌써 어느 건물로 들어가고 있었다. 아무리 둘러봐도 이곳이 어디인지 알 수가 없었다.

"내리시면 됩니다."

운전석에 앉아 있던 민우가 친절하게 알려주었다. 희영은 얼떨떨한 얼굴로 차에서 내려 어느새 사라지고 없는 그를 찾아 건물 안으로 바삐 들어갔다. 그는 엘리베이터 앞에 서 있었다. 깔끔하고 고급스러운 분위기의 로비가 그녀의 호기심을 자극했다.

"우리 집이야."

"에?"

"김희영 씨가 나와 살게 될 신혼집."

'신혼집' 이라는 소리가 메아리가 되어 건물 구석구석으로 퍼지는 것 같았다. 부부가 되었으니 한집에서 사는 것은 당연했고, 사전에 그와 합의를 끝냈음에도 마치 처음 듣는 것처럼 심장이 철렁 내려앉았다. 마음과 머리가 현실을 제대로 따라가지 못하고 있는 것 같았다. 내일이면 정신을 차릴 수 있을까?

신혼집이라고 일컬어지는 집에 도착했다. 비밀번호를 누른 그가 현관문을 열었다. 넓은 현관에서 시작된 긴 통로가 제일 먼저 눈에 들어왔다. 복도 끝에는 한강이 한눈에 내려다보이는 넓은 거실이 자리를 잡고 있었다. 높은 천장에는 석양을 받은 샹들리에가 예쁘게 반짝거렸다. 집 안은 복층 구조였다.

"오셨어요?"

제자리에서 뱅글뱅글 돌며 집을 구경하고 있던 희영이 소리가 들린 쪽으로 돌아섰다. 인자한 표정의 아주머니가 웃으며 서 있었다. 그는 집안일은 봐주는 아주머니라고 했다. 그리고 그는 아주머니에게 '제 아냅니다.' 라고 그녀를 짧게 소개했다. 당황은 잠시 후에. 희영은 아주머니에게 인사부터 했다.

"안녕하세요."

다짜고짜 아내라고 하는데도 아주머니는 아무렇지 않은 듯 온화한 미소로 '축하드립니다.' 라고 답했다. 어색하고 어정쩡한 첫 대면을 마친 희영은 어딘가로 향하는 그의 뒤를 불안한 눈으로 좇았다.

"이리 와봐."

부르는 소리에 가보니 그는 어느 문 앞에 서 있었다. 쭈뼛거리며 다가가자 그가 방문을 열었다. 산들바람에 춤이라도 출 것 같은 하얀색 레이스가 드리워진 커다란 유리창이 그녀의 시선을 끌었다. 앞에는 작은 응접 테이블이 창문을 향해 놓여 있었다.

호기심에 안으로 몇 발자국 더 들어가자 왼쪽 편으로 벽에 가려 잘 보이지 않던 공간이 나타났다. 누우면 바로 잠이 들 것처럼 포근해 보이는 커다란 침대가 놓여 있었다. 브라운 톤의 방은 꽤 아늑해 보였다.

"여긴 왜요?"

"신혼방."

그의 목소리는 진지했지만 눈은 장난스럽게 반짝거렸다. 그녀의 얼굴이 새빨개졌다.

"서, 설마 지금 방을 같이 써야 한다는, 뭐 그런 거예요?"

얼마나 놀랐는지 목구멍으로 공기가 넘어가는 바람에 갑자기 기침이 터져 나왔다.

"난 어느 쪽이든 상관없는데, 동생이 퇴원하면 각방 쓰는 걸 어떻게 설명하려고?"

끙. 속에서 신음이 올라왔다. 첩첩산중이었다. 반복되는 충격에 머릿속이 멍해졌다. 생각 같아서는 옛날 집에서 선영이와 마음 편하게 지내고 싶었지만 그의 남다른 지위 때문에 그건 꿈도 꿀 수 없었다. 그랬다가는 대놓고 사기 결혼입니다, 라고 소문내는 꼴이었다. 선영이가 퇴원을 하면 어쩔 수 없이 그와 같은 방을 써야 했다. 그거 싫다고 아직 미성년자인 동생을 보호자도 없이 홀로 지내게 할 수는 없었다.

"선영이가 오기 전까지는 따로 지내고 싶어요. 우, 우린 아직—"

"그렇게 해."

말이 끝나기도 전에 그는 대수롭지 않다는 듯 흔쾌히 동의했다. 안 된다고 하는 것도 이상한 일이었지만 막상 쉽게 허락이 떨어지고 나니 혼자만 어렵게 생각한 것 같아 기운이 빠졌다.

"그리고 이거."

허탈함에 웃음 짓는 그녀에게 그가 무언가를 내밀었다. 검은색의 작은 상자였다. 머뭇거리며 상자를 받아 뚜껑을 열자 영롱한 빛깔의 다이아몬드 반지가 자태를 뽐내고 있었다.

"뭐예요?"

"결혼반지."

"허……."

감탄인지 탄식인지 모를 소리가 입에서 흘러나왔다. 가짜 결혼이라면서 챙길 건 다 챙기고 있었다. 이러다가는 진짜와 거짓을 구분 못하게 될 것 같았다. 연이어 벌어지는 일에 혼란스러운 그녀와 달리 그는 다른 세상의 사람처럼 태연했다. 은근히 약이 올랐다.

"껴줘야 하나?"

챙길 건 다 챙기면서 이런 건 시늉도 하지 않는 남자! 희영은 입술을 삐죽이며 묵묵히 반지를 손가락에 꼈다. 약간 헐렁한 것 같기는 했는데 빠질 정도는 아니었다. 희영은 체념한 얼굴로 반지 낀 손을 그에게 보여주었다.

"됐죠?"

"다른 방을 보여주지."

그는 관심도 없다는 듯 휑하니 방을 나가 버렸다. 진짜 진정으로 약이 올랐다.

2층은 방 두 개로 이루어진 아담한 공간이었다. 방 사이에는 작은 응접 소파도 놓여 있었다. 그는 층계에서 가장 가까운 방의 문을 열었다.

"방이 조금 작기는 하지만 큰방은 동생 주도록 하지."

"나더러 여기 쓰라는 거예요?"

"1층에도 방이 더 있기는 한데, 나랑 같이 1층 쓰는 것보다는 2층이 편하지 않겠어?"

"그렇죠!"

"그렇게까지 정색하지 않아도 돼."

목소리는 진지했지만 눈꼬리에 걸린 웃음까지 가릴 순 없었다. 그의 웃음이 그녀의 긴장을 풀어주었다. 아니, 용기를 주었을지도 모른다. 아까부터 그의 태도에 약이 올라서인지 불쑥 놀려먹고 싶은 마음이 생겼으니까. 희영은 팔짱을 끼고 그를 삐딱하게 올려다보았다.

"왜요? 내가 2층 사용한다니까 서운해요?"

음흉한 미소를 띠며 그의 턱 밑까지 다가가 고개를 처들고 올려다보았다. 그러나 그녀는 자신의 그런 행동이 얼마나 위험한지 알지 못했다. 그의 눈빛이 어두워지는가 싶더니 표정은 어느새 그윽하게 변하였다. 뒤늦게 위험하다는 걸 깨달았지만 그의 커다란 팔에 갇혀 도망칠 수 없었다.

"서운하다고 하면 나랑 같은 침대 쓸 텐가?"

의기양양하던 그녀의 얼굴이 빨갛게 물들었다. 난데없이 현기증도 밀려왔다. 희영은 꽉 막힌 목소리로 한마디를 겨우 내뱉었다.

"나 태, 태권도 했어요."

"군대 다녀온 남자라면 단증 하나쯤 다 있는데…… 원한다면 상대해 줄 수 있어."

일순간 주변이 고요해지고 나직하게 흐르는 그의 숨소리만 크게 들려왔다. 반쯤 감은 그의 시선이 그윽했다. 희영은 말문이 막혀 버려 '놔줘요.' 라는 말만 겨우 입 밖으로 낼 수 있었다.

"뜻대로."

이번에도 그는 무심한 목소리로 대답하며 양팔을 벌려 쉽게 놓아주었다.

"내일이라도 이사를 하는 것이 좋겠어. 동생에게도 최대한 빨리 결혼 사실 알리고."

그는 직장 상사처럼 그녀에게 지시하고 먼저 1층으로 내려갔다. 희영은 긴장으로 잔뜩 쪼그라져 있던 폐에 공기를 쑤셔 넣듯 숨을 크게 들이쉬고 소파에 털썩 앉았다. 하루 동안 몰아친 회오리에 정신이 하나도 없었다. 6개월. 정말 짧은 기간이 맞을까.

다음날 아침. 희영은 병원에 일찍 도착했다. 어제는 얼마나 힘들었는지 병원에 다시 올 엄두가 나지 않았다. 그녀가 일을 그만둔지 모르는 선영은 특별한 일도 없다며 집에서 푹 쉬라고 했다. 제 건강보다 언니를 먼저 챙기는 선영이 희영은 그저 고마울 따름이었다.

엘리베이터에서 내려 병실로 향하던 중에 선영의 전화가 걸려왔다. 기다리고 있을 동생 생각에 마음이 급해진 희영은 걸음을 재촉하며 전화를 받았다.

"선영아, 다 왔어."

[언니. 모르는 아저씨가 왔어.]

"뭐?"

잠시 멈칫거리던 희영은 뛰기 시작했다. 숨을 헐떡이며 병실로 들어간 희영은 눈을 휘둥그레 떴다. 지훈이 보호자처럼 앉아 있었다. 언니를 본 선영이 불안한 얼굴로 빨리 오라고 손짓을 했다. 희영은 거칠어진 숨을 고르며 그에게 물었다.

"어떻게 왔어요?"

"내 차 타고."

그의 대답을 듣고 있으면 이상하게 약이 올랐다. 할 말을 잃게 되는 건 덤이었다.

"입원실 옮길 거야."

"입원실은 왜요?"

"곧 수술할 건데 편하게 지내야지."

4인실도 충분히 넓고 편한데 어디로 옮기라는 걸까. 아무리 병원비를 그가 부담한다고 해도 불필요한 지출을 만들고 싶지는 않았다. 그리고 입원실을 어디로 정하든 그건 그가 간섭할 필요가 없는 일이기도 했다.

"여기도 충분히—"

"언니."

두 사람의 대화에 선영이 끼어들었다.

"이분이 누군지 말해줘야지."

"아……."

동생의 요구에 희영은 난처한 표정을 지었다. 이젠 그가 얄미워졌다. 아직 아무런 얘기도 못 꺼냈다는 걸 뻔히 알면서 불쑥 찾아와 보호자처럼 굴다니. 그가 말하는 바를 모르는 건 아니지만 이렇게 무턱대고 찾아와서 버티면 어쩌자는 건지 이해가 되지 않았다. 거짓말을 할 수도 없고 물러날 수도 없는 상황에 희영은 한숨을 쉬며 우물쭈물 입을 열었다. 그런데 그가 먼저 선수를 치듯 먼저 말을 꺼냈다.

"말하기가 그렇게 쑥스러운가?"

뭐라고 끼어들 새도 없이 그가 말을 이었다.

"그전에 사과부터 해야겠다."

"무슨 말씀이세요?"

선영은 영문을 몰라 두 사람의 얼굴을 번갈아 보았다. 그가 의외의 다정한 목소리로 말했다.

"사실 네 언니, 나랑 결혼했어."

"에?"

선영이 어리둥절한 눈으로 쳐다보았지만 희영은 딱 울고 싶었다. 그는 또 아무렇지 않은 얼굴로 두 번째 폭탄을 터뜨리고야 말았다. 이제는 자포자기 심정이 되어버렸다. 그녀가 할 수 있는 건 그가 하는 말에 맞장구만 제대로 치는 일 뿐이었다.

"네 언니에겐 미안하게도 내가 좀 평범하지 않아서 결혼식을 할 수가 없었어."

희영은 비운의 여주인공 같은 표정으로 시트를 만지작거렸다.

"가족이라고는 동생이 유일한데 제대로 인사도 못했어. 미안해. 결혼식은 번듯하게 올리지 못했지만 언니와 난 법적으로 부부야. 내가 형부가 된 거지. 퇴원하면 같이 살게 될 거야. 우리는 가족이니까."

"아니…… 저기…… 언니……."

그에게서 시선을 떼지 못한 선영이 손을 허우적거리며 희영의 옷자락을 잡았다. 갑작스러운 결혼 발표에 선영은 당혹감을 감추지 못했다. 마땅히 해줄 수 있는 이야기가 없던 희영은 그저 어색하게 웃을 수밖에 없었다.

"병원에 있는 동안은 내가 보호자야. 그러니까 입원실부터 옮겨."

다정한 형부 역할을 끝낸 그는 '잘했지?' 하는 표정으로 그녀를 한 번 쳐다보더니 자리에서 벌떡 일어났다. 기다렸다는 듯 병실로 들어온 간호사가 입원실을 옮기겠다며 링거들을 정리하기 시작했다. 물어보고 확인할 틈도 없이 두 사람은 병실을 옮겨야 했다.

"와아……."

간호사와 함께 새로운 입원실로 들어간 선영이 감탄이 섞인 외마디 소리를 냈다. 작은 응접실까지 딸려 있는 으리으리한 입원실은 특급 호텔에 온 것 같은 착각을 불러일으켰다. VIP 병동이라는 이름에 걸맞게 침대부터 남달랐다. 화려하게 꾸며진 내부 인터리어와 고급 가전제품들이 시선을 끌었다. 간호사와 함께 입원실 정리를 하는 동안 그는 생각에 잠긴 얼굴로 창가에 있는 소파에 앉아 있었다.

"언니, 뭐라고 설명 좀 해봐. 이게 다 무슨 일이야?"

옷자락을 잡아끈 선영이 눈치를 보며 낮은 목소리로 물었다. 답답한 건 희영도 마찬가지였다. 어디까지 이야기를 해야 선영이 납득을 하려는지 막막했다. 그렇다고 계속 대답을 회피할 수 있는 문제도 아니었고, 그럴 때마다 그가 나서서 대답을 해줄 수 있는 문제도 아니었다. 희영은 하는 수 없이 그가 했던 말을 반복하는 수밖에 없었다.

"네 형부 말대로야. 저 사람이랑 결혼한 거 맞아."

"말이 돼? 그걸 왜 이제 말해?"

"미리 말하지 못한 건 미안한데, 그럴 만한 사정이 좀 있었어. 너 수술 끝나고 퇴원하면 알리려고 했어. 그랬는데……."

희영은 말끝을 흐리며 가만히 보고만 있는 그를 힐끔 쳐다보았다. 그는 그녀와 눈이 마주치자 마치 배턴터치라도 받은 사람처럼 일어나 침대로 다가왔다.

"언니 너무 나무라지 마. 나 때문에 그렇게 된 거니까. 그리고 한 몇 시간 언니 좀 데려가야 하는데 괜찮겠어?"

"어딜요?"

자매가 똑같이 물었다.

"본가에 갈 일이 있어."

미소가 사라진 얼굴로 그가 나직하게 말했다. 생각지 못했던 일에 희영은 마른침을 한 번 삼켰다. 본가에 가야 한다는 건 그의 부모님을 만나야 한다는 소리였다. 선영이 일로 머리가 복잡한데 아무런 마음의 준비도 없이 본가에 가야 한다는 사실에 덜컥 겁이 났다. 그가 그랬다. 죽도록 사랑해서 결혼을 했어도 부모님의 반대는 피할 수 없다고. 예상한 일이라 해도 두려움이 사라지는 건 아니었다.

"오래 걸리지는 않을 거야."

떨고 있는 걸 알았는지 그가 다정하게 그녀의 어깨를 다독이며 타이르듯 말했다.

"알았어요."

대답은 선영이 했다. 팔짱을 끼고 턱을 치켜세운 선영은 그에게 선심이라도 쓰듯 당돌하게 말했다.

"궁금한 게 엄청 많지만 그건 나중에 물어볼게요."

"고마워, 처제."

그가 빙긋 웃으며 선영의 등을 가볍게 두드렸다.

"지금 갈 거예요?"

"응."

"저기…… 잠시만 기다려 줄 수 있어요? 선생님 뵙고 올게요."

"내가 뵙고 왔어. 검사 결과는 내일 오전에 나온대. 특이사항 없으면 모레 수술 들어갈 수 있다고 하더군."

"아…… 그래요? 알았어요."

선생님 면담을 핑계로 시간을 좀 벌 수 있을까 생각했는데 그는 기회를 주지 않았다. 하는 수 없이 희영은 선영에게 다시 오겠다는 말을 남기고 그를 따라 입원실을 나갔다.

"이러는 게 어디 있어요?"

희영은 엘리베이터로 향하는 그의 재킷 자락을 꽉 붙잡았다. 돌아보는 그에게 작은 목소리로 항의했다.

"지금 뭐 하자는 거예요?"

"이렇게 안 했으면 계속 고민만 하고 있었을 거잖아."

"얘기한다고 했잖아요. 무턱대고 말부터 꺼내면 어떻게 해요. 내가 난감해졌잖아요."

"더 지체했다가는 더 난감한 상황이 올 거라 그런 거야."

"무슨 말이에요?"

이상한 불안감에 희영은 잡았던 재킷을 놓았다. 그는 재킷을 매만지고 예의 진지한 얼굴로 말했다.

"내일이면 우리 결혼에 대한 기사가 날 거야."

"기사요?"

"그래. 나는 평범한 사람들과 달라서 결혼을 하거나 이혼을 하면 신문에 기사가 실려. 자기 언니 결혼 사실을 기사를 통해 알게 할 수는 없잖아."

희영의 눈동자가 두려움으로 흔들렸다.

"걱정하지 마. 김희영 씨 사진을 공개하겠다는 건 아니니까. 하지만 언젠가는 동생이 알게 될 일이야. 계속 숨길 수 있다고 쳐도 잘못했다가는 결혼도 안 한 언니의 이혼 사실부터 알게 될 수도 있어."

생각만 해도 끔찍한 일이었지만 잘했다며 박수를 칠 수도 없었다. 뭘 어떻게 해야 하는지 통 정신을 차릴 수가 없었다. 근심이 가득한 그녀를 굽어보던 그가 작게 한숨을 쉬며 어깨를 가볍게 두드렸다.

"부모님께 알리려고 한 결혼인데 인사는 드려야지. 부모님과 사이가 좋지 않아서 오래 있지는 않을 거야. 본가에 다녀오는 것으로 김희영 씨가 해야 하는 일은 모두 끝나. 이후로는 김희영 씨가 원한 대로 서류상의 아내로만 있어주면 돼. 그러니까 안심해."

계약서 쓸 때는 확인도 안 하는 것 같더니 그는 그녀가 추가한 내용을 알고 있었다. 하긴, 사업하는 사람이 계약서를 허술하게 보지는 않을 것이다. 그렇다고 계약 내용과 다르다며 거부할 수 있는 문제가 아니었다. 그가 원하는 아내 역할은 이런 것이었을 테니까. 그 계약의 대가로 선영이는 수술을 받을 수 있게 된 것이다. 바로 용기가 나는 건 아니었지만 마음은 조금 진정이 되었다.

"갈까?"

그녀가 생각을 정리하는 동안 말없이 기다려 주던 그가 물었다. 희영은 웃으며 '네.'라고 짧게 대답했다. 그가 먼저 걸음을 떼고 희영은 소리 없이 기합을 한 번 넣고 그를 따랐다. 그런데 엘리베이터를 향하던 그가 우뚝 걸음을 멈추었다. 그는 문이 꼭 닫힌 어느 병실을 쳐다보며 서 있었다. 희영도 덩달아 그 병실을 쳐다보았다. 명찰이 붙어 있는 것으로 보아 누군가 입원해 있는 병실이었다.

'누구지?'

그녀가 궁금증을 품기도 전에 그는 벌써 엘리베이터까지 걸어가 있었다.

옷까지 갈아입고 도착한 곳은 성북동의 대저택이었다. 높은 담장 위로 솟은 저택의 위세에 저절로 주눅이 들었다. 희영은 어린아이처럼 초인종을 누르는 그의 뒤에 바짝 붙어 있었다. 문이 열리고 두 사람은 안으로 들어갔다.

"회장님은 서재에 계십니다."

집 안으로 들어가자 스커트 정장 차림의 여성이 그에게 알렸다. 그는 알았다는 표시로 고개를 끄덕이고 쭉 안으로 들어갔다.

곧 그의 부모님을 만나게 된다고 생각하자 심장이 벌렁거리기 시작했다. 불안과 초조함에 손바닥에는 자꾸 땀이 배어났다. 부모님과는 사이도 좋지 않다는 그가 멋대로 결혼을 했으니 엄청난 소란이 벌어질 건 불을 보듯 뻔했다. 제발 무사히 이 집을 나갈 수 있게만 해달라는 기도가 간절하게 흘러나왔다.

서재 앞에서 그가 노크를 했다. 묵직한 목소리의 대답에 문을 열었다. 부자는 그 흔한 인사도 없이 냉랭했다. 도망가고 싶은 마음을 알아챈 사람처럼 그녀의 손을 잡은 그가 책상 앞으로 갔다. 드디어 고개를 든 박 회장이 안경을 벗고 아들의 얼굴을 쳐다보았다.

"무슨 용무냐."

"소개시킬 사람이 있어서 왔습니다."

박 회장의 시선이 희영에게로 향했다. 사진으로 보았을 때도 포근한 이미지는 아니었지만 이렇게 차갑고 매섭지도 않았다. 머리꼭대기부터 찍어 내리는 것 같은 기운에 희영은 겁에 질려 버렸다. 포갠 두 손을 꼭 움켜쥐는 것으로 도망가고 싶은 유혹을 겨우 떨쳐낼 수 있었다.

"제 아내입니다."

그가 던지는 세 번째 폭탄이었다. 박 회장의 한쪽 눈썹이 꿈틀댔다.

"정신이 나갔구나."

언성을 높이지는 않았지만 차갑게 빛나는 눈동자는 섬뜩했다. 소개를 했으니 인사를 하는 것이 당연함에도 희영은 모든 신경이 경직되어 숨 쉬는 것마저도 힘들었다.

"헛소리 집어치우고 나가."

거만한 표정의 박 회장이 대꾸할 가치도 없다는 듯 손을 저으며 서류로 시선을 내렸다.

"내일 결혼 발표 기사가 나갈 겁니다."

모두 순식간에 벌어진 일이었다. 위협적인 표정의 박 회장이 무언가에 손을 뻗자 그가 그녀를 뒤로 밀쳐냈다.

퍽!

"꺅!"

중심을 잡지 못해 휘청거리던 희영이 그의 팔을 잡고 작게 비명을 질렀다. 그는 생명의 동아줄이라도 되는 양팔을 움켜쥐고 있는 그녀를 등 뒤로 숨겼다. 무거운 침묵이 이어지고 바닥에는 박 회장이 집어 던진 책이 바닥에 처참하게 펼쳐져 있었다.

"네가 감히 이따위 짓을 벌여!"

엄청난 크기의 고함이 터져 나왔다.

"며느리 앞입니다."

"며느리? 허! 며느리라고!"

"네."

"내 허락 없이 결혼이 가당키나 하나!"

쾅! 하고 책상이 쪼개지는 것 같은 소리가 서재를 울렸다. 흠칫 놀란 희영의 어깨가 움찔거렸다.

"허락하지 않으셔도 저희는 이미 결혼을 했고, 혼인신고도 마쳤습니다."

"허! 그따위 서류 한 장이 무슨 대수라고."

침묵이 흘렀다. 그의 등 뒤에 있던 희영은 없는 용기를 짜내 박 회장을 넘겨보았다. 박 회장은 비웃음과 경멸이 가득한 눈으로 그녀를 쏘아보고 있었다. 희영은 다시 그의 등 뒤로 숨어버리고 말았다.

"소개는 시켜 드려야 할 것 같아서 왔을 뿐입니다. 이것으로 끝냈으면 합니다."

그가 고요한 목소리로 의미심장하게 말했다. 팔짱을 낀 박 회장은 침묵을 지키며 그를 쏘아보았다.

"가자."

몸을 돌린 그가 속삭이듯 말했다. 손을 잡은 그는 박 회장에게 인사도 없이 서재를 나갔다. 힘없이 그에게 끌려가던 희영은 발에 힘을 주며 걸음을 멈추었다. 무심한 표정의 그가 돌아보았다.

"괜찮은 거예요?"

희영이 걱정스럽게 물으며 그의 얼굴을 살폈다. 예상대로 그의 왼쪽 이마에 붉은 상처가 보였다.

"상처 났어요."

그에게 바짝 다가 선 희영이 상처에 손을 뻗자 그가 손목을 툭 쳐냈다.

"됐어."

"이게 누구야?"

새로운 인물의 등장이었다. 희영은 본능적으로 몸을 움츠리며 그에게 바짝 다가섰다. 그가 소리가 들린 쪽으로 몸을 돌렸다. 세진그룹의 안주인이자 지훈의 어머니인 이선주 여사였다. 희영은 며칠 전 인터넷으로 본 기사를 떠올렸다. 분명 그의 어머니가 맞는데 사진에서 보았던 인자하고 따뜻한 미소는 전혀 찾을 수 없었다. 세상에 알려진 가족의 모습과 전혀 다른 모습이었다.

"분가한 이후로 이 집에는 눈길도 안 주는 것 같더니, 여자까지 데리고 무슨 일이야?"

가냘픈 체구의 어머니가 비꼬는 목소리로 다가왔다. 희영은 저도 모르게 뒤로 한 걸음 물러났다. 어깨를 감싼 그가 그녀를 붙잡았다.

"결혼했다고 알려 드리러 왔습니다, 어머니."

"결혼?"

"왕래는 없어도 결혼 사실은 알리는 것이 예의 아니겠습니까. 그럼 저희는 이만 돌아가겠습니다."

어깨에서 내려온 손이 그녀의 손을 꼭 쥐었다. 가볍게 인사를 한 지훈은 어머니의 곁을 빠르게 지나갔다. 밖으로 나가니 민우가 차에서 대기하고 있었다. 익숙한 사람이 눈에 보여서인지 희영은 저도 모르게 안도의 한숨을 내쉬었다. 두 사람을 태운 차가 서서히 움직이기 시작했다. 희영은 회색빛으로 기억될 저택이 작아질 때까지 쳐다보았다.

정말 이걸로 다 끝난 걸까?

차 안에는 적막이 흘렀다. 시트에 몸을 잔뜩 묻은 그는 눈을 감은 채 잠든 것처럼 앉아 있었다. 무섭기만 한 아버지와 냉랭한 어머니. 그는 따뜻함이라고는 찾을 수 없는 그 집에서 유년 시간을 보낸 것일까. 이런 분위기는 단순히 사이가 안 좋다는 것으로 설명이 되지 않았다. 그는 마치 이방인처럼 느껴졌다. 그는 과연 누구일까.

"김희영 씨가 해야 할 일은 다 끝났어."

그녀의 마음을 꿰뚫어 본 사람처럼 그가 낮게 읊조렸다. 그는 그렇게 그녀의 위치가 어디까지인지 확실히 알렸다. 희영은 그에게서 시선을 돌려 창밖을 내다보았다. 그가 끝났다고 하면 끝난 것이었다. 아무리 많은 대가를 받았어도 가짜 아내인 그녀는 다친 곳을 살펴볼 자격조차가 없는 빈껍데기에 지나지 않았다. 알고 있는 사실인데, 이상하게 마음이 저릿했다.

"신경 쓰이십니까?"

병원으로 들어가는 희영을 바라보고 있는 지훈에게 민우가 물었다.

그래, 신경 쓰여. 지훈은 그 말을 속으로 삼켰다.

점점 더워지는 날씨에 머리카락을 치렁치렁 늘어뜨리고, 원피스에 맞춰 신은 높은 하이힐이 계속 신경 쓰였다. 하지만 지훈은 알고 있었다. 그것이 다가 아니라는 걸. 결혼은 만들어진 연극이었고, 오늘의 그녀는 아내 역을 맡은 배우였지만 분명 상처를 받았을 것이다. 잔뜩 지친 얼굴로 웃음을 보이며 돌아서던 그녀의 얼굴이 망막에 들러붙은 것 같았다.

어떤 연극이든 공연이 끝나면 박수를 받는다. 관객이 전혀 없었다 해도 스텝들은 배우들의 수고를 알기에 아낌없이 박수를 쳐줄 것이다. 그런데 그는 매몰차게 그녀를 무대 뒤로 밀어 넣었다. 다 끝났으니 불필요하다는 이유만으로…….

# 04. 의문의 가족

이른 아침. 선잠에서 깬 희영은 눈도 뜨지 못한 채 침대를 더듬어 핸드폰부터 찾았다. 폴더를 열자 밝은 빛 속에서 숫자들이 모습을 드러냈다. 6시가 막 지난 시간이었다. 도로 눈을 감은 희영은 지친 한숨을 내쉬었다.

지금 그녀가 있는 곳은 제 입으로 말하기 민망한 신혼집이었다. 어제 병원에 잠깐 들렀다가 이삿짐을 정리했다. 살림살이는 모두 버렸고 아직 많이 남은 생필품은 옆집에 주고 왔다. 그러고 나니 남는 건 옷가지와 책, 개인 물품이 다였다. 차는 민우가 준비를 해 주어 짐은 쉽게 옮겼지만 정리해야 하는 것들은 이 집에 오히려 더 많았다.

웨딩촬영을 하던 날, 그는 그녀를 백화점으로 데리고 갔었다.

그는 민우가 알려주는 매장으로 가서 직원들에게 그녀에게 맞는 것으로 가져오라고 요구했다. 그녀는 피팅 모델이었고 선택권은 그가 가지고 있었다. 그걸 잘 아는 직원들은 빠른 속도로 그에게 옷과 구두들을 보여주었고, 그는 'NO' 한 번 없이 카드 전표에 사인했다. 그렇게 시작된 쇼핑은 2시간가량 이어졌고, 그 결과물이 집에서 그녀를 기다리고 있었다.

아무리 품위 유지도 좋지만 이렇게 많은 옷들을 과연 입을 날이 오기는 할까 의심스러웠다. 쌓여 있는 옷과 구두, 가방들이 뿌듯하고 만족스러운 것이 아니라 쓸데없는 짐짝처럼 느껴졌다. 선영이 퇴원을 하면 방을 옮겨야 하기 때문에 물건 정리하는 것도 애매했다. 결국 대부분의 물건들은 백화점에서 배송되어 온 모습 그대로 한쪽에 치워놓았다. 그녀의 낡은 옷들이 화려한 고가의 옷들과 나란히 걸렸다.

짐 정리는 생각보다 꽤 오래 걸렸는데 그는 그때까지도 귀가를 하지 않았다. 아주머니는 자주 있는 일이라며 먼저 쉬라고 했다. 아주머니가 퇴근을 하고 넓은 집에 그녀 혼자만 남게 되었다. 요며칠 잠을 이루지 못해 피곤했음에도 잠은 쉽게 오지 않았다. 자다 깨다를 반복하다 보니 어느새 날이 샜다.

"집에 오기는 했나?"

확인해 보고 싶은 마음에 희영은 침대에서 내려와 밖으로 나갔다. 남의 집에 몰래 숨어 사는 사람처럼 살금살금 1층으로 내려갔다. 어젯밤에 쳐놓은 커튼 사이로 이른 아침의 햇빛이 흘러들어왔다. 빗금처럼 드리워진 햇살 틈을 가로질러 그가 사용하는 침실

앞에 섰다. 굳게 닫혀 있는 문이 꼭 그 같았다.

잘생겼다며 자화자찬하던 얼굴의 상처는 연고라도 발랐는지, 저녁은 챙겨 먹었는지, 늦은 밤까지 업무가 많았던 건지 물어보고 싶었다. 자기 할 말만 하고, 자기가 하고 싶은 것만 하는 그가 예뻐서가 아니라 단순한 호의였다. 같은 집에 사는 사람으로서 베풀 수 있는 호의. 그러나 그는 그녀의 역할이 끝났다는 이유로 인간으로서 자연스럽게 가지게 되는 관심과 걱정마저도 거부했다. 그 사실이 문득 서글퍼졌다. 그래도 용기를 내보기로 했다. 그가 거부했다 하여 자신마저 외면하고 싶지는 않았다. 희영은 손을 쥐었다 폈다 하며 심호흡을 하고 조심스럽게 노크를 했다.

똑똑.

소심한 마음의 소리였다. 대답을 기다렸지만 아무런 기척도 들리지 않았다. 문에 귀를 대고 신경을 모아보았다. 아직도 자는 걸까? 다시 문을 두드렸다. 여전히 묵묵부답인 그의 침실. 아무래도 침실의 주인은 없는 모양이었다.

갑자기 심술이 올라왔다. 웨딩촬영을 하고 백화점에서 거금을 들여 쇼핑을 할 때도 어떤 언질도 없이 데리고만 다니더니, 본가에 가는 것도 몇 시간 전에야 알려주는 무심한 남자. 사전 정보 전혀 없이 간 곳에서 두려움에 떨다 돌아왔는데 그는 전화는커녕 문자 하나 없었다. 아무리 허울뿐인 아내라 해도 이건 좀 아니지 않나. 두 주먹을 불끈 쥐고 문을 노려보던 희영은 죄도 없는 문에 화풀이라도 하듯 발로 한 대 쳤다.

쾅!

소리가 생각보다 크게 울렸다. 눈이 휘둥그레진 희영은 몸을 낮추고 앉아 발로 찬 곳을 살폈다. 보아하니 문짝 하나도 비싸게 주고 샀을 것 같은데 흠집이라도 나면 큰일이었다. 다행히 먼지만 조금 묻은 걸 확인한 희영은 안도의 한숨을 쉬며 묻은 먼지를 소매로 슥 닦아냈다.

"그래서 부서지겠어?"

"엄마야."

난데없이 뒤에서 소리가 들렸다. 캄캄한 밤에 귀신이라도 만난 것처럼 뒷골이 서늘해졌다. 희영은 머리만 숨긴 타조처럼 웅크린 채 꼼짝도 하지 않았다.

"언제까지 그러고 있을 셈이지?"

땅굴이 생길 때까지? 미안한 마음에 돌아서지도 못하고 엉거주춤 자리에서 일어나 게걸음으로 비켜섰다. 그가 들어가면 도망이라도 칠 생각이었는데 그는 꿈쩍도 하지 않았다. 뒤를 힐끔거리다 그와 눈이 마주쳤다. 희영은 어색하게 배시시 웃음을 보였다.

"운동하고 오셨나 봐요."

그는 운동복 차림이었다.

"새벽부터 무슨 일이지?"

"아…… 그냥 뭐…… 아침 인사랄까……."

쭈뼛거리던 희영은 문까지 열어주며 어서 들어가라는 행동을 취했다.

"알려줄 것이 있었는데 잘됐군."

호기심에 그녀의 눈이 동그래지고 귀가 쫑긋거렸다. 귀띔도 잘

해주지 않던 그가 웬 선심인가 싶었다.

"어제도 말했지만 오늘 기사 나갈 거야."

그가 시계를 들여다보았다.

"그럴듯한 소설 하나 써서 보도자료로 뿌렸으니 나중에 이 부장한테 받아서 확인해 봐."

그러더니 그녀를 세워놓은 채 방으로 들어가 버렸다. 문밖에 홀로 덩그러니 남겨진 희영은 멀뚱멀뚱 방 안을 바라보았다.

이게 끝? 이러면 끝인 거야?

지금 상황이 어이가 없어서 막 코웃음이 나려고 할 때 그가 방에서 나와 핸드폰을 내밀었다. 이건 뭐냐는 표정으로 바라보자 그가 그녀의 손에 핸드폰을 쥐어주었다.

"지금부터는 이 핸드폰을 쓰도록 하고, 당분간은 나랑 이 부장 전화만 받고 다른 사람들 전화는 받지 마. 아는 사람 전화도 마찬가지야."

"그건 좀……."

"반지는 어쨌지?"

희영은 텅 빈 제 손가락을 쳐다보았다. 설마 팔아먹었을까 봐? 그러는 자기는 왜 안 낀데?

"보여줄 곳도 없고, 하도 귀하신 몸이라 잘 모셔놨어요."

"오늘도 병원 가나?"

"가야죠. 곧 수술인데."

"결혼 상대자가 누구인지 언론은 아직 몰라. 나랑 같이 이동하면 기자들에게 분명 잡힐 거야. 그러니까……."

그가 진지한 표정으로 턱을 문질렀다.

"운전을 배우지."

"운전은……."

"최대한 빨리 면허를 따도록 해. 차는 원하는 걸로 사줄 테니까. 그리고 복학은 언제 할 거지?"

그의 말이 빠르게 이어지고 있었다. 그 바람에 정신이 하나도 없었지만 대답은 착실히 했다.

"다음 학기에 신청할게요."

"오늘 병원에 가는 차량이 문제군. 몇 시쯤 나갈 계획이지?"

"필요 없어요. 대중교통 이용할게요."

잔소리라도 하려는 사람처럼 입을 여는 그를 막으며 재빨리 말을 이었다.

"면허도 딸게요. 하지만 그전까지는 그냥 버스나 전철 타고 다니는 게 나을 것 같아요. 그렇게 하는 것이 서로 다 두루두루 편하지 않을까요?"

"그럼 그렇게 해."

매번 느끼지만 이 사람은 정작 원하는 건 알려주지도 않으면서 이런 대답은 참 시원하게 잘한다. 말려주길 바랐던 건 아닌데 그가 지금처럼 쿨하게 나올 때면 이유 없이 서운하다. 희영은 헛기침을 한 번 했다.

"갈게요."

"잊지 마. 누구의 연락도 받으면 안 돼."

지나가려던 희영이 그를 바라보았다. 뭘까. 이 불안감은. 그러나 희영은 방긋 웃으며 고개를 끄덕였다.

외출 준비를 하고 주방으로 내려갔을 때 그는 출근을 한 뒤였다. 벌써? 라는 생각이 들었지만 시간을 보니 이미 8시가 훌쩍 지난 시간이었다. 그새 출근을 한 아주머니가 아침 식탁을 차려놓고 그녀를 기다리고 있었다. 얼마 만에 받아보는 아침상인지……. 부모님이 돌아가신 후 이런 식탁을 받아본 적도 차려본 적도 없었다. 아주머니의 나이가 지긋해서인지 엄마 생각이 더욱 짙게 밀려왔다.

"잘 먹겠습니다."

희영은 목이 멘 목소리로 작게 중얼거렸다. 아주머니는 곁에서 그녀가 식사하는 것을 지켜보며 이것저것 챙겨주었다.

"그런데 아주머니."

주방을 정리하던 아주머니가 돌아보았다.

"여기 오래 계셨어요?"

"사장님이 본가에서 분가하실 때 같이 나왔어요."

그에 대한 새로운 사실에 그녀의 눈동자가 반짝거렸다. 정보원이라도 만난 것 같았다. 희영은 입에 든 음식을 오물오물 씹으며 어떤 것부터 물어봐야 할지 고민했다.

"본가에서는 오래 계셨어요?"

"본가는 한 5년 정도 있었어요."

"그럼 사장님에 대해 잘 아시겠어요."

아주머니가 웃음을 보였다.

"전 아는 게 거의 없거든요. 그런데 우리 안 이상하세요?"

"뭐가요?"

"갑자기 결혼했다고 하고……. 저기, 뭐냐. 방도 따로 쓰고……."

"어떤 일이든 사정이라는 게 있는 거니까요. 이상하지 않아요."

그러니까 이 일을 이상하게 생각하는 사람은 그녀 혼자뿐인 모양이었다. 아니, 한 명 더 있다. 바로 그녀의 동생 김선영.

"언니!"

병실로 들어가자 지루한 얼굴로 TV를 보고 있던 선영이 몸을 들썩이며 목청 높여 언니를 불렀다. 고등학생인데 저리 어리광을 부릴 때면 꼭 유치원 때를 보는 것 같았다.

"입원실 다시 옮기면 안 돼? 혼자 있으려니까 심심해 죽겠어!"

옮기고 싶은 마음은 희영도 마찬가지였다. 편한 것도 좋지만 몸에 맞지 않는 옷을 걸친 것처럼 부담스러웠다. 그렇다고 무작정 편한 대로 할 수도 없었다. 아무리 숨긴다고 해도 신상이 언제 알려지게 될지 알 수 없었고, 혹여 병원이라도 알아낸다면 일반 병동에서는 그들을 막을 방법이 없었다. VIP 병동은 신변 보호가 용이하기 때문에 이곳에 있는 것이 좋았다. 희영은 동생을 타이르기로 했다.

"혼자 있으려니 무료하고 지루한 거 잘 알아. 하지만 여기로 옮긴 이유가 있어서 그래. 여기에 있어야 우리나 저기…… 그 사람이나 서로 편해."

"그 사람이 누군데?"

선영이 의심이 가득한 눈으로 캐묻듯 물었다.

"누, 누구긴. 네 형부지."

"언니야, 말 나온 김에 좀 물어보자."

양반다리에 팔짱까지 낀 선영이 근엄한 얼굴로 말했다.

"도대체 형부는 뭐 하는 사람이야?"

"어?"

"아무리 돈이 많아도 평범한 사람들이 VIP 병동을 이용할 수는 없는 거잖아. 1인실이면 몰라도. 형부가 뭐 하는 사람이면 이렇게 비싼 입원실을 아무렇지 않게 쓸 수 있는 거야? 비싸고 좋으니까 편한 건 당연한데, 어딘지 모르게 수상하단 말이지."

눈을 가늘게 뜬 선영이 취조하듯 언니를 뚫어져라 쳐다보았다.

드디어 올 것이 왔다. 선영이 궁금한 걸 지금까지 참은 걸 보면 정말 많이 참은 거였다. 언젠가는 알게 될 사실이었다. 그리고 그 사실을 알려줘야 하는 건 그녀의 일이었다.

"네 형부는 세진화학이라는 회사 사장님이야."

"어?"

"그리고…… 세진그룹 회장님 아들이고."

"뭐어?"

선영이 새된 목소리로 외쳤다. 절대 믿을 수 없다는 표정이었다.

나도 그랬지. 피식 웃음을 보인 희영은 손을 들어 동생의 동그란 머리를 부드럽게 쓸었다. 그녀의 손에는 아침에 그가 찾던 결혼반지가 끼워져 있었다. 굳이 챙길 생각은 없었는데 그가 물어보기도 했고, 선영이에게 의심을 사지 않으려면 껴야 할 것 같았다.

"형부가 좀 안 평범하지?"

분위기 좀 바꿔보려고 노력을 했으나 분위기만 더 이상해졌다.

"다른 사람들처럼 드러내고 만날 수 없었어. 그래서 너에게도 말할 수 없었고……."

"허……."

졸지에 비련의 여주인공이 된 언니를 바라보는 선영은 적잖이 충격을 받은 눈치였다.

"괜찮은 거야?"

선영이 걱정이 가득한 얼굴로 물었다.

"뭐가?"

"그런 부잣집에 시집가서 괜찮은 거냐고. 나한테 미리 얘기도 못하고, 결혼식도 못할 정도면 형부 부모님이 반대했다는 소리잖아."

거짓 결혼에 반대가 무슨 대수일까. 그리고 그날 그녀가 보았던 것은 명백한 거부와 무시였다. 희영은 제 손가락의 결혼반지를 매만지며 말했다.

"반대야 당연히 있지. 기울어도 한참 기우는 결혼이 탐탁하실 리가 없잖아. 그래서 고민도 많이 했는데 그 사람 믿어보려고."

어쩜 이리도 거짓말이 술술 잘 나오는지. 희영은 속으로 놀라고 있었다. 심각한 얼굴로 듣고 있던 선영이 울상을 지었다.

"시집살이 하고 막 구박받고 그러면 어떻게 해? 아무리 형부를 사랑해도 그렇지……. 언니가 불행해지는 건 싫단 말이야."

"괜찮아. 걱정하지 마."

"언니, 혹시 마음은 안 그런데, 나 때문에 힘들어서, 돈 때문에 결혼한 거 아니야?"

"어머, 아니야. 멀쩡한 형부를 왜 갑자기 이상한 사람으로 만들어? 그리고 그 사람이 뭐가 아쉬워서 나랑 결혼을 해? 그런 거 아니야. 절대로."

그를 이상하게 생각한 건 그녀가 먼저였으면서 이제는 그는 물론이고 거짓 결혼을 마치 진짜 결혼인 것처럼 두둔하고 있었다. 심지어 '우리는 서로 사랑해.' 라는 거짓말을 뻔뻔하게 하고 있었다. 거짓말도 적당히 해야 하는 건데…….

사랑은커녕 세 번 만나 계약서로 맺어진 결혼이었다. 지금은 이렇게 열렬히 사랑해서 반대도 무릅쓰고 결혼했다고 우긴다지만, 6개월 뒤에는 뭐라고 우겨야 할까. 사랑이 식었다고? 괜찮을 것 같았는데 살면서 보니 힘들었다고?

"이상한 생각 하지 말고 어서 나을 생각만 해."

이 말은 그녀 자신에게도 하는 말이었다.

"오늘 밤에는 언니가 같이 있어줄게."

수술이 내일 오전으로 잡혀 있었다. 집에 다녀오는 것보다는 선영의 불안감도 줄여줄 겸 함께 있어주고 싶었다. 하지만 선영은 고개를 저으며 사양했다.

"됐어. 집에 가."

"오늘은 너랑 있으려고 짐 다 챙겨왔어."

"싫어. 누구 원망을 들으라고?"

우울해 보이던 표정과 달리 선영의 목소리는 새침했다. 슬쩍 곁눈질로 언니의 눈치를 살피던 선영이 갑자기 배를 잡고 깔깔거리기 시작했다. 선영의 갑작스러운 변화에 희영은 어리둥절해 있었다.

"이상한 생각 하지 말라면서? 언니가 집에 안 가면 나 정말 두 사람 사이 의심할 거야."

웃고는 있었지만 목소리에서 근심이 느껴졌다.

"내일 수술하면 나랑 계속 있을 거잖아. 그러니까 오늘은 가. 신혼인데 형부 독수공방시키지 말고. 난 형부 원망 듣기 싫어."

"얘, 얘는……."

선영의 짓궂은 농담에 희영은 당황하고 말았다. '신혼' 이라는 말은 들을 때마다 낯설고 이상하지만 선영의 입에서 듣는 '신혼' 은 경기를 할 것 같았다. 이렇게 신혼 타령하는 동생과 한집에서 같이 지내게 될 걸 생각하니 벌써부터 가슴이 꽉 막혀왔다.

"언니, 난 언니가 행복하다면 뭐든지 좋아. 내가 아직 어리기는 해도 우린 가족이잖아. 만약에 힘든 일이 있으면 그때는 꼭 얘기해 주기야. 응?"

어느새 웃음을 거둔 선영이 의젓하게 말했다. 왈칵 눈물이 쏟아질 것 같아 희영은 입술을 꾹 깨물었다. 이렇게 소중한 동생을 지킬 수 있게 되었으니 더는 여한이 없었다. 까짓것, 그의 부모님이라도 한 번 더 만날 자신이 생겼다.

"언니야, 집에 가기 전에 나 만화책 사다 주라."

선영이 어깨를 흔들며 어리광을 부렸다. 저렇게 어깨를 흔들며 어리광을 부릴 때면 가슴이 뭉클해져 제 살점이라도 떼어주고 싶은 마음이 들었다. 그녀도 그렇지만 너무 어렸을 때 부모님을 잃은 동생이 그만큼 가여웠다.

처음 고아원에 갔을 때는 엄마가 보고 싶다며 울기도 많이 울었는데 언젠가 부모님 기일에 이제는 부모님 얼굴이 잘 기억나지 않는다고 해서 한밤중에 몰래 얼마나 울었는지 모른다. 그래도 곧 씩씩한 얼굴로 그녀의 시름을 덜어주곤 했지만 선영은 언제나 아픈 손가락 같았다.

"다른 건 필요 없어?"

"밥도 못 먹는데 필요한 게 뭐가 있겠어. 재밌는 책이나 잔뜩 사와."

"그래. 알았어. 다녀올게."

올라오는 감정을 추스르기 위해 희영은 부랴부랴 입원실을 빠져나갔다.

그날 오후. 희영은 선영의 성화에 못 이겨 결국 집으로 돌아왔다. 내일이 수술이라는 사실만으로는 선영을 설득할 수 없었다. 오히려 내일부터 병수발 제대로 들려면 집에 가야 한다는 주장에 밀리고 말았다. 선영은 병실을 나가는 그녀에게 형부와 즐거운 시간 보내라는 낯간지러운 소리까지 기어이 보탰다.

집으로 돌아온 희영은 서랍에서 결혼사진을 꺼냈다. 스튜디오에서 가져온 사진이었다. 그는 별 관심도 없어 보였고, 그렇다고 두고 올 수도 없어서 어영부영 가방에 넣어 가지고 왔었다.

서점에서 책을 사다가 발견한 문구 코너에서 액자를 몇 개 사왔다. 형식적으로 찍은 결혼사진에 액자까지는 필요 없었지만 이상하게 손이 향했다. 비록 진짜 결혼은 아니더라도, 그리고 끝이 정해져 있더라도 결혼을 한 건 맞으니까. 그는 사업으로 여기지만 법적으로는 부부인데 결혼사진이라도 꺼내놓지 않으면 서글퍼질 것 같았다.

제일 마음에 드는 사진 두 장을 골라 액자에 각각 넣었다. 그리고 하나는 제 화장대에 올려놓고 남은 하나를 들고 방을 나섰다. 그는 좋아하지 않겠지만 그의 방에도 결혼사진을 놓아두고 싶었다. 그라면 바로 치워 버릴 수도 있겠지만…….

"사모님!"

액자를 흐뭇한 얼굴로 보고 있던 희영은 아주머니의 다급한 목소리에 몸을 돌렸다. 잰걸음으로 들어온 아주머니는 그녀의 손을 잡더니 다짜고짜 잡아끌기 시작했다.

"잠시 외출하셔야 할 것 같아요."

"왜요? 무슨 일인데요?"

아주머니의 손에 이끌려 그의 방에서 나온 희영이 놀란 목소리로 물었다. 그러나 아주머니는 숨이 넘어갈 것 같은 표정을 지으며 계속 나가야 한다는 소리만 반복했다.

"어딜 가라고 하시는 거예요?"

"설명할 시간이 없어요, 사모님. 지금은 일단 집에서 나가셔야—"

"그러니까요. 도대체 이유가 뭔데요?"

희영은 아주머니의 손을 뿌리치며 단호하게 물었다. 당장 누가 쳐들어올까 불안한 얼굴로 현관 쪽을 한 번 쳐다본 아주머니가 걱정이 가득한 목소리로 말했다.

"성북동 여사님이 오고 계세요."

"어머님 말씀하시는 거예요?"

"네."

"그런데 제가 왜 나가요?"

"그게…… 그러니까……."

아주머니의 얼굴에 불안감이 가득했다. 그의 어머니와 단둘이 만나면 안 되는 이유가 있는 걸까. 그렇다고 하여 제 집을 두고 나가야 하는 건 더더욱 이해가 되지 않았다. 희영은 아주머니의 손을 덥석 잡았다.

"도와주세요."

"네?"

"제 짐 사장님 침실로 옮겨주세요. 급한 대로 옷 몇 벌이랑 가방이랑 화장품 뭐 이런 것들 먼저 챙겨오세요."

"짐을요?"

"빨리요!"

시간을 지체할 수 없었다. 그의 침실로 뛰어 들어간 희영은 드레스 룸의 옷장부터 열었다. 제 옷을 넣을 수 있는 공간과 화장품 놓을 공간을 만들었다. 아주머니가 품에 가득 옷들을 챙겨오고 본격적으로 짐 정리에 들어갔다. 마지막으로 제 방에 있던 액자까지 하나 더 오디오에 올려놓고 나자 기다렸다는 듯 초인종이 울렸다. 하던 일을 멈추고 서로를 쳐다보던 두 사람은 재빨리 거실로 나갔다.

현관 앞에 선 희영은 떨리는 마음으로 곧 올라올 시어머니 선주를 기다렸다. 괜찮아, 괜찮아. 속으로 수없이 되뇌고 있을 때 우아한 맵시의 선주가 등장했다. 희영을 본 선주의 눈빛에 비웃음이 담겼다.

"결혼했다더니, 장난은 아니었던 모양이지?"

"안녕하세요, 어머님."

"너 같은 것에게 어머니라고 불릴 이유 없어."

비웃음마저 사라진 얼굴이었다. 위에서부터 아래로 훑고 지나가는 매서운 눈초리에 희영은 기가 질려 버렸다. 자그마한 목소리로 '죄송합니다.' 라고 겨우 읊조렸다. 슬리퍼를 신은 그녀가 찬바람을 일으키며 희영의 앞을 지나쳤다. 숨소리도 크게 내지 못하고 선주를 따라가던 희영이 아주머니를 쳐다보았다. 그녀가 향한 곳은 거실이 아닌 그의 침실이었다.

희영이 침실로 갔을 때, 선주는 오디오 앞에 서 있었다. 그녀는 희영이 가져다 놓은 결혼사진을 뚫어져라 쳐다보고 있었다. 한참을 말없이 보고 있던 그녀가 싸늘한 미소를 짓더니 액자를 바닥에 집어 던졌다. 액자는 무서운 소리를 내며 산산조각났다.

비명이 몸속으로 파고들었다. 본능적으로 몸을 피한 희영이 사색이 된 얼굴로 그녀를 바라보았다. 무심한 표정의 선주가 이번에는 드레스 룸으로 들어갔다. 희영은 발이 떨어지지 않아 꼼짝도 하지 못하고 있었다. 잠시 후 무언가 와르르 쏟아지는 소리가 들려왔다.

덜덜 떨리는 몸을 추스르고 들어간 드레스 룸은 엉망진창이 되어 있었다. 옷장에 가지런히 걸려 있던 옷들은 모두 밖으로 내팽개쳐졌고, 줄지어 서 있던 화장품들 역시 바닥에 떨어져 일부는 병이 깨지고 내용물이 바닥을 적셨다.

인상 한번 찡그리지 않고 아무런 감정도 느끼지 않는 사람처럼 선주는 드레스 룸을 휘저어놓았다. 이유를 알 수 없는 그녀의 돌발행동에 아연실색한 희영은 두려움에 부들부들 떨고 있었다. 떨어진 옷가지들을 발로 툭툭 차던 그녀가 입구에서 떨고 있는 희영을 쳐다보았다. 선주는 다가가고 희영은 뒷걸음질 쳤다. 희영의 코앞까지 다가온 선주가 서릿발 같은 목소리로 말했다.

"행복하니?"

"무, 무슨 말씀이신지……."

"바꿔서 물어볼까? 너희가 행복할 자격은 있을까?"

"어머니—"

철썩! 희영은 차가운 바람을 가르며 날아든 손바닥에 뺨을 맞고 휘청거렸다. 정신이 아득해지고 얼굴은 불이 난 것처럼 얼얼했다. 불규칙한 호흡이 입 밖으로 튀어나왔다. 부들부들 떨리는 손으로 감각이 느껴지지 않는 얼굴을 만져 보았다. 살짝만 스쳤는데도 찢어질 것처럼 아팠다.

"어머니라고 불릴 이유 없다고 했지!"

희영은 빠르게 고이기 시작하는 눈물을 참으며 당장이라도 터질 듯 부글부글 끓고 있는 선주를 바로보고 섰다. 차마 얼굴을 쳐다볼 수는 없었다.

"죄송합니다."

지금 그녀가 할 수 있는 말은 그것밖에 없었다. 어머니라고 불러서 죄송하고, 갑자기 며느리로 나타난 것도 죄송하고, 어머니에 대해 아는 것이 전혀 없어서도 죄송했다. 고인 눈물이 자꾸 떨어져 내리려고 해 희영은 입술을 사리물었다.

"죄송합니다."

"그래? 잘못을 했으면 혼나야지?"

손이 다시 허공으로 치솟자 희영은 눈을 질끈 감았다. 지진이라도 난 듯 공간이 흔들렸다. 거대한 힘에 붙잡힌 그녀의 몸이 다른 공간으로 빠르게 이동했다. 이어 터진 고함 소리.

"뭐 하시는 겁니까!"

팽팽해진 공기를 내리누르는 묵직한 목소리에 희영이 두 눈을 번쩍 떴다. 제일 먼저 느낀 건 팔을 압박하고 있는 무시무시한 악력이었다. 팔이 끊어질 것처럼 아팠다. 뒤이어 그녀의 눈에 들어온 건 여전히 손을 든 채 피식거리고 있는 선주와 앞을 가로막고 선 넓은 등이었다.

"데리고 나가세요."

돌아보는 사람은 그였다. 아주머니가 몸을 부축하자 그가 잡았던 손을 놓아주었다. 그가 어떻게 이곳에 있는지 물어보고 싶었지만 희영은 아주머니의 손에 이끌려 침실을 나가야 했다. 침실에 선주와 지훈, 두 사람만 남았다.

"회사 일까지 내팽개치고 온 걸 보니 신혼은 신혼인가 보구나."

선주가 빈정거렸다.

"갑자기 여긴 왜 오신 겁니까? 그 집에서 나오는 것으로 저와의 문제는 모두 끝난 것 아니었습니까?"

"네가 행복한지 확인하려고 왔지."

"어머니."

"그 소리 역겨우니까 집어치워!"

미간을 좁힌 선주가 비명에 가까운 고함을 질렀다. 그녀는 언제 그랬냐는 듯 방을 둘러보며 창가로 향했다. 커튼을 들추고 밖을 내다보던 그녀가 소파에 앉았다.

"깜직한 일을 하고 있더구나."

선주는 웃고 있었지만 눈빛만은 예리하게 빛났다. 이미 예상한 일이었기에 지훈은 당황하거나 놀라지 않았다. 대신 간곡하게 부탁했다.

"어머니, 얼마 안 남았습니다."

"알아. 날 몰상식한 사람으로 만들지 마."

선주는 불쾌한 표정을 지었다. 잠시 지훈을 노려보던 그녀는 심호흡을 한 번 하고 도도한 표정으로 말을 이었다.

"그렇다고 해서 미안한 마음도 사과하고 싶은 마음도 없어. 그쪽만큼 나도 처절하게 살았으니까. 하지만 넌 달라. 넌 사랑도 할 수 없고, 행복하게 살 자격도 없어. 내가 용납할 수 없어."

지훈이 슬픈 눈으로 선주를 바라보았다.

"전…… 행복하지 않습니다. 그러니 제 아내에게까지 그러지는 말아주십시오, 어머니."

"나야 굿이나 보고 떡이나 먹으면 되는 일. 네 아버지가 알아서 할 텐데 피곤하게 나까지 나설 필요가 있겠니?"

선주는 빙그레 미소를 지었고, 지훈은 안타까움이 가득한 눈으로 어머니를 바라보았다.

"가만히 좀 계세요."

조용해진 침실 쪽으로 자꾸 몸을 돌리려고 하는 희영의 어깨를 잡은 아주머니가 나무랐다. 희영은 볼에 닿는 차가운 기운에 한쪽 눈을 찡그렸다.

"왜 갑자기 조용해졌을까요?"

"그러게 제가 일단 나가시라고 말씀드렸잖아요. 얼굴이 이게 뭐예요?"

아주머니는 대답을 회피하고 있었다.

"어머님 오시는 건 어떻게 아셨어요?"

"사장님이 전화 주셨어요. 사모님과 통화가 안 된다고 최대한 빨리 밖으로 내보내라고."

"아주머니는 무슨 일인지 아시는 거죠?"

아주머니가 이번에는 시선을 피했다. 그와 오랫동안 함께 지냈다면 지금의 상황이 무엇 때문에 벌어진 것인지 알고 있는 것이 분명했다. 그런데 아주머니는 그처럼 입을 다문 채 이유를 알려줄 생각을 하지 않았다. 그에게는 비밀이 많은 걸까, 아니면 단지 말하기 싫은 것일까. 어느 쪽이든 속을 답답하게 만드는 건 마찬가지였다.

선주가 거실로 나왔다. 희영과 아주머니가 자리에서 벌떡 일어났다. 현관으로 향하던 선주가 걸음을 멈추더니 천천히 뒤를 돌아보았다.

"또 죄송할 일이 생기지 않도록 조심하려무나."

빙긋 미소까지 지으며 건네는 경고는 희영을 얼어붙게 만들었다. 태풍처럼 몰아치던 선주가 아주머니의 배웅을 받으며 떠나고 집 안은 평화가 찾아온 듯 조용해졌다. 그는 아직 침실에 있었다. 소파에 힘없이 앉아 있던 희영은 침실로 걸음을 옮겼다. 그는 작은 유리 파편으로 엉망이 된 곳에서 틀만 간신히 남은 액자를 들고 서 있었다. 인기척을 느낀 그가 무덤덤한 얼굴로 그녀를 바라보았다.

"일하다가 왔죠?"

"……."

"어서 가요. 제 짐을 여기로 옮겨놓는 바람에 엉망이라 치울 게 좀 많아요."

당장이라도 침대 속으로 들어가 잠이나 실컷 자고 싶은 심정이었지만 엉망이 된 집은 치워야 했다. 아주머니에게 모두 맡기기에는 일이 너무 많아 미안했다. 그런데 그는 우두커니 서서 그녀만 쳐다보고 있었다. 그가 대답을 하지 않는 것에 슬슬 적응이 되어가는지 희영은 연연하지 않고 움직였다.

그러다 그가 불쑥 손을 뻗어와 희영은 눈을 휘둥그레 떴다. 흠칫 놀라 물러서기 전에 그의 손이 뺨에 닿았다. 놀란 그녀의 눈이 토끼눈이 되었다. 당황한 그녀는 무심한 표정의 그를 멍하니 올려다보았다.

"병원 가자."

그의 부드러운 목소리에 희영은 얼굴을 붉혔다.

"아니요. 병원 갈 정도 아니에요. 전 이만 방 정리를—"

지나가려던 그녀가 그의 힘에 이끌려 다시 제자리로 돌아왔다. 그와의 거리가 아까보다 훨씬 가까워졌다.

"……미안."

그의 가슴팍을 보고 서 있는 그녀의 머리 위로 그가 나직하게 읊조리듯 말했다. 그리고 그녀에게서 손을 뗀 그가 조용히 침실에서 나갔다.

미안…….

사라진 그 대신, 그 말이 오래도록 그녀를 붙잡고 있었다.

지훈은 깊은 밤이 되어서야 퇴근을 했다. 집 전체는 고요했으며 침실은 말끔하게 정리가 되어 있었다. 방을 빙 둘러보며 낮에 보았던 액자를 찾아보았지만 단순한 전시용이었는지 결혼사진은 없었다.

드레스 룸에서 재킷을 벗고 넥타이를 풀던 그가 무슨 생각이라도 난 사람처럼 드레스 룸을 다시 나갔다. 그가 향한 곳은 2층이었다. 2층 역시 고요했다. 그녀가 사용하는 방문 앞에서 망설이듯 머뭇거리던 그가 조심스럽게 노크를 했다. 혹시 예전 집으로 돌아간 건 아닐까? 그랬다 한들 과연 그녀를 붙잡을 자격은 있을까.

다행히 그녀는 벽에 바짝 붙어 잠들어 있었다. 저도 모르게 안도의 한숨이 흘러나왔다. 만약 그녀가 이 방에 없었다면 어떻게 했을까. 계약 이행을 요구하며 그녀를 찾았을까, 아니면 계약 미이행을 사유로 계약파기를 통보했을까. 그렇게까지 멀리 갈 필요도 없이 그녀는 지금 그의 집에서 곤히 잠들어 있었다.

"으음."

막 방을 나가려던 그가 휙 뒤를 돌아보았다. 어느새 돌아누운 그녀가 끙끙 앓는 소리를 냈다. 고민할 것도 없이 방으로 들어간 그는 수면 등을 켜고 그녀의 얼굴을 살폈다. 이마에 송골송골 식은땀이 맺혀 있었다.

"김희영."

그녀는 반응이 없었다.

"희영아? 눈 떠봐."

땀 때문에 엉겨 붙은 머리카락을 정리하며 그녀를 다시 불렀다. 고개를 잠시 뒤척이던 그녀가 대답이라도 하듯 천천히 눈을 뜨고 그를 올려다보았다. 잠에서 덜 깬 그녀가 느릿느릿 두 눈을 깜빡거렸다.

"괜찮아?"

"음…… 여기 왜 있어요?"

희영이 꽉 잠긴 목소리로 물었다. 그는 침대에 걸터앉아 그녀의 이마를 가볍게 쓸었다.

"병원 가자."

"괜찮다니까 그래요."

희영은 그의 손을 가볍게 밀어내며 거절했다.

"고집부리지 말고."

"안 가요. 빨리 나가요. 남의 방에서 뭐 해요? 다음부턴 문을 잠그던지 해야지."

"나 열쇠 있어."

썰렁한 대꾸가 어이가 없어 희영은 반쯤 눈을 감고 그의 손등을 찰싹 때렸다.

"자게 나가요. 졸려요."

병원이고 뭐고 그녀에게 지금 필요한 건 숙면이었다. 그와의 계약 이후로 불면증에 시달리고 있었다. 그나마 오늘은 제대로 힘들었는지 눕자마자 잠에 빠졌는데 어렵게 잠든 잠을 그가 깨운 것이나 마찬가지였다. 그를 빨리 내보내고 다시 잠들고 싶은데 갑자기 침대가 크게 출렁거렸다. 눈을 번쩍 뜨고 보니 그가 침대로 올라오고 있었다.

"왜 이래요?"

이불을 가슴께까지 끌어 올린 그녀가 항의했지만 그는 뻔뻔한 얼굴로 옆에 자리를 잡고 누웠다.

"미쳤어요?"

"뭐 어때? 부분데."

"나 태권도 했다니까요?"

당장 주먹이라도 뻗을 사람처럼 희영이 두 주먹을 들어 보였다. 그가 한심하다는 듯 피식거렸다.

"김희영 씨가 계약서에 적은 옵션 잊지 않았으니까 걱정하지 마."

희영이 그를 멀뚱멀뚱 바라보았다.

"서류상의 배우자 역할만 이행한다."

천장을 올려다보며 그녀가 계약서에 적었던 글을 읊던 그가 그녀를 굽어보았다.

"날 어떻게 보면 그런 조항을 넣을 수 있지?"

"그게 뭐요? 아저씨가 먼저 그랬잖아요. 서류상의 아내 역할만 하면 된다고. 그래서 한 번 더 적었을 뿐이에요."

"흐음. 그래?"

그는 믿지 않는다는 표정으로 그녀를 바라보았다.

"그래요."

"그런데 오늘은 왜 내 말을 안 들은 거야?"

"……."

"서류상의 배우자 역할만 하면 되는데 어머니 오실 때까지 집에 왜 있었어?"

그가 웃음기를 지우고 진지한 목소리로 물었다. 핑곗거리를 찾는 사람처럼 눈동자를 이리저리 굴리던 희영이 그의 시선을 피하며 머뭇머뭇 대답했다.

"아저씨 부인이니까요."

"그런 일까지 감당하라고는 안 했어."

"알아요. 난 그냥 이름만 빌려준 것과 다르지 않다는 걸요. 하지만 아까는 그래야 할 것 같았어요. 아저씨는 단순히 계약일지 몰라도 난 그렇게 되지가 않아요. 만약에 어머님이 또 찾아오셔도 난 계속 이 집에 있을 거예요. 우리 집이니까……. 그래도 아저씨가 그러지 말라고 하니까 노력은 해볼게요."

그 역시 그녀와 별반 다르지 않았다. 그저 계약일 뿐이라고 아무리 되뇌어보아도 본가에 다녀온 후로 그녀가 계속 신경 쓰였는데 오늘도 일이 터졌다. 그에게 눈길도 주지 않는 어머니였기에 그도 당혹스러웠다. 비록 대가를 받았다고는 하나 이제 스물셋밖에 되지 않은 그녀가 감당하기에는 벅찬 일인지도 몰랐다. 많은 계약서에 사인을 했지만 처음으로 후회가 되는 계약이었다.

꼼지락꼼지락.

그가 생각에 잠겨 있는 동안 그녀가 조금씩, 조금씩 옆으로 움직이고 있었다. 그러더니 슬그머니 등을 돌리고 누웠다. 그녀의 행동에 피식 웃음이 새어 나왔다. 그는 양손을 뻗어 그녀를 감싸고 제 쪽으로 끌어당겼다.

"어머!"

힘없이 딸려오는 그녀가 외마디 소리를 냈다. 그녀는 그의 팔 안에 갇히고 말았다.

"저, 저기요. 여보세요? 이것 좀—"

"십 분만 이러고 있자."

몸을 비비 꼬는 그녀를 안고 그가 한숨 섞인 목소리로 말했다.

"계약서는 철저히 지키니까 안심하고 자."

"아니, 뭐…… 누가 뭐라고…… 그랬나?"

큰소리로 항의도 못하고 희영이 중얼중얼거렸다. 몇 분을 더 꼼지락거리던 그녀가 드디어 잠이 들었는지 숨소리가 일정해졌다. 지훈은 품었던 팔을 풀고 깊은 잠에 빠진 그녀를 굽어보았다.

이 무모한 아가씨를 어쩌면 좋단 말인가.

그의 입에서 깊은 한숨이 흘러나왔다.

## 05. 그녀의 제안

잠자리에서 일어난 희영은 침대에 홀로 있다는 아주 당연한 사실에 어리둥절해 있었다. 그가 돌아가는 것도 모를 정도로 잠에 빠져 있었다는 사실이 당황스러웠다.

그는 어제 방에 왜 왔을까. 그렇게 안겨 있을 것이 아니라 그를 내보내거나 방에 들어온 이유라도 들었어야 했는데 그대로 잠이 들어버리다니. 그만큼 피곤했던 거라고 애써 핑계를 대보아도 황당한 건 황당한 것이었다.

"늦겠다."

시간을 확인한 희영은 복잡한 생각들을 접고 자리에서 일어났다. 오늘은 선영의 수술이 있는 날이라 서둘러야 했다. 아침 식사도 하는 둥 마는 둥 하며 병원에 도착했는데 다행히 선영의 컨디

션은 좋았다. 잘 웃고 잘 떠들며 여느 때와 다르지 않은 모습을 보였다.

그러나 곧 수술실로 가야 한다는 간호사의 말에 긴장하기 시작했다. 자기는 다 컸다고 우기지만 아직은 어린 티를 벗어나지 못한 자그마한 손이 차갑게 식어 미세하게 떨고 있었다. 이렇게 긴장할 줄 알았다면 어젯밤에는 병원에 같이 있을 걸 그랬다. 그랬다면 어제의 일은 당하지 않아도 됐을지도……. 희영은 얼른 생각을 고쳐먹었다. 동생은 언니를 위해서 그런 건데 오히려 원망하는 꼴이 되고 말았다. 그런 걸 다 떠나서 수술을 앞둔 동생을 혼자 두었다는 사실이 한심하고 속상했다.

"선영아, 잘 끝날 거야."

희영이 다정한 목소리로 말했다. 그녀가 지금 할 수 있는 유일한 위로였다. 선영은 아무렇지 않다는 얼굴로 웃음을 보였다.

"나 하나도 안 무서워."

뻔히 보이는 거짓말이었지만 희영은 고개를 끄덕였다.

"그래. 우리 선영이 장하네. 한숨 푹 자고 일어나면 다 끝나 있을 거야. 어서 나아서 우리 선영이 좋아하는 떡볶이 먹으러 가자."

"순대도."

"그래."

"튀김도 먹을 거야."

"그래, 그래."

희영은 안쓰러움이 가득 담긴 눈으로 고개를 끄덕이며 동생의 머리를 부드럽게 쓸어 넘겼다. 얼마 후 간호사가 선영이를 옮기기 위해 입원실로 들어왔다. 선영은 애써 미소를 지으며 이젠 제법 친해진 간호사에게 농담도 걸면서 수술실로 향했다.

선영은 언니의 배웅을 받으며 수술실로 들어갔다. 수술실의 문이 닫히고 홀로 남게 된 희영은 저도 모르게 바닥에 털썩 주저앉았다. 어렵지 않은 수술이라고 했고, 초기에 발견해서 완치율도 높다고 했다. 그런데도 자꾸 겁이 났다. 선영이가 영영 눈을 뜨지 못할까 봐, 완치율 뒤에 숨은 숫자가 자신에게는 100%가 될까 봐 겁이 났다.

이럴 때 부모님이 계셨더라면 얼마나 좋을까. 부모님 없이 힘겨운 시간을 보내는 동안 동생이 함께 있기에 큰 위로와 힘이 되었지만 가끔은 그녀도 누군가에게 기대고 싶을 때가 있었다. 오늘이 바로 그런 때다. 홀로 남겨진 시간은 수술 결과의 불안감과 함께 밀려드는 고난이고 괴로움이었다.

"왜 그러고 있어?"

아득하게 들리는 목소리에 끌려 희영이 고개를 돌렸다. 그가 무심한 표정으로 서 있었다. 갑자기 안도감이 밀려왔다. 어딘가에 기대고 싶었는데, 누군가의 위로가 필요했는데 그가 나타났다. 유난스럽지 않게 대수롭지 않은 얼굴로 그녀를 바라보고 있었다. 단지 옆에 있다는 것만으로도 그녀에게 큰 힘이 되었다.

가만히 그녀를 보고 있던 그가 한쪽 무릎을 세우고 앉았다. 그리고 그녀에게 손을 내밀었다. 희영은 멍한 시선으로 손바닥을 바라보았다. 누군가 있었으면 좋겠다는 생각이 간절했고, 그가 나타났음에도 손을 잡아도 되는 건지 망설여졌다. 기다리다 못한 그가 그녀를 일으켜 세웠다. 그는 그녀를 보호자 대기실로 이끌었다. 빈 의자에 그녀를 앉히고 자판기에서 뽑은 음료수의 뚜껑을 따서 내밀었다.

"고맙습니다."

그도 그녀의 옆에 앉았다.

"위로가 될 말은 아니지만……."

"……."

"동생보다 더 위험한 분들이 이 병동에 계셔. 누구보다 유리한 조건을 믿어."

"네……."

이후 두 사람은 한동안 침묵을 공유했다. 한참의 시간이 흐르고 마음의 안정을 찾은 희영이 그를 바라보았다. 두 사람의 시선이 마주쳤다.

"회사 안 가요?"

"이제 가야지."

"문제가 많이 커졌나요?"

그가 무슨 말이냐는 표정으로 바라보았다.

"우리 결혼이요. 혹시 다른 문제가 생긴 건 아닌가 해서요."

"김희영 씨는 동생 건강이나 신경 써."

매몰차다 싶은 그의 지시에 희영은 그냥 입을 다물었다. 더 이야기해 봐야 소득도 없고, 그의 말대로 지금 당장 그녀가 생각해야 하는 일은 선영의 수술 결과였다.

그가 자리에서 일어났다.

"당분간 병원에 있겠군?"

"네."

희영은 시선을 바닥에 고정시킨 채 대답했다. 잠시 후 그는 점점 멀어졌다.

선영은 수술을 무사히 마치고 입원실로 돌아왔다. 마취가 깨면서 수술 부위가 아프다고 호소를 하기는 했지만 큰 이상은 없어 보였다. 그가 고용한 간병인이 있었지만 희영은 한시도 선영의 곁을 떠나지 않았다. 입술이 마를 때면 물수건으로 입술을 적셔주고 굳이 보고 있지 않아도 되는 링거 주사를 내 지켜보며 선영의 상태를 살폈다.

조용하던 병실에 휴대폰 벨소리가 울렸다. 간병인이 잠깐 자리를 비우고 그녀 혼자 노심초사 동생을 보고 있을 때였다. 겨우 잠든 선영이 깰까 희영은 급히 핸드폰을 찾았다. 그녀가 사용하던 휴대폰이었고, 번호는 서울의 일반 전화번호로 모르는 번호였다.

복잡하기만 한 최신 휴대폰을 건네주며 아는 번호도 받지 말라던 그의 말이 떠올랐다. 교류하는 사람들이 많지 않아 평상시에도 걸려오는 전화는 별로 없이 대출 받으라는 스팸 전화가 다였다. 전부터 모르는 번호는 받지 않던 그녀였지만 그가 한 말이 있어서인지 불안과 함께 호기심이 생겼다. 전화가 끊기는 것 같더니 곧바로 동일한 번호로 다시 전화가 걸려왔다. 불안을 호기심이 이겼다.

"여보세요?"

[김희영 씨 되십니까?]

사무적인 목소리의 여자였다. 긴장한 걸 들키지 않기 위해 희영은 최대한 차분한 목소리로 그렇다고 대답했다.

[세진그룹 회장실입니다. 회장님께서 뵙자고 하십니다.]

순간 정신이 아찔해지고 심장이 무섭게 쿵쾅거렸다. 그는 이걸 염두에 두고 한 말이었나. 그의 주의대로 전화를 받지 말아야 했다는 뒤늦은 후회가 밀려왔다. 아주 짧은 순간 전화를 끊어버릴까 고민했지만 그녀는 여자에게 다른 말을 했다.

"지금 제가 누군지 알고 전화하셨나요?"

[네?]

"세진그룹의 비서실은 예의가 없으시군요."

[무슨 말씀이신지…….]

그녀의 굳은 목소리에 여자는 당황한 듯 되물었다.

"세진그룹 비서실은 임원진의 부인을 아무렇지 않게 이름으로 부르나 봅니다. 더욱이 전 세진화학 박지훈 사장의 부인이고, 회장님의 며느립니다."

그녀의 단호함에 놀란 여자가 급히 사과를 했다.

[죄송합니다. 주의하겠습니다.]

"제가 지금 개인적인 사정으로 움직일 수가 없어요. 아버님께는 조만간 제 쪽에서 연락드리고 찾아뵙겠다고 전해주세요. 그럼."

당황한 여자가 그녀를 애타게 불렀지만 희영은 과감하게 전화를 끊고 전원도 꺼버렸다. 밀리지 않겠다는 일념으로 버텼는데 통화가 끝나고 나자 온몸이 경련이라도 난 듯 부들부들 떨렸다. 순간적으로 현기증이 밀려온 희영은 소파에 간신히 몸을 기댔다.

"우리 언니…… 은근히 무섭네."

등 뒤에서 기운 없는 목소리가 들려왔다. 잠에서 깬 선영이 그녀를 바라보고 있었다. 어쩌면 안 자고 있을지도 몰랐다. 이런 모습 보이고 싶지 않았는데…….

"괜찮다고 큰소리치더니……. 뭐야…… 벌써 시아버지가 괴롭히는 거야?"

"그런 거 아니야."

희영은 웃음으로 두려움을 감추고 선영에게 다가갔다.

"그런 게 아니긴……."

선영은 믿지 않는다는 표정이었다. 희영은 애써 웃음을 보이며 이불을 매만졌다.

"네가 걱정할 일 아니야. 신경 쓰지 말고 잠이나 더 자. 어디 불편한 곳은 없어?"

"응. 없어."

희영은 여러 개의 주사액이 들어가고 있는 선영의 자그마한 손을 잡았다. 그녀는 서늘하게 식은 동생의 손등을 제 손으로 감싸고 체온을 나누었다.

단순한 역할 놀이에 지나지 않는 결혼에 감정 몰입을 할 필요가 없었다. 그래 봐야 그녀만 상처받을 뿐이었다. 부모님의 반대쯤,

내 일 아니라는 생각으로 6개월만 버티면 끝나는 일이었다. 그런데 그는 무슨 생각으로 이런 결혼을 감행했을까. 단순히 부모님이 원하는 결혼을 피하겠다는 이유가 전부였을까? 어떤 일에든 사정이 있는 법이라던 아주머니의 말이 떠올랐다. 그에게도 나름의 사정이 있는지도 몰랐다. 그렇다면 그가 숨기고 있는 사정은 도대체 무엇일까. 그녀의 의문은 좀처럼 수그러들지 않았다.

사람들이 하나둘 잠들기 시작한 늦은 저녁. 희영이 선영의 입원실에서 조용히 나왔다. 선영은 깊이 잠이 들었고 간병인이 병실을 지키고 있었다. 그녀는 집에서 잠깐 눈을 붙이고 내일 오전에 일찍 올 계획이었다. 복도를 걸어가는데 소란스러운 기운이 느껴졌다. 잠시 후 너스 스테이션에서 의료진들이 황급히 뛰쳐나왔다. 응급 상황이라도 발생한 듯 의료진의 발걸음이 긴박했다.

의료진들이 들어간 곳은 엘리베이터로 향하는 길목에 있는 병실이었고, 며칠 전 그가 서 있던 그곳이었다. 미처 닫히지 못한 문틈 사이로 요란한 기계음과 의료진들이 부산하게 움직이는 모습이 보였다. 환자의 모습은 거리가 멀어 볼 수 없었다. 대신 이름은 알 수 있었다. 신희수. 환자의 이름이었다.

'힘내요. 가족들을 위해서…….'

희영은 저도 모르게 환자를 위한 기도를 했다.

아주머니가 퇴근하고 없는 집은 사람이 사는 집 같지 않게 적요했다. 문을 열자마자 끼쳐오는 어두운 쓸쓸함에 기분마저 울적해졌다. 이런 집에서 그는 얼마나 많은 시간을 홀로 보냈던 것일까.

이렇게 큰 공간에서 차가운 공기와 함께 덩그러니 남겨진 그는 외롭지 않았을까. 희영은 불을 차례대로 켜고 안으로 들어가면서 그런 생각을 했다.

그녀는 먼저 주방으로 들어갔다. 냉장고에 아주머니가 남긴 메모가 있었다. 끼니 거르지 말라는 당부와 함께 그녀가 좋아하는 잡채를 만들어놓았다는 전언이었다. 집에 오기 전까지만 해도 특별히 배가 고프다는 생각이 없었는데 아주머니의 메모를 보니 불쑥 허기가 졌다.

잡채로 저녁을 해결하고 설거지를 끝낸 희영은 거실에 앉아 그를 기다리기로 했다. 그가 퇴근하는 모습은 한 번도 보지 못했다. 과연 그는 몇 시에 들어오는지 궁금하기도 했고, 선영의 수술 결과를 알려주고 싶은 마음도 있었다. 수술 시간에 맞춰 와준 것에 대한 감사 인사도 해야 했다.

그러나 시간이 어느덧 자정이 훌쩍 넘었는데도 그는 들어오지 않았다. 늦어도 너무 늦는다는 생각을 하며 깜빡 잠이 들었을 때 집 안의 정적을 깨고 전자도어의 비밀번호 누르는 소리가 들렸다. 그 소리에 잠이 확 깬 희영은 자리에서 벌떡 일어났다. 현관으로 가니 그가 막 실내화로 갈아 신고 있었다.

"항상 이렇게 늦게 오는 거예요?"

그가 고개를 들었다. 그에게 다가가던 희영은 차갑게 식은 그의 눈과 마주치자 걸음을 멈추었다. 자주 웃는 편은 아니었지만 이렇게 싸늘하게 식은 눈빛은 처음 보았다. 아버지와 실랑이를 벌일 때도 이런 표정은 아니었다.

"무슨 일 있었어요?"

다시 물었지만 그는 말없이 그녀 곁을 지나 자신의 방으로 들어가 버렸다.

방으로 들어온 지훈은 재킷도 벗지 않고 침대에 털썩 주저앉아 두 손으로 얼굴을 감쌌다. 그는 병원에 다녀오는 길이었다. 직접 모셔 오고도 자주 찾아갈 수 없는 그곳에 그를 낳아준 어머니가 입원해 있었다.

어머니의 병세가 또 악화되었다. 어머니에게 허락된 시간은 그리 길지 않았다. 예상을 했음에도 막상 어머니를 잃게 된다고 생각하니 세상이 원망스럽고 저주스러웠다.

아버지를 사랑한, 죄 같지 않은 죄밖에 없는 가엾은 어머니. 그런 어머니의 사랑을 돈 때문에 처절하게 버린 아버지. 자신이 쥔 부귀영화를 유지하기 위해 그나마 어머니에게 유일하게 남은 아들까지 빼앗아간 비정한 남자가 바로 그의 아버지 박영규 회장이었다.

어떻게 돌려주면 될까. 복수?

복수를 꿈꾸지 않은 건 아니었다. 하지만 어머니는 곧 곁을 떠날 것이고, 어머니가 없는 세상에서 복수를 한들 무슨 의미가 있을까. 무엇보다 어머니가 원하지 않았다. 속이 터질 것 같은 아들 앞에서 당신은 모두 용서했노라며, 아버지를 사랑한 것을 후회하지 않는다는 말로 그를 슬픔의 구렁텅이로 밀어 넣었다. 아들은 어머니의 아픔들이 한처럼 남았는데 정작 어머니는 해탈이라도 한 사람처럼 편안한 모습으로 아버지를 용서하라고 했다.

사랑, 그따위가 다 뭐라고……. 역겨워.

갑자기 속이 불편해졌다. 종일 먹은 것도 없는데 알 수 없는 것들이 안에서 꿈틀거렸다. 남김없이 모조리 비워내야 했다. 그러지 않고는 버틸 재간이 없었다. 그가 비틀거리며 자리에서 일어났다. 힘든 걸음을 비척비척 옮기며 드레스 룸으로 향할 때 노크 소리가 들렸다.

"저녁 먹었어요?"

조심스럽지만 또렷하게 묻는 그녀의 목소리. 머리는 무시하라고 했지만 가슴이 그를 문 앞으로 이끌었다. 문을 조금 열자 문틈으로 두 눈에 걱정이 가득한 그녀가 보였다. 좀 더 잘 보겠다고 이리저리 살피던 그녀가 걱정이 묻어나는 목소리로 말했다.

"불도 안 켜고 뭐 해요? 저녁 안 먹었으면 뭐 좀 먹을래요? 아주머니가 잡채를 해놨더라고요. 좀 데워줄까요?"

그녀를 본 순간 그는 문을 열지 말아야 했다는 것을 깨달았다. 어머니를 위한다는 명분으로 이용하고 있는 여자였다. 제가 하는 일을 정당화하고 합리화시키기 위해 계약이라는 방법을 택했지만 한 사람의 인생을 되돌릴 수 없게 만든 건 부정할 수 없었다. 잠시나마 잊고 있던 토기가 밀려왔다. 괴로운 신음이 턱 밑까지 차올랐다.

탁!

바로 코앞에서 문이 거친 소리를 내며 닫혔다. 순간 이상한 낌새를 느낀 희영이 문을 열었다. 문은 쉽게 열렸고, 드레스 룸 쪽에서 문 닫히는 소리가 들렸다. 그녀는 급한 걸음을 놀려 드레스 룸으로 들어갔다. 욕실에서 구토를 하는 소리가 작게 들려왔다.

"아저씨."

욕실 문을 두드리며 그를 불러보았다. 대답 대신 들려오는 건 당장이라도 숨이 멎을 것 같은 헛구역질뿐이었다. 한참을 망설인 끝에 손잡이를 돌려보았다.

"나가!"

문을 열기도 전에 그의 날 선 고함 소리가 날아들었다. 희영은 깜짝 놀라 잡았던 손잡이를 놓았다. 그리고 다시 이어지는 헛구역질 소리. 그에게 무슨 일이 있었던 걸까. 무엇이 그를 저리도 힘들게 하는 걸까.

등이라도 두드려 줄 수 있다면 좋겠는데, 물이라도 한 잔 떠다 줄 수 있다면 좋겠는데, 문 너머에 있는 그는 그렇게 홀로 아파하고 있었다. 아무것도 해줄 수 없다는 사실에 무기력감이 한꺼번에 밀려왔다.

희영은 벽에 등을 기대고 바닥에 앉았다. 몇 번의 물 내리는 소리가 들린 후 욕실은 아무도 없는 것처럼 잠잠해졌다. 불쑥 불안한 마음이 생겼다. 희영은 부랴부랴 일어나 문을 두드렸다.

"아저씨, 괜찮아요?"

"……."

"왜 그래요? 어디 아파요? 대답 좀 해봐요. 대답 안 하면 들어갈 거예요."

혹시 쓰러진 건 아닐까. 희영은 애타는 목소리로 그를 다시 불러보았다.

"아저씨!"

무언가 바닥에 풀썩, 하고 떨어지는 소리가 났다. 그의 신변이 걱정이 된 그녀가 손잡이를 잡으며 외쳤다.

"나 들어가요!"

"가."

막 문을 열려고 하는데 희미한 목소리가 문틈으로 새어 나왔다. 희영은 안도했다. 문은 열리지 않았고, 그는 가라며 밀어냈지만 그래도 대답을 해주니 한결 마음이 놓였다.

"물이라도 좀 갖다줄까요?"

"가."

그가 똑같은 말을 반복했다.

희영은 문에 바짝 붙어 혹시 들릴지도 모를 그의 숨소리를 찾았다. 그에게 무슨 일이 생긴 걸까. 무엇이 그를 저리 위태롭게 몰고 가는 것일까. 그의 지친 모습에 마음이 쓰리고 아팠다. 그에 대해 아는 것이 없다는 것이 그래서 지금 그를 위로할 수 없다는 것이 싫었다.

다시 손잡이를 잡아보았다. 문을 열면 그를 볼 수 있을 것이다. 그러나 이내 포기했다. 그의 뜻을 거스르면서까지 문을 열 수 있는 자격이 그녀에게는 없었다. 가짜 아내인 그녀가 할 수 있는 일은 아무것도 없었다. 희영은 아쉬운 눈길을 남겨놓은 채 욕실에서 멀어졌다.

다음날 이른 아침. 병원에 가기 위해 1층으로 내려가던 희영은 거실을 가로지르는 지훈을 발견했다. 머리부터 발끝까지 완벽한 그는 초췌해 보이던 어제의 그가 아니었다. 현관으로 향하던 그가 고개를 돌렸다. 그는 그녀와 눈이 마주치자 걸음을 멈추었다. 계단을 내려가던 희영도 걸음을 멈추었다. 서먹한 침묵이 흐르고 희영이 먼저 입을 열었다.

"잘 잤어요?"

"김희영 씨는?"

그가 한참 만에 대꾸했다. 희영은 어색하게 웃으며 남은 계단을 내려가 그의 앞에 섰다.

어제는 그리도 쌀쌀맞더니 밤새 반성이라도 했는지 그의 표정이 많이 부드러워져 있었다. 어쩌면 그녀의 기분 탓일지도 몰랐다. 그래도 어제의 그라면 인사는커녕 본 척도 안 했을 텐데 이리 반응을 해주니 마음이 한결 가벼웠다.

안 그래도 어렵고 부담되는 자리, 그까지 냉랭하다면 6개월이 아니라 하루도 버틸 수 없을 것 같았다. 활짝 웃음을 보인 것도 아니고, 먼저 인사를 해준 것도 아니지만 그녀에게는 충분했다.

"무슨 할 말 있어?"

뒷짐을 지고 멀뚱멀뚱 자신을 올려다보고 있는 희영에게 지훈이 물었다.

"방에서 나올 때만 해도 아저씨 보게 되면 화내려고 했거든요."

"……."

"그런데 용서해 주기로 했어요."

"훗."

그가 짧게 웃었다.

"선영이 수술은 잘 끝났어요. 그리고 어제 병원에 와줘서 고마웠어요."

"그래."

짧은 대답을 남기고 스쳐 지나가는 그의 얼굴에 그늘이 드리워지는 걸 희영은 보지 못했다. 희영은 그대로 서서 그가 집 밖으로 나가는 소리를 듣고 있었다. 문 닫히는 소리가 나자마자 희영이 미간을 좁히며 아차 하는 표정을 지었다.

"어휴. 얘기를 못했네."

희영은 어깨를 한 번 들썩이며 한숨을 쉬었다. 어제 회장실에서 걸려온 전화에 대해 이야기를 하려고 했는데 기회를 놓치고 말았다. 전화라도 걸어서 알려야 하나 잠시 고민을 하던 희영은 별일 있겠나 싶어 가볍게 넘겼다.

그러나 그렇게 간단하게 해결될 일이 아니라는 걸 알기까지 긴 시간이 필요하지 않았다. 이른 아침부터 세진그룹 회장실의 비서실장이 선영의 입원실 앞에서 그녀를 기다리고 있었다. 박영규 회장의 호출이었다. 너무 무섭고 당황한 나머지 그에게 문자도 하나 보내지 못하고 그대로 세진그룹의 본사에 와야 했다.

집무실에는 박 회장이 소파에서 그녀를 기다리고 있었다. 비서실장의 지시대로 자리에 앉은 그녀는 제 앞에 찻잔이 놓일 때까지 미동도 없이 앞만 보고 있었다.

"맹랑하게도, 내 며느리라고 했다고?"

박 회장이 차를 한 모금 마시고 낮은 목소리로 말했다. 대답이라도 해야 하는 걸까, 고민하고 있는 사이 박 회장이 말을 이었다.

"녀석의 말대로 혼인신고까지 끝냈더군. 그 녀석이 결혼을 대가로 돈이라도 줬나?"

희영은 속으로 뜨끔했다. 보름도 넘기지 못하고 들키는 걸까?

"그게 아니라면 그 녀석 돈 보고 결혼했다는 소린데. 그건 너무 식상하잖아? 그 정도 지위에 있는 녀석이 결혼이 무엇을 의미하는지 모르진 않을 거고. 난 잠깐의 일탈이라고 보는데, 그쪽은 사랑이라고 우길 텐가?"

모든 것을 꿰뚫고 있는 것 같은 말에 희영은 더럭 겁이 났다. 더구나 딱 한 번의 거절로 직접 사람을 보냈다는 건 그녀의 일거수일투족을 빠짐없이 알고 있다는 경고였다. 큰 잘못을 저지른 적은 없지만 타인이 나의 사생활을 모두 알고 있다는 건 거의 공포에 가까웠다. 감시를 포함해 어떤 형태의 행동도 가능하다는 말이 되었다.

안 돼. 겁먹지 마.

무릎에 가지런히 모은 손을 꼭 쥔 희영은 허리를 꼿꼿하게 펴고 차분한 목소리로 말했다.

"무슨 말씀이신지 모르겠습니다."

"네가 정말 내 아들을 사랑해서 결혼했다고 생각하지 않아."

희영은 애써 미소를 지으며 박 회장을 바라보았다.

"전 아드님을 사랑합니다. 그래서 결혼했고 전 아버님의 며느리입니다."

박 회장은 들고 있던 찻잔을 테이블에 내려놓고 느긋한 자세로 그녀를 바라보았다.

"혹시 교묘하게 침입한 스파이는 아닌가 생각해 봤는데."

"그런 거 아닙니다."

"그래. 하도 별 볼일이 없어서 그럴 만한 위인으로 보이지도 않아. 그 녀석이 돈을 주고 결혼을 꾸민 것이 아니라면 그 식상한 이야기만 남는 건가? 남자 하나 잘 잡아서 신분 상승이라도 꿈꿨다는 거야? 그렇다면 아주 머리를 잘 썼어. 영악하고 간교해. 대신 내 며느리가 되려면 조건이 조금 까다로운데, 네가 그 조건을 만족시킬 수 있을까?"

당연히 안 되지. 희영은 속으로 쓴웃음을 지었다.

"어떤 대가를 받고 결혼을 한 것도 아니지만, 아버님이 생각하시는 그런 이유도 아닙니다. 아버님 기준으로는 우스운 이유일지 몰라도 저희, 사랑해서 결혼했습니다."

박 회장은 가소롭다는 듯 코웃음을 쳤다.

"서로 사랑하는 마음만 보고 결혼했다? 그 녀석이 가진 돈을 본 것이 아니고?"

"……네."

"이젠 정말 뻔한 이야기로 흐르는군. 난 지금 너와 말장난할 시간이 없어. 며느리랍시고 그 자리 차지하고 있는 동안 내가, 우리 집안이 얼마나 큰 손해를 보고 있는지 상상은 가나? 단순히 네가 우리 아들과 내 집안과 어울리지 않는다는 단순한 이야기를 하는 것이 아니야. 그냥 그렇고 그런 사람들이 사랑이라는 이름으로 결혼을 하니 세상 모든 사람들이 그런 망상에 잡혀 사는 줄 아는가 본데, 이쪽 세상은 말이야. 잡히지도 않는 허황된 꿈이나 꾸는 한심한 사람들이 아니거든. 서로 조건이 맞았을 때, 준 만큼 얻을 수 있을 때 하는 것이 결혼이지 사랑이라는 보잘것없는 이유 따위로 하는 것이 아니야!"

조곤조곤 이어지던 말끝에 터져 나온 고함에 희영은 어깨를 움찔거렸다. 박 회장의 말이 계속 이어졌다.

"어린애 장난 같은 핑계를 대지 말고 그만 속내를 보이는 것이 어때? 아니면 내가 생각하는 대로 이야기를 해볼까?"

박 회장을 바라보는 희영의 표정은 잔뜩 얼어 있었다.

"말도 안 되는 신분상승이라는 걸 하기 위해 별것 아닌 몸이라도 던진 건가? 아이가 생겼다고 협박이라도 했어? 만약 그 계획이었다면 빨리 포기하는 것이 좋아. 난 근본도 없는 여자가 낳은 아이를 내 자식 핏줄로 인정할 생각 전혀 없으니까 떨어지라고 할 때 떨어져. 그래야 한 푼이라도 더 챙길 수 있지 않겠어?"

용솟음치는 모욕감에 희영은 눈을 질끈 감고 심호흡을 했다.

당신이 가만히 있어도 6개월 후면 근본도 없는 여자와의 결혼이 끝난다는 걸 알까? 안다면 이런 수고를 하지는 않을 것이다. 거짓 결혼이라 얼마나 다행인가. 헤어질 수 없다고 매달리지 않아도 되고. 한편으로는 어차피 헤어질 결혼인데 박 회장이 평하듯 영악하고 간교하게 이혼을 약속하고 그 돈까지 몽땅 챙길까 하는 웃지 못할 생각도 했다.

그런데 왜 싫을까. 쉽게 생각해서 의리를 지키고 싶었는지도 모른다. 엄하다, 로는 설명이 되지 않는 차가운 아버지와 사이가 좋지 않다는 말로는 이해가 되지 않는 어머니까지. 본가에 다녀온 것으로 그녀의 역할이 끝났다고는 하지만, 부모님의 냉대와 멸시를 받으면서까지 아내가 필요했다면 다른 이유가 있을지도 모른다는 생각이 들었다.

처음 어이없는 제안에 헛웃음이 나오면서도 제 상황이 절박해 그가 내민 손을 모르는 척 잡았다. 그 이상도 그 이하도 아니었다. 하지만 요 며칠 여러 일을 겪다 보니 그가 참으로 외로웠을 거라는 생각이 들었다.

적어도 그녀는 외롭지 않았다. 부족한 것이 많은 고아원이었지만 원장님의 사랑을 듬뿍 받고 자랐으며, 무엇보다 소중한 가족인 선영과 지금까지 함께 지내왔다. 고아원을 나와서도 변변한 옷 한 벌 사주지 못해도 언니를 믿고 의지하는 동생만을 바라보며 고단한 것도 모르고 살았다.

하지만 그는 어떤가. 아버지도 어머니도 그에게는 어떤 위안도 안식처도 되어주지 못하는 것 같았다. 그는 그룹의 유지를 위한 수단으로 길러졌고, 인간으로 누려야 하는 행복과는 먼 삶을 살아왔다는 것을 오늘 그의 아버지를 통해 알게 되었다.

그가 어째서 거짓 결혼이 필요했는지 전혀 알지 못한다. 동생의 치료를 위해 그의 제안을 받아들였을 뿐, 그의 아버지에게 이런 무시와 모욕을 당할 필요가 전혀 없었다. 그럼에도 그의 편이 되어주고 싶어졌다. 가진 것이 많은 만큼 부족한 것도 많을 것 같은 그의 유일한 사람이 되어주고 싶어졌다.

그는 다른 목적으로 결혼을 했을지 몰라도, 적어도 그녀는 그에게 가정을 주고 싶어졌다. 6개월을 어찌어찌 버티다 보면 박 회장이 원하는 이혼을 하게 되겠지만 그렇게 하고 싶지는 않았다.

마치 고민이라도 하듯 깊은 생각에 잠겨 있던 그녀가 드디어 눈을 뜨고 박 회장을 바라보았다. 그리고 차분한 음성으로 말했다.

"아버님이 생각하시는 그런 일, 전혀 없습니다. 그러니 아버님이 저에게 돈을 주실 이유도 없습니다. 저는 지훈 씨를 사랑합니다. 그 어떤 것도 바란 적 없습니다."

"이혼해!"

단호한 명령이 떨어졌다. 그 기에 눌려 희영은 숨을 죽였다.

"마지막 경고야. 후하게 계산해 줄 때 이혼하는 것이 좋을 거야. 고집부려 봐야 손해는 너만 보게 되어 있어. 너 같은 애송이 하나 흔적도 없이 지워 버리는 건 일도 아니지. 만신창이가 되고 싶지 않다면 내 말을 명심해."

"아버님."

제 힘으로는 아무것도 할 수 없다는 걸 알면서도 희영은 박 회장을 불렀다. 한 번 더 제대로 의견을 말하고 싶었는지도 모른다. 하지만 박 회장은 인터폰으로 비서실장을 불러 그녀를 사무실에서 내보냈다. 밖으로 나와 당황한 모습으로 서 있는 그녀에게 비서실장이 명함을 내밀었다.

"제 연락처 입니다. 최대한 빨리 결정하시는 것이 좋을 겁니다."

비서실장의 사무적인 목소리에 그녀의 입에서 실소가 흘러나왔다. 아무리 내쫓기듯 나왔어도 법적으로 박 회장의 며느리였고, 오너가의 일원이었다. 이것이 인정받지 못한 사람의 비애인가.

"모셔다 드리겠습니다."

"필요 없어요. 이건 가져가야 아버님이 마음이 좀 놓이실까요?"

희영은 비서실장의 손에서 명함을 빼앗듯 낚아채고 사무실을 빠져나갔다.

—사모님 오셨습니다.

사모님? 생소한 소리에 지훈은 잠시 멍하니 인터폰을 바라보았다. 잠시 후 집무실로 들어온 사람은 희영이었다. 의아함에 말을 잃은 그에게 희영은 어색하나마 웃음을 보였다.

"혹시 바쁜데 온 건가요?"

"아니야. 앉아."

그가 권하는 소파에 희영이 앉자 비서가 얼음물을 들고 들어왔다. 집무실로 들어오기 전에 부탁한 것이었다. 비서에게 고맙다는 인사를 한 희영이 물을 마시고 잔을 내려놓았다. 그리고 또 어색한 웃음을 지었다. 지훈이 물었다.

"여긴 어떻게 왔어?"

"택시 타고 왔어요."

엉뚱한 대답에 그는 피식 웃음을 흘렸다.

"운전을 빨리 배우는 것이 좋겠군. 아니면 차를—"

"운전을 빨리 배울게요. 그리고 차는 제일 좋은 걸로, 아니, 제일 비싼 걸로 사줘요."

그녀와 어울리지 않는 요구에 그가 진지한 목소리로 물었다.

"차를 사주는 건 어렵지 않은데, 난 왜 뜬금없다는 생각이 들지?"

희영은 어깨를 한 번 으쓱거렸다.

"그냥……."

그녀가 망설이듯 말끝을 흐렸지만 그는 재촉하지 않고 기다려 주었다. 곧 결심이라도 한 사람처럼 목을 한 번 가다듬고 말을 이었다.

"우리 결혼에 대해 생각해 봤어요."

"새삼스럽게?"

"네. 난 선영이 수술비가 필요했고, 사장님은 아내가 필요했죠. 우리는 그것을 서로 교환했어요. 마치 공평하다는 듯. 그런데 우리 계약은 불공정 거래였어요."

그는 그녀의 생각을 짐작해 보기 위해 천천히 소파에 등을 기대고 발을 꼬았다.

"어떤 부분이?"

"아저씨는 내 인생을 돈으로 사는 거라고 했는데 내가 한 일이라고는 고작 혼인신고서에 사인 한 번 해주고, 졸업사진이라도 찍듯 결혼사진 같이 찍어주고, 부모님 한 번 뵌 것뿐이었어요. 뭐가 그래요? 내가 해준 일에 비해 받은 게 너무 많잖아요. 아무것도 하지 않은 채 아저씨가 주겠다는 걸 다 받기에는 내가 너무 염치가 없어요. 계약을 수정하고 싶어요."

"무슨 일이 있었군?"

"아저씨의 아내가 될 거예요."

"뭐?"

"모든 계약에는 책임과 의무가 따르는 법이죠. 아저씨와 결혼해서 아내가 되었으니 난 내 의무를 다할 생각이에요."

"지금 무슨 말을 하는 거야?"

"이혼 안 할 거예요."

그의 얼굴에 당혹감이 번졌다.

"우리의 계약기간이 지나도 난 이혼할 생각이 없다고요. 내가 아저씨와 결혼할 만한 조건의 여자는 아니지만 그래도 아저씨……. 내 남편이 되어줄래요?"

지훈은 멍한 얼굴로 그녀를 바라보았다.

뜬금없이 나타나 늘어놓는 말들을 도무지 이해할 수 없었다. 처음부터 이혼을 원하지 않는다면 돈 많은 남편으로 있어주겠다고 한 건 그였다. 그렇기에 그녀의 요구가 터무니없거나 그렇지는 않았다. 그가 지금 궁금한 건, 좋지 못한 일을 반복해 겪고도 그녀가 굳이 결혼을 유지하겠다고 하는 이유였다. 무엇이 그녀의 심경을 이리 바꿔놓았을까.

"말해."

"뭘요?"

그가 정색하며 물어도 그녀는 빙그레 미소를 지었다.

"갑자기 이러는 이유 말이야."

"그런 거 없어요."

"김희영."

"시간이 벌써 이렇게 됐네요? 선영이 기다리겠어요. 갈게요."

희영은 천연덕스럽게 시계를 들여다보며 자리에서 일어났다.

"천천히 생각해요. 아저씨도 시간을 한 일주일 정도 주면 되나요? 나도 대답을 늦게 했으니 좀 늦어진다고 해도 기다려 줄게요."

"잠시만."

도망치려는 사람처럼 급하게 몸을 돌리는 그녀의 손을 그가 붙잡았다. 아무렇지 않게 아내가 되겠다던 그녀의 눈동자가 미묘하게 흔들리고 있었다. 그는 심각한 표정으로 멋쩍게 웃는 그녀를 바라보았다. 갑자기 사무실로 들이닥쳐 이런 말들을 주절주절 읊어대는 이유가 무엇인지 대충 감은 잡혔다. 남은 건 확인이었다. 그러나 지금은 그녀를 보내야 할 것 같았다. 조금만 더 캐물었다가는 그녀가 꼭 울어버릴 것만 같았다. 그는 그녀의 손을 놓았다.

"같이 내려가지."

"알았어요."

희영은 가볍게 대답했다.

그는 민우에게 차를 대기시키라고 지시하고 사무실의 문을 열었다. 그는 마치 그녀를 보호하려는 사람처럼 등에 가볍게 손을 대고 그녀가 먼저 나갈 수 있도록 배려했다.

희영은 1층으로 내려가는 엘리베이터에서 그를 살짝 훔쳐보았다. 그가 오늘따라 '새삼스럽게' 더 멋있어 보였다. 자신을 두고 많은 여자들이 바라는 남편감이라며 뻔뻔하게 자기 자랑을 늘어놓던 그가 떠올랐다. 갑자기 그의 말대로 많은 여자들이 부러워하게 만들고 싶다는 생각이 들었다. 하여 저도 모르게 그의 팔꿈치에 손을 댔다. 그가 몸을 반쯤 돌려 그녀를 바라보았다.

"팔짱—"

말이 끝나지도 않았는데 엘리베이터 문이 열려 버렸다. 밖에 있는 직원들을 발견한 희영은 무안함에 슬그머니 손을 내렸다. 괜한 짓을 한 것 같아 얼굴이 붉어졌다. 엘리베이터에서 빨리 내렸으면 좋겠는데 그는 꼼짝도 하지 않고 그녀를 빤히 쳐다보고 있었다. 직원들도 밖에서 어정쩡한 얼굴로 두 사람을 바라보고 있었다. 아무래도 먼저 내려야 할 것 같아 막 걸음을 떼는데 그가 손을 잡더니 엘리베이터 밖으로 나갔다.

"안녕하십니까?"

그제야 직원들이 그에게 인사를 했다. 가볍게 눈인사를 한 그가 그녀의 손을 꼭 잡고 로비를 걸었다. 무심한 표정으로 마주치는 직원들과 눈인사를 주고받는 그와 달리 종종걸음으로 따라가는 그녀의 얼굴에는 세상을 다 가진 것 같은 뿌듯함의 웃음이 가득했다.

회사 앞에는 그의 차가 대기해 있었다. 뒷좌석의 문을 열어주며 그가 낮은 목소리로 말했다.

"호칭부터 바꾸는 것이 어때?"

차에 오르려던 희영이 눈을 빠르게 깜빡였다. 주변을 슥 둘러보던 그가 그녀를 굽어보며 싱긋 웃었다.

"사장님도 아저씨도 딱히 듣기 좋지는 않아."

희영은 뭐라 대꾸도 못하고 서둘러 뒷좌석에 올랐다. 출발한 차가 건물을 따라 천천히 커브를 틀자 그제야 몸을 돌려 뒤를 돌아보았다. 아까 그곳엔 바지 주머니에 양손을 찔러 넣은 그가 멀어지는 차를 보며 우두커니 서 있었다.

## 06. 수정되는 거짓말

책상에 쭉 늘어놓은 사진들을 살펴보고 있는 지훈의 얼굴에 수심이 가득했다. 결혼사진이었다. 결혼 소식을 여러 매체를 통해 알렸지만 기사는 빠른 속도로 내려지고 있었다. 만약을 위해 그의 결혼이 더 이상 이슈화되는 것을 막으려는 움직임으로 풀이되었다. 이번 결혼이 단순히 정략결혼을 회피하기 위함이라는 걸 아버지는 알고 있는 것 같았다. 물론 그것도 하나의 이유였지만 다른 이유를 더 알아주었으면 좋겠다고 그는 생각했다.

그도 재벌가의 여느 자식들처럼 아버지의 요구에 따라 애정 없는 결혼쯤 아무렇지 않게 할 수 있었다. 적어도 자신에게 생모가 있다는 사실을 알게 되기 전까지는……. 하나의 사업처럼 치러질 정략결혼에 부부의 정이라도 생기면 다행이라고 여겼지만, 그 때문에 불행해진 어머니를 보자 비열한 장삿속에 신물이 나고 구역질이 올라왔다.

그런 그에게 어머니는 사랑하는 사람을 만나 결혼을 하라고 했다. 작별할 시간이 얼마 남지 않은 어머니의 처음이자 마지막 부탁이었다. 그러나 그럴 수 없었다. 사랑하는 사람도 없었거니와 예정되어 있었던 결혼도 할 수 없었다. 무엇보다 어머니를 불행하게 만든 아버지를 위한 결혼이라 절대 할 수 없었다. 어머니 혼자 지키고자 했던 사랑의 가치는 무엇이었을까. 이렇게 한쪽이 처참하게 희생하는 것이 사랑이었을까? 그로서는 도저히 이해가 되지 않았다. 그런데 결혼이라니, 어불성설이었다.

그때 희영을 만났다. 그녀와의 결혼은 거의 충동적이었다. 만약 그날 병원에서 그녀와 마주치지 않았다면, 그래서 최 박사의 이야기를 듣지 않았다면 계획하지 않았을 결혼이었다. 거창하게 정략결혼을 피하기 위한 결혼이라고 둘러댔지만 더 큰 이유는 아들의 결혼을 바라던 어머니 때문이었다.

어머니를 모시고 왔다는 사실을 박 회장도 알고 있다는 걸 그는 알고 있었다. 오히려 알아주었으면 하는 마음에 굳이 어머니를 숨기지 않았다. 무슨 헛수작이냐며 호통이라도 치길 바랐건만 아버지는 전혀 모르는 척하고 있었다. 그는 그 사실이 더 괴로웠다. 손에 얼굴을 묻는 그의 입에서 깊고 깊은 한숨이 흘러나왔다.

노크 소리가 들렸다.

"사장님."

민우가 그를 조용히 불렀다. 고개를 든 그가 충혈된 눈으로 고개를 들었다.

"어제 사모님이 여기 오시기 전에 본사에 다녀가셨답니다. 아무래도 회장님을 뵙고 오신 것 같습니다."

지훈이 등받이에 등을 기대고 앉았다. 그의 긴 손가락이 책상을 가볍게 두드렸다. 어제 그 뜬금없는 선언의 이유가 무엇인지 짐작을 하기는 했는데, 왜 말하지 않았을까. 빙글빙글 돌려가며 책임과 의무를 논할 것이 아니라 이런 일은 힘들다며 항의라도 했어야 하는 것 아닌가. 그녀의 생각을 들어보기 위해 어제는 평상시보다 일찍 퇴근을 했었다. 그러나 그녀는 집에 없었다. 마치 그를 피하려는 사람처럼……. 도대체 그녀는 무슨 생각을 하고 있는 걸까.

"어디를……."

그가 자리에서 일어나자 민우가 놀란 목소리로 물었다.

"병원."

"사장님 결혼 발표로 기자들이 눈에 불을 켜고 있습니다. 지금 병원에 가시면 사모님이……."

문 앞에서 그의 걸음이 멈추었다.

"사모님의 신상은 최대한 보호하겠다는 것이 사장님 생각 아니셨습니까? 어머님이 그곳에 계시는데 김선영 양 수술하던 날 병원에 가신 것도 위험했습니다."

생각에 잠긴 듯 그대로 서 있던 그가 문을 열었다.

"본사로 가자."

사전 연락도 없이 회장실에 들이닥친 그를 비서들이 긴장한 얼굴로 맞았다. 여비서가 인터폰으로 보고를 하려고 했으나 그는 그대로 회장실의 문을 벌컥 열고 안으로 들어갔다. 그를 확인한 박 회장은 관심 없다는 듯 보고 있던 서류로 시선을 돌렸다. 그 역시 아랑곳하지 않고 책상 앞까지 성큼성큼 걸어갔다.

"회장님에게 제 아내를 며느리로 인정해 달라고 요구할 생각은 추호도 없습니다. 그럴 필요도 없고요. 그러나 유치하게 그 사람 불러다 괴롭히지는 마십시오."

박 회장이 책상을 강하게 내려쳤다. 자리에서 일어난 박 회장이 얼굴을 붉히며 고함을 질렀다.

"네 이놈!"

"회장님이 그러신다고 호락호락 물러날 여자도 아니지만, 제가 회장님이 마음대로 하게 놔두지도 않습니다."

"그 나이 먹도록 사리분별도 할 줄 모르는 놈 같으니. 어린애처럼 굴지 말고 당장 여자 정리해! 결혼이 무슨 장난인 줄 알아! 멍청한 놈. 많이 배우고 가진 놈이 그따위 여자에게 휘둘리다니 부끄러운 줄 알아야지. 그런 여자들이라면 세상에 널리고 널렸어. 네놈 인생 갉아먹을 버러지 같은 것들이라는 걸 왜 몰라!"

"제 어머니도 그래서 버리신 겁니까?"

주먹을 강하게 말아 쥔 그가 터져 나오려는 분노를 억누르며 말했다. 박 회장의 눈매가 꿈틀거렸다.

"회장님에겐 제 어머니도 버러지 같은 분이라서 먼저 버리셨냐고 물었습니다!"

"헛소리 지껄일 생각이라면 나가!"

박 회장은 그의 뒤쪽을 가리키며 큰 소리로 말했다.

"전 분명히 말씀드렸습니다. 다시는 제 아내에게 연락하지 마십시오."

"감히 나에게 도전하는 것이냐?"

"도전이라니요. 당치도 않습니다. 정중하게 경고드리는 겁니다. 한 번만 더 제 아내가 회장님을 만나게 되면 저도 가만히 있지는 않을 겁니다. 회장님 체면 따위 지켜 드릴 생각 전혀 없으니 조심하시는 것이 좋을 겁니다."

그는 빙긋 웃으며 가볍게 인사를 하고 집무실을 나갔다. 이어 회장실에서는 시끄러운 소리가 이어졌고 놀란 비서들이 안으로 뛰어들어 갔다. 복도로 나온 지훈은 따라오는 민우에게 속삭이듯 말했다.

"아무래도 준비해 놔야겠어."

"알겠습니다."

고개를 한 번 끄덕인 지훈은 벽을 가볍게 한 번 치고는 엘리베이터로 향했다.

"정말 집에 안 갈 거야?"

점심 식사를 마치고 자리를 정리하는 언니를 보며 선영이 물었다. 어제도 집에 안 들어가고 오늘도 표정이 안 좋은 것이 분위기가 심상치 않아 보였다. 희영은 별 대꾸 없이 따뜻한 물을 따라 선영에게 내밀었다. 선영은 고개를 저으며 걱정스레 말했다.

"형부랑 싸웠어?"

"싸우긴 뭘 싸워."

"그럼 도대체 무슨 일인데 그래?"

"아무 일도 없다니까요."

"언니 얼굴이 아무 일도 없다는 얼굴이 아니잖아. 종일 핸드폰만 쳐다보고 있고, 아픈 나보다 더 멍하게 있잖아."

"핸드폰은 신문 기사를 좀 보느라고……."

가방에서 울리는 진동 소리가 그녀의 말을 끊었다. 잠시 긴장된 얼굴로 가방을 쳐다보던 희영은 들고 있던 잔을 사이드 테이블에 내려놓았다. 가방에서 휴대폰을 꺼내니 다행히 그의 전화였다.

"자, 형부 전화야. 됐지?"

희영이 보란 듯이 핸드폰의 발신자를 보여주었지만 선영은 그래도 못 믿겠다는 얼굴로 입술을 삐죽거렸다. 앞에서 받으라고 억지를 부리는 선영을 남겨놓고 밖으로 나온 희영은 심호흡을 한 번 하고 전화를 받았다.

[나야.]

"네."

서로의 정체만 확인한 두 사람은 한동안 말이 없었다. 먼저 전화를 건 그도, 초조하게 그의 연락을 기다리던 그녀도 말없이 서로의 숨소리만 듣고 있었다.

[오늘도 병원에 있을 건가?]

그가 먼저 꺼낸 말이었다.

"그럴 것 같아요."

[알았어.]

그가 바로 전화를 끊을 것처럼 대답하자 희영이 급하게 그를 불렀다.

"그거 물어보려고 전화했어요?"

[응.]

원한다면 결혼 생활을 유지해도 된다고 말한 사람은 그였기에 대답이 쉽게 나올 줄 알았다. 일주일의 생각할 시간을 주겠다고 했으나 시간이 흐를수록 초조함이 더해갔다. 계약서 내용과 달리 그는 이 결혼을 계속 유지할 생각이 없음을 확인하게 되는 것 같았다. 괜히 혼자 설친 것 같아 민망하고 창피해졌다. 더욱이 아무런 힘도 없는 자신이 그를 도울 수 있다고 생각했던 것이야말로 착각이고 오만이었다.

"알았어요."

마치 상처 입은 사람처럼 목소리가 기운 없이 흘러나왔다. 당황한 희영은 서둘러 다음 말을 이었다.

"저녁은 잘 챙겨 먹고 있죠? 아! 선영이는 2, 3일 후면 퇴원할 수 있을 것 같아요. 조직 검사 결과는 다음 주에나 나온다는데 선생님 말씀으로는 큰 걱정 안 해도 된다고 하셨어요."

[다행이군. 김희영 씨도 식사 잘 챙겨 먹어.]

그의 생소한 대꾸에 잠시 할 말을 잃은 사이 그는 '끊어.' 라는 말과 함께 먼저 전화를 끊었다. 평범한 관심도 거부하던 그가 오히려 그녀에게 사소한 관심을 보였다. 갑자기 밀려드는 이 감정은 뭘까? 희영은 두근대는 가슴을 누르며 전화기를 한참 동안 들여다보았다.

그의 짧은 대꾸는 선영의 온갖 협박과 회유에도 꿈쩍하지 않던 그녀를 끝내 집으로 오게 만들었다. 설레는 마음으로 집에 돌아온 그녀는 거실에서 TV를 보고 있는 낯선 그와 마주하게 되었다. 편안한 평상복 차림의 그는 지루한 얼굴로 TV 채널을 돌리고 있었다.

"안 온다더니?"

그가 의외라는 목소리로 물었다. 희영은 얼굴을 붉히며 웃는 것으로 대답을 대신하고 주방으로 먼저 들어갔다. 그에게 저녁 식사라도 차려줄까 싶어서 들어온 주방이었지만 이 시간에 그가 있는 걸 보면 아주머니가 챙겨도 벌써 챙겼을 시간이었다. 잠시 주방을 배회하던 희영은 거실로 다시 나갔다. 그는 뉴스를 시청하고 있었다.

"혹시…… 저녁 먹었어요?"

그가 무심한 얼굴로 그녀를 바라보았다. 그는 사람을 빤히 쳐다보는 이상한 습관이 있었다. 특히 그녀가 무언가를 물어보았을 때 그랬다. 그때마다 시선을 어디에 두어야 할지, 어떻게 반응해야 하는지 알 수 없어 진땀이 났다. 지금도 그의 시선을 이리저리 피하며 어떻게 할까 바쁘게 고민 중이었다. 결국 그녀는 제 방으로 돌아가는 것을 택했다.

"안 먹었는데."

막 2층 계단으로 향하던 그녀의 걸음이 멈추었다. 그 대답이 어찌나 반가운지 얼굴에 저절로 미소가 지어졌다.

"같이 먹을래요? 나도 아직 안 먹었는데."

"그래."

"금방 옷 갈아입고 내려올게요."

방으로 돌아와 편한 옷으로 갈아입고 긴 머리를 하나로 질끈 묶는 동안 그녀의 입가에는 미소가 떠나지 않았다. 그의 미묘한 변화가 기뻤다. 그녀의 제안에 동의하지는 않았지만 계약 기간 동안 적어도 서먹하게 지내지 않아도 될 것 같다는 기대감이 생겼다. 희영은 거울 속의 자신에게 화이팅을 한 번 외쳐 주고 방을 나갔다.

거실의 그는 여전히 TV에 몰두해 있었다. 그를 한 번 쳐다본 희영은 조용히 주방으로 들어가 냉장고를 열었다. 꼼꼼하고 사려 깊은 아주머니 덕분에 식탁을 차리는 일은 어렵지 않았다. 그래도 제 손으로 만든 것 하나쯤은 올리고 싶어 희영은 재빨리 계란찜을 했다. 계란에 송송 썬 파를 넣은 것이 다였지만 식탁에 계란찜을 올리고 나자 뿌듯함이 생겼다. 팔팔 끓고 있는 국의 불을 낮춘 희영은 그를 부르기 위해 거실로 나갔다.

"저녁……."

소파로 다가가던 희영은 하던 말을 멈추었다. 그는 잠이라도 든 사람처럼 소파 구석에 몸을 비스듬히 기대 눈을 감고 있었다. 가까이 다가갈 때까지 그는 눈을 뜨지 않았다. 희영은 조용히 티 테이블 끝에 걸터앉아 그를 바라보았다.

물에 젖었던 머리가 마르면서 그의 이마에 부스스하게 흐트러져 있었다. 매일 정장 입은 모습만 보다가 이렇게 편한 복장으로, 편한 자세로 앉아 있는 그를 보게 되니 이제야 한집에 사는 사람처럼 느껴졌다.

한쪽으로 쏠린 머리카락 사이로 그의 짙은 눈썹이 보였다. 희영은 저도 모르게 손을 뻗어 그의 앞머리를 살짝 들추었다. 지난번에 다친 상처가 어떻게 되었을지 궁금했다. 다행히 상처는 아문 듯 아무런 흔적도 보이질 않았다.

그가 눈을 떴다. 흐뭇한 얼굴로 보고 있던 그녀는 그와 눈이 마주치고 말았다. 그의 머리카락 끝에 걸린 그녀의 손이 허공에서 멈추었다. 그는 움직이지 않고 얼음이 되어버린 그녀를 물끄러미 바라보았다.

나쁜 짓을 하다가 걸린 것 같은 기분이 들었다. 당장 손부터 치워야 했지만 흔들림 없이 바라보는 그의 시선 때문에 숨 쉬는 것조차 힘들었다. 그는 시선을 떼지 않은 채 천천히 몸을 바로 하고 앉았다. 그제야 희영은 손을 거두고 자리에서 일어날 수 있었다.

"우리 밥 먹어요."

희영은 급히 몸을 돌려 주방으로 도망치듯 들어갔다. 그가 주방으로 들어오는 소리를 들으며 밥과 국을 떠서 식탁에 올렸다. 희영은 자리에 앉을 때까지 그에게 시선을 주지 못했다. 두 사람은 조용히 식사를 시작했다.

"처음인 것 같아요."

한참 만에 희영이 어렵사리 입을 열었다. 그가 고개를 들자 희영은 쑥스러운 얼굴로 미소 지었다.

"같이 밥 먹는 거 오늘이 처음인 것 같아요."

"아…… 그랬나?"

그는 다시 고개를 숙이고 식사를 계속했다.

"그리고 아저씨가 이렇게 일찍 퇴근한 것도 처음인 것 같아요."

그가 고개를 숙인 채 쿡, 하고 웃음을 흘렸다. 먹던 걸 마저 먹은 그가 젓가락을 놓고 식탁에 양팔을 포개 올렸다.

"그래, 말 나온 김에 물어봐야겠어."

"뭘요?"

"어제 회장님 만났다는 거, 왜 말 안 했어?"

"아……."

그의 시선을 피하며 희영도 젓가락을 내려놓고 물을 한 모금 마셨다.

"내가 모르는 번호로 걸려오는 전화는 받지 말라고 했잖아."

"어제는 전화가 아니라 비서실장이 병원으로 직접 왔어요. 그래서 어쩔 수 없이 따라간 거고……."

희영이 머뭇거리며 아랫입술을 손가락으로 쓸었다.

"전화는 선영이 수술하던 날 왔었는데 못 간다고 똑 부러지게 말 했어요. 결국엔 데리러 왔지만. 그리고 아저씨한테 얘기하려고 했었어요. 말할 기회를 놓쳐서 그렇지."

"혹시 어제 회장님이 한 말들 때문에 이상한 의무감이나 책임감이 생긴 거라면……."

머리를 괴고 한숨을 푹 쉬던 그가 말을 이었다.

"이제는 회장님 호출 받을 일 없을 거야. 그러니까 더 이상 뭘 해야겠다는 생각 하지 않았으면 좋겠어. 내가 불편해."

불편해하는 그를 보며 잠시 생각에 잠겼던 희영이 가라앉은 목소리로 말했다.

"우리는 정해진 날 이혼을 하게 되어 있죠. 만약 아버님이 날 부르지 않으셨다면 예정대로 이혼했을 거예요. 그래서 그런지 아버님이 뭔가 엄청 무서운 말을 하시는데 별로 감흥이 없었어요. 뺏길 것이 없는 사람은 겁이 없다더니, 정말 그렇더라고요. 머릿속은 이혼할 건데, 이혼할 건데 이런 생각만 계속 맴도는 거예요. 아버님이 자꾸 나한테 뭘 더 주신다잖아요. 에이, 어차피 이혼하는 거 회장님 돈도 꿀꺽할까? 뭐 이런 생각을 잠깐 하기는 했어요. 그래도 어떻게 그래요. 상도덕이라는 것이 있는데. 안 그래요?"

"하아, 김희영."

그가 기가 차다는 듯 고개를 푹 숙이며 한숨을 쉬었다. 양손에 머리를 괸 그는 생각에 잠긴 듯 말이 없었다. 그를 바라보고 있던 희영이 식탁 위로 시선을 떨어뜨렸다. 식탁 위에 반찬들이 작은 시골마을처럼 옹기종기 모여 있었다.

"아저씨 위해서 그러는 거 아니에요. 억울한 거 못 참고, 지고는 못 사는 내 성격이 그런 거예요."

그녀는 거짓말을 하고 있었다. 거래로 이루어진 결혼이기는 했으나 그는 저를 도와준 사람이었고, 그렇기에 그를 도와주고 싶은 마음이었다. 자격도 없고 능력도 없지만 그의 편이 되어주고 그의 곁을 지켜주고 싶은 마음이 그의 아버지 덕에 생긴 거였다. 그러나 그의 마음을 불편하게 만들면서까지 고집을 부리고 싶지는 않았다.

"영 불편하면 계약대로 해요. 대신 제대로 할 거예요. 혹시 사람들에게 내 얼굴이 알려지면 어쩌나, 곤란한 일에 휘말리면 어쩌나 이런 걱정은 안 하려고요. 이러나저러나 난 아저씨 부인이면서 예비 이혼녀잖아요. 또 누가 아나요? 돈 많은 이혼녀로 알려지면 아저씨보다 훨씬 좋은 남자를 만나게 될지?"

그가 고개를 들었다. 그녀는 천연덕스럽게 이혼녀라는 말을 입에 담고 순진하게 웃고 있었다. 그는 저도 모르게 실없는 웃음을 흘렸다.

본가에서, 이 집에서, 그리고 회사에까지 불려가 듣지 않아도 될 소리와 수모를 당하고서도 어떻게 저런 말을 할 수 있을까. 더 이상 못해 먹겠다며 당장 때려치우겠다고 해도 계약 이행을 이유로 그녀를 막을 수는 없었다. 그저 계약에 대해 계속 함구할 것을 약속 받는 것으로 결혼을 정리하는 수밖에…….

적지 않은 돈을 계약금으로 받았고, 선영의 치료는 예정대로 진행되었으니 그녀는 이미 충분히 이익을 보았다. 굳이 힘든 일을 견뎌내면서까지 계약을 유지할 이유가 그녀에게는 없었다. 그런데…… 왜 저리도 고집을 부리는 것일까.

"그러니까 이번 창립기념일 행사에 저 데려가요."

그가 놀란 표정을 지었다. 희영은 새침한 표정으로 숟가락을 들었다.

"난 뭐 신문도 안 보고 인터넷도 안 하는지 알아요? 인터넷에 기사가 대문짝만 하게 났더라고요. 그룹 창립기념일에 내가 동행을 할지 귀추가 주목된다나 뭐라나."

지훈은 고민이 깊어졌다. 엊그제 그녀의 말을 듣고 결혼사진을 공개하는 보도자료를 낼 생각을 하기는 했었다. 그러나 어차피 하게 될 이혼인데 무리수를 두고 싶지 않았다. 그녀를 전면에 내세웠을 경우 아버지의 사정권 안에 그녀를 밀어 넣는 꼴이 될 수도 있었다. 그녀가 외부 활동 없이 조용히 지내는 것이 계약기간 동안 아버지의 경계를 최소화할 수 있는 방법이었다.

그는 자신으로 인해 그녀가 상처를 받거나 아프게 되는 걸 두고 볼 수가 없었다. 그렇게 되라고 그녀를 아내로 삼은 건 아니었으니까. 그런데 그녀는 자꾸 그의 안으로 들어오려고 했다. 겁도 없이 검은 소용돌이 속으로 걸어 들어오고 있었다.

"여기가 지금, 집이라는 거지?"

거실로 들어선 선영이 집 안을 둘러보며 넋이 나간 사람처럼 중얼거렸다. 선영이 퇴원을 했다. 다음 주면 학교가 여름방학을 하지만 등교는 하지 않기로 했다. 위의 상당량을 절제했기 때문에 당분간은 주의 깊은 식단 조절이 필요했지만 수술이 잘되어 항암치료는 하지 않아도 되었다.

선영이 퇴원하게 되면서 희영에게는 문제가 생겼다. 제일 꺼리던 방 문제였다. 어제 낮에 그의 방으로 짐을 옮기며 얼마나 심란했는지 모른다. 누구에게나 사정은 있는 법이라며 각방을 쓰는 부부를 전혀 이상하게 생각하지 않던 아주머니에게 그간의 사정을 다 털어놓고 싶은 충동을 느꼈지만 그런다고 달라지는 것은 아무것도 없었다. 그저 말없이 도살장에 끌려가는 기분으로 짐을 정리할 뿐이었다.

"사장님은 저녁 식사 약속이 있으셔서 조금 늦으실 겁니다."

두 사람을 집까지 데려다 준 민우가 그의 오후 일정을 알려주었다. 희영이 고맙다며 고개를 끄덕이자 민우는 정중하게 인사를 하고 회사로 돌아갔다.

"와아. 결혼식은 못했어도 사진은 제대로 찍었는데?"

선영은 거실 벽에 걸려 있는 대형 액자 앞에 서 있었다. 서로를 가볍게 안고 찍은 웨딩사진이었다. 액자는 엊그제 도착을 했는데, 다음날 아침에 일어나 보니 어느새 벽에 걸려 있었다. 밤에 퇴근한 그가 직접 건 모양이었다.

"앨범도 있어?"

빙글 몸을 돌린 선영이 호기심이 가득한 목소리로 물었다.

앨범도 당연히 있다. 액자와 함께 도착을 했으니까. 쑥스러운 마음에 방에 들어가서 문까지 잠그고 혼자 봤다. 작은 사진으로 볼 때는 몰랐는데 화려하게 꾸며진 앨범으로 보니까 불쑥불쑥 얼굴이 붉어졌다.

열심히 웃는다고 웃었는데 마음에 드는 표정이 별로 없었다. 신기한 건 웃지도 않은 그의 표정은 묘하게 근사했다는 점이다. 카메라를 바라보며 어색하게 웃는 그녀를 지그시 바라보는 그의 눈빛이 가슴 떨리게 하는 마법을 부리고 있었다.

"앨범은 아직 안 왔어."

"흐응. 그래?"

의심이 많은 선영이 눈을 가늘게 뜨고 언니를 바라보았다. 희영은 동생의 의심에서 벗어나기 위해 2층을 보여주겠다는 핑계를 댔다.

"와아! 이게 다 뭐야?"

선영은 옷장에 걸려 있는 새 옷을 보고 신이 나서 어쩔 줄 몰라 했다. 선영이 없는 동안 그녀가 사다 놓은 옷들이었다. 한참 예민하고 민감할 나이에 선영은 옷 투정 한번 부리지 않았다. 오히려 언니가 예쁜 옷을 사서 입으면 그걸 뺏어 입으면 된다며 옷에는 관심도 없는 척 굴었었다. 그런데 옷을 연신 몸에 대보는 선영의 모습은 여느 여고생과 다를 바 없었다.

"언니! 이거 진짜야?"

선영이 가방 하나를 들어 보였다. 아직 열일곱 살밖에 되지 않은 아이에게 비싼 명품 가방을 사주는 것이 잘한 일인지는 모르겠지만 그래도 하나쯤은 괜찮지 않을까 싶어서 평범한 디자인으로 샀다. 선영은 그걸 제대로 알아보았다. 이 정도로 관심이 많은 애가 그동안 사고 싶고 입고 싶은 걸 어떻게 참았는지, 대견하고 미안했다.

"아직 고등학생이라 안 사주려고 했는데 형부가 하나 정도는 사줘도 된다고 해서 산 거야. 마음에 들어?"

"응. 응. 완전 마음에 들어. 이거 아까워서 어떻게 메고 다녀? 잘 모셔놨다가 대학교 들어가면 멜래."

상기된 얼굴로 고개를 끄덕이던 선영은 가방을 메고 거울에 연신 제 모습을 비춰 보았다.

"그런데 언니."

한참을 옷도 입어보고 가방도 메보던 선영이 갑자기 우울해진 얼굴로 언니를 바라보았다.

"왜?"

"우리가 이런 거 받아도 되는 거야?"

"무슨 말이야?"

"아니, 그냥. 갑자기 너무 많은 게 달라져서 그런지 꼭 남의 옷 빌려 입은 기분이 들어서."

"정말 이상한 소리 한다. 어질러 놓은 방이나 치워."

희영은 선영의 등을 가볍게 두드려 주고 방을 나왔다. 동생의 말이 마음에 걸려서인지 1층으로 내려오는 그녀의 표정도 딱히 좋지는 않았다. 지금 그녀가 누리고 있는 것들은 6개월을 채우면 물거품처럼 사라질 허상들이었다. 그때 그녀에게 남는 건 무엇이 있을까. 결혼과 이혼의 대가로 받은 돈? 상상도 하지 못했던 지원을 받았고, 더 큰 사례가 그녀를 기다리고 있었지만 그녀 역시 이 모든 것이 온전히 내 것처럼 느껴지지 않았다. 하지만 그걸로 된 것 아닌가. 어차피 잠시 빌려 쓴 가면인 것을…….

"뭐 해?"

멍하니 서 있던 희영이 흠칫 놀라 고개를 들었다. 바지 주머니에 손을 찔러 넣은 그가 궁금한 표정으로 그녀를 바라보고 있었다. 얼마나 정신을 놓고 있었으면 그가 들어오는 소리도 못 들었다. 그나저나 오늘 저녁에 식사 약속이 있다고 하지 않았던가?

"일찍 왔네요?"

"일찍?"

그가 심각한 얼굴로 손목을 들어 시간을 확인했다. 희영도 얼떨결에 벽에 붙은 시계를 확인했다.

"일찍 오면 안 되나?"

오후 3시라는 걸 확인한 찰나 그가 덤덤한 얼굴로 그렇게 반문하고 그녀의 앞을 지나쳤다.

안 되는 건 아닌데…….

머쓱한 얼굴로 그의 뒷모습을 보고 있던 희영은 기어가듯 느릿느릿 그가 들어간 침실로 향했다. 오늘부터는 이곳이 그의 방이자 그녀의 방이었다. 어제 그가 출근한 사이 짐 정리를 끝낸 후 지금이 그와의 첫 대면이었다.

닫혀 있는 문을 어렵사리 열고 살금살금 안으로 들어간 희영은 주변을 휘둘러봤다. 문이 조금 열려 있는 드레스 룸 쪽에서 인기척이 들렸다. 그가 옷을 갈아입는 것 같았다. 아무리 둘러보아도 내 방 같지 않은 침실에서 나온 희영은 길 잃은 강아지처럼 이리저리 헤매고 다녔다. 서재부터 세탁실, 손님방, 베란다까지 구석구석 다 뒤지고 나니 금방 샤워를 끝낸 그가 거실로 나왔다.

"동생은?"

그가 2층을 올려다보며 물었다.

"짐 정리도 하고 옷 구경도 하고 그러고 있어요."

"동생 수술도 잘 끝났고 했으니 이젠 김희영 씨 일을 하는 것이 어때?"

소파에 편하게 기대앉는 그를 보며 희영이 고개를 갸우뚱거렸다.

“약속한 운전도 배우고 복학도 해야지.”

“아…… 네. 알았어요.”

뒷짐을 진 희영은 마지못해 고개를 끄덕였다. 그가 제 옆자리를 고갯짓으로 가리켰다.

“앉아.”

“네.”

어색한 표정으로 막 소파에 엉덩이를 붙였는데 2층에서 ‘형부!’를 외치며 선영이 잰걸음으로 내려왔다. 그의 앞에 선 선영은 뒷짐을 지고 귀여운 목소리로 물었다.

“언제 오셨어요?”

“금방. 몸은 좀 어때?”

“여기가 아직 쑤시기는 하지만 컨디션은 좋아요.”

선영이 수술 부위를 손가락으로 가리키며 해맑게 웃었다.

“병원 못 가봐서 미안해.”

“형부 바쁜 거 다 아는데요, 뭐. 그래도 저 수술할 때는 오셨었다면서요?”

지훈이 희영을 바라보았고, 희영은 딴짓을 하고 있었다. 토끼처럼 깡충거리며 1인 소파에 앉은 선영은 그에게 상체를 내밀고 조잘거렸다.

“언니가 형부는 엄청난 사람이라고 했어요. 세진화학 사장님이고 세진그룹 회장님 아들이라고. 맞아요?”

명함을 보고도 못 미더워하던 언니처럼 손가락을 꼽아가며 그의 다른 이름을 읊어대던 선영이 영 못 믿겠다는 표정으로 물었다. 지훈은 싱긋 웃음을 보였다.

“의심 많은 건 자매가 똑같네.”

“음?”

선영이 갸웃거리며 언니를 바라보았지만 희영은 이번에는 리모컨으로 TV를 조정하고 있었다. 여유를 부리듯 다리를 꼬고 앉은 그가 희영을 바라보며 말했다.

“언니도 처음에는 내 말을 안 믿었거든. 아마 회사에서 봤을 때도 안 믿었을걸?”

“저도 못 믿겠어요. 그런 어마어마한 사람이 제 형부라는 사실이.”

“그래?”

“네. 언니가 연애한다는 소리는 이제껏 들어보지도 못했는걸요. 아무리 숨겨도 아주 쬐끔은 티가 나잖아요. 그런데 언니는 그런 기미가 전혀 없었단 말이에요. 어떻게 그럴 수 있죠?”

엄청난 미스터리를 풀고 싶어하는 표정으로 선영이 말했다. 희영이 슬쩍 그를 훔쳐보았다. 그는 웃으며 선영을 보고 있었다. 그는 과연 뭐라고 대답을 할까.

“싫다는 사람 괴롭혀서 결혼했거든.”

“에?”

희영의 눈이 휘둥그레졌다.

“처음에는 실없는 소리 하지 말라며 언니가 얼마나 화를 냈는지 처제는 모르지?”

선영이 힐끔 언니를 쳐다보았다. 그는 심각한 표정을 지으며 검지로 제 턱을 문질렀다.

“뭐라고 했더라? 저질스러운 최악의 농담이라고 했지, 아마?”

희영은 기겁했다. 도대체 무슨 소리를 하려는 걸까.

“알다시피 내 사정이 좀 특수해야지. 그 덕분에 우리는 연애다운 연애 한번 제대로 못하고 결혼했어. 그러니 처제에게 연애하는 걸 보일 틈이 있었겠어?”

“제대로 된 연애도 못해봤다면서 결혼은 어떻게 했어요?”

선영의 물음에 그가 돌처럼 굳은 자세로 TV를 뚫어져라 보고 있는 그녀를 쳐다보았다. 그리고 진중한 목소리로 말했다.

“내 인생에서 꼭 필요한 사람이었으니까…….”

그의 그윽한 목소리가 거실을 맴돌았다. 조용해진 거실에 TV만 떠들어대고 있었다. 희영이 슬며시 고개를 돌렸다. 지그시 바라보는 그와 눈이 마주치자 갑자기 심장박동 소리가 거세졌다. 그의 말이 거짓말이라는 걸 뻔히 아는데도 두근대는 심장을 어쩔 수가 없었다. 이유를 알 수 없는 파장이 계속되었다.

“어휴. 오글거려.”

몸서리를 치듯 어깨를 떨던 선영이 자리에서 벌떡 일어났다. 그 소리에 희영도 현실로 돌아왔다.

“형부는 낯간지러운 소리를 어쩜 그렇게 잘해요?”

“진심인데?”

진지하던 모습은 사라지고 장난기 가득한 얼굴로 그가 어깨를 으쓱거렸다.

"알았어요, 알았어. 훼방꾼은 이만 올라갑니다. 방 정리 아직 안 끝났으니까 이따 저녁 먹을 때 내려올게요."

손을 흔드는 선영에게 그도 손을 흔들어 보였다.

"왜? 내가 또 거짓말했나?"

당혹감을 감추지 못하는 희영에게 그가 천연덕스럽게 물었다.

핵심을 교묘하게 피한 그의 말은 모두 사실이었다. 딱 한 가지 궁금한 건 그가 제일 마지막에 한 말의 의미였다. 물어보고 싶었다. 그 말의 의미가 무엇이냐고. 하지만 묻는다고 뭐가 달라질까. 거짓말이라는 걸 뻔히 알고 있는데. 대답을 들어봐야 실망만 할 터였다.

"김희영 씨가 말한 대로 하기로 했어."

예의 무심한 표정으로 그가 말했다.

"내일 중으로 우리 결혼사진이 언론에 공개될 거야. 그리고 이번 주 금요일 저녁에 있을 창립기념일 행사에도 같이 갈 거고. 지금이라도 마음이 변했다면—"

"아아."

희영이 그의 말을 자르며 손바닥으로 제 무릎을 탁탁 두드렸다.

"머리하는 것도 귀찮고 화장하는 건 더더욱 취미 없는데, 이제는 매일매일 예쁘게 꾸미고 다녀야겠어요. 카메라에 예쁘게 찍히려면……."

생긋 웃어 보이는 그녀의 얼굴이 화사했다. 그래서 그의 마음은 더욱 쓰렸다.

그날 밤. 서재에서 침실로 돌아온 지훈은 기가 막힌 광경을 목격했다. 침대 가장자리에 무언가가 대롱대롱 매달려 있었다. 당장이라도 떨어질 것처럼 매달려 있는 건 그녀였다. 저녁 식사가 끝나기 무섭게 먼저 자겠다며 침실로 들어가더니 저러고 있었다. 한 방을 써야 한다는 부담감을 잠버릇으로 표현하고 있었다.

'떨어지겠네.'

막 침대로 다가가던 그는 기어이 '쿵' 소리와 함께 바닥으로 떨어지는 그녀를 보아야 했다.

"아야……."

잠결에 떨어져서인지 그녀는 수초가 지나서야 꿈틀거리며 몸을 움직였다. 그는 터져 나오려는 웃음을 겨우 참으며 이불에 싸여 힘겹게 뒤척이는 그녀를 일으켜 앉혔다.

"괜찮아?"

"아파요."

눈을 반쯤 감은 희영이 중얼거렸다.

"일어나 봐."

그녀는 그의 부축을 받으며 침대로 다시 올라갔다.

"그렇게 끝에 누우니까 떨어지잖아. 가운데로 더 들어가."

"이게 편해요."

잠에 취한 그녀는 이불을 몸에 돌돌 말고 가장자리에 다시 자리를 잡았다. 침대가 좁으면 말을 안 할 텐데 이렇게 넓은 운동장을 두고 끝에 매달려 뭘 하자는 건지……. 착실하게 이불을 두 개나 꺼내놓은 걸 보고 그는 끝내 헛웃음을 흘리고 말았다.

속으로 혀를 차며 침대로 올라가 반듯하게 누운 그는 멀찌감치 누워 있는 커다란 누에고치를 멀뚱멀뚱 바라보았다. 켜놓은 수면등까지 끄면 꼬물거리는 모습이 영락없이 애벌레였다. 그는 팔을 베고 모로 누워 이불에 돌돌 말려 있는 그녀를 바라보았다.

아들의 결혼 소식을 들어서일까. 어머니의 용태가 다시 안정기로 접어들었다. 그래 봐야 연명치료만 받고 있지만……. 어머니에게 며느리를 소개할 기회가 올까.

처음에는 기사 몇 줄, 결혼사진 몇 장, 그리고 서류 한 장으로만 당신 아들의 결혼을 알릴 계획이었다. 직접 소개를 하고 싶어도 차마 그럴 수 없는 사정이 있었다.

대중에게 비치는 그의 가족은 재벌이라는 특수 사항을 빼면 평범한 가족이었다. 하지만 부모님과 외아들로 구성된 단출한 가족의 이면에는 그가 박영규 회장의 혼외 자식이라는 것과 그 아들을 끔찍이도 미워하는 이선주가 있다는 진실이 숨어 있었다. 이런 사실을 아는 사람들은 극히 일부였다.

어머니를 버리면서까지 부와 권력을 차지한 아버지에 대한 증오로 애당초 결혼은 그의 계획에서 철저히 무시되었지만, 설령 아버지의 계획대로 정략결혼을 했더라도 세상에서 자기가 최고인 줄 알고 있는 사람들에게 어머니의 비참한 모습을 보여주고 싶지 않았다. 아무리 아들의 결혼이 어머니의 간곡한 부탁이었다 해도 차마 그 꼴은 두고 볼 수 없었다.

남을 사랑하는 것에만 익숙한 어머니 역시 며느리를 직접 보기를 원치 않았다. 자신의 존재가 혹여 아들에게 흠이라도 될까 두려워하고 있었다. 당신의 행복보다 사랑했던 남자의 안위와 아들의 행복이 우선인 분이었다. 아버지는 그런 사랑을 받을 자격조차 없는 분인데……. 이 세상에는 이해할 수 없는 것들이 너무 많았다.

"으앗."

작은 비명 소리에 그는 상념에서 깨어났다. 또 떨어진 듯 있어야 할 누에고치가 없었다. 잠시 후 그녀가 끙끙거리며 자리에서 일어나 침대에 걸터앉았다. 눈치를 살피듯 뒤를 힐끔거리던 그녀는 침대로 올라와 아까보다는 조금 안쪽에 몸을 뉘었다. 침대 끝을 가늠하듯 기웃기웃 살피던 그녀가 드디어 눈을 감았는지 긴 한숨 소리가 들린 후 조용해졌다.

그녀라면 어떨까. 그녀라면…….

째깍째깍. 초침이 바쁘게 지나고 있었다. 가만히 그녀를 보고 있던 그가 몸을 움직였다. 그는 재빠른 동작으로 그녀의 허리와 목 아래에 팔을 끼우고 제 쪽으로 끌어당겼다.

"어?"

화들짝 놀란 그녀가 놀라 뒤를 돌아보았지만 이미 그의 품에 담긴 뒤였다.

"왜, 왜 그래요?"

당황한 그녀가 몸을 비틀며 물었다. 그러나 지훈은 자세까지 다시 잡으며 그녀를 더 꼭 끌어안았다.

"말 안 들으니까 그런 거야."

"뭐가요?"

그의 팔 사이로 얼굴을 빠끔 내민 그녀가 반항하듯 물었다. 그는 지그시 눈을 감으며 잔소리처럼 말했다.

"더 올라와서 자라고 했는데 말 안 들었잖아. 그러니까 이러고 자."

"알았어요. 알았으니까 이것 좀 놔줘요."

이제는 애원이었다. 모르는 척 눈을 감고 있던 그가 그녀를 굽어보았다. 캄캄한 공간에서 희미한 조명을 받은 그녀의 눈동자가 별처럼 반짝거렸다. 그는 아무렇게나 덮여 있던 이불을 가지런히 어깨까지 덮어주고 품에 안은 그녀의 정수리에 얼굴을 기댔다.

"오늘 피곤했어. 그만 자자."

그의 따뜻한 체취가 수면제처럼 밀려왔다. 이제는 토닥토닥 등까지 두드려 주는 통에 꼼지락거리며 탈출을 시도하던 희영은 끝내 몸짓을 멈추었다. 느릿느릿 이어지는 그의 손짓을 따라 그녀는 깊은 잠에 빠져들었다.

# 07. 夫婦처럼

택시에서 내린 희영은 굳게 닫힌 철제 대문을 올려다보았다. 담장이 이 정도로 높았던가? 그와 함께 왔을 때는 전혀 몰랐던 사실이다. 정신없이 따라와서 혼을 쏙 빼놓았던 곳이니 봤어도 기억에 남지는 않았을 것이다.

희영은 가끔 자신이 정말 그의 아내라면 어떨까, 하는 상상을 해본다. 부모님을 일찍 여윈 고아에 가진 건 몸밖에 없는 가난한 여자가 신문을 통해서나 볼 수 있는 집안에 며느리로 들어간다. 죽도록 사랑해서 결혼을 했지만 집안의 강력한 반대와 고독한 싸움을 해야 한다. 그런 입장이라면 어땠을까.

싸울 수 있는 무기라고는 사랑 하나뿐인 여자는 과연 그 전쟁에서 살아남을 수 있을까. 아무리 사랑으로 무장을 해보아도 그와 헤어지게 될까 봐 두려울 것이고, 드라마나 어떤 뉴스처럼 해코지를 당할까 봐 무서울 것이다.

그러나 희영은 다른 무기가 있었다. 언젠가는 이혼하게 된다는 사실. 그래서인지 박 회장이 이혼을 하라고 윽박지르고 이선주가 손을 날려도 별로 걱정이 없었다. 내가 왜 이런 소리를 듣고 있나, 싶어 약간 억울한 것 빼고는 그럭저럭 버틸 만했다.

오늘 이곳에 온 이유는? 그에게 선언한 대로 그의 아내로 역할을 다하기 위해서였다. 그가 안다면 화를 내겠지만 이 결혼을 비즈니스로 생각하는 그처럼 일이라고 생각하면 별로 어려운 일도 아니었다. 아니, 희영은 그렇게 자기 최면을 걸고 있었다.

희영은 심호흡을 한번 하고 초인종을 눌렀다. 잠시 후 인터폰에서 음성이 들렸다.

—누구세요?

뭐라고 해야 할지 잠시 망설이던 희영은 '박지훈 사장 부인입니다.' 라고 대답했다.

—잠시만요.

그렇게 말한 사람은 10분이 지나도록 아무런 대꾸도 없다. 희영은 들고 있던 것을 다른 손에 바꿔 들며 철장 너머를 살폈다. 얼마를 더 기다렸을까. 멀찌감치 문 열리는 소리가 들리는 듯했다.

누가 나오려는 건가?

그녀 앞에 나타난 사람은 집안일을 총괄하는 정 집사로 본가에 왔을 때 본 적이 있는 여성이었다. 정 집사는 문은 열지 않은 채 정중하게 인사하고 난처한 표정으로 말했다.

"죄송합니다. 약속이 없는 방문이시라……."
"며느리가 시부모님을 뵈러 오는데 약속을 해야 하는 건가요?"
"죄송합니다."
정 집사가 머리를 조아리며 거듭 사과했다.
가족이 방문하는데 약속이라니, 희영은 기가 차서 입을 다물지 못했다. 그렇다고 직원이 무슨 잘못이 있겠는가. 이 정도 시간이 걸린 후에야 나온 걸 보면 얘기를 꺼냈다가 괜히 혼만 났을지도 모른다. 두 팔 벌려 환영할 것이라고 기대도 안 했던 희영은 들고 있던 작은 상자를 여자에게 보였다.
"그럼 이거라도 전해주세요."
유명 호텔의 제과점 로고가 찍힌 케이크 상자였다. 시어머니의 취향을 전혀 모르는 희영이 긴 시간을 고민해 고른 것이었다. 민우에게 물어볼까 생각도 해보았지만 그랬다가는 본가에 간다는 걸 그가 알게 되겠기에 맨땅에 헤딩하듯 인터넷을 뒤져 겨우 골랐다.
"하지만……."
정 집사가 곤란한 표정을 지었다.
"이 정도도 못 전해주나요?"
선물까지 거부하는 정 집사 때문에 희영은 슬슬 화가 나려고 했다. 다행히 문이 열리고 정 집사가 상자를 건네받았다. 희영은 지친 얼굴로 말했다.
"어머님이 싫어하시겠지만 그래도 부탁 좀 할게요."
"알겠습니다."

"아니, 그냥 제가 가져왔다는 말은 하지 말고 디저트로 내주세요. 입맛에 맞지 않으면 어쩔 수 없지만……."

"네."

희영은 부탁한다는 말을 한 번 더 남기고 돌아섰다.

그 시간, 높은 담장을 야무지게 바라보다 뒤돌아서는 희영을 무심한 눈길로 바라보는 남자가 있었다. 그는 조금 떨어진 곳에 정차한 차 안에 있었다. 운전대에 몸을 기대고 앉은 그는 아까부터 그녀를 무료하게 지켜보고 있었다. 희영이 시야에서 사라지고 손가락 사이에 끼워놓았던 선글라스를 느릿한 동작으로 얼굴에 걸친 그는 입술 끝을 피식 말아 올리고는 차에 시동을 걸었다.

날렵함을 뽐내는 그의 스포츠카가 본가 주차장으로 미끄러지듯 들이가더니 제집인 양 자리를 잡았다. 몸을 매끄럽게 감싼 면바지를 입은 남자는 주머니에 양손을 찔러 넣고는 여유 있는 걸음으로 주차장을 빠져나갔다.

"오셨습니까?"

현관에 들어서자 정 집사가 그에게 깍듯이 인사를 건넸다.

"조금 전에 집 앞에 있던 여자 누구예요?"

처음과 달리 그는 호기심을 드러내며 물었다. 정 집사는 주변에 누가 있나 재빨리 확인하고는 그에게 작게 소곤거렸다.

"박지훈 사장님 사모님이 다녀가셨어요."

"에? 되게 어려 보이던데."

그의 말에 맞장구라도 치듯 고개를 끄덕이던 정 집사가 입에 손을 모으고 다시 소곤거렸다.

"그래서 지금 여사님 심기가 편치 않으세요."
"어디 계시는데요?"
"거실에 계세요."
"그건 뭐예요?"
들고 있는 상자를 보며 그가 물었다.
"사모님이 여사님께 전해달라고 하셨는데……."
"고모가 좋아하시겠어요?"
"그렇죠?"
정 집사가 난감한 표정을 지었다.
"그거 잘 둬요. 내가 가져가게."
"가져가신다고요?"
"보아하니 비싼 건데 고모 대신 내가 먹죠 뭐. 그러니까 잘 챙겨 둬요."
그는 유쾌한 목소리로 정 집사의 고민을 해결해 주고 가벼운 걸음으로 거실로 들어갔다. 소파에 앉아 잡지를 보고 있는 이 여사를 향해 그가 큰 소리로 인사를 했다.
"고모! 저 왔습니다."
"영우 왔구나."
반가운 목소리에 고개를 든 이선주의 얼굴에 화사한 웃음꽃이 피었다. 냉랭하기만 한 그녀의 평상시 모습은 눈 녹듯 사라져 버리고 그를 바라보는 눈빛엔 사랑이 듬뿍 담겼다.
영우가 이선주를 고모라고는 부르지만 엄밀히 따지면 이선주의 외사촌 오빠가 낳은 아들로 촌수로는 5촌 외종질(外從姪)이다. 촌

수가 복잡하고 어려워 영우는 어렸을 때부터 이선주를 고모라고 부르며 자랐다.

이선주는 외동딸이었고, 친가보다는 외가와 친밀하게 지냈다. 그 때문에 아버지의 눈총을 받기도 했지만 그 반대였어도 당신밖에 모르는 아버지에게는 모두 못마땅한 일이었다.

선주가 그를 향해 손을 뻗자 한달음에 다가간 영우가 그녀의 어깨를 양팔로 감싸고 얼굴에 제 볼까지 비비며 친근함을 나타냈다. 그런 조카를 흐뭇한 웃음으로 맞이한 선주는 그의 팔을 살갑게 쓰다듬었다.

"고모, 오늘 안 좋은 일 있으셨어요? 안색이 좋지 않으시네요."

그녀의 어깨에서 팔을 뗀 영우가 걱정스럽게 물었다. 선주는 고상하게 웃으며 고개를 저었다.

"이 고모는 하찮은 일에 신경 쓸 만큼 한가하지 않아."

빙긋이 웃으며 읽고 있던 잡지를 테이블에 내려놓은 선주는 영우의 양손을 다정하게 붙잡았다.

"너 요즘도 회사 출근 안 하니?"

"하죠! 가끔 해서 그렇지."

선주가 눈을 슬며시 흘기자 영우는 못 이기는 척 말을 이었다.

"전 진짜 사업은 체질적으로 안 맞는 것 같아요. 어떻게 종일 서류에 파묻혀 살 수 있죠? 봐야 하는 숫자는 또 왜 그렇게 많은지. 나중에는 멀미가 날 지경이라니까요?"

"네가 바보천치라면 이런 말도 안 하지. 능력도 되는 녀석이 허송세월 보내고 있으니 내가 어찌 속이 답답하지 않을까. 정신 좀 차려, 이 녀석아. 고작 그 작은 계열사 대표이사로 만족하겠다는 거야?"

"저에게 고작 그 작은 계열사 하나면 충분하죠. 그런데도 제 주변으로 뭐가 자꾸 쌓이네요."

그의 의미심장한 말에 선주는 못 들은 척 고개를 돌렸다.

"박 사장 결혼했다면서요?"

정 집사가 내온 딸기를 먹으며 영우가 물었다. 영우의 방문으로 그나마 웃고 있던 선주의 얼굴빛이 다시금 싸늘하게 식어버렸다.

"정 집사!"

난데없이 터져 나온 선주의 앙칼진 부름에 정 집사가 혼비백산하여 거실로 나왔다. 옆에 있던 영우도 눈을 휘둥그레 떴다. 선주는 다짜고짜 정 집사에게 소리를 질러댔다.

"어디서 이런 엉터리를 산 거야? 정 집사가 여기 너무 오래 있어서 감이 떨어졌나? 아니면 이런 것도 제대로 확인 안 하고 내올 정도로 정신이 없는 거야?"

"죄송합니다."

접시까지 거칠게 밀어내는 선주의 호통에 정 집사는 머리가 땅에 닿을 정도로 허리를 굽실거리며 테이블에 있던 접시를 치우기 시작했다. 영우는 포크 달라는 표정으로 쳐다보는 정 집사를 멀뚱멀뚱 쳐다보다가 아쉽다는 듯 입맛을 다시며 포크를 내밀었다.

영우가 보기에 딸기는 싱싱했으며 실제로 당도도 아주 좋았다. 워낙 모든 것에 까다로운 선주의 성품을 잘 아는 정 집사가 절대 실수할 일이 아니었다. 그럼에도 이리 혼이 나는 걸 보니 정 집사의 원망 가득한 눈빛이 무엇 때문인지 영우는 알 것 같았다.

"그러고 보니 우리 영우가 장가갈 때가 되었구나?"

영우가 허둥대며 사라지는 정 집사를 보고 있을 때, 선주가 부드러운 목소리로 화제를 돌렸다. 조금 전과 전혀 다른 나긋나긋한 목소리였다.

"어휴, 말도 마세요. 아버지가 말씀하시는 여자들은 하나같이……."

"하나같이?"

영우가 말을 잇지 않고 뜸을 들이자 선주가 호기심 어린 눈빛으로 바라보았다.

"저보다 다 잘났잖아요."

다리를 앞으로 쭉 뻗으며 소파에 드러눕듯 몸을 기대자 선주가 한심하다는 표정을 지었다.

"어딜 봐도 우리 세진그룹이 밀릴 구석은 없어. 그런 이상한 생각 하지 말거라."

"에이, 일단 전 세진그룹 후계자가 아니잖아요. 그럼 이미 열 개는 접고 들어간 거 아닌가요? 아무리 그래도 남자 자존심이 있지 여자 집안에 기 눌려 살고 싶지는 않아요."

"그런 녀석이 출근도 안 하고 놀아? 네 아버지나 내가 널 위해서 얼마나 애를 쓰는지도 모르고. 응?"

선주가 영우의 어깨를 아프게 내려쳤다. 화들짝 놀라 일어난 영우는 아프다는 시늉을 하며 눈꼬리를 아래로 축 내려뜨렸다.

"이번 그룹 창립기념일 행사에는 꼭 참석해. 너도 당당히 세진그룹의 일원이라는 걸 잊지 말거라."

세진그룹의 일원이라는 말은 그에게 귀찮고 번거로운 이름이었다. 어른들의 완력 다툼에 자신이 얽혀 있다는 사실은 어렸을 적부터 적잖은 스트레스로 작용했다. 덕분에 그는 좋아하던 친구를 잃기도 했다. 물론 그의 책임도 일부 있었지만…….

"알겠습니다."

그가 대답했다. 원하지 않던 세진그룹의 임원이 되면서 지금껏 한 번도 그룹 행사에 참여해 본 적이 없는 그였지만, 이번에는 어쩐지 꼭 가보고 싶다는 생각이 들었다. 오랜만에 친구도 보고 싶었고, 쓸쓸한 눈으로 이 집을 올려다보던 그 여인도 궁금해졌다.

고려호텔 앞에 도착하자 플래시가 여기저기서 터져 나왔다. 아직 차에서 내리지도 않았는데 희영은 놀라운 광경에 겁에 질려 버렸다. 호텔 앞에서 대기하고 있던 남자들이 기자들을 헤치며 승용차의 뒷문을 열었다. 먼저 내린 지훈의 도움을 받으며 희영도 차에서 내렸다. 눈부신 플래시 불빛도 그렇지만 시끄럽게 이어지는 셔터 소리가 그녀의 신경을 예민하게 만들었다. 옆에서 그가 손을 붙잡아주지 않았다면 닫히는 문을 다시 열고 도망쳤을 것이다.

"괜찮아?"

정신이 없는 가운데 귓가에서 그나마 익숙한 소리가 들렸다. 그가 손을 꽉 잡으며 다정한 눈으로 묻고 있었다. 희영은 환하게 웃으며 고개를 끄덕였다.

로비에도 기자들은 꽤 많았다. 그나마 호텔과 세진그룹의 통제가 잘 이루어져서 카메라가 코앞까지 다가오는 불편함은 없었다. 두 사람은 곧 도착할 박영규 회장 내외를 기다리기 위해 적당한 위치에 섰다.

세간에서는 지훈이 세진그룹을 무난히 승계 받을 것이라고 예상했다. 그가 박 회장의 유일한 혈육이기도 했고 아직까지는 그 과정을 위협하는 존재가 드러나지 않았기 때문이다. 그러나 세진화학을 그룹으로 성장시킨 전대 회장은 당시 처가와 대립하고 있었다.

박영규 회장을 데릴사위로 들이면서 처가의 견제는 막을 수 있었지만 전대 회장 사후, 이선주가 외가 쪽과 다시 손을 잡았다는 소문이 조금씩 들려왔다. 그렇기에 그가 그룹을 좀 더 안전하게 이어받기 위해 어떤 파트너와 손을 잡게 될지에 사람들의 관심이 집중될 수밖에 없었다.

그런 그가 뜻밖에도 평범한 여성과 기습적이고 비밀스럽게 결혼을 했다. 그의 결혼에 대한 보도자료가 처음으로 나온 곳은 세진화학이었다. 그룹 차원의 보도자료도 아니었고, 상대자가 일반인이라는 이유로 비공개 원칙을 세웠던 것에 언론은 미묘한 분위기를 감지했다.

그의 결혼 상대자를 두고 짧은 기간 동안 수많은 추측이 난무했던 가운데 드디어 오늘, 세진그룹의 강력한 후계자인 그가 세진그룹 창립기념일에 비밀에 싸여 있던 아내를 공개했다. 이는 곧 그녀가 세진가의 일원이라는 것을 공식적으로 선언하는 것이기도 했다.

'이런 세상이었구나.'

제 앞에서 쉴 새 없이 터지는 카메라 플래시를 보며 희영은 속으로 생각했다. 숨 쉴 틈도 주지 않는 기자들의 시선에 돌기둥처럼 꼼짝도 못하고 웃고만 있었다. 이렇게 어수선한데도 그는 다른 계열사 사장들과 진지하게 대화를 나누고 있었다.

문득 외딴섬에 떨어진 것 같은 외로움이 밀려왔다. 그녀는 이 세상에서 철저히 이방인이었다. 그러나 모두 그녀의 선택이었기에 누구를 탓할 수도 없었다. 심지어 그에게조차도…….

호텔 입구가 갑자기 소란스러워졌다. 기다리던 박영규 회장 내외가 도착을 했다. 기자들이 앞다투어 플래시를 터뜨렸고 박 회장은 근엄한 표정을 지으며 이선주와 함께 로비로 들어섰다. 기다리고 있던 사장단들이 박 회장에게 인사를 했다. 희영도 그를 따라 두 사람에게 인사를 했다. 그녀를 발견한 박 회장은 못마땅한 표정을 감추지 않았고, 이선주는 살짝 고개만 끄덕였다.

박 회장을 선두로 하여 각 계열사의 사장단과 임원들이 줄지어 움직이기 시작했다. 희영은 손에 잔뜩 밴 땀을 원피스에 슬쩍 닦아냈다. 이제 시작인데 벌써부터 긴장을 하다니. 희영은 속으로 기합을 넣으며 연회장으로 향했다.

세진그룹 창립기념식은 이미 오전에 치러졌고 지금은 그룹 사장단과 임원, 그리고 각층의 귀빈을 위한 만찬을 겸한 연회였다. 하여 세진그룹의 공식 후계자로 거론되고 있는 그는 연회장 입구에서 귀빈을 맞고 있었고 희영 역시 그의 아내로 손님을 맞았다. 그 일이 그녀의 첫 공식 일정이었다.

"잠깐 물 좀 마시고 와야겠어요."

뒷짐을 지고 멀리 있는 사람들을 살펴보고 있던 그가 고개를 돌렸다. 희영은 연회가 끝나기도 전에 꼭 쓰러질 것만 같았다.

"이 부장이랑 같이—"

"괜찮아요."

희영은 민우를 찾는 그의 팔을 가볍게 잡았다. 연회장에 들어가면 해결될 문제로 번거롭게 사람을 부르고 싶지 않았다. 그는 연회장 안을 한번 살펴보고 알았다며 고개를 끄덕였다. 생수가 준비되어 있는 테이블은 쉽게 찾을 수 있었다. 목마름도 목마름이지만 그녀는 지금 온몸이 부서질 것처럼 아팠다. 익숙하지 않은 하이힐도 문제였고, 실수라도 할까 봐 긴장을 했더니 근육들이 모두 뭉친 것처럼 뻐근했다. 그래도 냉수를 한 잔 마시니 머리가 맑아지는 기분이었다.

"안녕하세요?"

누군가가 인사를 건넸다. 희영은 눈을 동그랗게 뜨고 뒤를 돌아보았다. 젊은 남자가 그녀를 바라보며 빙긋 웃고 있었다. 희영은 열심히 기억을 더듬었다. 연회장 입구에서 너무 많은 사람들을 본지라 다 기억은 나지 않았지만 남자와 비슷한 연령대의 손님은 확실히 본 기억이 없었다.

"안녕하세요?"

희영도 그에게 정중하게 인사를 했다. 누구냐고 물어볼 수도 없고, 일부러 말까지 걸었는데 자리를 피할 수도 없어서 어색한 웃음만 짓고 있는데 그가 입을 열었다.

"박지훈 사장의 부인이라고 하시던데……."

"네. 김희영라고 합니다."

"전 세진유통 최영우라고 합니다."

제 소개를 하며 그가 악수를 청했다. 머뭇거리던 희영은 손끝으로 가볍게 악수를 했다.

"박 사장이랑 친합니다. 저 혼자만의 생각일 수도 있지만."

그는 장난기 다분한 표정으로 부연했다. 희영의 얼굴에 놀라움과 반가움이 섞였다.

"친구세요?"

"친구라고 하기도 그렇고…… 친척이라고 하기도 그렇고……. 뭐 이래저래 좀 복잡하지만 어렸을 때는 같이 어울려 지냈습니다."

애매모호한 설명을 들으며 희영은 입구로 시선을 돌렸다. 손님과 막 인사를 끝낸 지훈과 눈이 마주쳤다. 그의 표정이 갑자기 나빠졌다. 무엇을 잘못했나? 희영은 순간 당황했다. 그가 마치 화라도 난 사람처럼 거침없이 걸어왔다.

"곧 행사 시작할 거야. 우리도 이만 들어가지."

"네."

그는 영우는 거들떠보지도 않았다. 그가 내뿜는 공기가 하도 살벌해서 희영은 영우에 대한 말은 꺼내지도 못하고 고개를 끄덕였다.

"결혼 축하해, 박 사장."

막 떠나려는 그에게 영우가 말을 걸었다. 그는 눈길도 주지 않고 짧게 '그래.' 라고 대답했다. 희영은 잰걸음으로 지훈을 따라가며 슬쩍 뒤를 돌아보았다. 영우가 씁쓸한 표정으로 쳐다보고 있었다. 이번에는 지훈을 올려다보았다. 아무것도 알려주지 않으려는 그의 특기가 다시 발동한 모양이었다.

자리를 이동하자마자 시작된 행사는 그리 길지 않았다. 진행자의 소개로 박영규 회장이 강단에 올라가 소감을 밝히고 지훈이 다음 순서로 올라가서 건배 제의를 하면서 행사는 끝났다. 간단한 순서가 끝나고 실내악단의 음악과 함께 연회가 시작되었다.

시간이 흐르고 사람들은 서로 인사를 나누거나 삼삼오오 모여 대화를 나누는데 희영만 홀로 덩그러니 서 있었다. 그는 조금 떨어진 곳에서 나이가 지긋한 남성들과 진지한 얼굴로 대화를 나누고 있었다. 잠시 이야기 좀 하고 오겠다며 자리를 뜬 그는 벌써 20분째 돌아오지 않고 있었다. 가끔 고상하게 차려입은 부인들이 다가와 가볍게 인사를 건네기는 했지만 그 이상의 대화는 없었다. 시부모의 살뜰한 보살핌을 받지 못하는 그녀에게 먼저 인사를 건넬 사람은 많지 않아 보였다.

"참 지루하죠?"

그런 그녀에게 누군가 말을 걸었다. 샴페인 잔을 빙글빙글 돌리며 한숨을 쉬던 희영이 고개를 들었다. 최영우가 임원들과 대화를 나누고 있는 지훈을 바라보며 그녀 곁에 서 있었다. 특별히 할 말이 없어 가만히 있는데 그가 다시 물었다.

"박 사장에 대해 잘 알아요?"

무슨 의도로 하는 말일까. 보통은 이렇게 안 물어볼 것이다. 속으로는 많이 놀라고 당황했지만 희영은 차분하게 대답했다.

"그럼요. 전 그 사람 부인인걸요."

알았다는 듯 고개를 끄덕이는 영우의 입가에 알 수 없는 미소가 걸려 있었다.

"건투를 빕니다."

그는 장난스럽게 거수경례를 하고는 그녀에게서 몸을 돌렸다.

건투를 빈다니, 의미심장한 말이 아닐 수 없었다. 그는 무엇을 알고 있기에 저런 말을 하는 것일까. 희영은 영우를 계속 쳐다보았다. 터벅터벅 사람들 사이를 걷던 그가 향한 곳은 이선주가 있는 곳이었다. 그를 발견한 이선주가 환하게 웃으며 함께 있는 부인들에게 인사를 시켰다. 그 모습은 마치 모자(母子)지간 같았다.

'어머니가 저리 해맑게 웃을 수 있는 분이었다니…….'

희영은 혼란스러운 눈으로 멀리 떨어져 있는 지훈을 바라보았다. 그는 여전히 심각한 얼굴로 대화에 열중하고 있었다.

무언가가 복잡하게 얽혀 있는 기분이 들었다. 영우의 말을 되짚어보면 그는 친구처럼 가깝게 지내던 먼 친척이라고 유추할 수 있었다. 그렇다면 친가와 외가 중 어느 쪽일까? 그나저나 제 아들보다 더 아끼는 조카라니…….

그녀의 시선을 느낀 듯 그가 문득 고개를 돌렸다. 희영은 얼떨결에 손을 흔들었다. 마찬가지로 그녀를 빤히 쳐다보던 그는 상황을 정리하는 사람처럼 모여 있던 사람들에게 인사를 하기 시작했다. 그리고 곧 그녀가 있는 곳으로 돌아왔다.

"혹시 술 마셨어?"

그가 엄한 표정으로 물었다.

"샴페인 조금 마셨는데……."

"술은 마시지 않는 것이 좋겠어. 얼굴이 토마토가 됐어."

"토마토……."

그의 말을 따라 하며 희영은 어이없는 표정을 지었다.

"돌아갈까?"

"가도 돼요?"

연회의 주인공이나 다름없는 그가 벌써 돌아가자니. 희영은 의심이 가득한 표정으로 주변을 둘러보았다. 연회는 끝날 기미가 안 보였다.

"중요한 분들은 이미 돌아가셨어. 회장님도 곧 들어가실 거고."

"아버님이 아직 들어가시지 않았는데 우리가 먼저 가도 되는 거예요?"

"괜찮아."

걱정이 가득한 그녀와 달리 그는 아무렇지 않은 표정으로 고개를 끄덕였다. 그런데 그가 어딘가로 시선을 던졌다. 그곳은 영우와 선주가 있는 곳이었다. 두 사람의 얼굴에는 즐거움이 가득했다. 순간 희영은 그의 눈동자에 감도는 애틋함을 읽었다. 사이가 안 좋다고 하지만 그래도 그는 어머니가 그리운 거였다. 희영은 가만히 그의 팔짱을 꼈다. 그리고 그와 눈을 맞추며 다정하게 웃었다.

"가요."

"그래."

그도 미소를 지어 보였다.

선영이 자고 있는 걸 확인하고 침실로 돌아온 희영은 희미하게 들리는 물소리에 저도 모르게 얼굴을 붉히고 말았다. 그와 한 방을 사용한 지 수일이 지났지만 계약이 끝날 때까지 익숙해지지 않을 것 같았다. 아무렇지 않은 듯 태연한 그를 보고 있으면 자신만 유난 떠는 것 같아 억울하고 분하지만 그런다고 이 방이 편해지는 건 아니었다.

그래서 그녀는 그가 언제 욕실에서 불쑥 나올지 몰라 옷도 편하게 갈아입지 못하고 침대에 우두커니 앉아 있었다. 그가 나오면 옷을 갈아입을 생각이었지만 그가 침실로 돌아왔을 때 그녀는 침대에 쓰러져 잠이 들어 있었다. 손으로 젖은 머리카락을 털어내던 지훈은 피식 웃음을 흘렸다.

평범한 그녀가 많은 기자들과 익숙하지 않은 계층의 사람들을 만나는 일은 정신적인 소모가 심한 일이었다. 교묘하게 그녀를 피하는 부모님 때문에 아는 사람도 없이 피로감이 더했을 것이다. 자신까지 함께 있어주지 못했으니 얼마나 서운했을까. 의도치 않은 일이었지만 옷도 못 갈아입은 채 침대에 쓰러져 잠들어 있는 그녀를 보고 있자니 미안함이 밀려왔다.

침대로 다가간 그는 불편하게 누워 있는 그녀의 다리를 침대 위로 올렸다. 신고 있는 슬리퍼를 벗기고 꼭 쥐고 있는 클러치도 빼서 한쪽에 치웠다. 침대에서 또 떨어지지 않도록 그녀의 몸을 안아 침대 안쪽으로 좀 더 밀어 넣은 그는 얇은 시트를 덮어주고 침대에 걸터앉았다.

최영우는 무슨 속셈일까.

최영우가 세진그룹의 경영권을 위협하는 무리의 중심에 있다는 건 이미 알고 있었다. 그런데도 영우는 그룹 행사에는 좀처럼 모습을 보이지 않았다. 영우가 연회에 참석한 일은 지훈에게 그다지 큰 관심거리가 되지 못했지만, 희영에게 접근한 것은 신경이 거슬렸다.

어렸을 때처럼 그녀에게도 엉뚱한 소리를 지껄이면 어쩌나 걱정되었다. 제 본모습이 까발려지는 건 두렵지 않았다. 다만 아무 관련도 없는 그녀가 그 사이에서 혼란스러워 할까 봐 걱정이었다.

“으음.”

뒹굴 몸을 굴려 제 몸에 찰싹 달라붙는 그녀를 굽어보는 그의 입가에 희미한 미소가 번졌다. 그는 흐트러진 그녀의 머리카락을 정리해 주고 침실에서 나갔다.

시간이 흘러 밤이 깊어졌다. 희영은 어둠 속에서 눈을 떴다. 커다란 눈을 깜빡이며 제 상태가 어떤지 더듬어 보았다. 그러다 자리에서 벌떡 일어난 희영은 부스스한 머리카락을 손가락으로 쓸어 넘기며 주변을 두리번거렸다.

그가 샤워를 끝내고 나오기를 기다리고 있었던 것 같은데 사방이 캄캄한 침실에는 그녀 홀로 잠들어 있었다. 슬리퍼를 벗고 이불까지 착실히 덮고 있는 제 모습에 희영은 어리둥절했다. 수면

등을 켜고 침대에서 내려온 희영은 조심스럽게 드레스 룸을 열어 보았다. 캄캄한 내부는 그곳에 아무도 없다고 말하고 있었다.

어딜 갔을까.

그가 없는 걸 확인한 희영은 재빨리 샤워를 끝내고 실내복으로 갈아입었다. 다시 잠자리에 들기 위해 침대에 막 발을 올리던 희영은 그를 찾아보기로 했다. 방에서 나간 그녀는 어둠 속에서 바닥에 깔리는 불빛을 발견했다. 그는 서재에 있는 듯했다. 노크를 하고 문을 열자 책상에서 그가 의아한 눈으로 그녀를 쳐다보았다.

"이 시간까지 뭐 하는 거예요?"

문을 닫고 안으로 들어온 희영이 뾰쭘한 표정으로 물었다. 그는 들고 있던 펜을 놓고 팔짱을 끼었다.

"그러는 김희영 씨야말로 자다 말고 여기까지 무슨 일이지?"

"자다 깼는데…… 저만 있길래……."

"걱정이라도 한 건가?"

그가 히죽 웃으며 물었다. 희영은 딴 곳을 쳐다보았다.

"걱정은 무슨……. 내가 걱정해 주는 거 좋아하지도 않잖아요."

"그랬다고 하지."

그랬다고 하지? 무슨 이런 이상한 대답이 다 있나.

"이제 정리할 참이었어."

그가 보고 있던 서류들을 정리하기 시작했다. 순간 그녀는 아차 싶었다. 그 말은 곧 그와 함께, 그것도 동시에 같은 침대에 누워야 한다는 소리였다. 그냥 모르는 척 잠이나 잘 것이지 뭐 한다고 그를 찾으러 나왔을까. 희영은 뒤늦게 도망도 못 가고 발만 동동 구르고 있었다. 그런데 그는 침실로 가지 않았다. 희영은 복도에 멀뚱히 서서 그의 뒷모습을 보고 있었다.

"혹시……."

거실로 가던 그가 뒤를 돌아보았다.

"출출하지 않아?"

희영이 짧게 웃음을 터뜨렸다. 그는 항의라도 하듯 뚱한 표정을 지었다.

"라면 끓여줄까요?"

"라면은 집에 없을걸?"

"한번 찾아볼게요."

주방으로 들어간 희영은 라면을 찾기 시작했다. 지훈은 식탁에 앉아 그녀가 하는 걸 지켜보았다.

"정말 라면은 없네요."

"집에서 라면 먹을 일이 없었으니까."

그가 시큰둥한 목소리로 대답했다.

"간단히 요기만 하면 되죠?"

"뭐 하려고?"

"그냥 있는 걸로 아무거나 만들 건데……. 싫어요?"

그는 어서 하라는 듯 손을 들어 보이고는 느긋하게 의자에 등까지 기대고 앉았다. 밉지 않게 그를 한번 흘겨본 희영은 냉장고부터 열었다. 식구들의 건강을 생각한 아주머니는 집에 인스턴트식품을 전혀 준비해 놓지 않았다. 식단 조절을 해야 하는 선영까지 있다 보니 냉장고는 보는 것만으로도 건강해질 것 같은 식재료가 가득했다.

잘하는 요리가 없어 이렇게 풍성한 식재료를 보고도 무엇을 해야 할지 통 감이 잡히지 않았다. 그렇다고 계란을 쪄줄 수도 없고……. 문 닫으라는 경보음이 들릴 때까지 냉장고를 탐험한 그녀가 선택한 것은 메추리알과 새우살, 그리고 샐러드용 야채들이었다. 냉장고를 잘 뒤지니 아주머니가 만든 드레싱도 있었고 그가 읊어대던 토마토도 있었다.

"샐러드 만들어줄게요."

메추리알을 삶기 위해 냄비에 물을 받으며 그에게 말했다. 턱을 괴고 앉은 그는 고개를 끄덕이는 것으로 대답을 대신했다. 먹기 좋은 크기로 찢은 야채에 토마토와 메추리알을 곁들이고 아주머니의 특제 드레싱까지 뿌리자 모양이 그럴듯했다.

"와인 한잔할까?"

식탁에 올라온 샐러드를 보고 있던 그가 일어나며 물었다. 그러더니 그는 대답도 듣지 않고 와인 냉장고에서 화이트 와인을 꺼내 잔 두 개를 들고 주방을 나갔다. 잠시 어리둥절해 있던 희영도 쟁반에 샐러드와 앞 접시, 포크를 챙겨서 그가 있는 소파로 갔다. 그는 잔 두 개에 와인을 따르고 있었다. 희영은 주춤주춤 그의 옆에 엉덩이를 붙였다.

"출출하다면서 왜 와인이에요?"

"김희영 씨가 술안주를 만들어줬으니까."

그가 장난기 다분한 목소리로 대꾸하며 잔을 들어 보였다. 희영은 입술을 삐죽거리며 잔을 그의 잔에 가볍게 부딪쳤다. 시원하고 톡 쏘는 와인과 사각거리는 샐러드는 잘 어울렸다. 이게 다 샐러드를 잘 만들어 그렇다며 희영은 속으로 뿌듯해했다.

"아까 고생 많았어."

그가 넌지시 말했다. 포크를 물고 있던 희영은 빙그레 웃으며 고개를 저었다.

"아무것도 안 하고 가만히 서 있기만 했는걸요. 그것도 고생으로 쳐주나요?"

"훗."

그가 가볍게 웃었다.

"그런데 아저씨는—"

"호칭 좀 어떻게 안 될까?"

"그럼 사장님은 항상 퇴근이 늦나요?"

그가 졌다는 표정을 지으며 고개를 설레설레 저었다.

"왜? 내가 일찍 퇴근했으면 좋겠어?"

"이 와인 몇 도예요?"

희영이 진지한 얼굴로 와인 병을 들어 이리저리 살폈다.

"무슨 뚱딴지같은 소리야?"

"갑자기 그렇게 말하지 말아요. 꼭 술 취한 사람 같아요."

애원하듯 울상을 짓는 그녀 때문에 지훈은 끝내 큰 소리로 웃음을 터뜨렸다. 그는 등받이에 팔을 올리고 삐딱한 자세로 그녀를 바라보았다.

"김희영 씨가 하도 어른처럼 굴어서 나이가 스물셋밖에 되지 않았다는 걸 문득문득 까먹게 돼."

"그렇다고 애도 아니에요."

그녀의 뾰로통한 대답에 가만히 미소를 짓던 그가 아득한 목소리로 말했다.

"그래도 너무 어른처럼 굴지는 마."

희영이 궁금한 얼굴로 바라보았지만 지훈은 더 이상의 말은 하지 않았다.

처음에는 이 결혼은 말도 안 되는 일이라며 그리도 펄쩍펄쩍 뛰더니, 이제는 그게 뭐 대수냐는 듯 용감해졌다. 결혼에 개인적인 감정이 없어서인지 몰라도 어떤 회유와 압박도 남 일처럼 생각하는 당돌함도 있었다. 부당한 대우에 속상하기도 하고 억울할 법도 한데, 이리 담담하니 그는 조금 당황스러웠다.

자신의 나이도 잊고, 자신의 위치도 잊고 그녀에게 의지하고 싶어진다는 걸 어떻게 말할 수 있을까. 그래도 그녀가 신경 쓰이고 걱정은 된다. 나이에 어울리지 않게 아무리 대범한 그녀라도 언젠가는 한계가 올 것이니까. 적어도 계약기간 동안에는 그 한계가 오지 않도록 해야 하는 것이 그의 일일 것이다. 그게 뜻대로 안 되는 상황에 닥치기도 하지만…….

"다음 주에 출장이 잡혔어."

"오래 걸리나요?"

"일주일 정도 걸릴 거야. 이 부장 남겨놓고 가려고 했는데 그게 좀 어렵게 됐어."

"민우 씨는 사장님한테 더 필요한 사람이죠."

"이 부장은 민우 씨라고 부르면서 난 왜 자꾸 아저씨 아니면 사장님이야?"

"그럼 어떻게 해요. 입에 붙은걸."

그의 투정 아닌 투정에 희영은 토라진 사람처럼 어깨까지 들썩이며 항변했다.

"숙제를 내줘야겠어."

"무슨 숙제요?"

"출장 다녀올 때까지 호칭 고치기."

"아아. 진짜."

이제는 희영이 투정을 부렸다.

"얼굴 펴. 정말 토마토 같으니까."

"자꾸 이러기예요?"

"뭘?"

"사과처럼 빨갛다, 뭐 이런 예쁜 말도 있는데 자꾸 토마토 같다고 할 거냐고요."

희영이 화끈거리는 제 얼굴을 양손으로 감싸며 따졌다.

"토마토가 어때서? 그런 말은 토마토에게 실례야."

"어휴, 몰라요. 아저씨는 여기서 토마토 인권이나 찾아요. 난 이만 자야겠어요."

그의 놀림에 심술이 나서 소파에서 일어나던 그녀가 멈칫거렸다. 정면의 먼 곳을 바라보고 있는 그에게 손이 붙잡혔다.

"고마워."

"고마워해야 할 사람은 나예요."

그가 고개를 들었다. 그의 눈동자가 부드러운 빛으로 일렁거렸다. 깊은 곳에 숨겨둔 채 보여주지 않던 눈빛. 그것은 외로움이었다. 희영은 그 눈빛에 현혹된 듯 서서히 그에게로 다가갔다. 그리고 상체를 숙여 그를 품에 안았다. 그가 그랬던 것처럼 등을 토닥토닥 두드리자 돌처럼 굳어 있던 그가 천천히 그녀의 등을 감쌌다.

## 08. 밝혀지는 이야기

택시에서 내리자 낯익은 남자가 다가와 인사를 했다. 회장실의 비서실장이었다.

"가시죠. 회장님이 기다리십니다."

희영은 자신을 깍듯하게 대하는 비서실장이 낯설었다. 처음 만났을 때는 고압적이었는데 며칠 만에 달라진 모습에 놀라지 않을 수 없었다. 창립기념일 이후로 박 회장에게 심경의 변화라도 생긴 건 아닐까 생각했지만, 그건 그녀의 오산이었다. 박 회장이 그녀에게 친절했던 건 외부에 가정의 불협화음을 굳이 드러내고 싶지 않은 제스처에 지나지 않았다.

"그룹 행사에까지 나타나다니, 용기가 가상해."

차를 음미하던 박 회장이 딱하다는 얼굴로 말했다.

출장을 떠나던 지훈이 그녀에게 신신당부했던 것이 있었다. 되도록 외출은 자제하고 어떤 일이 있어도 부모님의 호출에 응하지 말라는 것이었다. 알겠다고 대답했지만 그는 그녀가 못 미더웠던지 출장에 같이 가겠냐고 물었다. 갑자기 결혼을 하느라 신혼여행도 못 간 걸로 알려져 있으니 그 핑계로 같이 가면 된다고 했다. 혼자 남겨질 그녀를 위한 배려였다.

솔직히 고백하자면 그를 따라가고 싶은 마음이 있었다. 박 회장으로부터 언제 또 호출을 당하게 될지 모르는 불안감도 있었지만 불쑥불쑥 마주치는 기자들에 대한 두려움도 있었다. 엊그저께도 복학 신청을 위해 집을 나섰다가 갑자기 나타난 기자 때문에 놀라서 되돌아온 적이 있었다. 가까운 편의점도 편하게 다녀올 수 없었다. 그러다 보니 정신적으로 많이 피곤한 상태였다.

이런저런 문제들을 떠나 수술 후 회복 중에 있는 선영을 혼자 두는 것도 마음에 걸려 그의 제안을 거절했다. 영영 곁을 내어줄 것 같지 않던 그가 보여준 마음만으로도 충분히 고마웠다.

이른 새벽 집을 나서던 그는 꽤 긴 시간 그녀를 바라보았다. 그리고 그는 그녀의 뒷머리를 다정하게 한번 쓰다듬는 것으로 인사를 대신하고 출장지로 떠났다.

점점 멀어지던 그의 뒷모습을 떠올리고 있던 희영은 테이블 위로 떨어진 무언가가 커피잔과 충돌하는 것을 보고 흠칫 놀랐다. 다행히 커피잔은 쓰러지지 않았지만 이혼신고서라는 글자가 그녀의 망막으로 파고들었다.

"써라."

"아버님."

박 회장이 소파 손잡이를 강하게 내려쳤다.

"마지막 기회야. 어린애 장난 같은 짓 당장 그만두고 내 말대로 그거 써. 동생과 앞으로 살길은 내가 알아서 열어줄 수 있다. 돈도 얼마든지 줄 수 있어. 네 주장대로 그 녀석을 사랑한다면 갈라서는 것이 정답이다."

"하지만 아버님."

박 회장은 고개를 돌리며 손을 들어 허공에 선을 그었다.

"더는 듣기 싫다. 분명히 말하지만 오늘이 마지막 기회야. 멍청하게 이것마저 거부한다면 그 뒷감당은 너뿐만 아니라 지훈이도 져야 할 거야."

희영은 제 앞에 흐트러져 있는 서류로 시선을 돌렸다. 이혼신고서와 함께 그녀에게 던져진 서류는 합의 이혼에 따른 각서였다.

"점잖게 경고하는 것도 이번이 마지막이다."

희영이 떨리는 시선을 들어 박 회장을 바라보았다.

"감이 잘 안 와? 지난번에도 말했을 텐데. 너 같은 애송이 하나쯤 이 세상에서 지우는 건 일도 아니라고."

아무렇지 않을 줄 알았는데 같은 땅에 그가 없어서인지 오늘은 겁이 났다.

그의 말대로 피해 있었어야 했나? 아니면 연락을 무시했어야 했나.

그러나 어느 것도 명쾌한 해답이 되지 못한다는 걸 희영은 잘 알고 있었다. 박 회장이라면 어떻게 해서든, 무슨 수를 동원해서라도 그녀를 찾아냈을 테니까. 하루 만에 병원을 찾은 것만 봐도 충분히 그럴 만한 사람이었다.

희영은 테이블에 흐트러져 있던 서류를 가지런히 모아 제 무릎에 올려놓았다. 결혼을 원하지 않는다던 그는 왜 아내가 필요했을까. 호적에 이름 한 줄 올리는 것이 그가 원하는 아내 역할의 전부였을까. 아직도 궁금한 것이 많은데 이렇게 속수무책으로 물러나야 하는 걸까? 그것도 그가 없는 지금…….

찌이익.

그녀의 손에 들려 있던 서류가 불쾌한 소리를 내며 반으로 찢어졌다. 박 회장의 눈매가 맹렬하게 불타올랐지만 희영은 차분한 얼굴로 서류를 다시 반으로 찢었다.

"그것이 네 대답이냐?"

네 등분으로 찢은 서류를 테이블에 올려놓은 희영이 박 회장을 바라보았다.

"아버님에게 전 애송이 정도로밖에 보이지 않으시겠죠. 하지만 아버님이 인정하지 않으셨어도 전 그 사람의 아내이며 세진가의 사람입니다. 그것만으로도 애송이에서는 조금 벗어날 수 있지 않을까요?"

"나이도 어린것이 맹랑하구나."

"나이가 어리다고 머리까지 나쁘지는 않아요. 그리고 전 아버님이 생각하시는 것만큼 멍청하지도 않고요. 적어도 제가 어느 위치에 있는지 정도는 충분히 알고 있습니다."

노기가 가득한 얼굴로 자신을 노려보는 박 회장에게 희영은 맑게 웃으며 덧붙였다.

"그 사람이 그러더라고요. 하도 어른처럼 굴어서 스물셋으로는 보이지 않는다고."

"어머님, 오셨어요?"

막 건물로 들어가려던 선주는 불쑥 들려오는 소리에 인상을 찌푸렸다. 검은색 선글라스 너머로 희영이 생글생글 웃고 있었다.

"너 뭐야?"

선주의 목소리는 작았지만 신경질적이었다.

"어머님이 오늘 이곳으로 봉사 오신다고 하셔서 저도 도우려고 나왔어요."

"그 소리 집어치우라고 했지?"

선주의 목소리가 살벌했다. 그런다고 희영이 겁을 먹지는 않았다. 주변에 사람들이 이렇게 많고 심지어 기자들도 몇 명 따라왔는데 집에서처럼 손을 날릴 수 없다는 걸 알기 때문이었다. 선주는 쌀쌀맞게 말했다.

"봉사하러 왔으면 조용히 일이나 해."

"네에."

희영은 지나가는 선주의 뒤에 대고 애교 섞인 목소리로 대답했다. 기가 차다는 듯 헛웃음을 한번 보인 선주는 모여 있는 부인들에게로 갔다. 선주를 포함하여 모두 사랑나무의 회원들이었다.

사랑나무는 재계 부인들이 결성한 봉사 단체로 이곳 보육원에는 한 달에 두 번 봉사활동을 온다. 희영은 사랑나무의 정식 회원이 아니었다. 하지만 선주를 만나려면 이런 대외 활동을 할 때가 아니고는 기회가 없었다. 집에 가봐야 약속을 하지 않았다며 들여보내 주지 않으니 차선으로 선택한 것이 봉사활동이었다.

선주의 스케줄을 알아내는 건 쉽지도 어렵지도 않았다. 선주가 봉사 활동을 하고 있다는 건 본가 근무 경력이 있는 아주머니가 알려주었고, 주로 어떤 봉사를 다니는지는 신문이 알려주었다. 정확한 스케줄은 정 집사에게 확인했는데 이 일이 가장 힘들었다. 정 집사의 전화번호를 알고 있는 아주머니의 도움도 있었고, 끈질기게 매달리는 희영의 집념이 정 집사를 두 손 들게 만들었다.

박 회장이 주장하는 마지막 기회를 속 시원하게 차버린 지금, 희영은 하루라도 빨리 그가 아닌 다른 사람을 제 편으로 만들어야 했다. 더불어 없는 일이라도 만들어서 세진가의 유일한 며느리로, 세진그룹 후계자의 아내로서의 입지를 다져 놓는 것이 힘을 기르는 일이라는 생각을 했다. 그 생각이 그녀를 이곳으로 이끌었다.

"저기, 김희영 씨?"

씩씩하게 막 주방으로 들어가던 희영이 고개를 돌렸다. 고상한 얼굴에 앞치마를 두른 중년 부인이 서 있었다.

"김희영 씨는 이불 빨래를 좀 해야겠어."

도도한 표정의 부인은 아랫사람 부리듯 희영에게 지시했다. 아직 정식 회원으로 등록은 하지 않았지만 세진그룹의 며느리라는 걸 모르는 사람은 없었다. 큰 기대를 한 건 아니지만 이곳에서도 역시 그녀는 이방인도 아닌 외계인이었다.

"고아원에 있으면서 이불 빨래 같은 거 많이 해봤겠다. 그치?"

어디서 나타났는지 다른 부인이 간드러지는 목소리로 한마디 거들었다. 우아하게 머리카락을 틀어 올리고 화려한 액세서리를 한 것으로 보아 마찬가지로 귀한 댁 사모님인 모양이었다. 희영은 기업 사모님들과 정식으로 인사를 나누지 못해 이불 빨라고 시킨 사람을 A, 간드러지는 목소리의 사람을 B로 이름 붙였다.

'이불 빨래가 뭐 얼마나 대단한 일이라고.'

희영은 '알겠습니다.'를 외치며 샤워실로 향했다.

샤워실에 도착한 희영은 입을 쩍 벌렸다. 시설에 있는 이불은 죄다 꺼내놓았는지 바닥에 발 디딜 틈이 없었다. 게다가 이불 빨래 담당은 그녀 혼자였다. 어이가 없어서 헛웃음이 나오기는 했지만 고상하게 대우받을 생각도 안 했던지라 앞치마의 허리끈을 다시 질끈 묶고 앉았다. 큰 대야에 이불을 넣고 한참을 밟고 있을 때 요란한 웃음소리와 함께 부인 몇 명이 샤워실로 왔다.

"어머, 혼자 하고 있었어요?"

"에? 네……."

갑자기 웬 관심인가 싶어 희영은 멋쩍은 웃음을 지었다.

"기다리라고 했는데 뭐가 그리 급했을까?"

이번에는 B가 이불이라도 빨 기세로 안으로 들어왔다. 무슨 일인가 두고 보니 기자들이 따라와 있었다. 부인들은 아까부터 이불을 빨고 있던 그녀를 스리슬쩍 밀어내고 자리를 잡더니 이리저리 포즈를 잡기 시작했다.

한참을 떠들썩하게 사진을 찍고 A가 기자들을 데리고 나갔다. 남은 부인들은 물을 틀어 비눗물을 씻어내더니 언제 그랬냐는 듯 저들끼리 떠들며 샤워실을 나가 버렸다.

"어휴."

발을 한 번 구르며 성질을 낸 희영은 투덜거리며 대야에 다시 발을 담갔다. 허리가 끊어지도록 이불을 빨고 자원봉사자들과 함께 옥상에 널었다. 깨끗해진 이불을 보니 기분은 좋았지만 온몸이 쑤셨다.

"사모님! 식사하세요!"

밑을 내려다보니 시설 직원이 옥상을 쳐다보고 있었다.

"내려갈게요!"

그녀가 내려갔을 때는 식당에 아무도 없었다. 벌써 오후 2시가 훌쩍 지난 시간이었다. 시설 직원이 먹으라며 식탁에 도시락을 놓아주었다.

"혼자 이불 빠시느라 고생 많으셨어요."

선생님이 안쓰러운 표정을 지었다.

"아니에요. 고맙습니다."

인사를 하고 도시락 뚜껑을 열었지만 그다지 입맛은 없었다. 몇 숟가락 겨우 뜨고 뚜껑을 도로 덮은 희영은 선주를 찾아보기로 했다. 또 뭘 시키려는지 A가 불렀지만 못 들은 척 무시하고 쌩하니 지나쳤다.

건물 안을 이곳저곳 찾아다니던 희영은 작은 운동장의 벤치에 앉아 있는 선주를 발견했다. 운전기사로 보이는 남자가 선글라스를 낀 선주의 머리 위에 양산을 받치고 있었다. 운동장에는 초등학생 정도로 보이는 남자 아이들이 축구를 하고 있었다. 선주는 그 모습을 지켜보고 있는 듯했다.

'어머니는 아이를 싫어하는 걸까?'

아이들의 무리에서 벗어난 공이 선주에게로 데굴데굴 굴러갔다. 남자가 움직이기 전, 선주가 자리에서 일어나 공을 툭 차서 안으로 넣어주었다. 무표정한 얼굴이었지만 뛰어노는 아이들을 지켜보고 있는 걸 보면 꼭 그렇지만은 않은 것 같았다. 그렇다면 어느 가족들처럼 그가 성장을 하면서 사이가 나빠졌을지도 모른다. 그래도 이상하기는 마찬가지였다. 아무리 사이가 안 좋아도 내 속으로 낳은 자식 아닌가. 행복해 보이는 결혼 이면에 계약서가 있듯, 단란해 보이는 가족들 뒤에는 복잡한 사연이라도 숨어 있는 모양이었다.

희영은 재빨리 주방으로 뛰어들어 가 시원한 주스를 쟁반에 받쳤다. 이번에는 설거지를 하던 B가 그녀를 불렀지만 '금방 올게요.'를 외쳐 놓고 운동장으로 향했다. 유리잔에 먼지라도 들어갈까 휴지를 덮어 조심조심 걸었다. 선주 곁으로 거의 다가갔을 때 그녀를 먼저 눈치챈 남자가 가볍게 목 인사를 했다.

"어머님, 더운데 왜 나와 계세요?"

그러나 선주는 꿈쩍도 하지 않았다. 이번에는 쟁반을 내밀었다.

"시원하게 주스 한 잔 드세요."

"꺼져."

살벌한 말 한마디에 희영은 그대로 굳어버렸다. 선주가 자리에서 일어났다.

"한 번만 더 이런 식으로 나와봐. 두 번은 참지 않을 거니까."

까만 선글라스 때문에 표정을 다 읽을 수는 없었지만 목소리만큼은 뜨거운 여름 날씨도 얼려 버릴 듯 살벌했다.

"그래도 어머님!"

희영은 심장이 벌렁벌렁거리는 걸 억누르며 찬바람을 일으키며 지나가는 선주를 불러 세웠다.

"전 어머님을 좋아할 거예요. 어머님은 지훈 씨와 저의 어머니시니까요."

선주는 들은 척도 안 하고 그대로 뜨거운 뙤약볕으로 나갔다. 남자가 서둘러 따라가며 그녀의 머리 위에 양산을 씌었다.

어머니라고?

선주는 실소했다.

선주는 한 번도 지훈의 어머니인 적이 없었다. 평범한 여자의 평범한 소망이 지훈의 존재로 무너졌기에 티끌만 한 애정도 생길 수 없었다. 지훈이 엄마라고 부를 때마다 악몽에 시달렸다. 아버지에게 버림받는 꿈, 남편에게 짓밟히는 꿈을 쉼 없이 꾸면서 지훈을 미워하고 또 미워했다. 심지어 지훈의 생모까지 괴롭혔다.

그런데 어머니라고? 지나가던 개가 웃을 소리다.

그 개가 웃을 소리를 지훈은 지금까지도 하고 있었다. 지훈은 그녀를 볼 때마다 꼬박꼬박 어머니라고 불렀다. 생모의 존재를 알게 되었을 때도, 제대로 펴보지도 못하고 망가져 버린 생모를 찾았을 때도 그는 그녀를 어머니라고 불렀다.

선주는 그래서 지훈이 더 미웠다. 차라리 반항이라도 했다면 어떻게 이런 잔인한 짓을 할 수 있느냐며 따졌더라면 바락바락 소리라도 질러 속에 있는 시커먼 것들을 쏟아낼 수 있었을 텐데……. 지훈은 그녀의 마음을 다 안다는 듯 처연한 눈빛으로 어머니라고 불렀다. 선주는 그것이 더더욱 견딜 수 없었다. 그런데 이제는 어머니라고 부르는 존재가 또 생겼다.

'얼마나 남았을까?'

선주는 병원에서 마지막을 기다리고 있다는 희수를 떠올렸다. 누구는 어머니 소리에 노이로제가 걸렸는데 누구는 제대로 들어보지도 못했다. 두 여자의 처지가 한 남자로 인해 극과 극으로 나뉘었다.

내가 불행하니 너도 불행해야 한다는 억지를 부리며 희수를 멀리 보내 버렸다. 하지만 거리가 멀어졌다고 하여 지독한 인연이 끊어지는 건 아니었다. 집에는 끔찍한 남편이 있었고, 아무것도 모르는 순진한 얼굴로 '엄마'라고 부르는 어린아이가 있었다. 도저히 벗어날 수 없는 수렁이었다. 벗어날 방법은 전혀 없는 걸까.

건물 입구에 다다른 선주는 운동장을 돌아보았다. 뜨거운 햇볕이 따갑지도 않은지 아이들은 연신 웃음을 보이며 공을 쫓아 뛰고 있었다. 그리고 그녀가 있던 그 자리에서 희영이 흐뭇한 얼굴로 아이들을 지켜보고 있었다.

봉사 활동을 다녀온 어젯밤부터 비가 내리기 시작했다. 오후까지만 해도 뜨겁던 하늘이 점점 흐려지더니 하나둘 빗방울이 떨어져 지금은 마치 장맛비처럼 쏟아지고 있었다. 희영은 침대 위에서 세운 무릎을 끌어안고 창밖을 내다보고 있었다.

비가 오는 날이면 떠오르는 사람이 있다는 걸, 그는 알까?

그가 출장을 떠난 지 벌써 닷새째인데 그에게서는 문자 하나 없었다. 다정하게 연락을 하마 말해주지도 않았고, 서로의 일상을 수시로 공유하는 신혼부부가 아니라는 것도 알지만 오늘 같은 날은 어쩐지 그의 연락이 기다려진다. 가짜 아내 주제에 그에게 먼저 전화를 걸 수 없는데, 그라도 먼저 연락을 해주면 얼마나 좋을까. 떠나기 전에는 같이 가자는 말로 마음을 흔들어놓더니 별일 없냐는 안부 전화도 없는 그였다. 비가 와서인지 모든 것이 야속했다.

빗물이 흘러내리는 유리창을 바라보며 옆으로 누운 희영은 빙글 몸을 돌려 천장을 보고 누웠다. 양손을 뻗었는데 끝은 닿을 생각도 하지 않았다. 침대가 이 정도로 컸는지 전혀 몰랐다. 그와 닿기라도 할까 침대 끝에 매달려 자다가 이제는 언제 그랬냐는 듯 그에게 찰싹 달라붙어 자는 것이 당연시되어 버렸다. 그럴 때면 그는 슬그머니 등을 내주거나 팔베개를 해주곤 했었다. 그렇게 된 지 며칠 되지도 않았는데, 오늘따라 이 침대가 낯설고 허전했다.

"하아……."

희영은 긴 한숨을 흘리며 모로 누워 다시 창밖을 내다보았다. 용감하게 이혼 서류도 찢었고, 내 편을 만들겠다고 부르지도 않은 봉사 활동을 따라가기도 했다. 그런데 갑자기 그 용기가 없어져 버렸다. 그가 없다고 고작 닷새 만에 무기력해져 버렸다.

과연, 나는 잘하고 있는 걸까?

"언니."

노크 소리가 들리더니 선영이 부르는 소리가 들렸다. 희영은 자리에서 일어나 앉았다.

"들어와."

문이 열리고 선영이 얼굴을 빠끔 내밀었다. 희영이 오라고 손짓을 하자 선영이 방 안으로 총총 들어왔다. 선영은 신난 얼굴로 슬리퍼를 벗고 침대로 올라가 희영의 팔짱을 끼었다. 둘은 잠시 빗속 풍경을 감상했다.

"사람 마음이 참 이상한 것 같아."

"뭐가?"

"형부랑 오래 지낸 것도 아니고, 집에서 형부를 자주 본 것도 아닌데 막상 집에 없다고 생각하니까 엄청 허전한 거 있지."

나도 그래. 희영은 속으로 말했다.

"형부는 언제 와?"

"일주일 정도 걸린다고 했으니까 모레쯤 오지 않을까?"

어깨에 머리를 기대고 있던 선영이 갑자기 고개를 번쩍 들었다.

"뭐야. 지금까지 형부한테 연락도 없었어?"

"아니."

놀란 희영이 뒷수습을 하듯 정색을 하며 부정했지만 눈치 빠른 선영은 믿지 않았다.

"거짓말하지 마. 그럼 어떻게 형부 귀국하는 날도 몰라?"

"아니, 그런 건 아니고. 안 그래도 출발할 때 일이 많이 바빠서 연락 못할 수도 있다고 그러고 갔어. 정말이야."

눈을 가늘게 뜬 선영은 언니의 속을 낱낱이 해부하겠다는 듯 눈동자를 빛냈다. 가만히 있다가는 정말 고문이라도 당할 것 같은 위기감에 숨이 넘어가기 직전, 방문을 바쁘게 두드리는 소리가 들렸다. 아주머니가 사색이 된 얼굴로 문을 열고 들어왔다.

"사모님, 전화 좀 받아보세요."

"무슨 일이에요?"

아주머니의 다급한 모습에 놀란 희영이 급히 침대에서 내려서며 물었다.

"병원에서 연락이 왔는데…… 사장님 어머님께서……."

아주머니가 곤혹스러운 표정을 지으며 말을 잇지 못했다. 일단 그의 어머니라는 말에 희영은 부랴부랴 거실로 나갔다. 막 수화기를 들려고 할 때 아주머니가 얼른 말을 꺼냈다.

"사장님 친어머니예요."

"네?"

따라 나오던 선영이 아주머니의 말에 걸음을 멈추었다.

"많이 아프셔서 병원에 오래 계셨는데 지금 상태가 갑자기 악화됐다고……."

희영은 하마터면 수화기를 떨어뜨릴 뻔했다. 블랙홀에라도 빨려 들어간 듯 정신이 혼미했지만 없는 힘까지 끌어 모아 수화기를 귀에 댔다.

"전화 바꿨습니다."

[실례지만 박지훈 보호자님과는 관계가 어떻게 되시나요?]

간호사가 물었다. 눈을 감은 희영은 심호흡을 한 번 하고 대답했다.

"배우자예요."

[아, 그러세요. 환자분께서 갑자기 상태가 악화되셨는데 병원에 와보셔야 할 것 같아서요. 아무래도 오늘이 고비가 될 것 같아요.]

가까운 소파에 앉은 희영은 아픈 머리를 괴고 병원이 어디냐고 물었다. 간호사에게 병원과 호실을 들은 그녀의 표정이 굳어졌다. 그의 어머니가 있는 병원은 선영이 수술을 했던 은혜병원이었고, 입원실은 같은 VIP 병동이었다. 통화를 끝낸 희영은 한동안 움직이지 못했다. 그런 희영을 일으켜 세운 건 선영이었다.

"언니, 빨리 병원 가봐."

"아…… 그래……."

희영은 정신이 반쯤 나간 사람처럼 중얼거리며 선영의 손을 잡고 침실로 들어갔다.

"같이 갈까?"

대충 준비를 끝내고 방을 나가는 희영에게 선영이 물었다. 희영은 고개를 저으며 집을 나섰다. 급히 병원에 도착해 간호사가 알려준 입원실로 들어가던 희영은 벽에 붙어 있는 이름표를 보고 걸음을 멈추었다.

신희수.

예전 그가 잠시 걸음을 멈추고 눈길을 주었던 이름. 너무도 무심하게 스쳐 지나가던 그 이름이었다. 머리부터 발끝까지 미세하게 떨려왔다. 희영은 어금니를 꽉 물고 병실로 들어갔다. 어수선한 입원실 안엔 의사와 간호사들이 불규칙하게 움직이는 기계음을 들으며 그의 어머니를 물끄러미 바라보고 있었다. 그곳엔 최진우 박사도 있었다.

당혹스러움과 함께 밀려드는 배신감. 그동안 그녀만 모르고 최 박사와 아주머니까지 생사의 갈림길에 있는 그의 어머니에 대해 알고 있었다. 원망과 서운함을 넘어 화가 났지만 희영은 마음을 최대한 억누르고 최 박사 곁으로 다가갔다.

산소호흡기를 낀 채 힘겨운 사투를 벌이고 있는 어머니의 얼굴을 확인한 희영은 두 손으로 터지려는 울음을 틀어막았다.

"어떻게 해……."

"아…… 왔군."

그녀의 중얼거림을 들은 최 박사가 미안한 표정으로 그녀의 등을 두드렸다.

"다행히 조금 전에 안정을 찾았어. 박 사장한테 연락을 했어야 했는데…… 출장 중이라더군."

"……네."

"박 사장이 부탁했어. 당분간 자네한테는 얘기하지 말아달라고……."

마치 변명이라도 하듯 최 박사가 낮게 읊조렸다. 희영은 눈물을 글썽이며 침대로 바짝 다가가 앙상하게 뼈만 남은 어머니의 손을 잡았다. 믿겨지지 않는 이 현실이 답답하고 자신에게 어떤 말도 해주지 않았던 그가 원망스러웠다.

"얼마나…… 버티실 수 있어요?"

금세 눈물범벅이 된 얼굴을 들고 희영이 최 박사에게 물었다.

"글쎄……. 오늘 밤만 잘 넘기시면 다시 짧은 시간을 더 사시겠지."

"……."

"어머님 의지에 달려 있어."

어지러웠다. 이 모든 것이 꿈같아 정신을 차릴 수 없었다. 희영은 떨리는 시선을 돌려 어머니를 바라보았다. 눈을 감은 어머니는 밭은 숨을 몰아쉬고 있었다. 응급조치로 어수선하던 병실이 정리가 되고 그녀만 홀로 병실에 남았다. 희영은 어머니의 손을 양손으로 꼭 잡았다.

"어머님, 조금만 힘내세요. 그 사람…… 어머님 아들…… 이제 곧 올 거예요. 그러니까 조금만 힘내주세요."

꼭 잡은 손에 이마를 댄 희영은 기도를 하듯 한참을 속삭였다.

환자의 생체 신호를 알리는 일정한 기계음 속에 핸드폰의 진동소리가 가세를 했다. 감았던 눈을 뜬 희영은 어머니의 손을 놓고 가방을 뒤졌다. 선영의 문자였다. 한숨을 흘리며 막 문자를 확인하려던 희영은 낯익은 무언가를 발견했다.

"하."

그녀의 입에서 의미를 알 수 없는 외마디가 흘러나왔다. 바들바들 떨리는 그녀의 손이 침내 옆 사이드 테이블로 향했다. 그 위에는 집 거실에 걸려 있는 대형 액자와 동일한 사진이 놓여 있었다. 서로를 가볍게 안고 찍은 두 사람의 결혼사진. 그리고 두 사람이 부부라는 사실을 증명하는 가족관계 증명서까지…….

'어떻게 이런 일이…….'

액자 위로 굵은 눈물방울이 툭툭 떨어져 내렸다.

다음날 새벽. 뜬눈으로 병실을 지키고 있던 희영은 사이드 테이블 위의 결혼사진을 보고 있었다. 그가 말해주지 않았던 결혼의 이유를 조금이나마 알 것 같았다. 살얼음판 같던 아버지와의 관계와 남보다 더 살벌하던 어머니의 반응의 이유까지도.

이런대도 그는 정말 서류상의 배우자만 필요했던 것일까. 거짓으로 가득한 결혼사진을 보여주고, 종이 한 장에 지나지 않는 서류를 보여주는 것으로 어머니에게, 그것도 언제 떠나실지 모르는 어머니에게 도리를 다했다고 자위하고 싶었을까?

아니면…… 나를 믿지 못했나?

희영은 괴로운 한숨을 흘리며 결혼사진에서 시선을 돌렸다. 잠에서 깬 어머니가 그녀를 올려다보고 있었다. 희영은 웃으며 어머니의 손을 잡았다.

"좀 주무셨어요?"

희영은 금방이라도 바스락거리며 부서져 버릴 것 같은 손의 미세한 움직임을 느꼈다.

"어디 불편한 곳은 없으세요?"

어머니는 큰 반응이 없었다. 희영은 미안한 표정으로 말했다.

"죄송해요. 아직 그 사람…… 지훈 씨랑 연락이 안 됐어요. 출장을 갔거든요. 제가 음성도 남기고 문자도 남겼으니까 확인하면 바로 연락 올 거예요. 조금만 더 힘내세요."

희영은 어머니의 손을 두 손으로 감싸고 살며시 제 볼에 댔다. 그리고 어머니를 아련한 눈으로 바라보았다.

"어머니, 정말 죄송해요. 좀 더 일찍 왔어야 했는데…… 이제야 왔어요. 정말 죄송해요."

눈을 깜빡이자 눈물이 방울져 떨어졌다. 울지 않으려고 했는데 어머니를 생각하고 그를 생각하면 눈물부터 흘렀다. 감히 가늠도 할 수 없지만, 외롭고 힘들었을 두 사람을 생각하니 가슴이 찢어질 것처럼 아팠다.

처음에는 이렇게 중요한 일을 알려주지 않은 그가 원망스러웠는데, 가짜 결혼과 가짜 아내에게 과연 밝힐 수 있는 일이었나를 생각해 보면 그도 어쩔 수 없는 선택이었을 거라는 생각이 들었다. 그러자 어머니를 이렇게밖에 모실 수 없었던 그가 더욱 안타깝고 속상했다.

어떤 과거가 있었는지, 어떤 문제를 안고 있는지 그가 돌아오면 알게 될 일이었다. 그가 돌아오면……. 그가 원하는 아내 역할, 지금부터라도 잘하고 싶었다. 그를 위해 그리고 그의 어머니를 위해…….

드르륵.

핸드폰 진동 소리에 희영이 고개를 번쩍 들었다. 잠시 끊겼던 진동 소리가 다시 이어졌다. 희영은 어머니의 손을 조심스럽게 놓고 급히 가방을 뒤져 핸드폰을 찾았다. 기다리던 그였다.

"여보세요."

[희영아.]

"어떻게 된 거예요. 왜 이렇게 연락이 안 돼요? 내가 얼마나 전화를 많이 했는지 알아요?"

그에게 원망의 소리를 쏟아놓으며 희영은 눈물을 흘리고 있었다.

[미안해. 금방 비행기에서 내렸어. 어머니는…… 어머니는 어떠셔?]

"괜찮아요. 그러니까…… 그러니까…… 빨리 와요. 빨리……."

휴대폰을 양손으로 꼭 쥔 희영은 북받쳐 오르는 눈물을 억지로 참으며 간절히 애원하고 있었다.

그가 오기를 기다리는 시간이 하염없이 길게 느껴졌다. 어머니도 그를 기다리는 듯 잠을 억지로 참고 있는 것이 눈에 보였다. 초조한 마음에 전화라도 걸어보고 싶었지만 그러면 어머니가 더 초조해하실까 봐 꾹 참고 그가 오기를 기다렸다.

드디어 입원실의 문이 열리고 거친 숨을 몰아쉬는 그가 나타났다. 자리에서 일어난 희영은 어머니의 손을 꼭 잡은 채 그를 바라보기만 했다. 빨리 오라는 말도 못할 정도로 그녀의 감정은 격해져 있었다.

성큼성큼 걸어온 지훈이 드디어 어머니의 얼굴을 보았다. 그는 눈을 뜨고 자신을 바라보는 어머니를 확인하고 안도의 한숨을 쉬었다. 어쩔 수 없이 가게 된 출장이었지만 이상한 불안감에 시달려야 했다. 어떻게 해서든 최대한 빨리 돌아올 생각에 자는 시간도 쪼개며 일정을 소화하고 귀국길에 올랐는데 불안한 일은 좀 더 빨리 그를 찾아왔다.

어머니가 위독하다는 문자와 그녀의 음성 메시지를 확인했을 때 숨이 멈추는 것 같았는데 이렇게나마 당신의 의식을 붙잡고 있는 어머니를 보니 드디어 숨통이 트였다.

"어머니, 저 왔어요."

아까부터 아들을 보고 있던 어머니였다. 어머니는 보일 듯 말 듯 미소를 지으며 천천히 눈을 감았다. 지훈이 놀라 희영을 바라보았다.

"괜찮아요. 주무시는 거예요."

어머니를 바라보는 그의 눈가에 촉촉한 이슬이 맺혔다. 지훈은 어머니의 손을 잡고 얼굴을 묻었다. 희영이 위로하듯 그의 어깨에 손을 얹었다.

"다행이야……. 정말 다행이야."

그가 떨고 있었다.

지훈은 잠든 어머니를 조금 더 지켜보다가 응접실로 나왔다. 소파에는 희영이 길게 누워 쪽잠을 자고 있었다. 그는 응접 테이블에 앉아 그녀를 마주했다. 그녀의 얼굴을 천천히 살펴보던 그의 미간이 좁아졌다. 못 본 며칠 새 얼굴이 많이 까칠해져 있었다. 그녀의 작은 얼굴을 감싸고, 엄지손가락으로 갈라져 빨갛게 부은 아랫입술을 만져 보았다. 아팠는지 흠칫 놀란 그녀가 눈을 번쩍 떴다.

"어떻게 된 거예요?"

그가 도망이라도 갈까 손을 꼭 붙잡은 그녀가 자리에서 일어나 다짜고짜 물었다.

“뭐가?”

“뭐가라니요?”

희영이 정색을 하며 화를 내자 지훈은 당황했다. 그녀와 아웅다웅한 적도 있었고, 그녀가 불만을 토로한 적도 물론 있었지만 이렇게까지 화를 내는 건 처음 보았다. 그래서인지 그는 전세가 역전된 것처럼 아무런 말도 꺼낼 수 없었다.

“나한테는 결혼하기 싫어서 결혼하는 거라고 했잖아요.”

“…….”

“사실은 어머니 때문에 나랑 결혼한 거 맞죠? 그런데 왜 지금까지 나에겐 말 한마디 하지 않았어요? 그냥 사진 몇 장 찍고 서류 하나 달랑 보여 드리고 말려고 나랑 결혼한 거였어요? 서류상의 아내 역할만 하면 된다는 말이 이걸 말하는 거였어요?”

희영의 눈동자에 물기가 빠르게 차올랐다. 희영은 떨어지려는 눈물을 억지로 붙들며 말을 이었다.

“어머니 얘기…… 왜 하지 않았어요? 내가 진짜가 아니라 가짜라서 그랬어요? 아니면 어머니 얘기를 털어놓지 못할 정도로…… 날 믿을 수 없었던 거예요?”

그녀가 울먹거렸다. 그는 그녀의 손을 제대로 잡고 길게 한숨을 쉬었다.

계약으로 맺어진 결혼에 무슨 진실성이 있었을까. 그녀를 못 믿는 건 당연하다. 그런데 집에서 밖에서 휘몰아치듯 봉변을 당하고도 별일 아니라는 듯 웃어넘기는 것도 모자라 계속 그의 곁에 남겠다는 그녀를 보면서 마음이 움직였다. 점점 그녀를 믿고 싶어졌고, 더 나아가 그녀에게 의지하고 싶은 마음이 생겨났다. 만약 어머니의 상황이 갑자기 나빠지지 않았다면 그녀에게 털어놓았을지도 모른다.

아버지에게 버림받은 어머니를 찾기 위해 아버지의 혹독한 훈련과 외로움을 견뎌야 했던 시간들, 본가 어머니에게서 쏟아지는 폭언과 폭력에 시달리며 갈기갈기 찢어졌던 상처들을 그녀의 손에 맡겨놓고 치료받고 싶은 욕심이 생겼다. 간절하면서도 두려운 감정이었다.

그는 눈물을 가득 담은 그녀의 눈을 바라보았다.

"고마워."

그 말 한마디에 희영은 더 이상의 항의를 할 수 없었다. 무엇보다 중요한 어머니에 대한 이야기를 진작 해주지 않은 건 서운하고 원망스러웠지만 그런 깊은 이야기를 나눌 만한 시간이 없었음을 인정하기로 했다.

얼마나 보고 싶었던 얼굴인가. 얼마나 듣고 싶었던 목소리인가. 그리웠던 그를 보자마자 고작 한다는 말이 잔소리였다니. 살얼음판 위에서 위태롭게 서 있던 긴장감이 풀려 심술이 터진 것 같아 그에게 미안했다. 그러지 않으려고 했는데 본의 아니게 터진 투정에 스스로를 질책하며 고개를 떨구었다.

"미안해요."

지훈이 그녀를 와락 끌어안았다. 그녀의 작은 어깨가 부서져라 꽉 껴안으며 떨리는 목소리로 그가 말했다.

"고마워."

"화내서…… 미안해요."

그의 몸을 감싸 안은 그녀가 드디어 울음을 터뜨렸다. 희영은 그래도 참아보겠다며 입술을 아프게 깨물지만 터져 나오는 울음을 통제할 수 없었다.

"미안해."

그가 다시 속삭였다. 그는 격해지는 울음을 참아내는 그녀의 머리를 정성스레 쓰다듬었다.

## 09. 사랑으로

지훈은 어머니의 상태만 확인을 하고 바로 출근을 했다. 그는 곧바로 출장에 동행했던 직원들과 함께 본사로 출장 보고를 하러 왔다. 이번 출장의 총괄을 맡았던 본부장이 경과보고를 하는 동안 지훈은 제일 상석에 앉아 있는 아버지 박 회장을 물끄러미 쳐다보았다. 박 회장과는 그녀를 호출한 일 이후로 처음 만나는 자리였다.

이번 출장은 세진화학 공장 건설 때문이었다. 최근 자금 확보가 어려워져서 그 일을 해결할 수 있는 방안을 찾아보고자 건설 현장에 직접 시찰을 간 것이었다. 일이 갑자기 어려워진 이유는 지레짐작 알고 있었다. 그에게 필요한 사람은 누구인지 제대로 보여줄 심산이리라. 그런 것도 생각 안 하고 결혼을 한 건 아니었지만 생각보다 타격이 커서 조금 고전 중이었다.

당신이 직접 꾸민 일에 대한 결과를 듣는 기분은 어떨까. 지훈은 쓴웃음을 지으며 식은땀을 흘리며 보고서를 읊고 있는 본부장에게로 시선을 돌렸다. 보고가 끝나고 박 회장은 대책을 마련해 수일 내로 다시 보고하라는 지극히 단순한 업무지시를 내렸다. 회의에 참석했던 관련자들은 모두 당혹감을 감추지 못했다.

"다들 나가봐."

어쩔 줄 몰라 엉덩이만 들썩거리고 있는 사람들에게 박 회장이 평온한 목소리로 말했다. 사람들이 하나둘 눈치를 보며 자리에서 일어났다. 사람들이 회의실을 나가는 동안 박 회장은 '어디 네 생각 좀 들어보자.' 라는 표정으로 지훈을 빤히 쳐다보고 있었다. 속으로는 너라고 별수 있겠냐며 얕보고 있었을 것이다. 그러나 단둘만 남았을 때 그가 꺼낸 말은 박 회장의 심기를 건드리는 말이었다.

"제 어머니가 어디 있는지 아실 겁니다."

협상이라도 시도할 것이라 생각하고 의기양양하던 박 회장의 얼굴이 싸늘하게 식었다.

"위독하십니다. 내일을 기약할 수 없을 만큼."

"……."

"마지막으로…… 만나주실 순 없는 겁니까?"

지훈이 최대한 공손하게 물었지만 박 회장은 그의 부탁을 거절이라도 하듯 고개를 돌려 버렸다. 아버지를 용서했노라 눈물을 흘리던 어머니의 모습이 그 모습과 겹쳐지자 속에서 시큼한 것이 밀려 올라왔다. 그는 주먹을 강하게 말아 쥐고 이성을 잃지 않기 위해 다시 힘주어 말했다.

"마지막입니다. 그 마지막도…… 허락하지 않겠다는 말씀이십니까?"

이런 질문을 하는 것 자체가 괴로웠다. 거절할 것을 뻔히 알면서도 해야 하는 자신의 처지가 너무 싫었다. 어머니의 마지막을 지켜 드리고 싶었던 작은 소망의 불꽃이 점점 작아지고 있었다. 박 회장의 침묵에 그는 턱에 힘이 들어가고 꽉 쥔 주먹에 피가 돌지 않아 하얗게 변하는 것도 모르고 있었다.

'차라리 아무 말도 하지 마십시오.'

속으로 그렇게 간절히 빌었건만 듣고 싶지 않은 말이 흘러나왔다.

"네가 말하는 사람이 누군지 나는 모른다."

그는 충격에 휩싸인 채 멍하니 앞만 보고 있었다. 박 회장이 자리에서 일어났다.

"언론에 먹잇감 주는 건 네 결혼으로 충분하다. 허튼짓으로 시끄럽게 굴지 마라."

박 회장까지 나가고 회의실에는 그만 홀로 남아 있었다. 그는 부르르 떨리는 주먹을 들어 책상을 강하게 내려쳤다. 저릿한 고통이 뼈와 신경을 타고 어깨까지 올라왔다. 그는 한 번 더 책상을 강하게 내려쳤다. 온몸에서 고통의 비명이 터져 나왔지만 그는 밖으로 표출할 수 없었다. 흘러나오려는 고함을 막기 위해 어금니를 꽉 깨문 그는 눈에 실핏줄이 터지도록 눈물을 꾹 참아냈다.

사무실로 돌아와서도 분노는 쉽게 가라앉지 않았다. 유리창에 손을 짚고 창밖을 내다보며 숨을 골랐다. 온몸에서 괴로운 비명이 꿈틀거렸다. 이렇게까지 나오다니. 어느 정도 예상은 했지만 직접 듣고 보니 치밀어 오르는 분노를 참아낸다는 것이 너무 힘들었다. 한때는 품에 끼고 있던 여인이 아닌가. 더군다나 당신의 아들을 낳은 여인이다. 그런데 어떻게 저렇게까지 잔인하게 나올 수 있는지 도저히 상식적으로 이해가 되질 않았다.

주먹을 움켜쥔 그가 뒤로 힘껏 재꼈다가 앞으로 강하게 뻗었다. 텅! 하는 둔탁한 소리와 함께 뼈가 부서질 것 같은 고통이 밀려왔지만 짜증나게도 유리창은 멀쩡했다.

"사장님!"

언제 들어왔는지 민우가 뛰어와 그의 주먹을 낚아챘다. 분노와 괴로움으로 얼룩진 그의 얼굴을 본 민우가 마른침을 한번 삼켰다.

"손 망가지십니다."

"……."

"결재할 일이 수두룩한데 손 다치면 어쩌려고 이러십니까?"

민우가 빨갛게 부어오르기 시작한 손을 살피며 걱정스레 물었지만 지훈은 피식 웃고 말았다. 민우는 재빨리 인터폰으로 얼음주머니를 만들어 오라고 했다. 잠시 후 그는 비서가 가지고 온 얼음주머니로 지훈의 손을 조심스럽게 마사지했다. 지훈은 붓기 시작하는 제 손을 무미건조한 얼굴로 바라보았다.

"그냥…… 다 놓고 싶다."

"지금은 그런 말씀하실 때가 아니라고 생각합니다."

"……."

"사장님께는 어머님과 사모님이 계시지 않습니까. 대충 4개월 정도가 남았습니다만 사모님도 그동안은 사장님께서 지키셔야 하는 가족입니다."

가족이라는 단어가 낯설게 느껴졌다. 그에게 유일한 가족은 뒤늦게 찾은 어머니가 다였는데 나중에 어떻게 되든 지금 당장은 그에게 아내라는 존재가 있었다.

그렇다. 미처 깨닫지 못하고 있었는데 그에게는 가족이라는 울타리가 있었다. 어머니에게 며느리로 소개할 아내가 필요했던 그였는데 결과적으로는 그가 지키고 돌봐야 하는 가족을 스스로 만들었던 것이다.

'가족이라…….'

그가 바라보는 창밖으로 맑은 하늘이 열려 있었다.

오늘도 희영은 어머니 곁을 지키고 있었다. 그녀가 할 수 있는 일이라고는 이렇게 자리를 지키는 것밖에 없었지만 남은 시간이 많지 않은 만큼 되도록 오래 어머니와 함께 있고 싶었다.

이제는 익숙해져 버린 기계음을 들으며 어머니의 얼굴을 지켜보고 있던 희영은 침대 옆에 놓여 있는 결혼사진을 바라보았다. 그나마 이 결혼사진이 외롭고 쓸쓸했을 어머니를 지켜주었다고 생각하면 안타깝기도 하지만 조금 위로가 되었다. 그도 그런 마음으로 사진을 가져다 놓은 것일지도 몰랐다. 이 결혼사진이 그에게도 작은 위안이 되어주었을까.

"어, 깨셨네요?"

사진에서 시선을 돌리다 잠에서 깨 자신을 바라보고 있는 어머니와 눈이 마주쳤다. 희영이 어머니의 손을 다정하게 잡았다.

"잠은 좀 주무셨어요?"

어머니는 그렇다는 듯 흐릿한 미소를 지어 보였다.

"낮에는 제가 있을 거예요. 그리고…… 음…… 지훈 씨는 퇴근하면 들른다고 했어요."

그를 뭐라 불러야 할지 고민하던 그녀가 어렵사리 그의 이름을 불렀다.

"제가 있는 거…… 혹시 불편하세요?"

눈을 천천히 감았다 뜬 어머니가 미세하게 고개를 저었다.

"아, 다행이다."

희영은 방긋 웃으며 기뻐했다. 그녀의 웃음이 기분 좋은 듯 어머니도 입꼬리를 살짝 올리며 웃음을 보였다. 희영은 어머니의 가느다란 팔뚝을 부드럽게 주무르며 말했다.

"저에 대한 이야기는 들으셨어요? 전 여동생이랑 단둘이 살았어요. 부모님이 일찍 돌아가셨거든요. 지훈 씨가 참 부러워요. 이렇게 어머님이 곁에 계시잖아요. 좀 더 일찍 오지 못한 것이 죄송하고 속상해요. 본의 아니게 그렇게 된 거니까 너무 서운해하지 않으셨으면 좋겠어요. 이제부터는 제가 어머님 곁에 있을게요. 그러니까 어머님……."

어머니의 손을 포개 잡은 희영이 고개를 들어 자신을 바라보고 있는 어머니의 눈을 응시했다.

"오래오래 저랑 같이 계셔야 해요. 그래야 저도 지훈 씨도 행복할 테니까요."

열린 문틈으로 조곤조곤 흘러나오는 말소리를 듣고 있는 사람이 있었다. 지훈은 바닥을 보고 있던 시선을 들어 즐거운 목소리로 수다를 떨고 있는 그녀의 뒷모습을 가만히 바라보았다.

그녀에게 해준 것이라고는 이혼 약속과 돈이 전부인데, 그녀는 오히려 자신이 더 받았노라며 그의 완벽한 아내가 되어주겠다고 했다. 이혼도 필요 없다고 했으며, 이혼을 해야 한다면 조건 없이 받아들이겠다고 했다. 민우는 그녀를 두고 짧은 기간이나마 그가 지켜야 하는 가족이라고 했다. 어떻게 하는 것이 그녀를, 아니, 가족을 지키는 것일까.

문을 열었다. 그녀가 돌아보더니 반가운 표정으로 환하게 웃었다. 그녀의 미소가 참 예뻤다. 침대로 다가가자 그녀가 자리에서 일어나 옆으로 물러섰다. 그리고 잠시 후 조용히 병실을 나갔다. 그녀가 나간 걸 확인한 지훈은 침대 곁으로 더 바짝 다가가 어머니의 눈을 들여다보았다.

"어머니, 아버지 잊고 가세요."

어머니의 눈동자가 아주 희미하게 흔들렸다.

"아직까지도 아버지 기다리는 거 알고 있어요. 하지만 어머니도 아시잖아요. 아버지가 여기 올 분이 아니라는 것 말입니다. 그러니까…… 어머니, 저 생각하셔서 아버지에 대한 생각 다 내려놓고 가세요."

지훈은 제 말이 어머니에게 얼마나 잔인한 말일지 알고 있었다.

하지만 눈감는 그 순간까지도 아버지의 모습을 찾아 헤매다 떠나실까 봐 두려웠다. 그렇게 떠나시면 그는 씻을 수 없는 죄책감에 괴로울 터였다. 어머니의 애절한 그 눈빛을 그는 평생 잊지 못할 것이었다.

"저랑 희영이 보시면서 좋은 생각만 하다 가세요. 전 어머니가 행복해했던 모습을 조금이라도 기억하고 싶습니다."

그의 간절한 소원이었다. 어머니가 행복하게 웃으며 떠나는 것. 힘들고 고통스러웠던 기억은 모두 내려놓고 가시는 것. 다른 생각은 모두 내려놓고 어머니는 그저 자신과 며느리의 사랑만 기억하고 가셨으면 좋겠다는 생각뿐이었다.

"어머니…… 그렇게 해주실 수 있죠? 어머니 아들 소원대로 해주실 수 있죠?"

그의 간절한 부탁이 어머니 주변을 맴돌았다. 눈물을 보여 드릴 수 없어 고개를 돌리던 지훈은 어머니의 입이 들썩이는 걸 보았다. 떨리는 마음으로 어머니의 입가에 귀를 가져다 대자 가쁜 숨소리가 먼저 들려왔다.

"나, 난…… 이미…… 행복하다."

어머니의 끊어질 듯 이어지는 말에 지훈이 고개를 끄덕이며 어머니의 손을 꼭 잡았다.

"어머니…… 이런 말씀밖에 못 드려서 죄송해요."

"우리 아…… 들 사, 사랑해……."

"어머니……."

그의 가슴이 서럽게 울고 있었다.

드르륵.

부드럽게 열리는 문소리에 응접실을 서성이고 있던 희영이 몸을 돌렸다. 편안한 표정의 그를 보자 그녀의 얼굴에 방긋 미소가 걸렸다.

"이 시간에 어쩐 일이에요? 안 바빠요?"

"바빠."

농담인지 모를 말을 내뱉는 그의 목소리가 잔뜩 가라앉아 있었다. 태연한 척 바쁘다고 하지만 그의 마음이 어떨지 아주 조금은 알 것 같았다. 그녀도 부모님을 떠나보낸 적이 있으니까. 어머니가 저리 힘을 내고는 있지만 언젠가는 이별을 해야 한다. 그때를 기다리는 시간들이 그에겐 얼마나 고통스러울까. 그를 위로하고 싶은 마음에 그의 손을 잡으려던 그녀의 눈이 휘둥그레졌다.

"여기 왜 이래요?"

붕대에 감긴 오른손을 조심스럽게 들어 올리는 그녀의 입에서 거친 외마디 소리가 흘러나왔다. 지훈은 대수롭지 않다는 표정을 지어 보이며 그녀의 손에서 제 손을 뺐다.

"그냥 좀 부딪혔어."

"얼마나 그냥 부딪히면 이렇게 되는데요? 혹시 진찰 받으러 온 거였어요?"

그는 묵묵부답.

"뼈 다쳤어요?"

그녀의 얼굴에는 걱정과 짜증이 골고루 뒤섞여 있었다. 이제껏 누군가가 이렇게 걱정해 준 적이 없어서 몰랐는데, 정말 좋구나.

그가 피식 웃음을 흘리자 손을 살펴보고 있던 그녀가 고개를 들고 무섭게 쏘아보았다.

"웃어요?"

"아……."

"이렇게 붕대를 칭칭 감고 나타나서 지금 웃음이 나와요?"

"응."

"뭐라고—"

잔소리 폭격을 쏟아부으려던 그녀의 입술을 그의 입술이 가로막았다. 놀란 그녀가 허우적거리며 그에게서 벗어나려고 했지만 뒷머리와 어깨를 단단히 붙잡힌 그녀는 꼼짝도 할 수 없었다. 부드러운 그의 입술이 그녀의 입술을 정성스럽게 어루만졌다. 밑도 끝도 없이 흘러내리는 눈물에 숨이 넘어갈 것 같았지만 그녀는 그의 재킷을 꽉 붙잡았다. 절대 놓지 않겠다는 듯…….

"그 정도로 상황이 안 좋은 거야?"

지훈의 잔을 현수가 채웠다. 지훈은 말없이 술잔을 들이켰다. 현수는 꽤 오래된 친구로 지훈의 속사정을 모두 알고 있는 얼마 안 되는 사람 중 한 명이었다.

"해결 방법은 있고?"

"희영이 버리고 회장님에게 손 벌리면 되겠지. 회장님의 야망을 채워주고 싶지 않아서 한 결혼인데 결국엔 아버지랑 똑같은 짓을 하고 있네."

멍하니 한곳을 바라보고 있는 지훈의 얼굴에 괴로움이 가득했다.

"사랑하는구나."

지훈이 현수를 바라보았다.

"네가 그 사람을 사랑하지 않는다면 그런 고민을 했을까? 어차피 이혼을 전제로 한 계약 결혼이었잖아? 그런데 버린다는 건 말에 어폐가 있네."

사랑……. 이토록 마음이 쓰리고 괴로운 이유가 그것이었나?

지훈은 쓴웃음을 지었다. 책임질 수도 없는 사랑이 시작되고 말았다는 사실이 당혹스러웠다. 고작 한 달 남짓 되었을 뿐인데 그녀는 이미 그렇게 그의 마음속에 자리를 잡아버렸다. 외면할 수도, 다시 몰아낼 수도 없을 정도로…….

"아버지의 도움을 받고 싶지 않은 마음은 이해하지만 회사 경영하면서 지주회사의 도움은 당연한 거야. 그걸 네가 모르진 않잖아."

현수가 술잔을 기울이며 말했다.

"처음부터 이혼하기로 되어 있던 결혼이니까 좀 당겨서 이혼을 하고, 자존심은 상해도 우선은 회사를 살리고 봐야지. 세진화학, 네가 꼭 지켜야겠다면서? 물론, 그 뒤에는 원하지 않는 결혼을 해야 하는 위험이 생기긴 한다만……."

현수의 목소리가 착잡한 만큼 지훈의 마음도 착잡했다. 아니, 암담하고 답답했다.

"진주가 그러는데 네 와이프 엄청 예쁘다고 하더라."

"진주 씨가 희영이를 봤대?"

지훈이 놀란 표정으로 물었다.

"진주 요즘 호텔 출근하잖아. 좋아서 가는지 억지로 가는지 잘 모르겠지만. 연회장 점검하다가 입구에서 너랑 같이 서 있는 거 봤대. 자기보다 키 크고 예쁘다고 투덜거렸어."

"훗."

진주다운 반응에 지훈이 짧게 웃음을 터뜨렸다.

"웃지 마. 그 심술 받아주느라 내가 피곤했으니까. 남 예쁜 심술을 왜 나한테 부리는지 정말 모르겠어."

말은 그렇게 해도 행복해하는 친구의 모습에 지훈은 처음으로 부럽다는 생각을 했다. 가장 친한 친구들이 순서대로 결혼을 할 때도, 이렇게 부인 자랑을 하며 못난 모습을 보여도 별로 감흥이 없었는데 문득 지고 싶지 않다는 승부욕이 생겼다.

"진주 씨에게 전해줘. 진주 씨는 아담하고 귀엽다고."

"어허. 무슨 큰일 날 소리를. 아름답다고는 해줘야 성에 찰 거야."

"그건 우리 와이프 몫이라 안 되겠다."

현수의 눈동자가 장난스럽게 빛났다.

"너 이 자식, 벌써 팔불출 다 됐네. 하하하하."

친구의 짓궂은 농담에 지훈도 함께 웃고는 있었지만 마음 한구석은 여전히 복잡했다. 현수가 그의 어깨에 팔을 둘렀다.

"이미 아버지가 네가 당신의 뜻을 거역하려고 결혼한 걸 눈치챘다면 어느 쪽이 좀 더 위험할까? 중요한 일이 여러 개가 있을 때 가장 중요한 일을 선택하는 건 당연한 거야. 그렇다고 다른 한쪽을 무식하게 버리는 짓은 하지 마라."

"어렵구나."

그새 채워진 술잔을 비우며 지훈이 중얼거렸다.

"어렵지. 그럼 어렵고말고……."

현수도 잔을 비우며 중얼거렸다.

밤이 깊어져 간다. 그가 아직까지 집에 들어오지 않고 있었다. 어머니의 상태만 확인하고 출근을 했던 그는 엉망이 된 손으로 병원에 왔었다. 퇴근이라도 하려는가 싶던 그는 피곤한 기색이 역력한 얼굴로 다시 회사로 돌아갔다.

밤샘을 한 그녀에게 간병인들이 있으니 집에 가서 쉬라더니, 정작 그는 자정이 넘은 시간까지도 귀가를 하지 않고 있었다. 혹시 혼자 병원에 있는 건 아닌가 싶어 막 전화기를 들었을 때 전자도어 소리가 들려왔다. 그가 돌아온 모양이었다.

"조심하십시오, 사장님."

둔탁한 소리와 함께 들려오는 민우의 목소리에 현관으로 향하는 그녀의 걸음이 빨라졌다. 현관에 도착하기도 전, 쓴 알코올 냄새가 확 끼쳐 왔다. 몸을 제대로 가누지 못해 비틀거리는 그가 보였다.

"괜찮아요?"

지훈 때문에 한참 애를 먹고 있던 민우가 고개를 들었다. 민우의 얼굴엔 식은땀이 잔뜩 맺혀 있었다. 희영은 얼른 지훈의 다른 팔을 잡고 민우를 도왔다.

"어떻게 된 거예요?"

"죄송합니다. 제가 좀 더 말렸어야 했는데."

민우가 미안한 목소리로 대답했다. 일단 두 사람은 지훈을 부축해 침실로 들어왔다. 침대에 대각선으로 누운 그는 알아들을 수 없는 말을 횡설수설거렸다.

"그럼, 전 이만 들어가겠습니다."

"고생하셨어요."

"아닙니다. 그럼 쉬십시오."

민우가 그녀에게 깍듯하게 인사를 하고 침실을 나갔다.

잠이 들었는지 그가 조용해졌다. 희영은 작게 한숨을 쉬고 침대에 걸터앉았다. 깨워봐야 소용도 없고 깬다고 해도 그를 당해낼 재간이 그녀에게는 없었다. 대신 재킷이라도 벗겨주기로 했다. 술에 취해 녹다운이 된 그의 몸은 물 먹은 스펀지처럼 무겁게 가라앉아 있었다. 팔 하나 빼는 것도 마음처럼 쉽지 않았다.

"윽!"

팔 한쪽을 겨우 빼고 무거운 몸 밑에 깔린 재킷을 잡아당기던 희영은 그대로 엉덩방아를 찧고 말았다.

"어휴."

침대에서 떨어지는 건 겨우 모면한 희영이 이마에 고인 땀을 손등으로 닦아냈다. 과음에 속이 불편한 듯 인상을 찡그리던 그가 눈을 가늘게 떴다.

"정신 좀 들어요?"

그는 대답이 없었다. 눈을 뜨는 잠꼬대도 있나?

희영은 체념한 얼굴로 넥타이를 풀었다. 이어 셔츠의 단추 하나를 막 풀었을 때 그가 잔뜩 갈라진 목소리로 그녀의 이름을 불렀다.

"희영아."

희영의 손짓이 멈추었다. 그의 다정한 부름에 숨이 막혀 그의 얼굴을 바라볼 엄두도 낼 수 없었고, 대답도 할 수 없었다. 그가 다시 속삭이듯 그녀의 이름을 불렀다.

"희영아……."

"……네."

심장이 저 아래까지 뚝 떨어져 내렸지만 희영은 씩씩한 목소리로 대답했다. 멍한 시선으로 천장을 바라보던 그가 그녀에게로 눈을 돌렸다.

"다음 달에…… 선영이랑 유학 가라. 미국 어때? 아니면 유럽으로 갈래? 하고 싶은 공부들 하면서 거기서 쭉 살아. 하고 싶은 일 있으면 거기서 해도 되고. 아니다. 일은 안 해도 돼. 내가 다 알아서 해줄게."

오늘 낮까지만 해도 다정하게 키스를 하던 그가 갑자기 왜 이런 이야기들을 하는지 이해가 되지 않았다. 복학이나 선영의 치료, 대학 진학 등은 이미 그와 모든 합의가 끝난 상태였고, 때가 되면 착착 진행될 것들이었다. 그런데도 그는 새삼스럽게 마치 무언가에 쫓기는 사람처럼 굴었다. 그리 길지도 않은 몇 시간. 도대체 그에게는 무슨 일이 있었던 걸까. 덜컥 겁이 났다.

"무슨 일 있었어요?"

그녀의 눈을 빤히 쳐다보던 그가 쓴웃음을 흘리더니 팔을 뻗어 그녀의 작은 얼굴을 부드럽게 감쌌다.

"네가 해야 하는 일은 이미 다 했는데…… 굳이 기간 채울 필요 있을까? 조금 일찍 정리해도 될 것 같은데. 그때가 되면 너에게 해 줄 수 있는 게 아무것도 없을 것 같아. 그러니까 지금 다 정리하자."

"싫어요."

"……."

"싫다고 했잖아요. 안 한다고 했잖아요!"

그녀의 강한 거절에 그의 눈이 커다래졌다. 그가 휘청거리는 몸을 일으켜 앉았다.

"희영아…… 그게……."

"이러지 말아요."

아랫입술을 아프게 깨문 희영은 눈물이 글썽거리는 얼굴로 그를 원망스럽게 바라보았다.

"당장 어떻게 될 사람처럼……그렇게 말하지 말아요."

희영은 설명할 수 없는 답답함에 고개를 저었다.

"내가 믿을 수 있는 사람은…… 내가 의지하고 있는 사람은 아저씨밖에 없는데, 그런 약한 말로 사람 겁주지 말라고요. 내가 그런 거 다 필요 없다고 했잖아요. 그냥…… 그냥 아저씨 아내로 있으면 된다고 했잖아요. 왜 그래요. 정말……."

희영은 가슴이 찢어질 것 같은 고통에 숨을 크게 몰아쉬었다. 머리가 터져 버릴 것도 같았다.

"기억이 제대로 나는 게 없어요. 누군지 모르겠는데…… 어느 아주머니 손에 이끌려서 병원엘 갔어요. 거기에…… 거기에, 엄마 아빠가 있었어요. 갑자기, 너무 갑자기 엄마 아빠가 나랑 동생을 두고 떠났어요. 지금도 가끔 악몽을 꿔요. 옆에 있던 엄마 아빠가 갑자기 사라지는 꿈을요. 선영이가 아프다고 했을 때 하늘이 무너지는 줄 알았어요. 선영이마저 내 곁에서 사라지게 될까 봐 너무 겁이 났어요. 그런데…… 아저씨까지 그러지 말아요. 당장 없어질 사람처럼 그렇게 겁주지 말아요."

"희영아……."

당황한 지훈이 손을 잡았지만 희영은 눈물을 떨어뜨리며 그의 손을 뿌리쳤다.

"오랜만에 가족이 생겼어요. 아저씨는…… 나를 사랑하지 않아도 우린 가족이잖아요. 난 아저씨 아내고, 아저씬 내 남편이잖아요. 미안해요……. 난 우리 가족 깨고 싶지 않아요."

희영은 파르르 떨리는 속눈썹을 내려 무겁게 매달려 있던 눈물 방울을 아래로 떨어뜨렸다.

잘 몰랐는데, 그가 어느새 좋아지고 말았다. 그건 반칙이다. 둘은 이혼을 약속한 가짜 부부였고, 그녀는 그를 사랑해서는 안 되는 사람이었다. 그런데 할 수만 있다면 계약서를 찢어버리고 싶을 만큼 그가 뼈에 사무치는 사람이 되어버렸다.

"사장님이…… 좋아요."

그는 할 말을 잃은 사람처럼 그녀를 멍하니 바라보았다. 고개를 든 희영이 울먹거리며 다시 말했다.

"아저씨가 좋다고요."

처음엔 정말 이상한 남자를 만난 것이라 생각했다.

그와의 첫 만남은 단순한 우연이었다. 누군가 쓰러지면 부축하게 되고, 아픈 사람을 보면 돌봐주고 싶은 그런 측은지심 때문에 만나게 된 우연. 아무 일도 없었던 듯 쉽게 잊힐 수 있는 그런 만남 말이다. 그런데 그가 결혼을 하자고 했다. 그것도 가진 것이라고는 아무것도 없는 볼품없는 여자와 딱 한 번의 우연한 만남으로 결혼을 결정했다.

그런 만큼 그는 형식적인 부부라며 냉정하게 선을 그었다. 다가오는 것도 꺼려하고 자신의 이야기를 하는 것도 거부했다. 그녀가 할 수 있는 것은 그가 요구하는 대로 그냥 가만히 있는 것이었다. 그런데 자꾸 마음이 움직였다. 그가 보여주는 작은 친절에, 다정한 말 한마디에, 그리고 살며시 보여주는 미소에 마음이 젖어들어 자꾸 그에게로 향했다.

자꾸 망각하게 되었다. 자신이 그의 형식적인 아내일 뿐이라는 것을. 그런데 할 수만 있다면 영영 잊어버리고 싶었다. 그의 아내로 계속 그 자리를 지키고 싶다는 욕심이 생겼다.

그의 입맞춤이 늘어날수록 그리고 그의 손길이 점점 깊은 곳으로 향할수록 그 욕심은 점점 커져서 이미 그 속에 잠식되어 버렸다. 계속해서 흘러내리는 눈물을 그가 닦아냈다. 그리고 울지 말라고 계속 사정했다.

"난 끝내고 싶지 않아요."

그녀의 말에 그가 입술을 지그시 누르며 대답했다.

"죽어도 보내지 않아."

그의 저릿한 고백에 가슴이 벅차올랐다. 그의 목에 팔을 감자 그가 부드럽게 입술을 맞췄다. 다정하고 조심스럽게, 그리고 소중하게.

두 사람의 뜨거운 몸이 맞닿았다. 잔뜩 긴장한 몸 위로 그의 뜨거운 입김이 끝없이 부서져 내렸다. 그 열기는 점점 더 넓게 퍼져 나갔고, 어느덧 그녀의 입을 통해 밖으로 터져 흘러나왔다. 작은 몸을 어루만지는 그의 커다란 손을 따라 촉촉한 입맞춤이 온몸을 뒤덮었다.

생소한 감각에 몸이 부들부들 떨렸다. 숨이 목까지 차오르자 그녀는 들뜬 신음을 주체하지 못했다. 그때 그의 입술이 지그시 눌러왔다. 마치 그녀를 달래려는 사람처럼 조근조근 그녀의 입술을 쓸어내며 앙 다물고 있는 그녀의 입을 살며시 열었다.

가만가만 더듬거리듯 입안을 헤매던 그의 입술이 그녀를 혀가 수줍게 숨어 있던 그녀의 혀를 찾아 제 것인 양 휘감아 올렸다. 매끄럽게 흘러내리던 그의 손이 그녀의 다리를 조심스럽게 벌렸다. 문득 겁이 난 희영이 그의 목에 팔을 두르고 바짝 제 몸을 붙였다. 잔뜩 긴장한 채로 맞이한 고통과 함께 새로운 세상이 열렸다.

그의 움직임에 제 몸을 맡기자 모든 것이 변하였다. 갈 곳을 몰라 이리저리 날뛰던 감각들이 하나둘 그를 따라 움직였다. 침대 위로 흘러넘치는 거친 숨소리가 방 안을 꽉 채우고 사락거리는 시트 구겨지는 소리는 두 사람의 감각을 더욱 예민하게 만들었다.

머릿속에 담겨 있던 일들은 점점 희미해지고 그의 열정적인 몸

놀림만이 그녀의 의식 속에서 꿈틀거렸다. 그의 거칠고 뜨거운 숨소리, 그리고 은밀한 곳에서 들려오는 원색적인 소리는 그녀를 더욱 흥분하게 만들었다. 이곳에 지금 이 순간에 또렷하게 보이는 건 오로지 그뿐이었다. 오로지 박지훈 단 한 사람뿐…….

결혼을 해도 전혀 달라질 것이 없을 것이라 생각했다. 형식적인 결혼이었으니까, 단순히 자신의 이름 아래에 아내라는 자리만 하나 더 생기는 것이라 생각했다. 그런데 혼자만의 공간을 공유한다는 것은 생각보다 많은 변화를 가져왔다.

매일 아침 눈을 뜨면 불편하게 몸을 웅크리며 잠들어 있는 작은 여인이 있었고, 집에는 맑게 웃으며 맞아주는 생기발랄한 여인이 있었다. 작은 주먹을 휘두르며 태권도를 외치고, 조금만 놀려도 얼굴을 붉히며 발끈한다. 못되게 굴었을 때도 그녀는 평상시처럼 웃어주었으며, 좋지도 않은 아내 자리를 고집스럽게 지키려고 들었다.

그녀에 대해 아는 것이라고는 동생과 함께 고아원에서 자랐고, 대학을 휴학한 후 어렵게 살아가고 있다는 것뿐. 덜컥 결혼하자는 말을 할 만큼의 어떤 친분도 없었다. 그야말로 무모한 도전이었다. 하지만 그녀를 보면 자꾸 마음이 움직였다. 그녀에게 키스를 하는 순간, 그녀를 놓아주고 싶지 않은 제 마음을 깨달았다.

그녀가 웃고 있으면 같이 웃고 싶고, 그녀가 슬퍼하면 마음이 찢어질 듯 아프다. 그녀의 눈을 들여다보고 있으면 마음이 편안해지고, 그녀의 밝은 목소리는 이젠 없어서는 안 되는 존재가 되어

버렸다. 그런데 그녀에게 욕심을 낼 수 없었다.

제 목적을 위해 한 사람의 인생을 통째로 사들인 비열하고 몹쓸 인간이 바로 그 자신이었다. 출세와 권력을 위해 한 여자를 버렸던 아버지를 비난할 자격이 그에겐 없었다. 그도 아버지의 악행과 크게 다르지 않은 일을 그녀에게 저지르고 있었으니까.

몸이 더 이상 감당하지 못할 정도의 술을 쏟아부으면서 다짐하고 또 다짐했다. 그녀를 붙잡지 않겠다고, 그녀가 자유로울 수 있도록 해야겠다고. 그러려면 서둘러야 했다. 어쩌면 긴 싸움이 될 수도 있고, 빈털터리가 될 수도 있었다. 상황에 따라서는 오랜 기간 재기를 못할 수도 있었다. 그런 위험 속에 그녀를 데리고 들어갈 수는 없었다. 할 수 있을 때, 해줄 수 있는 능력이 있을 때 그녀에게 최대한 많이, 그리고 멀리 보내야 했다.

어쩔 수 없이 붙잡고 있는 박영규의 아들이라는 끈은 조만간 끊어질 것이고 그에겐 아무것도 남지 않을 것이다. 그 시간이 코앞에 다가왔음을 알고 있는 그는 마음이 조급했다. 바보 같은 이기심과 미련 때문에 시간을 지체하다간 그녀만 더 힘들게 만들 것이 뻔했다.

애초부터 아무런 감정 없이 목적만을 위해 시작된 관계였으니 그녀가 수긍하고 떠난다 해도 원망하지 않으려 했다. 아니, 어쩌면 그녀가 몰래 잠적을 한다 해도 그녀를 탓할 수 없다는 생각을 쭉 해왔었다. 그랬는데 그녀가 울며 거부한다. 떠나지 않겠다고, 가족이라는 울타리를 깰 수 없다며 미안하다고 한다. 나의 그녀가…….

지훈은 제 품에 안겨 있는 희영의 뒷목에 길게 입을 맞추고 더욱 끌어안았다. 그녀의 손이 손등을 부드럽게 쓰다듬었다. 활짝 열린 커튼 사이로 환한 보름달이 보였다. 희미하게 지나가는 구름으로 조심스럽게 흘러가는 바람 소리가 들리는 듯했다. 그 바람 소리 속에 그의 목소리가 담겼다.

"회장님은…… 아버지는 끝내 모르는 척하셨어. 어머니는 오로지 나와 아버지만 바라보고 사셨는데……. 본가 어머니에게 온갖 수모를 다 당하면서도 홀로 지내셨지. 미련맞게 방패막이 없이 혼자."

그의 긴 한숨이 까만 하늘로 올라갔다.

그가 드디어 꽁꽁 숨겨두었던 제 이야기를 풀어놓기 시작했다. 아버지의 무관심과 본가 어머니의 폭언과 보이지 않는 학대. 그리고 오로지 아버지의 목적을 위해 지내온 세월 뒤에 숨겨져 있던 친모의 존재에 대해 그는 담담한 목소리로 그녀에게 털어놓았다.

그는 자신에게 친모가 있다는 사실을 고등학교 때 알게 되었다. 엄마라고 부를 때마다 욕설이 쏟아지고 조금이라도 보아달라고 애교를 부릴 때면 이유도 없이 맞아야 했지만, 한 번도 지금의 어머니가 친모가 아닐 거라는 의심을 해본 적이 없었다.

그저 제 잘못으로 엄마에게 미움받고 있다고 생각해 공부도 열심히 하고 부모님 말씀이면 무조건 따르던 순진하고 순수한 아이였다. 받은 용돈을 틈틈이 모아 엄마에게 생일 선물을 드린 적도 있지만 쓰레기통에 처박혔다. 그래도 그는 어머니를 원망하지 않았다. 그저 어머니가 잠깐이라도 돌아봐 주길 바라며, 따뜻하게 웃어주길 바라며 열심히 노력했다.

그러던 어느 날. 학교에서 돌아온 그는 운전기사의 부축을 받으며 나오는 한 여인과 마주쳤다. 따라나왔던 정 집사의 손에 의해 억지로 집에 들어가면서도 그는 자석에라도 끌리듯 대문 밖으로 나가는 여인을 끝까지 바라보았다.

그때 자신을 바라보던 여인의 애처롭고 슬픈 눈동자를 지금도 잊지 못한다. 입술을 꽉 깨물고 눈동자에 고인 눈물을 속으로 삼키며 그가 보이지 않을 때까지 시선을 거두지 않던 그 눈동자. 그 여인이 바로 친모였다.

그 사실을 알게 되었을 때 지옥으로 떨어지는 것 같았다. 가슴이 찢어질 듯 아프고 괴로웠다. 엄마로 알고 있던 사람에게 사랑을 구걸하고 있을 때 어느새 훌쩍 커버린 아들을 그리워했을 어머니. 한 남자를 사랑했던 죗값으로 아들을 잃고 오랜 시간 육체적, 정신적 고통을 감수해야 했던 어머니. 그녀의 모진 삶을 어느 누구도 돌아보지 않았다. 심지어 그녀를 품었던 남자까지도. 아버지도 당신의 아내가 어떤 일을 저지르고 있는지 알고 있었지만 아내의 막강한 배경이 필요했던 아버지는 모르는 척 눈을 감아버렸다.

지금까지 누려왔던 모든 것들이 더럽고 추하게 느껴졌다. 더 많은 것을 얻기 위해서라면 한 사람의 인생 따윈 가볍게 짓밟아 버리는 아버지에 대해 증오가 생겼다. 그렇게 쌓아 올린 세진그룹의 부는 추악하기만 했다.

아버지는 거기에 그치지 않고 아들마저도 이용하려고 했다. 정계와 줄이 닿아 있는 국내 최대 언론사와 혼맥을 맺음으로 돈을 대주고 악취 풍기는 일들을 감쪽같이 숨겨 버리기 위한 속셈이었다. 어머니의 일을 몰랐다면 그 일을 아무렇지 않게, 어쩌면 당연하게 받아들이고 아버지의 뜻에 따라 결혼을 했을 것이다. 하지만 어머니에 대해 알게 된 이상 절대로 동조할 수 없었다.

작년에야 겨우 찾은 어머니는 그의 분노를 잘 알고 있었다. 아들을 애처롭게 바라보던 어머니가 그에게 부탁했다. 이 선택의 값은 결국 당신의 것이라며 아버지를 미워하지 말라고. 미안하다며 본가 어머니에게 몹쓸 상처를 남겼다며 이렇게라도 죗값을 받겠다고 했다.

그러나 그 값은 너무 가혹했다. 가늘어진 팔목, 뼈만 앙상하게 남은 몸과 깊이 패인 주름. 그리고 곳곳에 남은 오래된 상처들. 세월의 길이를 훨씬 뛰어넘은 잔흔들이 어머니의 모습이었다.

당신에게 아들은 없다며 외면하는 어머니를 모시는 일은 쉽지 않았다. 어머니를 붙잡고 서럽게 울었었다. 아들이 아니어도 좋으니 같이 가자고 몇 달을 애원했다. 이렇게 돌아가면 평생 한이 되어 망나니처럼 살지도 모른다 했다. 정신병자처럼 길바닥을 헤매겠다 협박도 했다. 그제야 어머니는 눈시울을 붉히며 아들의 손을 잡았다. 32년 만이었다.

그렇게 어렵게 모셨는데 어머니는 암 진단을 받았다. 그것도 이미 여러 장기에 전이가 된 상태로 손을 댈 수 없다는 진단이 떨어졌다. 잠깐의 사랑과 맞바꾼 고단한 인생의 끝은 얼마 남지 않은 생이었다.

그의 말을 듣고 있던 희영은 몸을 돌려 그의 품으로 파고들었다. 그가 몸을 따뜻하게 감쌌다.

"어머니 소원이 두 가지 있었어. 내가 결혼하는 것하고 마지막으로 아버지 얼굴 보는 것."

희영이 그의 가슴에 입을 맞추자 그도 그녀의 정수리에 길에 입을 맞췄다.

"하나는 들어드렸는데…… 하나는 못 들어드릴 것 같아."

그의 목소리에서 괴로움이 느껴졌다. 그가 들어드릴 수 없는 마지막 소원이었다.

"무슨 생각 해요?"

말없이 제 등을 부드럽게 쓰다듬기만 하는 그가 궁금해 희영이 물었다. 자신을 올려다보는 그녀의 눈동자를 응시하던 그가 피식 웃더니 짧게 입을 맞췄다.

"김희영 생각."

민망함에 얼굴이 붉어진 그녀가 고개를 가슴팍에 묻어버리자 어깨를 감싸 안은 그가 나직하게 웃었다. 제 생각은 저 밑에 가라앉히려는 사람처럼…….

희영은 잠결에 제 몸을 이불로 덮어주는 손길을 느꼈다. 푸르스름한 새벽이 찾아온 시간이었다. 희영은 눈을 비비며 고개를 돌려 침대를 둘러보았다. 드레스 룸 쪽에서 작게 물소리가 들리는 걸 보니 그가 출근 준비를 하는 것 같았다.

쑥스러움에 얼굴이 발그레해진 희영은 침대 주변에 떨어져 있던 옷을 입고 드레스 룸으로 향했다. 그녀는 헝클어진 머리카락을 쓸어 넘기며 그의 옷장을 열었다. 한 번도 이런 걸 해본 적은 없지만 서툴더라도 그의 출근 준비를 도와주고 싶었다. 한편으로는 선영의 말대로 패션 센스라고는 쥐뿔도 없는데 그가 마음에 들어하지 않으면 어쩌나 하는 걱정도 들었다.

정장과 와이셔츠, 그리고 넥타이를 한참 동안 들여다보고 있는데 문 열리는 소리와 함께 시원한 향이 공기 중에 섞여들었다.

"뭐 해?"

"잘 잤어요?"

그에게 인사를 하며 몸을 돌린 희영은 화들짝 놀라 옷장에 얼굴을 묻어버렸다. 속옷만 입은 그가 머리카락을 수건으로 털어내며 서 있었다. 민망함에 온몸이 부들부들 떨리는데 그는 아무렇지 않은 듯 그녀의 옆에 서서 셔츠와 바지를 꺼내 입었다.

"뭐 하냐니까?"

"아…… 출근 준비 도와주려고요."

"훗. 그래?"

옷을 다 입은 그가 이번에는 화장대로 가서 화장품을 얼굴에 발랐다.

"뭐 해주려고?"

"넥타이 골라줄까요?"

얼굴은 여전히 옷장에 묻은 채 희영이 중얼거렸다.

지훈은 머리 손질을 하며 넥타이만 만지작거리고 있는 그녀의 뒷모습을 바라보았다. 언제까지 저러고 있나 두고 보려고 했으나 그러다가는 영 출근을 못할 기세였다. 거울로 제 얼굴을 한번 확인한 그는 옷장으로 걸어가 그녀의 어깨를 잡고 돌려세웠다.

"엄마야."

화들짝 놀란 그녀가 주눅이 든 얼굴로 그를 올려다보았다.

"어떤 걸 골라줄 건데?"

"이, 이거?"

희영은 얼떨결에 들고 있던 넥타이를 내밀었다. 심각한 얼굴로 넥타이를 보고 있던 그가 입가에 미소를 지으며 넥타이를 목에 걸었다. 셔츠 깃을 세운 그가 양팔을 허리춤에 올리며 진지한 얼굴로 말했다.

"넥타이 맬 줄 알아?"

"내가…… 알 턱이 없잖아요."

"그러면서 무슨 출근 준비를 도와?"

그는 옷장 문에 붙은 거울을 보며 뚱한 표정으로 투덜거렸다. 그와 거울 사이에 낀 희영은 심술난 얼굴로 '미안해요.' 라고 중얼거렸다.

"어허."

엄한 표정의 지훈이 도망가려는 그녀의 어깨를 붙잡았다.

"왜요?"

"넥타이 잘 매졌나 봐야지."

"거울 있잖아요."

"그래도 봐."

그러더니 그가 빙긋 웃었다. 그의 엉뚱함에 희영도 피식 웃음을 흘렸다. 그가 재킷을 걸쳤다.

"넥타이가 너무 튀는 것 같아요."

희영은 자신이 고른 넥타이가 마음에 들지 않았다.

"난 마음에 들어."

"아니에요. 이상해요. 다른 걸로 매요."

그래도 영 마음에 들지 않았던 희영은 넥타이를 풀기 위해 손을 뻗었다. 그가 그녀의 손목을 꽉 잡았다.

"마음에 든다니까?"

"난 이상한데……."

"네가 골라준 거니까 괜찮아."

"그래도."

말 안 듣는 아이를 꾸짖듯 눈살을 한번 찌푸린 그가 그녀의 입술에 짧게 입맞춤을 했다. 심각하던 그녀의 얼굴이 다시금 붉어졌다.

"정말 토마토 같아."

"그놈의 토마토."

"토마토를 무시하지 말라니까?"

"어휴, 됐어요."

희영은 어처구니없다는 듯 웃음을 흘리며 그를 조금 밀쳐 냈다.

아침 식사를 하지 않는다는 그를 붙잡아 우유를 한 잔 억지로 마시게 하고 출근하는 걸 배웅했다. 결혼하고 처음 해보는 일이었다. 구두를 신고 돌아선 그가 어제보다 편안해진 얼굴로 말했다.

"많이 낯선데…… 좋아."

지훈은 어렸을 때부터 부모의 배웅이나 마중을 받아본 적이 없었다. 그를 돌보는 사람은 언제나 집에서 일을 보는 아주머니들이나 그를 데려다 주는 운전기사뿐이었다. 그랬던 그에게 찾아온 새로운 일상이었다.

"잘 다녀와요."

해사하게 웃는 그녀의 인사에 그가 고개를 숙여 입맞춤을 했다. 긴 입맞춤을 끝내며 그가 입술에 대고 작게 속삭였다.

"잘 다녀올게."

그리고 그녀를 품에 꼭 한 번 안았다 놓은 그는 아쉬움이 가득한 얼굴로 집을 나섰다. 문이 닫힘과 동시에 밀려든 허전함에 희영은 자리를 쉽게 뜨지 못했다. 언제부터 그랬다고 이리도 유난스러운지, 희영은 저도 모르게 헛웃음을 흘리고 말았다.

"어휴! 오골거려!"

심술이 가득한 목소리에 희영이 몸을 돌렸다. 퉁퉁 부은 얼굴의 선영이 부스스한 머리를 긁적거리고 있었다.

"넌 왜 벌써 일어나서 심술이야?"

그제야 자리를 뜨며 희영이 새침하게 말했다. 선영은 주방으로 들어가는 언니를 졸졸 따라갔다.

"언니, 이것 좀 펴줘. 세상에 꿈쩍도 안 해!"

선영이 손가락을 오므리며 언니에게 들이댔다.

"장난 그만하고 앉아. 죽 줄게."

"이걸 펴줘야 뭘 먹지."

"자꾸 장난칠래?"

"어엉. 아니야. 진짜야. 안 펴져."

희영은 하는 수 없이 징징거리는 선영의 손가락을 펴줘야 했다. 그러면서 동생의 머리를 아프지 않게 쥐어박았다.

"형부한테 이를 줄 알아."

"하나도 안 무섭다 뭐."

선영은 밉지 않게 입술을 삐죽거렸다.

두 사람이 그렇게 실랑이를 벌이는 동안 아주머니가 출근을 했다. 평상시와 다르게 이른 시간에 일어난 두 자매를 본 아주머니가 놀란 표정을 지었다.

"아줌마, 아줌마. 아까 전에 제가 뭘 봤는지 아세요?"

"김선영!"

싱크대 앞에 있던 희영이 기겁한 얼굴로 선영의 말을 가로막았다.

"뭘 보셨길래 그러세요?"

"아까 현관에서 형부랑—"

"김선영!"

"꺅!"

참다못한 희영이 잡으려고 달려들자 선영은 비명을 지르며 주방에서 도망을 쳤다. 아주머니는 톰과 제리처럼 투닥거리는 자매를 보며 흐뭇한 미소를 지었다. 냉기만 흐르던 집에 드디어 온기가 퍼져 가고 있었다.

—최영우 대표님, 잠시만요!

인터폰이 끊기자마자 집무실 문이 활짝 열렸다. 지훈은 보고 있던 서류를 덮고 불청객을 바라보았다.

"여어, 박 사장."

마치 제집처럼 들어온 영우가 장난기 다분한 표정으로 지훈에게 거수경례를 했다. 그를 제지하려던 여비서가 당황한 얼굴로 지훈을 바라보았고, 외근을 갔다가 사무실로 복귀한 민우도 급히 집무실로 다가왔다. 지훈은 됐다는 표시로 손을 들어 보였다. 영우는 그 보란 듯이 뒤에서 어쩔 줄 몰라 하는 여비서를 힐끔 쳐다보았다. 민우가 지훈에게 눈짓을 하며 집무실의 문을 닫았다.

"여기까진 무슨 일이야?"

지훈은 지분 변동 내역서를 다시 펼쳐 들며 무심한 목소리로 물었다.

"그렇게 대놓고 싫어할 필요 없잖아?"

그에게 환영받지 못한다는 걸 뻔히 알면서도 영우는 넉살좋은 표정으로 소파에 편안하게 앉았다.

"우리가 서로의 사무실에 들락날락거릴 정도로 가깝지 않았던 것 같은데."

"세진화학 사장실은 손님이 와도 차 한잔 안 주는구나."

영우가 사무실을 둘러보며 딴소리를 했다. 서류에서 고개를 든 지훈이 의미심장한 얼굴로 영우를 바라보았다.

"최영우."

"그래, 최영우. 네 입에서 오랜만에 나왔다. 최영우라는 이름."

지훈은 어이가 없다는 표정을 지었다.

"쥐도 새도 모르게 지분이 이동되고 있는 걸 모르지는 않을 거고……."

영우가 느긋한 표정으로 소파의 팔걸이를 두드리며 싱긋 웃었다.

"그 지분이 어디로 모이고 있는지는 알아?"

"최 대표랑 이런 대화를 나눌 이유가 없는데."

"물론 그렇지. 우리가 아무리 친구처럼 가깝게 지냈어도 내부에서는 박 사장과 나를 경쟁자로 보고 있으니까."

"알면서 그런 얘길 왜 하는 거야?"

"박 사장 결혼으로 후계 작업도 중단된 건 알지?"

지훈은 보고 있던 서류를 소리 나게 덮고 험한 표정으로 자리에서 일어났다. 영우는 싱글거리며 소파로 다가오는 지훈을 바라보았다.

"무슨 말이 하고 싶은 거야?"

"박 사장 때문에 나까지 피해를 보게 생겼다는 얘기를 하고 싶은 거야."

"내가 승계를 못 받게 되면 누구보다 좋아할 사람이 최 대표 아니었어? 그보다 어머니가 더 좋아하실 일이지만."

소파에 몸을 묻은 지훈이 착잡한 얼굴로 낮게 읊조렸다.

"고모도 박 사장도 모르는 것이 하나 있어."

지훈이 눈을 가늘게 뜨며 쳐다보자 어깨를 한번 으쓱거린 영우가 진지한 얼굴로 말했다.

"난 사업에는 관심 없다는 거."

"무슨 소리야?"

"촌수 따지자니 복잡하고 번거로워서 그냥 고모라고 부르는 건 알지? 그런 만큼 너와도 거의 남남이나 마찬가지고. 아니지 엄밀히 말하면 정말 남남이지."

지훈의 낯빛이 어두워졌다.

"어렸을 때는 고모가 외가인 우리 집에 집착하는 이유를 몰랐어. 막연히 아버지랑 가깝게 지내시나 보다, 이렇게 생각했거든. 대학생이 되어서야 알았어. 동업자이면서 사돈인 두 집안이 한 지붕에 있으면서도 칼을 겨누게 된 기막힌 사연을……. 그때 알았어. 내가 왜 고모의 선택을 받게 되었는지. 모두 너 때문이야."

"하아. 어리석게 남 탓만 하면서 살 거야?"

지훈은 머리를 뒤로 젖히며 답답한 한숨을 쉬었다.

"사과하는 거잖아. 이 멍청한 놈아."

천장을 보고 있던 지훈이 두 눈썹을 꿈틀거렸다. 고개를 바로 한 지훈은 어느새 웃음기가 사라진 영우를 가만히 바라보았다.

어른들의 세상을 잘 이해하지 못했을 때는 같은 학교에 다니던 영우와 꽤 가깝게 지냈었다. 촌수를 따지기도 복잡한 친척이었지만 그 관계를 떠나 둘은 평범한 친구 사이였다.

영우는 본가를 드나들며 어머니의 사랑을 듬뿍 받았다. 그를 두고 아들이 아니냐는 소문이 돌 정도로 아끼고 또 아꼈다. 아들보다 조카를 그것도 외조카를 먼저 챙기는 어머니에게 서운함이 생기기는 했어도 영우와는 탈 없이 잘 지냈었다.

그러다 영우와 완전히 갈라서게 된 건 지훈이 친모에 대한 이야기를 듣게 된 그때였다. 학교에서 마주친 영우는 대뜸 그에게 네 어머니에 대해 아느냐고 물었었다. 영문을 몰라 대답을 못하는 그에게 영우는 '넌 주워온 자식이야.' 라고 말했다.

당황한 나머지 지훈은 꼼짝도 못한 채 친했던 친구의 입을 통해 어른들의 잔인한 이야기를 들어야 했다. 버림받은 여자, 불륜, 혼외 자식이라는 말이 친구의 입에서 줄줄 흘러나온 것이다. 결국 둘은 싸움이 붙었고, 영우가 전학을 가는 것으로 사건도 마무리되고 둘 사이도 정리가 되었다.

"너에게 상처를 주려고 한 말이 아니었어."

영우가 오래전 그때처럼 그를 '너' 라고 다정하게 지칭했다. 그는 미안한 표정으로 맞잡은 제 손을 바라보며 말을 이었다.

"난 공부에 관심도 없었고 경영은 더더욱 흥미가 없는데 아버지랑 고모가 억지로 네가 있는 학교로 보냈어. 감히 부모님께 반항도 못하던 나는 학교 땡땡이칠 생각만 하고 있는데 우연히 어른들 이야기를 듣게 됐어. 내가 왜 그 학교를 갔고, 너를 두고 어른들이 무슨 일을 꾸미고 있는지. 조선시대도 아닌데 적통성 운운하며 순해 빠진 너를 밀어낼 생각을 그때부터 하고 계시더라고."

"그만하자. 별로 듣고 싶지 않아."

갑자기 밀려드는 피곤함에 지훈이 손을 저으며 자리에서 일어났다. 그러나 영우는 계속 말을 이었다.

"너에게 어떻게 해서든 그 사실을 알려주려고 했던 것뿐이야. 네 어머니 이야기를 꺼내서 어떻게 해보겠다는 게 아니라. 미안했다. 그때는 어려서 방법이 서툴렀어."

책상으로 향하던 지훈의 걸음이 멈추었다. 그는 바지 주머니에 양손을 찔러 넣고 가만히 서 있었다.

"그때나 지금이나 널 밀어내는 것도 싫고, 사업은 정말 죽기보다 싫다. 네가 밀리면 내가 꼼짝 없이 그 자리에 앉아야 할 판이야. 지금 와서 이런 말하기 좀 그렇다만, 옛정을 생각해서 친구 좀 살려줘라. 죽어서도 내 원망 안 들으려면."

지훈은 여전히 등을 돌린 채 서 있었다. 영우는 쓸쓸한 웃음을 지으며 자리에서 일어났다.

"조금 있다가 퀵 하나 올 거다. 내가 주는 결혼 선물이니까 꼭 살아남아라."

문을 여닫는 소리가 들리고서야 돌아선 지훈은 휑하니 비어 있는 소파를 한참 동안 바라보았다. 오후에 도착한 서류는 최영우 측이 작성한 세진화학 경영권 공격 전략 보고서와 차명 주식 리스트였다.

## 10. 작별

방문자가 많지 않은 VIP 병동은 지루할 만큼 고요하다. 또각또각. 그 고요함을 깨우는 하이힐 굽 소리가 병동 전체에 퍼졌다. 머리를 고상하게 틀어 올리고 핸드백을 든 한 중년 여성이 그 주인공이었다. 그 여성은 병문안을 온 듯 벽에 붙은 이름을 천천히 살피며 걷고 있었다.

'누구지?'

본의 아니게 방문자를 뒤따라가며 선영이 고개를 갸우뚱거렸다. 드디어 목적지를 찾았는지 방문자의 걸음이 멈추고, 선영의 눈동자는 커다래졌다. 선영은 후다닥 뛰어서 막 문을 열려던 여성의 앞을 가로막고 섰다. 그곳은 희수의 병실이었다.

"누구세요?"

선영이 날카롭게 물었다.

오늘은 선영의 정기 진료가 있는 날이었다. 희영은 최진구 박사와의 대화가 길어져서 선영 혼자 올라온 것이었다.

"넌 누구야?"

선글라스를 벗은 선주가 신경질적인 목소리로 물었다. 선영은 턱을 치켜세우며 따졌다.

"누구긴요. 전 여기 환자 보호자예요. 그러는 할머니는 누구세요?"

"뭐? 하, 할머니?"

미간을 잔뜩 좁힌 선주가 불쾌한 표정으로 선영을 노려보았다. 엄마 소리도 듣기 싫어하는 그녀가 할머니라는 소리인들 듣기 좋았겠는가. 그녀에게 할머니라는 호칭은 테러나 마찬가지였다.

"시끄러우니까 꺼져."

어린 꼬마를 상대해 봐야 본인 꼴만 이상해진다는 걸 모르지 않는 선주가 귀찮다는 표정을 지으며 선영의 어깨를 옆으로 밀쳤다.

"어어. 안 된다니까요."

"어리면 고분고분 말을 잘 들어야지 어디서 행패야?"

"내가 여기 보호자라는데 행패라니요? 할머니야말로 도대체 누군데 이러세요?"

선영도 지지 않고 선주에게 덤비듯 따졌다. 가뜩이나 안 좋은 마음으로 왔는데 잘 봐야 고등학생밖에 안 되는 꼬마가 대들자 선주는 속이 부글부글 끓었다. 선주는 호통이라도 치고 싶은 걸 겨우 참으며 경고했다.

"좋은 말 할 때 비키는 게 좋을 거야. 험한 꼴 당하지 않으려면."

"간호사 언니! 선생님!"

갑자기 선영이 비명을 지르며 사람을 불러대자 선주의 표정이 일그러졌다. 선영의 소란에 놀란 간호사들이 너스 스테이션에서 뛰쳐나왔고, 그 속에 엘리베이터에서 막 내린 희영도 있었다.

"선영아!"

"어, 언니!"

희영을 발견한 선영이 구원군이라도 만난 사람처럼 반색을 했다. 희영이 다가오자 선영은 언니의 팔에 매달려 고자질을 했다.

"언니, 이 할머니가 다짜고짜 병실에—"

"어머님, 죄송합니다."

언니의 반응에 선영의 눈이 휘둥그레졌다. 선영의 비명에 놀라서 나왔던 간호사들은 희영이 나타나면서 모두 제자리로 돌아갔다.

"정말 죄송합니다. 제 동생이 잘 몰라서……."

"됐어."

선주의 쌀쌀맞은 대꾸에 선영은 입술을 삐죽거렸다.

"선영아, 잠깐 저쪽에 가 있어."

"언니."

희영은 걱정이 가득한 선영을 옆으로 밀어내며 괜찮다는 표정으로 고개를 끄덕였다. 갑자기 등장한 어머님이라는 사람이 선영은 영 못마땅했지만 얌전히 언니가 시키는 대로 자리를 비켰다.

"너도 비켜."

턱을 꼿꼿이 세운 선주가 당당하게 요구했다. 희영은 난처한 얼굴로 병실 문을 한번 돌아보고 말했다.

"죄송합니다, 어머님. 지금은 면회가—"

"어머님이라는 소리 듣기 싫다고 했을 텐데."

낮게 읊조리는 선주의 눈매가 사나워졌다. 희영은 마른침을 한 번 삼키며 다시 말을 꺼냈다.

"아직 주무시고 계실 거예요. 말씀도 많이 못하시기 때문에 대화가—"

"비켜."

그녀의 말을 자르며 선주가 차갑게 명령했다. 망설이던 희영은 하는 수 없이 옆으로 비켜섰다. 안으로 들어가던 선주는 따라오는 희영에게 들어오지 말라고 했다. 희영은 결국 따라가지도 못하고 닫힌 문을 걱정스럽게 바라보아야만 했다.

작은 응접실을 지나 병실 앞에 선 선주는 잠시 심호흡을 하고 천천히 문을 열었다. 작게 들리는 일정한 간격의 기계음이 환자의 상태를 알려주고 있었다. 문을 닫고 침대로 다가가자 예쁘던 옛 모습이 사라진 희수가 눈을 떴다. 서로를 마주 본 신희수와 이선주는 그렇게 20대 한창의 시절로 돌아갔다.

"인생 참 기구하네."

선주의 잔잔한 목소리에 희수가 미간을 좁혔다. 이런 목소리를 언제 들어본 적이 있던가. 희수는 가쁜 숨을 몰아쉬며 자신이 기억하는 선주를 떠올려 보았다. 떠오르는 건 울분 섞인 고함 소리

뿐이었다.

"다시는 보고 싶지 않았어. 알다시피 당신만큼 내 인생도 기구하거든."

"사모…… 님……."

희수가 있는 힘을 모두 끌어 모아 입을 열었다.

"지겹다. 당신에게서 듣는 사모님 소리."

"……."

"차라리 도망을 가지 그랬어. 도망이라도 갔다면…… 나한테 그렇게 안 당하잖아. 당신이 뭘 잘못했다고 대신 당하고 살았어? 바보같이……."

희수를 죽도록 미워했었다. 자신의 불행이 그녀 때문인 것만 같아 견딜 수가 없었다. 남편에게 풀지 못한 원망을 모두 그녀에게 쏟아냈었다. 잘못도 없는데 죄송하다며 울며 사과하는 그녀에게 그러면 나가 죽으라는 말도 서슴없이 했었다. 그래 봐야 그 응어리가 전부 자신에게로 되돌아온다는 걸 알면서도 멈출 수가 없었다.

인정할 수 없는 패배감과 끓어오르는 배신감에 희수를 멀리 보내고 말았지만 마음 편한 적은 단 한 번도 없었다. 정작 희수는 아무런 잘못이 없었다. 그녀처럼 돈과 권력, 명예에 중독된 남자들에게 희생당한 것이었다. 굳이 잘못이라고 꼽자면 지훈을 낳은 것이 죄리라.

자신이 돈으로 부인이라는 이름을 얻었을 때 희수는 사랑하던 남자에게 버림받고 불륜이라는 멍에를 안아야 했다. 어쩌면 희수는 남편의 사랑을 받지 못했던 자신보다 더한 한(恨)을 품었을 것이다.

"미안하다는 말은 못하겠어."

먼 곳을 바라보며 침대 난간을 꽉 붙잡은 선주가 자꾸 잠기는 목소리를 억지로 짜내며 말을 이었다.

"편하게 가. 그런 나쁜 놈, 짐승만도 못한 놈 잊고 편하게 가."

"사모…… 님."

바람 빠지는 것 같은 목소리에 선주가 어렵게 희수를 바라보았다.

"제 손, 한 번만…… 잡아주세요."

이불 밖으로 빠끔 나와 있는 그녀의 손끝이 보였다. 선주는 차마 잡을 수 없었다. 제 손이 그녀에게 어떤 짓을 했는지 알고 있는데 어떻게 잡을 수 있을까. 선주는 희수에게서 시선을 돌렸다.

"난 그럴 자격이 없어."

"사모님……."

희수가 애처롭게 사정했다. 그래도 그녀의 손을 제대로 잡을 수 없어 선주는 손끝만 갖다 댔다. 희수가 안간힘을 다해 선주의 손을 잡았다. 두 눈을 질끈 감은 선주는 한 손에 얼굴을 묻고 그녀의 손을 꽉 쥐었다. 그리고 선주의 입에서 흐느낌이 터져 나왔다.

"나를, 용서하지 마. 절대로, 용서하면 안 돼. 그동안 하고 싶었던 원망, 욕…… 그런 거 다 하고 가. 이런 말 염치없지만…… 편하게, 편하게 가."

희수는 희미하게 미소를 지으며 선주의 손을 최선을 다해 꽉 쥐었다.

병실 밖에서는 희영이 복도를 초조하게 서성였고, 선영은 들리지도 않는 소리를 듣겠다며 문에 귀를 바짝 대고 있었다. 한참을 그러고 있는데 드디어 문이 열렸다. 문에 귀를 대고 있던 선영은 기겁을 하며 쏜살같이 도망을 갔다. 희영은 선주의 눈가에서 눈물 자국을 발견했다. 도도한 표정의 선주이었지만 빨갛게 충혈된 눈은 어쩔 수 없었다.

"가야겠다."

선글라스를 끼는 선주의 목소리가 조금 갈라졌다.

"주차장까지 모셔다 드릴게요."

"됐어. 택시 타고 갈 거야."

"택시 타고 오셨어요?"

"그럼 여기 오면서 내가 세진그룹 사모님이라는 거 소문내야겠어?"

선주의 신경질적인 반응에 희영은 당황했지만 멀리서 보고 있던 선영은 불만 가득한 얼굴로 또 입술을 삐죽거리고 있었다.

"그럼 뒤를 부탁한다."

희영은 돌아가는 선주에게 인사도 제대로 못한 채 멍하니 서 있었다. 저녁에 퇴근을 하고 병원에 온 지훈 역시 못 믿겠다는 표정이었다.

"어머니는 어떠셔?"

"많이 편해지셨어요. 깨어 있는 시간도 늘었고, 말씀도 많이 하세요."

"그래."

미소를 지어 보인 그는 희영의 어깨를 가볍게 두드리고 병실로 들어갔다. 지훈이 침대 곁에 앉자 인기척을 느낀 희수가 빙긋 웃음을 보였다.

"본가 어머니 만나셨다면서요?"

어머니가 웃음으로 대답을 대신했다.

그는 두 어머니가 무슨 대화를 나누었을지 궁금했지만 섣불리 물어볼 수가 없었다. 물어본다고 해도 어머니는 답을 하지 않을 터였다. 하지만 확실히 편해진 어머니의 표정에서 두 분이 어떤 대화를 나누었을지 충분히 짐작할 수 있었다.

"지훈아……."

"네, 어머니."

"그분도…… 많이 아프셨어. 그러니까…… 잘해 드려."

어머니가 힘든 숨을 몰아쉬며 천천히 당부했다.

친모의 존재를 알게 된 후 지훈은 제 아버지를 회장님이라고 부르면서도 선주만은 계속 어머니라고 불렀다. 친모인 희수가 육체적으로 고통스러웠다면, 선주는 오랜 세월을 정신적인 고통에서 살았다. 지훈도 한때는 선주가 원망스러웠던 적이 있었다. 그러나 하루하루 자신이 만든 감옥 속에서 괴로워하던 모습을 보았기에 용서는 아니더라도 이해는 하게 되었다. 그녀 역시 한 남자로 인해 가슴에 큰 상처를 품었다는 걸 알기 때문이었다.

"그럼요. 그럴게요. 걱정하지 마세요."

작게 고개를 끄덕이던 어머니는 그제야 마음이 놓인 듯 편안한 얼굴로 잠을 청했다.

어떻게 하면 좋을까요.

그는 잠든 어머니를 지켜보며 속으로 물었다. 어떻게 하는 것이 떠나는 어머니를 편하게 해드리는 일인지 알 수가 없었다. 희영과의 결혼으로 후계 작업은 중단이 되었고, 박 회장은 대내외 채널을 이용해 자금 압박을 하고 있었다. 이 일을 해결하지 못하면 사장 자리가 위태로워질 수 있었다.

아무리 그래도 당신 아들이 힘없이 물러나는 걸 보고만 있을까 생각은 되었지만 박 회장이라면 그러고도 남을 사람이었다. 이번 기회를 통해 당신 뜻대로 하지 않으면 어떻게 되는지 제대로 보여줄 생각일지도 몰랐다.

그가 영우의 마음을 몰랐듯, 박 회장도 그에 대해 모르는 것이 있었다. 당신은 기를 쓰고 지키려 했던 권력과 부에 정작 아들인 그는 미련이 없다는 점이었다. 손에 쥔 것이 많으면 빼앗기는 것을 두려워하지만 돈과 권력으로 희생당한 어머니를 둔 그에게 그런 것들은 그저 더럽고 추할뿐이었다.

지훈은 아버지에게 마지막 기회를 주고 싶었다. 어머니를 굳이 숨기지 않은 이유는 아버지에게 실낱같은 기대를 품었기 때문이었다. 그가 어머니를 모시고 있다는 걸 뻔히 알면서도 아버지는 외면하는 것도 모자라, 얼마 남지 않았다는 아들의 처음이자 마지막인 간곡한 부탁도 거절했다.

만약 이대로 어머니가 눈을 감게 된다면…… 그때는 정말 어떻게 해야 할까.

언제 들어왔는지 희영이 단단하게 굳은 그의 어깨를 부드럽게 쓰다듬었다. 그는 그녀의 손에 제 손을 포개며 지친 한숨을 흘렸다. 지훈은 어머니의 이불을 정리하고 자리에서 일어나 그녀와 마주섰다.

어머니가 떠나면 그녀가 남는다. 그것이 정답일지도 몰랐다.

지훈은 자신을 바라보며 웃어주는 아내를 조용히 품에 안았다.

잠결에 현관문 열리는 소리를 들었다. 소파에서 깜빡 잠이 들었던 희영은 눈을 번쩍 뜨고 현관으로 향했다. 막 슬리퍼를 신은 그가 거실로 들어오고 있었다. 그의 얼굴은 꽤 초췌해 있었다.

"안 자고 있었어?"

그가 그녀를 품에 안으며 지친 목소리로 말했다.

"들어와야 할 사람이 안 들어왔는데 어떻게 잠을 자요."

"후후. 그랬구나. 미안. 그런데 누군가가 날 기다리고 있다고 생각하니 기분이 좋은걸?"

"그것뿐이에요?"

그의 품에서 고개를 빠끔 든 희영이 짓궂은 표정으로 말했다.

"그 누군가가 김희영이라 참으로 다행이야. 행복해."

"끝?"

생전 안 하던 낯간지러운 말도 해줬는데 뭘 더 하라는 건지, 순간 지훈은 당황했다.

"음……."

말을 잇지 못하는 그를 보며 빙긋 미소를 지은 희영이 발뒤꿈치를 들자 그제야 알았다는 듯 그가 입을 맞췄다. 서로를 얼싸안은 두 사람은 잠깐 떨어져 있던 몇 시간을 키스로 달랬다. 아쉬움의 입맞춤을 한 번 더 나눈 두 사람은 손을 잡고 침실로 향했다. 그가 샤워를 하는 동안 희영은 주방에서 시원한 맥주와 간단한 안주를 챙겨 돌아왔다.

"안 그래도 시원한 맥주 생각했는데, 고마워."

샤워를 끝내고 나온 그가 반색을 했다. 두 사람은 창가의 2인용 소파에 나란히 앉아 맥주를 마시며 야경을 감상했다.

"병원은 들렀어요?"

"응."

원래는 그가 퇴근하고 병원에 들르면 같이 귀가를 할 생각이었다. 그러나 그가 일이 늦어질 것 같다고 해서 그녀 먼저 집에 와 있었다. 그의 귀가 시간이 요즘 점점 더 늦어지고 있었다.

"주무시고 계셨죠?"

"응."

"낮에도 거의 잠만 주무세요. 점점 더 힘들어하시는 것 같아서 걱정이에요."

"음……."

그는 초점 잃은 눈으로 창밖을 내다보며 느릿하게 대꾸했다. 희영은 그를 향해 틀어 앉았다. 그는 깊은 사색에 잠겨 있었다. 그의 분위기가 달라 보이는 건 기분 탓일까? 그렇게 느끼기 시작한 건 아마도 두 어머니가 만난 시점부터일 것이다. 가장 슬픈 고리로 얽혀 있던 두 분이 짧은 시간이나마 만나 질기고 힘든 인연을 정리했으니 그의 마음도 가벼워야 할 텐데, 그에겐 아직 남아 있는 숙제가 있는 것 같았다. 어쩌면 희영은 알 것도 같았다.

"혹시 아버님 때문에 그래요?"

"어?"

이제야 정신이 돌아온 사람처럼 그가 쳐다보았다.

"아버님께 부탁을 한 번 더 드려보는 건 어떨까요?"

"훗."

그가 실소했다.

"오늘도 말씀드렸어."

다시 창밖을 내다보는 그의 얼굴에 착잡함과 실망, 아쉬움들이 어지럽게 뒤섞여 있었다. 원하는 결과를 얻지 못한 것 같았다. 그게 그렇게 어려운 일일까. 죽은 사람 소원도 들어준다는데, 한때는 사랑했을 여인의 마지막 소원을 들어주지 않겠다니. 희영은 그의 아버지가 새삼 무섭게 느껴졌다. 어떻게 하면 그의 아버지를 설득할 수 있을까.

희영은 손을 뻗어 팔걸이에 걸쳐 있는 그의 손을 잡았다. 짧게 웃음을 보인 그가 그녀의 손을 꼭 잡았다. 사랑하는 사람을 위해 해줄 수 있는 일이 없다는 사실이 얼마나 비참하고 괴로운지 잘 알고 있는 희영은 그가 정말 안타까웠다. 그를 위해 해줄 수 있는 일은 과연 없는 걸까?

맥주 캔을 내려놓은 희영이 의자에서 일어나 그의 앞에 무릎을 꿇고 앉았다. 그가 놀란 표정으로 그녀를 바라보았다. 반 무릎을 한 그녀가 손을 뻗어 그의 얼굴을 감쌌다. 그녀가 지금 해줄 수 있는 일이라고는 위로의 키스밖에 없었다.

그의 손이 그녀의 등을 감쌌다. 두 사람의 입술이 서로를 위로하듯 어루만지기 시작했다. 들고 있던 맥주 캔까지 내려놓은 그가 그녀의 몸을 더욱 세게 끌어안았다. 희영은 그의 아픈 마음이 조금이라도 아물기를 바라는 마음으로, 공허한 마음이 조금이라도 채워지길 바라는 마음으로, 안타까움으로 얼룩진 마음이 조금이나마 깨끗해지길 바라는 마음으로 그에게 키스했다.

그의 뜨거운 몸이 그녀에게로 묵직하게 내려앉았다. 그녀와 하나가 된 그에게서 감당 못할 열기가 뿜어져 나왔다. 희영은 가쁜 숨을 몰아쉬며 흐릿한 시선 너머의 그를 올려다보았다. 그의 그윽한 눈동자가 별이 되어 금방이라도 쏟아져 내릴 것 같았다.

그녀는 벅차오르는 감정에 숨이 넘어갈 것 같았다. 그녀의 온몸이 그를 갈망하고 있었다. 쑥스러움은 이제 없었다. 그를 위해 아무것도 해줄 수 없는 안타까움이 그녀의 마음을 강하게 만들었다. 할 수 있는 일이 있다면 무엇이든 하고 싶었다. 사랑하는 선영이를 위해 그렇게 했듯, 사랑하는 그를 위해서라면 어떤 일도 할 수 있을 것 같았다.

서로를 꽉 끌어안은 두 사람이 숨을 멈추었다. 긴 여운이 두 사람을 오랫동안 지배했다. 그가 몽롱한 표정의 그녀에게 입을 맞추었다. 그의 품에 안겨 잠에 빠져들면서도 희영은 그를 위해 어떤 일을 할 수 있을까 고민하고 있었다.

❖

문이 거칠게 열리고 놀란 표정의 지훈이 뛰어오듯이 들어왔다.

"어, 왔어요?"

그에 반해 희영은 태연한 얼굴로 그를 맞았다. 어리둥절한 표정의 지훈이 침대로 다가왔다. 희영은 조금 전 목욕을 끝낸 어머니의 손에 향기가 좋은 크림을 발라주고 있었다.

"어떻게 된 거야?"

"어떻게 되긴요. 조금 있으면 아버님 오실 거예요."

사랑하는 사람이 온다는 소식을 들어서인지 어머니의 얼굴이 평상시보다 화사했다. 지훈은 어머니에게 눈인사를 하고 급히 희영의 손을 끌고 병실을 나갔다.

"설명을 해봐. 갑자기 회장님이 온다는 얘기가 무슨 소리냐니까?"

"그분 속을 내가 어떻게 알겠어요. 낮에 다짜고짜 비서실에서 연락이 왔어요. 밤에 회장님이 방문하실 거라고."

느닷없이 성사된 일을 지훈은 도무지 믿을 수가 없었다. 어머니를 생각한다면 환영할 일이었지만 모르는 사람이라며 딱 잡아떼던 아버지가 순순히 병원에 오기로 했다는 건 매우 이상한 일이었다.

"잘됐죠?"

"그야…… 그렇지만……."

지훈은 끈질기게 달라붙는 찜찜함을 도무지 떨쳐 낼 수가 없었다.

“아버님 오시면 좋은 일이잖아요.”

팔을 붙잡은 희영이 그의 얼굴을 올려다보며 새침하게 물었다. 마음이 편하지 않은 지훈은 어색한 웃음을 보였다.

“그만 고민하고 어서 들어가요.”

“그래.”

병실로 돌아온 희영은 어머니의 거칠어진 손에 크림을 듬뿍 바르고, 조심스럽게 화장을 했다. 오랜만에 붉은빛이 도는 립스틱까지 발라서인지 어머니는 수줍게 웃었다.

“어머님, 이렇게 꾸미시니까 정말 고우시네요.”

희영이 감탄 어린 목소리로 말하며 지훈을 올려다보았다. 많이 쇠약해지기는 했지만 희영의 말대로 화장을 하니 젊었을 때는 얼마나 예뻤을지 조금이나마 알 것 같았다.

“자, 이번에는 옷을 갈아입으셔야죠?”

자리에서 일어난 희영이 옷장에서 미리 준비한 아이보리색 투피스를 꺼냈다.

“좀 도와줄래요?”

“응.”

둘은 함께 어머니의 옷을 갈아입혔다. 마지막으로 어머니가 힘들어하지 않을 높이로 침대 등받이를 올리고 아버지를 맞을 준비를 끝냈다.

희영은 어머니의 머리카락을 다시 정돈해 드리며 아랫입술을 꼭 깨물었다. 준비하는 내내 눈물이 나오려는 걸 참느라 얼마나 힘들었는지 모른다. 생전 입어보지 못한 웨딩드레스와 품에서 기를 수 없었던 아들. 그 아들이 어머니라며 찾아와 당신을 거두고 결혼을 하게 되었을 때 얼마나 많은 생각들이 교차했을까. 아들의 결혼사진을 보며 애환에 젖어 있었을 어머니를 생각하니 가슴이 먹먹했다. 부디 오늘의 만남으로 그간의 고통이 말끔히 씻어지기를, 희영은 간절히 기도하고 있었다.

드디어 시간이 되어 노크와 함께 문이 열리고 비서실장이 들어왔다.

"곧 회장님 오십니다."

그 소리에 입가에 미소를 띠는 어머니를 보니 지훈은 껄끄러웠던 마음이 조금은 해소되는 것 같았다. 그토록 바라시던 소망이 이루어지는 날이었다. 너무 늦은 재회였지만 어머니는 이 기회를 가슴 깊이 새기고 떠날 것이다.

"좋은 시간 되세요, 어머님."

어머니의 손을 꼭 잡은 희영이 오히려 감격스러운 얼굴로 어머니에게 속삭였다. 희영은 우두커니 서 있는 그의 손을 붙잡고 복도로 나갔다. 멀리서 박 회장이 걸어오는 것이 보였다. 두 사람이 인사를 했지만 박 회장은 눈길도 주지 않고 그대로 병실로 들어갔다.

그리고 10분.

박 회장은 들어갔을 때 표정 그대로 병실에서 나왔다. 박 회장은 왔을 때처럼 대기하고 있는 두 사람에게 눈길도 주지 않은 채 엘리베이터로 향했다. 그런 아버지의 뒷모습을 멀뚱히 보고 있는 그의 팔을 희영이 가볍게 잡았다. 그의 표정은 어두웠다.

"들어가 봐요."

"……그래."

망설이는 것 같던 그가 병실로 들어갔다. 인기척을 느낀 어머니가 그를 바라보았다. 어머니가 편히 쉬실 수 있도록 옷도 다시 갈아입혀 드리고, 침대도 내려 드려야 했지만 여운이 가득한 어머니의 눈을 보니 아무것도 할 수가 없었다.

두 분은 무슨 대화를 나누었을까.

지훈은 선주가 왔을 때처럼 어머니에게 아무것도 물을 수 없었다. 그저 어머니의 편안한 표정으로 그 시간을 지레짐작할 뿐이었다. 그런 그의 마음을 알았을까. 어머니가 환하게 웃으며 말했다.

"행복하다."

어머니는 모든 짐을 내려놓은 표정으로 사랑하는 아들을 바라보았다.

창밖으로 고요한 어둠이 흐르고 있었다.

"계속 그렇게 심각해하고 있을 거예요?"

까만 유리창에 웃으며 다가오는 희영의 모습이 비쳤다. 지훈이 몸을 돌렸다. 막 샤워를 끝내고 잠옷으로 갈아입은 희영이 웃으며 맞은 편 소파에 앉았다. 창밖으로 가로등을 따라 한강이 조용히 흐르고 있었다.

"아니야, 아무것도."

"아무것도 아닌 게 아닌 것 같은데요."

병원에서 나오면서부터 그는 계속 이 상태였다. 무언가를 깊이 고민하는 표정. 희영은 깊은 생각에 잠긴 그의 옆얼굴을 바라보았다.

"큰 결정이라도 내려야 하는 거예요?"

그가 한참 만에 그녀를 바라보았다. 눈이 마주친 희영이 미소를 짓자 그가 손을 내밀었다. 그는 제 손을 잡은 그녀를 끌어당겨 무릎 위에 앉혔다. 쑥스러운 듯 얼굴을 붉히는 그녀의 얼굴이 참으로 사랑스러웠다. 그는 그녀의 허리를 안고 어깨에 머리를 기댔다.

"어머니가 용서하셨다면…… 그래서 행복하시다면 나도 어머니의 바람을 따라 드려야겠지?"

희영이 그의 머리카락을 부드럽게 쓸어 넘겼다.

"혹시…… 아버님과 싸울 생각이었다면 그만둬요. 난 어머님 바람대로 세진그룹 이어받는 것이 아버님을 이기는 거라고 생각해요."

"과연 그럴까?"

"어머님을 오랜 시간 방치했으니 되갚아주고 싶은 마음이 드는 거 충분히 이해해요. 하지만 그런다고 무엇이 달라질까요? 복수라느니 앙갚음이라느니 이런 것들 해본들 내 마음은 과연 편할까요? 무엇보다 어머님이 그렇게 하길 원하지 않으셨잖아요. 차라리 아버님이 평생 마음의 짐으로 간직하시게…… 지훈 씨는 원래의 길을 그냥 가요."

제 머리를 부드럽게 만져 주는 그녀의 손길을 느끼며. 그녀의 몸을 부드럽게 어루만지던 그의 손짓이 멈추었다. 그가 물끄러미 그녀를 올려다보았다.

"왜요?"

희영은 무엇을 잘못했나 싶어 그의 눈치를 살피며 물었다.

"이제야 내 이름을 제대로 들어보는군."

심각하기만 하던 그의 표정이 한결 부드러워졌다.

"그 왜 속담 중에 그런 게 있잖아요. 세 살 버릇 여든 간다는 말. 한번 입에 붙으니 바꾸기 정말 힘들어요. 그리고 사장님이야말로 내가 아무리 어른인 척 굴어도 잊지 말아요. 우리는 무려 열 살이나 차이 난다는 걸."

밀려드는 민망함에 희영은 괜히 새침하게 말했다.

"이런, 죄송해라."

"꺅!"

잠옷 속으로 불쑥 들어오는 그의 손길에 희영이 화들짝 놀라 작게 비명을 질렀다. 얼굴을 잔뜩 붉힌 희영은 일어나려고 했지만 그에게 단단히 붙잡혀 꼼짝도 할 수 없었다.

"저기…… 잠깐만요."

짓궂은 표정으로 올려다보며 잠옷 속의 허벅지 사이를 쓰다듬는 그 때문에 갑자기 온몸에 열기가 확 올라왔다. 희영은 입술을 깨물며 그의 어깨를 밀어보지만 역시나 소용이 없었다. 오히려 그의 손길에 기운이 빠져 그에게 기댈 수밖에 없었다. 그가 그녀의 잠옷을 위로 올렸다. 매끄러운 실크 잠옷이 벗겨지자 그녀의 긴 머리카락이 찰랑거리며 어깨 위로 흘러내렸다.

달빛을 받은 그녀의 매끄러운 나신이 눈부시도록 아름다웠다. 달콤한 꿀을 찾듯 두 입술이 서로를 탐하는 사이 그의 단단한 육체가 달빛에 고스란히 모습을 드러냈다. 서로를 사랑스럽게 바라보며 두 사람은 조용하고 은밀하게 하나가 되었다.

그는 손가락으로 잔뜩 구겨진 그녀의 미간을 부드럽게 폈다. 그녀를 바라보는 그의 눈에 맺힌 것은 사랑이었다. 병원에서 그녀를 만난 건 우연이 아니라 신이 만든 필연이라는 생각이 들었다. 꼭 만나야 하고 만날 수밖에 없는 운명 같은 것.

"사랑해."

그가 속삭였다. 그녀의 눈동자에 눈물이 빠르게 차오르기 시작했다. 그는 싱긋 웃으며 촉촉해진 눈가를 손가락으로 부드럽게 쓸었다. 우는 건지 웃는 건지 모를 표정으로 입을 꾹 다물고 있는 그녀의 모습이 재밌어 그는 자꾸 웃음이 나왔다.

그녀의 다리를 조심스럽게 제 허리에 감은 그가 천천히 움직이기 시작했다. 꾹 다물고 있던 그녀의 입술이 조금씩 열리기 시작하고 눈동자는 물기를 거두고 열기가 차기 시작했다. 그녀의 얼굴 곳곳에 짧은 입맞춤을 하고 가느다란 목에 얼굴을 묻은 그가 제 마음을 담아 그녀에게로 깊이 파고들었다.

희영은 기를 쓰고 그의 몸을 꼭 끌어안았다. 이렇게 잡지 않으면 그를 영영 놓칠 것만 같았다. 사랑은 전혀 생각하지도 못했던 사람. 끝이 정해져 있기에 애달프기만 한 사람. 신이 있다면 이 행복이 부디 끊이지 않기를…… 희영은 그의 전부를 느끼며 기도하고 또 기도했다.

❖

세진그룹의 계열사별 내년 상반기 전략 회의가 한창 진행 중이던 시간, 민우가 회의실 문을 조심스레 열고 안으로 들어왔다. 회의 중에도 비서들이 필요에 따라 들어오기도 했기 때문에 모여 있는 계열사 사장들은 민우의 등장을 특별히 신경 쓰지 않았다. 다만 한 사람, 지훈만은 벽을 따라 숙연한 얼굴로 걸어오는 민우를 불안하게 바라보고 있었다.

지훈에게 바짝 다가온 민우는 말없이 메모를 하나 보여주었다. 메모를 확인한 지훈의 표정이 어두워졌다. 그는 입술을 지그시 깨물고 주먹을 아프게 쥐었다. 민우가 메모를 거두어 자신의 안주머니에 넣고 조용히 회의실을 나갔다.

앞에선 내년 기업 전략에 대한 발표가 이어지고 있었지만 그의 눈엔 들어오질 않았다. 그룹 전체 전략회의는 매번 아침 일찍 시작한다. 그럼에도 그는 일부러 시간을 내어 희영과 함께 병원에 갔었다. 최근 들어 불면증에 시달리고 있다는 최 박사의 말이 신경 쓰였기 때문이다.

다행히 꽤 이른 시간이었음에도 어머니는 안색이 나쁘지 않았다. 표정은 밝았고, 아들의 손을 잡고 사랑한다는 말도 또렷하게 했다. 정말 기적이라도 일어나서 어머니를 일으켜 세운 것 같았다. 그런데 조금 전, 어머니가 이 세상과 작별을 고했다.

결국 어머니는 아버지를 기다리셨던 것일까? 그래서 행복하다는 말씀을 하신 걸까?

그는 무의식적으로 박 회장을 쳐다보았다. 그와 눈이 마주친 박 회장이 갑자기 회의를 중단시켰다. 잠시 쉬자는 박 회장의 말이 끝나기 무섭게 지훈이 자리에서 제일 먼저 일어나 회의실을 박차고 나갔다.

문이 벌컥 열리고 경직된 표정의 지훈이 들어오자 비서들이 놀란 얼굴로 자리에서 벌떡 일어났다. 지훈은 따라오는 민우에게 들어오지 말라는 듯 손을 들어 보이고는 집무실로 들어가 문을 잠갔다.

현기증이 해일처럼 밀려와 서 있을 힘이 없었다. 그는 소파에 몸을 의지하고 떨리는 손으로 재킷 안주머니에서 휴대폰을 꺼냈다. 번호를 누르는 것이 두려워 몇 번이나 심호흡을 해야 했다. 드디어 통화 버튼을 누르고 잠시 후 기다리던 음성이 들려왔다.

[여보세요.]

그녀의 목소리가 떨고 있었다.

"나야."

[네.]

아무 생각도 나질 않았다. 몸이 공중에 떠올라 어떤 규칙도 없이 마음대로 날뛰는 것 같았다. 숨은 막혀오고 심장은 갈기갈기 찢어지는 것처럼 아팠다. 무슨 말을 해야 하나. 무엇부터 물어봐야 하나.

[편히…… 가셨어요. 웃으시며 가셨어요. 고맙다고…… 행복하다고 하셨어요.]

그의 고민에 대답이라도 하듯 그녀가 꽉 잠긴 목소리로 어머니의 마지막을 알렸다. 30년 넘는 세월을 고독과 외로움, 절망과 아픔 속에서 살다가 웃으며 가셨다. 봐야 할 사람을 보고, 보고 싶은 사람을 보기 위해 그토록 끈질기게 생의 끈을 잡고 계셨었나. 상체를 앞으로 기운 지훈은 당장이라도 멈출 것 같은 심장을 부여잡았다.

"지금 갈게."

[그러면 안 돼요.]

"희영아."

그가 괴로움을 토해냈다.

[어머님을 위해서 그러면 안 돼요. 언론에라도 알려지면 어떻게 해요. 어머님의 마지막 길은 편하게 보내 드려야죠.]

"으아악!"

지훈은 꽉 쥔 휴대폰을 휘두르며 비명처럼 고함을 질렀다.

피가 거꾸로 솟는 것 같았다. 분노로 가득 찬 근육들이 그와 함께 비명을 지르고 있었다. 세진그룹이 뭐라고, 후계자라는 이름이 뭐라고 낳아준 어머니의 마지막도 지킬 수가 없단 말인가. 심장이 가슴을 뚫고 나오는 것 같았다.

[아저씨! 아저씨!]

소파에서 일어난 그는 미친 듯이 날뛰는 감정을 억누르기 위해 사무실을 배회했다. 그를 애타게 찾는 휴대폰을 쥔 손이 부들부들 떨고 있었다.

[아저씨! 대답 좀 해봐요!]

벽을 짚고 숨을 고르던 그가 휴대폰을 귀에 댔다.

"그래."

간신히 감정을 잡은 그가 낮은 목소리로 대꾸했다. 수화기 너머로 안도하는 그녀의 한숨 소리가 들렸다.

[걱정하지 말아요. 내가 있잖아요. 내가 어머님 편하게…… 잘 보내 드릴게요.]

입술을 꽉 깨문 그는 벽을 치며 주체할 수 없는 슬픔으로 신음했다.

[울어요. 참지 말고 오늘만, 오늘만 울어요.]

그녀가 애타는 목소리로 말했지만 주먹을 틀어쥔 그는 끝내 눈물을 속으로 삼켰다.

손님도 없는 쓸쓸한 빈소. 희영은 그를 대신해 상주로 이름을 올리고 검은 상복을 입었다. 문상객이라고는 아주머니와 선영이 다였다. 빈소로 오겠다는 그를 말렸다. 그가 움직이면 어머니가 언론에 노출될 위험이 있었고, 그렇게 되면 사람들이 이야깃거리로 삼을 수 있었다. 오지 말라는 말에 그는 울음 대신 괴로운 신음을 토했다. 얼마나 오고 싶을까…….

희영은 죄스러운 얼굴로 밝게 웃고 있는 어머니의 영정 사진을 올려다보았다. 쇠약했던 어머니만 알고 있는데 영정 속의 어머니는 곱고 어여뻤다. 어느 누구라도 사랑했을 맑고 투명한 분이었으리라.

어머니는…… 행복하셨을까.

그에게 아버지를 용서하고 이해하지는 않더라도 어머니의 뜻을 따르라고 했지만, 박 회장이 얼마나 비정한 사람인지 희영도 알고 있었다. 어머니를 한 번만 만나달라고 사정하는 그녀에게 박 회장은 이혼을 조건으로 내세웠다. 선뜻 대답을 하지 못하는 그녀에게 그 정도 각오도 안 하고 사정을 하러 온 것이냐고 비웃었다.

온몸의 피가 빠져나가고 뼈가 부서질 것 같았다. 처음의 그녀였다면 선심이라도 쓰듯 이혼을 약속했을 것이다. 어차피 할 이혼이었고, 그를 사랑하지 않았으니까. 하지만 그를 깊이 사랑하게 된 그녀에게 그를 포기해야 한다는 조건은 잔인하기 짝이 없었다.

"내 조건을 수락하지 않는다고 해서 너를 비난할 사람은 아무도 없다. 나 역시 그렇고. 하지만 그 녀석은 너로 인해 점점 더 힘들어질 거다. 대중과 언론 앞에서 법 앞에서 바닥까지 추락하는 꼴을 네 눈으로 직접 보게 될 거야."

설마, 하는 눈으로 바라보는 그녀에게 박 회장이 빈정거리는 목소리로 말했다.

"왜? 내가 못할 것 같으냐? 너도 이미 봤을 것 같은데?"

인터넷도 하고 신문도 보는 그녀였기에 박 회장의 말대로 무언가를 보긴 보았다. 복잡한 일이 얽힌 듯 세진화학은 수시로 언론에 오르락내리락거리고 있었다. 외국에 건설 중인 세진화학의 최대 공장이 임금과 공사비 체불로 공사 중단 위기에 놓였다며 자금 압박이 심각한 지경이라는 보도도 있었고, 현지법을 위반한 사례도 포착되었다는 우려의 기사도 있었다. 이로써 세진그룹의 유력한 후계자인 그의 입지가 크게 흔들릴 수 있다고 했다.

"그 녀석은 너를 포함하여 모든 것을 잃게 될 거다. 선택하거라. 둘 다 편하게 살지, 둘 다 아무것도 없는 곳에서 허덕이며 살 것인지."

불끈 쥔 제 주먹을 바라보는 희영의 눈에 눈물이 가득했다.

"그 녀석에게서 최대한 멀어질 수 있다면 어디든 보내주마."

그 일들이 모두 박 회장의 계략이었던 걸까. 그래서 그가 그렇게 복잡한 표정이었나.

"비가…… 비가 오지 않는 곳으로 보내주세요."

그렇게 박 회장과의 거래가 성사되었다. 그와의 이혼과 맞바꾼 어머니와의 짧은 만남. 그리고 그의 안전. 고개를 든 희영은 미어지는 가슴을 부여잡고 일렁이는 시선 너머로 어머니의 얼굴을 바라보았다.

"죄송해요. 더 길게 만나게 해드리지 못해서……. 진작 만나게 해드리지 못해서 정말 죄송해요."

말없는 영정 앞에서 희영은 작은 소리로 중얼거렸다.

"제가 진짜 며느리가 아닌 것도…… 죄송해요. 어머니 가시는 길, 이렇게밖에 못해 드려서…… 정말 죄송해요."

볼 위로 눈물이 힘없이 떨어져 내렸다.

어두운 밤. 희영은 조문을 위해 장례식장을 오고 가는 사람들에 섞여 밖으로 나갔다. 주변을 살피는 그녀의 움직임이 조심스러웠다.

그가 홀로 차를 몰아 장례식장 근처까지 왔다. 오늘은 그가 어머니를 배웅할 수 있는 마지막 날이었으며 그가 올 수 있는 가장 가까운 곳이었다. 말도 없이 온 것이라 많이 놀라긴 했지만 애타는 그의 마음을 알기에 희영은 별말 없이 그가 있는 곳으로 향했다.

시동도 끄고 헤드라이트도 끈 그의 차는 어두운 곳에 주차되어 있었다. 조심스럽게 주변을 살피던 희영이 그의 차에 올랐다. 그는 운전대에 기댄 채 멍한 얼굴로 앞을 보고 있었다. 흐릿한 달빛에 보이는 그의 얼굴은 이틀 만에 엉망이 되어 있었다. 식사는커녕 잠도 제대로 자지 않는다는 연락을 받았을 때 희영은 마음이 아팠다. 그는 지금 터질 것 같은 슬픔을 자신을 괴롭히는 것으로 표현하고 있었다.

희영은 안쓰러운 표정으로 그의 얼굴을 부드럽게 어루만졌다. 아주 잠깐 움찔하던 그가 초점 없는 시선으로 그녀를 바라보았다.

"이러지 말아요. 어머님이 싫어하실 거예요."

충혈된 그의 눈시울이 붉어졌다. 희영은 그를 보고 똑바로 앉아 양손으로 그의 얼굴을 감쌌다. 그의 공허한 눈동자를 보고 있으니 목구멍이 따끔하게 아파왔다. 희영은 양팔을 벌리고 그에게 미소를 지었다.

"이리 와요."

망설이는 것 같던 그가 힘겹게 손을 뻗어 그녀의 몸을 감았다. 희영은 가슴에 무겁게 담기는 그의 몸을 꼭 끌어안았다. 말로 표현할 수 없는 깊은 슬픔, 사랑하는 이를 떠나보내는 자의 안타까움과 괴로움이 그의 온몸에서 느껴졌다. 조용히 눈을 감고 그의 등을 쓸어 넘기자 그의 어깨가 아주 천천히 조금씩 들썩이기 시작했다.

"울어요. 울어도 돼요."

목구멍 속에 잠긴 그의 울음이 터질 듯 몸부림치고 있었다.

"내가 잘 보내 드릴게요. 그러니까 걱정하지 말고…… 지훈 씨는 그냥 울어요."

그의 울음소리가 조금씩, 조금씩 커져 가며 작은 공간을 가득 메웠다.

발인을 끝낸 날 저녁. 지훈은 평상시보다 일찍 퇴근을 했다. 그를 본 아주머니가 조금 놀란 표정을 지었지만 이내 슬픈 목소리로 말했다.

"상심이 크시죠? 식사는 챙겨 드셨어요?"

이번 일에 아주머니가 큰 도움이 되었다는 말을 희영에게서 들었다. 장례는 어떻게 치러야 하는지 아무것도 몰랐는데 아주머니가 없었다면 큰일 날 뻔했다는 그녀의 엄살도 있었다. 그는 몸을 바로 하고 아주머니를 바라보았다. 그리고 정중하게 허리를 굽혔다.

"이번 일 도와주셔서 감사합니다."

아주머니도 고개 숙여 인사했다. 이어 아주머니가 안쓰러운 목소리로 말했다.

"사모님이…… 아직도 울고 계세요."

그는 멀리, 잘 보이지 않는 침실 쪽을 바라보다가 조용히 걸음을 옮겼다. 침실 앞에는 선영이 걱정이 가득한 얼굴로 서 있었다.

"언니가 문 잠그고 들어가서 안 나와요."

손잡이를 돌려보았지만 문은 굳게 잠겨 있었다. 지훈은 언니와 발인을 하느라 힘들었을 선영이를 쉬라며 올려 보내고 비상 열쇠를 찾아 잠긴 문을 열었다. 희영은 소파에 웅크리고 앉아 있었다. 그는 재킷을 벗고 그녀에게로 다가갔다. 그녀는 세운 무릎에 얼굴을 깊게 파묻고 있었다.

"희영아……."

그녀 앞에 몸을 낮춰 앉은 그가 그녀의 어깨를 부드럽게 어루만졌다. 아주 조금 고개를 든 그녀의 얼굴이 눈물로 잔뜩 젖어 있었다. 그와 눈을 한번 마주친 그녀는 다시 얼굴을 묻어버렸다.

"미안해요."

그녀가 갈라진 목소리로 사과를 했다.

"아저씨도 힘든데…… 슬픈데 나까지 이래서 미안해요."

"희영아."

"갑자기 엄마 아빠 생각이 나서……."

그의 얼굴이 어두워졌다.

"부모님이 돌아가셨을 때…… 병원에서는 많이 울었는데 막상 장례식 때는 천방지축으로 뛰어다니는 선영이 챙기는 것만으로도 벅차서 뭘 했는지 하나도 기억이 안 나요. 엄마 아빠가…… 많이 서운하셨겠죠?"

그가 나직이 괴로운 신음을 흘리며 그녀의 작은 몸을 꼭 안았다. 그녀는 자신보다 훨씬 어린 나이에 부모님을 한꺼번에 잃었다. 꽤 오랜 시간을 동생을 돌보며 힘들고 지친 생활을 하던 그녀였다. 그런 그녀에게 너무 큰 짐을 지웠다.

그는 자신의 아픔만 보고 그녀의 지난 아픔을 보지 못했다. 내 슬픔만 크다 생각했지 그녀가 품고 있는 슬픔은 잊고 있었다. 부모님을 먼저 보낸 그녀에게 내 어머니의 마지막 길을 지키라는 잔인한 계약을 한 것이었다. 최악이었다.

"미안해."

그의 등 뒤로 팔을 두른 그녀가 어깨를 떨며 조용히 울었다. 그녀의 눈물이 와이셔츠를 적셨다. 오늘따라 그녀의 몸이 더욱 작게 느껴졌다.

"미안해요. 미안해요. 지금만 울게요."

제 어깨에 기댄 그녀의 머리를 보듬으며 그가 길게 한숨을 쉬었다.

그녀의 울음은 쉽게 그치지 않았다. 어머니를 떠나보낸 지 며칠 되지 않은 그였지만 자신 없이 홀로 그 긴 시간을 버텼을 아내를 생각하니 그 역시 마음이 좀처럼 가라앉지 않았다. 얼마간의 시간이 더 지나고 그녀의 울음도 차차 잦아들기 시작했다. 한참을 그의 품에 기대고 있던 그녀가 드디어 고개를 들었다. 빨간 코와 퉁퉁 부운 눈이 사랑스러운 거 보면 분명 병이다. 사랑병.

"물 좀 마실래?"

"으응. 괜찮아요."

그와 눈을 마주치지 못하는 희영이 고개를 저었다. 희영은 그에게 많이 미안했다. 어머니와는 마지막 인사도 제대로 못한 그에게 매달려 너무 감상적이 되어버렸다. 그의 따뜻한 손이 흐트러진 머리카락을 뒤로 쓸어 넘겼다.

"고생했어. 그리고 고마워."

그의 부드러운 목소리에 희영이 시선을 들어 그를 바라보았다.

"네가 있어서 얼마나 다행이고 힘이 되는지 몰라."

희영은 어금니를 꽉 깨물었다. 감당할 수 없는 감정이 또 북받쳐 올라오려고 했다. 그를 사랑하는데, 곧 떠나야 한다는 사실이 그녀에게는 너무 벅찼다.

차라리 이대로…… 이대로 시간이 멈춰 버렸으면…….

"미안해요. 미안해요."

아무것도 모르는 그의 목을 끌어안은 그녀가 다시 하염없이 눈물을 쏟아냈다.

❖

긴장된 얼굴로 넥타이를 매는 그를 물끄러미 바라보고 있던 희영이 그의 팔에 손을 얹었다. 생각에 잠긴 그의 눈동자가 그녀를 바라보았다.

"내가 해줄게요."

"훗. 넥타이 매는 건 알고?"

조금이나마 긴장이 풀린 듯 그가 웃었다.

"선영이가 목 여러 번 졸렸죠."

희영이 빙긋 웃으며 그의 목에 감겨 있는 넥타이를 가볍게 쥐었다. 그녀의 작은 손이 정성스레 매듭을 지었다.

"떨려요?"

"……."

"난 떨리는데."

넥타이를 매는 희영의 얼굴에 아련한 미소가 떠올랐다. 어머니와 영결하고 어느덧 한 달이 지났다. 오늘은 그가 어머니를 처음 만나는 날이다.

몇 번을 맸다 풀었다 하던 끝에 드디어 넥타이가 매졌다. 희영은 매듭이 와이셔츠 중앙에 오도록 정리하고 그를 올려다보았다. 그리고 그의 넓은 어깨를 손으로 쓸었다.

"아……. 종아리 아파 죽는 줄 알았네."

심각하던 표정이 일그러지며 그녀가 그에게 몸을 반쯤 기댔다. 얼떨결에 그녀를 품에 안은 그가 가볍게 웃었다. 그에게서 떨어진 그녀가 심술난 얼굴로 말했다.

"이렇게 키 작은 내가 넥타이를 매는데 몸 좀 숙여주면 어디 덧나요?"

"네가 키가 작다니, 친구 녀석 와이프가 들으면 턱을 받을지도 몰라."

"으음."

희영이 슬쩍 눈을 흘겼다.

"미안, 미안."

그가 허리를 감으며 사과했지만 희영은 고개를 돌리고 쌩하니 그의 품을 벗어나 드레스 룸을 나갔다. 지훈도 피식 웃음을 보이며 밖으로 나갔다. 거실에는 선영이 빨리 가자며 제자리 뛰기를 하고 있었다.

"빨리 가요, 빨리."

선영이 먼저 현관으로 뛰었다. 지훈은 돌아보며 웃고 있는 희영의 손을 잡고 함께 현관으로 향했다.

지하 주차장에는 민우가 기다리고 있었다. 선영은 뒤도 돌아보지 않고 뛰어 차에 오르더니 운전석의 민우에게 다급하게 말하며 앞을 가리켰다.

"빨리 가요, 빨리."

"에?"

"빨리 가라니까요, 아저씨."

의아한 표정으로 보고 있는 민우에게 선영은 빨리 가라고 재촉을 했다. 민우는 영문도 모른 채 선영이 하라는 대로 차를 출발시켰다.

선영은 말도 없이 떠나는 차를 보며 당황해하는 언니를 사이드 미러로 보고 키득거렸다. 민우가 이상한 눈으로 선영을 쳐다보았다.

"따로 가자고 말로 하면 되지 왜 그랬어요?"

"언니는 뭐 하러 차 두 대를 움직이냐고 같이 가자고 할 게 뻔하니까요."

"같이 가는 게 싫어요?"

선영이 갑자기 험악한 얼굴로 민우를 획 돌아보았다. 그 바람에 민우는 흠칫 놀라 마른침을 삼켰다.

"이거 안 보이세요?"

선영이 오므린 손을 들어 보였다.

"언니랑 형부 보고 있으면 이게 안 펴진다고요."

"훗. 하하하하."

이를 앙다물며 제 손을 노려보고 있는 선영의 모습에 민우는 웃음을 터뜨렸다.

한편 주차장에 버려진 희영은 어이가 없어 멍하니 차가 사라진 곳을 보고 있었다. 지훈은 차가 사라진 것도 모르고 주차장을 둘러보고 있었다.

"도망갔어요."

"뭐?"

"민우 씨랑 선영이가 우리 버리고 도망갔다고요."

심술이 잔뜩 난 얼굴로 땅을 구르는 희영을 보며 지훈은 웃을 수밖에 없었다.

"가자."

지훈은 툴툴거리는 그녀의 어깨에 팔을 두르고 제 차가 있는 곳으로 향했다.

네 사람이 도착한 곳은 서울 외곽에 위치한 추모공원이었다. 이곳은 희영 자매의 부모님이 계시는 곳이기도 하고 지훈의 어머니가 계시는 곳이기도 했다. 희영이 그가 좀 더 자유롭게 어머니를 만날 수 있게 하기 위해서 택한 방법이었다.

세 사람은 먼저 두 자매의 부모님을 만났다. 선영은 그리움이 가득한 얼굴로 부모님의 사진을 손으로 쓸었다. 어렸을 때 부모님과 떨어져 사진 외에는 기억나는 것이 별로 없다고 했었다. 그 모습을 지켜보는 지훈의 얼굴에 만감이 교차했다.

이어서 지훈의 어머니에게로 향했다. 선영은 밖에서 기다리기로 했고 희영이 그와 동행했다. 작은 공간에 유골함과 어머니의 사진, 그리고 두 사람의 결혼사진이 놓여 있었다. 결혼사진을 보고 슬프게 웃는 그를 보며 희영이 말했다.

"어머님 머리맡에 있던 사진이라 같이 넣었어요."

"……."

"먼저 나가 있을게요."

그녀가 나가고 지훈은 혼자가 되었다.

"어머니……."

목소리가 꽉 잠겨 말이 쉽게 나오지 않았다. 지훈은 유리에 손을 짚고 고개를 숙였다.

작년에 어머니를 모셔 오면서 준비했던 것들을 모두 중단했다.

처음에는 복수라는 거창한 이름으로 시작한 일이었지만 그 일을 터뜨린다 하여 아픈 어머니가 낫는 것도 아니었고, 어머니가 오래도록 함께 있을 수도 없었다.

어머니의 부탁도 있었지만 복수라고 해봐야 내 마음은 시원하고 편하겠냐며 말리던 희영의 부탁이 있어 중단했다. 다만 어머니를 허망하게 잃었어도 아버지가 그녀만은 건드리지 않았으면 좋겠다는 간절함이 그에게 있었다. 그렇게 해준다면 어머니의 부탁대로 그녀의 당부대로 아버지의 뜻에 따를 의향이 있었다. 다시 순종적인 아들로 돌아가는 꼴이었지만 그는 상관없었다. 이제껏 그렇게 살아왔고, 사랑하는 사람을 지킬 수 있는 방법이 그것이라면 무엇이든 할 생각이었다.

그가 천천히 고개를 들어 웃고 있는 어머니를 바라보았다. 그리고 웃었다.

"어머니, 고맙습니다."

그녀는 어머니가 준 마지막 선물이었다.

## 11. 사랑하기에 (1)

가을이 점점 깊어지고 있었다. 뜨겁던 여름이 지나기 전 선영은 개학을 했고, 희영은 복학을 했다. 어머니가 세상을 떠난 이후, 여전히 그는 회사에서 박 회장과 대립하고 있었지만 특별한 사건 없이 평화로운 시간이 3개월 넘게 이어지고 있었다.

그러던 어느 날 저녁. 퇴근을 한 지훈은 캄캄한 집 안을 둘러보며 인상을 찌푸렸다. 많이 늦은 시간도 아닌데 마치 집에 아무도 없는 것처럼 냉기가 느껴졌다. 낯선 풍경을 보듯 주변을 둘러보며 침실로 들어간 그는 텅 빈 침대를 보고 걸음을 멈추었다.

그녀가 없다.

그는 급히 몸을 돌려 침실을 나갔다. 서재를 시작으로 1층을 전부 뒤졌지만 그녀의 모습은 보이지 않았다. 점점 불안해졌다. 거

추장스레 묶여 있는 넥타이를 풀던 그는 2층을 힐끔 올려다보았다. 2층으로 올라가는 걸음이 무거웠다. 반갑지 않은 결과를 맞닥뜨리게 될까 봐 두려웠다.

마음과 달리 꽤 긴 시간이 걸려 2층에 올라온 그는 먼저 그녀가 잠시 지냈던 방문을 열어보았다. 당연히 그 방은 비어 있었다. 그의 시선이 자연스럽게 맞은편 선영이 사용하는 방으로 향했다. 선영의 문 앞에서도 한참을 망설이던 그는 조심스럽게 노크를 했다. 반응이 없었다. 불안감에 입술이 바짝 말랐다.

딸깍.

숨을 죽인 그가 드디어 문을 열었다. 문을 밀며 고개를 조금 기울이자 방 안 쪽에 놓여 있는 침대가 눈에 들어왔다.

"하아……."

그의 입에서 안도의 한숨이 흘러나왔다.

서로를 꼭 껴안은 자매가 곤히 잠들어 있었다. 멈추었던 심장이 다시 뛰기 시작했다. 걱정을 하게 만든 그녀가 얄밉기는 했지만 자신의 울타리에 여전히 남아 있는 그녀를 보고 그는 마음을 풀었다.

그는 1층 거실로 내려갔다. 얼마나 놀라고 긴장을 했는지 목이 말랐다. 주방으로 들어가 맥주를 하나 꺼냈을 때 뒤에서 인기척이 느껴졌다.

"늦었네요?"

희영이 눈을 비비며 서 있었다.

"내가 깨운 건가?"

그가 걱정스레 묻자 희영이 빙긋 웃었다.

"아니에요. 아저씨 오는 거 기다리다가 깜빡 잠들었나 봐요."

"결혼한 지 벌써 5개월이 다 되어가는데 아저씨라는 소리 참 안 고쳐지는군."

"노력하고 있어요."

희영이 불만 가득한 얼굴로 입을 잔뜩 내밀었다. 지훈이 맥주 캔을 들어 보였다.

"맥주 한 잔 마실까 하는데 안 잘 거면 같이 할까?"

"그래요."

금방 표정이 밝아진 희영이 맥주를 받기 위해 손을 내밀었다. 두 사람은 간단히 안주를 챙겨 침실 TV 앞에 나란히 앉았다.

"그거 봐요."

채널을 돌리던 그가 멈추었다. 정규 방송도 끝났고 영화나 볼까 했는데 그녀는 심야뉴스를 보자고 했다.

"뉴스가 세상에서 제일 재밌는 거 몰라요?"

"그래?"

"인생의 희로애락이 다 있잖아요."

"어떤 점이?"

"정치 보면 열 받죠, 사회 뉴스 보면 마음 아프고 슬프죠, 스포츠 보면 신나죠, 가끔 보는 연예계 뉴스는 즐겁잖아요."

무릎을 세우고 앉아 맥주를 홀짝이며 대답하는 그녀를 보고 있자니 지훈은 저절로 웃음이 터져 나왔다.

"듣고 보니 맞는 말 같네."

"그래도 선영이는 드라마가 최고래요. 아저씨는 어떤 거 좋아해요?"

"김희영."

캔을 입에 문 채 눈만 돌려 그를 바라보았다. 그 역시 그녀처럼 무릎을 세워 앉아 맥주를 마시고 있었다. 멀뚱멀뚱 그를 바라보던 희영이 피식 웃으며 TV로 시선을 돌렸다.

"궁금한 것이 있어요."

"뭔데?"

"만약에요…… 정말 만약에……."

신중하게 말을 꺼내는 그녀를 바라보는 그의 눈빛이 어두워졌다. 그는 어쩐지 듣기 싫은 말을 들을 것 같아 불안했다.

"내가 계약서대로 이혼하자고 하면 어떻게 할래요?"

"무슨 소리야."

그의 목소리가 싸늘했다.

"지금은 좋아도 조금 더 시간이 지나면…… 그래서 내가 힘들다고 하면 계약서대로 이혼해 줄 수 있어요?"

지훈이 덥석 그녀의 팔을 잡았다. 그녀의 모습이 점점 흐려져 연기처럼 사라져 버릴 것 같았다.

"너 왜 그래? 무슨 일 있었어?"

"에이, 신짜! 그냥 만약이라니까요."

"그러니까 그런 얘길 왜 하냐고!"

그의 목소리가 격해졌다. 희영은 멋쩍은 표정을 지었다.

"그냥 해본 소리였어요."

"김희영."
이번에는 그가 화난 목소리로 그녀의 이름을 불렀다. 핑곗거리를 찾는 사람처럼 눈동자를 굴리던 희영이 입을 열었다.
"사실 그렇잖아요. 모든 부부가 평생을 함께하기로 약속하지만 그게 어디 마음먹은 것처럼 쉽나요. 약속을 지키겠다고 아등바등해 보아도 어쩔 수 없이 그런 선택을 해야 하는 때도 오는 거잖아요. 그런데 계약서 쓰고 시작한 우리는 오죽하겠어요?"
"어떤 외적인 문제가 아니라…… 네 마음의 문제라는 거야?"
희영은 그의 음성에서 슬픔을 느꼈다. 사랑한다는 그의 고백에 아직 아무런 대답도 하지 않은 그녀의 마음이 그는 궁금하리라. 그러나 희영은 그가 듣고 싶어하는 말은 차마 할 수가 없었다. 사랑하는 마음을 인정하고 고백하는 순간, 그가 없는 세상에서 견뎌낼 자신이 없어질 것 같았다. 또한 사랑을 침묵하는 것이 그에게 상처를 덜 주는 걸지도 모른다는 생각도 들었다. 그를 사랑하지 않았다면 얼마나 좋았을까. 그랬다면 다가오는 시간이 이렇게 두렵지는 않았을 텐데…….
"괜한 말 해서 미안해요."
불안한 기색을 숨기지 않은 그가 그녀의 양손을 꼭 잡았다.
"너도 알다시피 평생 마음 편할 거라는 장담은 못해. 나도 노력은 할 거지만 만약, 정말 만약 네 힘으로 벅차다는 생각이 들면 숨기지 말고 나에게 말해줘. 혼자 감당할 수 없다면 같이 감당하면 되는 거야. 알았어?"
희영은 입을 열면 눈물이 날 것 같아 입을 꼭 다문 채 고개를 끄덕였다.

"대답을 해야지. 알았어?"

그가 머리카락을 다정하게 쓸어 넘겨주며 다시 물었다. 고개를 크게 끄덕이는 그녀의 눈에서 굵은 눈물방울이 또르륵 떨어져 내렸다.

"알았어요. 그럴게요. 미안해요."

그는 미안한 마음을 담아 그녀의 눈물을 엄지로 부드럽게 닦아주고 품에 꼭 안았다.

지훈은 매일 새벽 5시 30분 정도면 어김없이 잠자리에서 일어나 지하의 휘트니스 센터에서 삼십 분 정도 운동을 하는 것으로 하루를 시작한다. 모든 출근 준비를 끝내고 거실로 나오면 그사이 출근을 한 아주머니가 준비한 향긋한 커피가 그를 기다리고 있었다. 하루 종일 시달리게 될 온 신경을 달랠 수 있는 유일한 시간. 조용하고 느긋한 그 시간을 누군가에게 빼앗겼다.

"조금만 먹어봐요."

오늘도 어김없이 심각한 표정의 희영이 토스트 조각을 내밀고 있었다. 처음에는 그가 운동을 하는 사이 아침상을 차려놓고 그가 나오길 기다리더니 아침 안 먹는다는 말에 최근에는 토스트로 방법을 바꾸었다.

"됐어."

지훈은 커피까지 포기하고 자리에서 일어났지만 희영은 불같이 화를 냈다.

"무슨 고집이 그렇게 세요? 아무리 고집이 센 사람도 자기 생각해서 이렇게까지 하면 못 이기는 척 져줘야 하는 거예요."

그건 누가 할 소린가. 30년 가까이 안 먹던 아침을 먹으라고 하는데 그게 어디 고쳐질 습관인가. 정성이야 고맙지만 습관이 그러니 이해를 해주면 얼마나 좋을까. 그러나 그녀는 사감선생 같은 얼굴로 훈계를 하고 있었다.

"아."

그녀의 한쪽 눈썹이 예쁘장하게 올라갔지만 지훈은 입을 열지 않고 그녀를 빤히 쳐다보기만 했다.

"나라고 이러고 싶은 줄 알아요? 다 아저씨 위해서 그러는 거잖아요. 사람이 아침을 굶으면 하루 종일 기운도 없고 건강에도 좋지 않아요. 그리고 아침을 든든하게 먹어야 머리가 팽팽 잘 돌아간다고요."

"그거 아니어도 기운도 넘치고 건강도 양호하고 머리도 팽팽 잘 돌아가서 사업도 잘해."

못 믿겠다는 얼굴로 쳐다보던 그녀가 우울한 목소리로 말했다.

"그러다가 선영이처럼 아플 수 있어요."

그의 패배였다.

그의 미간에 주름이 잡힌 것을 확인한 희영은 방긋 웃으며 그에게 토스트 조각을 포크로 찍어 내밀었다. 그가 마지못해 손을 내밀자 그녀가 '아' 하는 입 모양을 만들었다.

"그냥 줘."

"먹는 거 확인해야겠어요. 빨리 아, 해요."

지훈은 어이가 없었지만 희영의 얼굴엔 미소가 가득했다.

"어서요."

그녀의 말에 손목시계로 시간을 확인한 지훈은 결국 입을 벌렸고 곧 촉촉하고 부드러운 토스트 조각이 입안으로 들어왔다. 그녀의 흐뭇한 표정에 기분이 절로 좋아졌다.

반강제적으로 아침 식사를 마친 그가 드디어 출근을 위해 현관으로 향했다. 신발을 신은 그가 돌아서서 빙그레 웃고 있는 그녀를 바라보았다. 희영이 두 손을 번쩍 들자 얼굴에 웃음꽃을 활짝 피운 지훈이 그녀를 꼭 껴안았다. 정말 꼭.

"내가 아무리 좋아도 그렇지 숨 막혀 죽을 뻔했잖아요."

그가 팔을 풀자 희영은 바로 투덜거렸다. 그러거나 말거나 그가 그녀의 입술에 입을 맞췄다.

쪽!

사랑이 한 층 더 쌓이는 소리였다. 쌓이는 만큼 무너지는 것이 더 많다는 걸 모르지 않는 그녀였으나 지금은 그와의 달콤한 시간들이 행복했다.

"잘 다녀와요."

"보고 싶을 거야."

"훗."

희영이 짧게 웃음을 터뜨리더니 그의 얼굴을 잡고 다시 입을 맞췄다.

"선영이가 보면 이번에는 발가락이 오골거린다고 심통 부릴 거예요. 어서 가요."

"후후. 그래. 다녀올게."

그가 아쉬움의 포옹을 한 번 더 하고 현관문을 나섰다.

"그래! 이번에는 발가락이 오골거려!"

문이 닫히기 무섭게 불만이 터져 나왔다. 보이지 않는 선영을 찾아보니 부스스한 얼굴로 식탁에 앉아 있었다.

"언니."

선영이 김이 모락모락 올라오는 국을 팔팔 끓여 버릴 것 같은 눈으로 쳐다보며 심각하게 운을 뗐다.

"난 독립을 해야겠어."

"엉뚱한 소리 하지 말고 어서 밥이나 먹어. 학교 늦겠다."

"아니면 나도 시집을 보내줘."

"얘 좀 봐라?"

희영이 맞은편에 앉으며 기가 차다는 표정을 지었다. 옆에서 듣고 있던 아주머니가 웃음을 보였다.

"수업 끝나면 민우 씨가 데리러 갈 거야. 병원 잘 다녀와."

"혼자 가면 안 돼?"

얌전히 밥을 잘 먹는가 싶더니 선영의 심통이 또 터졌다.

"넌 아직 보호자가 따라가야 해. 그리고 혼자 가면 중간에 새서 안 돼."

"그럼 언니가 가던가. 민우 아저씨는 내 보호자가 아니잖아."

"언니도 학교 가야지. 그리고 민우 아저씨는 형부 비서잖아. 그러니까 네 보호자 맞아."

"뭐야? 그 이상한 주장은?"

아무리 툴툴거려도 희영은 표정 하나 바뀌지 않고 선영의 밥 위에 생선살을 발라 올렸다. 언니에게 제대로 이겨본 적이 없는 선영은 퉁퉁 부운 얼굴로 밥을 입에 넣었다.

"학교 앞에서 시커먼 차가 기다리고 있으니까 애들 사이에서 이상한 소문만 돈단 말이야."

선영이 입에 밥을 잔뜩 넣고 억울하다는 듯 웅얼거렸다.

"너 친구들한테 자랑하는 거 좋아하잖아. 형부 비서라고 자랑하면 되지 무슨 이상한 소문이 돌아?"

"……언니 결혼한 거 애들은 몰라."

희영의 젓가락질이 멈추었다.

"왜 안 하셨어요?"

옆에서 같이 식사를 하던 아주머니가 희영을 대신해 물었다.

"형부가 너무 유명해서 귀찮은 애들 들러붙을까 봐요."

"잘했어."

희영은 애써 웃으며 대답했다.

순간적으로 서운한 마음이 들었지만 어쩌면 잘된 것일지도 몰랐다. 곧 희영에게 남편이 없어지듯 선영에게는 형부가 없어질 것이다. 안 그래도 선영에게는 큰 상처로 남게 될 텐데 친구들의 수군거림까지 듣게 되는 건 정말 참을 수 없을 것 같기 때문이있다.

"그래도 인터넷에 기사가 나서 언니 얼굴 아는 친구들은 벌써 알지 않았을까요?"

아주머니가 물었다.

"그날, 우리 언니가 변장을 얼마나 열심히 했는지 나도 못 알아보겠던걸요?"

금세 장난기 가득한 얼굴로 언니를 놀리듯 히죽거리며 웃었다. 희영은 기가 막혀 웃고 아주머니는 재미나서 웃었다.

학교에 간다며 집을 나선 희영이 향한 곳은 고려호텔의 대연회장이었다. 오늘 그곳에서 사랑나무가 주최하는 바자회가 열린다. 희영은 사랑나무에 준회원 자격으로 참가한다. 처음 선주를 따라 아동복지관 봉사를 갔을 때 가입했으나 시어머니인 선주의 추천이 없어 정회원이 되지는 못했다. 선주를 꾸준히 만나기 위해 가입한 것이었기 때문에 회원등급이 무엇이든 그녀에게는 아무런 상관이 없었다.

처음에는 선주를 통해 박 회장으로부터 내 자리를 지키겠다는 생각이었지만 지금은 조금 달라졌다. 선주와 지훈의 사이를 조금이라도 좁힐 수 있는 기회를 만들어보겠다는 것이 희영의 바뀐 목표였다. 하지만 3개월 가까이 사랑나무 활동에 참석하면서 선주를 따라다녔지만 딱히 진전이 없다는 것이 희영에게는 아쉬움이 되어버렸다.

사랑나무에서 힘든 일을 하는 사람들은 대부분 며느리 그룹이었다. 그 속에서 희영은 결혼 횟수로도 나이로도 가장 막내였다. 며느리들과 함께 한창 바자회 준비를 하고 있을 때 선주는 행사장 한쪽에 마련된 데스크에서 시어머니들과 커피를 마시고 있었다.

"김희영 씨는 꿋꿋하게 잘 나오네요."

옆에서 상품을 정리하던 젊은 부인이 심드렁한 목소리로 말했다. 선주의 추천이 없어서인지 몰라도 희영은 이곳에서 딱히 환영을 받지 못하고 있었다. 더구나 평범하다 못해 고아라는 이유로 부인들이 모두 그녀를 꺼렸다.

부인들의 대화에 끼지 못하거나 홍보에 활용되는 촬영에 희영은 당연히 배제되었고 부인들은 그녀를 집에서 사람 부리듯 부렸다. 이쯤 되면 못 버티고 나가기 마련인데 희영은 언제나 한결같이 웃으며 모임에 꼬박꼬박 참석했다. 그나마 이 젊은 부인이 오늘 그녀에게 유일하게 말을 건 사람이었다.

"열심히 해야죠."

무슨 뜻으로 하는 말인지 알면서도 희영은 바보처럼 웃으며 대답했다.

"다음 달에 김장 봉사 있는데 올 거죠?"

어디서 통통 튀는 목소리가 그녀에게 말을 걸었다. 옷이 잔뜩 쌓여 있는 매대 너머에 핑크색 앞치마를 두른 자그마한 아가씨가 서 있었다. 희영은 자기에게 묻는 건가 싶어 옆에 부인을 한번 쳐다보다가 어색한 웃음을 보였다.

"네. 와야죠."

희영은 저도 모르게 지킬 수도 없는 약속을 하고 있었다.

"김희영 씨 맞죠?"

대화의 주체가 바뀌자 시큰둥하니 말을 걸었던 부인은 다른 곳으로 가버렸다.

"네. 그런데 누구……."

"이진주라고 해요. 제일그룹 김현수 부회장 부인이에요."

"안녕하세요?"

처음으로 살갑게 말을 걸어주는 사람이기에 희영은 반가운 기색을 감추지 않았다.

"그리고 우리 신랑이 박지훈 사장님이랑 친구예요. 꽤 오래됐다고 하던데……."

진주는 기억을 떠올리는 사람처럼 천장을 올려다보며 고개를 갸우뚱거렸다. 종일 서 있어야 하는 바자회에 저리 높은 힐을 신고 온 것으로 보아 희영은 예전에 그가 말했던 친구의 부인이 진주가 아닐까 짐작해 보았다.

"저기…… 그런데…… 저랑 이러고 계시면 다른 분들이 별로 안 좋아하실 거예요."

"그러던가 말던가."

진주가 매대를 돌아오며 툴툴거렸다.

"나는 그런 거 관심도 없지만, 연회장 협찬 받기 싫으면 좋아하지 말라지 뭐."

"협찬이요?"

"고려호텔이 우리 아버지 호텔이거든요. 사랑나무 전 행사 부대비용을 우리 호텔에서 부담하고 있는데 나한테 뭘 어쩔 거야? 아니면 마시고 있는 커피를 죄다 뱉어내던가."

진주가 멀리서 수다를 떨고 있는 부인들을 새침하게 쳐다보았다. 희영은 저도 모르게 입을 쩍 벌렸다.

"그나저나 인영이는 어디 갔지?"

희영의 팔을 잡은 진주가 낑낑대며 발꿈치를 들고 주변을 두리번거렸다.

"아, 저기 있다."

인영을 찾은 진주가 손가락을 가리키며 말했다.

"저기, 저기서 유아복 정리하는 젊은 사람 있죠? 정인영이라고 하는데 마찬가지로 박 사장님 친구 부인이에요. 대원그룹 부회장 부인."

"아…… 그렇군요."

반가움에 저절로 미소가 지어졌다.

"이따가 소개시켜 줄게요."

그렇게 짧은 대화를 나누는 사이 행사가 시작되었다. 이후 두 사람은 바자회에 온 손님들을 응대하느라 눈코 뜰 새 없이 바쁜 시간을 보냈다. 어느덧 점심시간이 되어 식사가 마련된 곳으로 이동했다. 점심 식사는 호텔에서 뷔페로 준비를 해놓았다.

맛있는 냄새가 식욕을 강하게 자극했다. 막 접시를 들고 주변을 살펴보던 희영은 멀지 않은 곳에서 식사를 하고 있는 선주를 발견했다. 절호의 기회였다. 희영은 대충 아무거나 접시에 담아 선주가 있는 테이블로 갔다.

"어머님, 좀 쉬셨어요?"

선주는 둘째 치고 모여 있던 부인들이 불편한 기색을 보였다.

"안녕하세요?"

희영은 부인들에게 살갑게 인사를 하고 선주의 옆에 앉았다. 그런데 약속이라도 한 듯 부인들이 우르르 자리에서 일어났다. 한마디로 너와는 말도 섞기 싫다는 표현이었다. 그래도 희영은 천진난만한 얼굴로 자리에서 일어나 부인들을 배웅했다.

"너 뭐야?"

"인사를 못 드려서요."

입가에 웃음을 머금은 희영이 부드러운 목소리로 말했다.

"지난번에 병원 와주신 거요. 지훈 씨가 많이 고마워하고 있어요. 물론 저도 감사하고요."

"흥. 착각하지 마. 너희 좋으라고 간 거 아니야."

희영에게서 쌀쌀맞게 고개를 돌린 선주가 건조한 목소리로 대꾸했다.

"기회가 되면 지훈 씨랑 같이 식사 자리 한번 만들고 싶어요."

"그럴 기회 없어."

희영도 그런 자리를 만들 기회가 이제는 없다는 걸 너무도 잘 알고 있었다. 즉 지킬 수도 없는 약속을 남발하고 있는 것이었다.

"그럼…… 제 마지막 부탁이라고 생각하시고, 저 식사 끝낼 때까지만이라도 같이 계셔주시면 안 되나요?"

선주가 곁눈질로 희영을 쳐다보았다. 선주는 희영의 미소에서 서글픈 그림자를 발견했다.

"커피 가지고 와."

막 젓가락을 들던 희영은 감격한 얼굴로 자리에서 벌떡 일어나 커피가 있는 곳으로 갔다. 선주는 커피는 처음 보는 사람처럼 허둥대는 희영을 지켜보았다.

선주는 희수를 동네 이름도 모르는 곳에 가두면서 모든 게 끝났다고 생각했었다. 아들 제대로 크는 거 보고 싶으면 꼼짝도 하지 말라던 그녀의 경고를 희수는 묵묵히 지키며 침묵했다.

그러다가 희수가 암이라는 소식을 들었다. 그때 선주는 솔직히 겁이 났었다. 자신이 희수에게 쏟아부었던 악담과 저주들이 암 덩어리가 되어버린 것 같았다. 비슷한 나이의 여자가 서서히 죽어간다는 그 공포는 선주의 숨통을 죄고도 남았다. 지훈이 희수를 찾아 서울로 데리고 왔다는 걸 알았을 때는 차라리 잘되었다고 생각했다.

옛날 같으면 금세 변덕을 부려 희수를 다시 어딘가로 보내 버렸겠지만 오랜 기간 받아온 우울증 치료가 호전을 보여 최악의 상황까지는 가지 않을 수 있었다. 치료를 받으며 선주는 자신을 좀 더 이성적으로 바라보는 눈을 찾았다. 희수도 피해자라는 걸 인정하기까지 꽤 긴 시간이 필요했지만 선주 자신에게도 긍정적인 결과를 가져왔다.

그래서 희수를 찾아갔다. 자신처럼 위로가 필요했을 그녀의 얼굴을 제대로 바라보기 위하여, 그녀에게 행했던 잘못에 대해 용서를 구하기 위해서……. 꽤 큰 용기와 결심이 필요했지만 다녀온 후 마음은 한결 가벼워졌다. 늦은 감이 없지 않아 있지만 희수의 마지막 모습은 웃는 모습이어서 얼마나 다행인지 몰랐다.

그러나 선주에게는 그녀가 풀어야 하는 숙제가 하나 더 남아 있었다. 어른들의 일은 아무것도 모른 채 부모의 사랑이 절실했던 어린아이. 냉대와 무시 속에서도 엄마를 부르며 그녀에게 매달리던 지훈과의 대면이었다.

희수를 다시 만나기까지 많은 시간이 필요했던 것처럼 지훈을 새롭게 만나는 일에도 선주에게는 시간이 필요했다. 차라리 지금처럼 서로 모르는 사람들처럼 지내면 좋겠다는 생각도 들었다. 안 보면 옛 기억이 떠오르지도 않을 거고, 그러다 언젠가는 한 번의 미소로 모든 대화가 끝날 수도 있었다. 그때가 어쩌면 눈을 영원히 감아야 하는 때일 수도 있지만 당장은 지훈과 마주할 용기가 그녀에게는 없었다.

희영의 일은 굿이나 보고 떡이나 먹으려는 생각이었다. 선주는 지훈이 누구와 결혼을 하든 관심도 없었다. 그녀의 유일한 관심은 박 회장으로부터 아버지가 처음에 시작한 사업을 분리하는 것이었다. 박 회장에게 힘이 실릴 수 있는 결혼이 무산되었을 때는 평범한 여성과 결혼한 지훈에게 박수라도 치고 싶은 심정이었다. 그런데 지훈이 제 사랑을 좇아 결혼을 한 것이라는 결론이 나왔다. 말만 들어도 지긋지긋한 사랑이라니……. 도저히 견딜 수가 없었다.

선주가 지훈의 집을 가게 된 건 순전히 질투 때문이었다. 과거에 눈이 멀어 희영에게까지 몹쓸 짓을 하고 만 것이다. 그런데 희영은 웃었다. 높게 엮어 올린 가시덩굴 사이로 해사하게 웃으며 선주에게 그래도 어머니를 좋아할 거라고 했다.

대문도 열어주지 않는 집에 수시로 들르거나, 봉사 활동에 꼬박꼬박 참석하면서 스토커처럼 그녀를 따라다녔다. 봉사 활동에 함께 참여하는 부인들이 귀찮은 일을 시킬 요량으로 희영을 사랑나무에 가입시켰다는 걸 선주는 알고 있었다. 그래도 관여하지 않았다. 지금은 지훈과 마주할 용기가 없거니와 그런 선주에게 희영을 돌아볼 여유도 아직 없었기 때문이다.

"오래 기다리셨죠? 디저트로 드실 만한 것 좀 챙겨오느라……. 입맛에 맞으실지 모르겠어요."

작은 쟁반에 커피와 쿠키, 조각 케이크 등을 챙겨온 희영이 그녀 앞에 조심스럽게 내려놓았다. 그리고 히죽 웃음을 보이고 식사를 시작했다. 선주는 가만히 그녀를 바라보다가 커피잔을 들었다. 마지막 부탁이라던 그녀의 말이 이상하게 마음에 걸렸다.

할 수만 있다면 24시간 내내 품에서 떨어뜨리고 싶지 않다. 일을 할 때도 밥을 먹을 때도 잠을 잘 때도 손만 뻗으면 잡을 수 있는 곳에 그녀가 있었으면 좋겠다. 그런데…….

지훈은 어둠 속에서 잠이 깼다. 다른 때는 몰라도 잠잘 때만은 언제나 제 품에 있던 사람이 없었다. 자리에서 벌떡 일어난 그는 보이지 않는 사람을 찾기 위해 바쁘게 눈을 돌렸다.

"김희영."

급한 대로 그녀의 이름을 불러보지만 인기척은 느껴지지 않았다. 다시금 엄습하는 두려움에 그는 침대에서 내려왔다. 서늘한 바람이 온몸을 휘감았다. 작은 불조차 켤 생각을 못하고 움직이다가 발을 침대에 찧고 말았다. 그는 아파할 여유가 없어 그대로 방을 나갔다. 다행히 바닥에 깔린 작은 불빛이 그의 불안한 마음을 진정시켰다. 서재였다. 그는 그대로 문을 열었다. 그가 업무를 보는 책상에 앉아 있던 그녀가 놀란 얼굴로 고개를 들었다.

"어, 아저씨?"

"너 진짜 이럴래?"

안도감도 잠시, 잠깐이나마 느꼈던 불안감에 화가 났다.

"뭐가요?"

"하아…… 진짜……."

문틀에 손을 짚고 선 그가 깊은 한숨을 쉬었다. 그에게로 다가온 희영이 걱정스러운 얼굴로 그의 팔을 잡았다.

"무슨 일이에요?"

"너 때문이잖아, 김희영."

그는 여전히 화가 풀리지 않은 얼굴로 그녀를 질책하듯 바라보았다.

"어딜 가면 간다고 말을 하란 말이야."

"자고 있었잖아요."

"그래도 해. 그래도 하라고."

그가 어린아이처럼 성을 내며 닦달했다.

"미안해요."

"사과도 하지 말고, 날 불안하게 만들지도 마."

희영은 두려움에 흔들리는 그의 눈동자를 보는 것이 힘들었다. 그를 위로하고 싶었던 소박한 꿈을 이제는 이룰 수가 없었다. 가슴이 빼근하게 아파왔다. 콧등이 시큰거리고 눈동자에는 물기가 고였다. 그의 팔에 얹은 손이 미세하게 떨고 있었다.

지그시 바라보며 대답을 기다리던 그가 끝내 한숨을 쉬며 그녀를 껴안았다. 희영은 눈물이 날 것 같았다. 그가 그녀의 얼굴을 부드럽게 감싸고 천천히 들어 올렸다. 파도가 일렁이는 것 같은 맑은 눈동자가 그를 바라보았다. 그리고 서서히 그의 입술이 그녀의 입술 위로 내려왔다. 화가 난 것과 달리 그의 입맞춤은 부드럽고 다정했다.

넘치려는 수로를 잠그듯 두 눈을 질끈 감은 희영이 그의 목에 팔을 감았다. 조급해지는 마음을 억누르고 있던 그가 그녀의 작은 몸을 으스러져라 꽉 끌어안았다. 이제는 그녀가 조급해졌다. 그를 조금이라도 더 느끼고 기억해야 하는 마음이 그의 욕망에 불을 지폈다. 그가 그녀를 번쩍 들어 올리고 성큼성큼 침실로 향했다.

귀한 보석을 내려놓듯 그녀를 침대에 조심스럽게 내려놓고 굽어보던 그의 손이 그녀의 잠옷을 벗겼다. 다급한 손길만큼이나 애절한 그녀의 눈동자가 그를 애타게 바라보고 있었다. 그의 단단한 육체가 그녀의 몸을 덮었다.

마지막이라는 절실함으로 매달리는 그녀는 쉽게 떨어지지 않았다. 수줍어하던 평상시와 다르게 적극적으로 반응하는 그녀가 그는 흐뭇했다. 목에 단단히 감긴 팔을 조심스럽게 푼 그가 웃음기 가득한 눈으로 그녀를 굽어보았다.

그리고 그의 입맞춤이 다시 시작되었다. 살며시 내려앉는 꽃잎처럼 부드럽고 달콤한 크림처럼 치명적인 그의 입맞춤에 그녀의 심장이 빠르게 뛰기 시작했다. 그의 손길이 머무는 곳마다 화염이 일고 정신이 아득해지는 만큼 곧 다가올 시간이 두려워졌다.

'가지 말아요.'

애절한 마음속 외침을 듣기라도 한 듯 그의 입술이 목덜미를 따라 쇄골을 더듬더니 가슴언저리까지 내려왔다. 나른해진 그녀에게 그가 맹렬히 자리를 잡기 시작했다. 정신이 혼미해지며 온몸에서 힘이 한꺼번에 빠져나갔다. 발끝에서부터 전기가 올라오더니 다리가 기운을 잃고 허덕였다. 그녀는 입술을 꽉 깨물었다. 숨을 쉬지도 신음 소리를 내뱉지도 못한 채 몸을 부르르 떨며 그에게 모든 것을 내맡겼다.

사방이 캄캄한 방 안. 고요한 그곳에 숨소리만 가득했다. 마치 평온한 음률처럼 고르게 그리고 달콤하게. 그러나 차가운 밤공기를 머금은 숨결은 짙은 그리움이 되어 마음속으로 파고들었다. 희영은 긴 속눈썹의 주인을 애절한 눈빛으로 바라보았다.

그는 사랑해서는 안 되는 남자였다.

그 남자가 지금 그녀의 눈앞에서 마치 모든 걸 얻은 어린아이 같은 모습으로 깊은 잠에 빠져 있었다. 그의 얼굴엔 더 이상 두려움도 괴로움도 보이질 않았다. 공허하게만 보이던 그 눈동자도 이젠 그윽함이 담기기 시작했다.

착각.

그래, 착각일지도 모른다. 그를 떠나지 않기 위해 쳐놓은 덫에 스스로 뛰어들어 영원히 그에게 잡히고 싶은 마음에 현실을 망각하고 있는지도 모른다.

곧 남남이 되어야 하는 사람. 이미 남남인 사이. 아니, 어쩌면 남남보다 더 어려운 사이가 될 것이다. 영원히 그녀의 눈동자에 아련하게 남아 있게 될 사람. 코끝이 찡하게 아파왔다.

"추워?"

그녀의 훌쩍임을 들은 듯 그가 잠이 가득한 목소리로 물었다.

"그런가 봐요."

그러면서 그의 품에 얼굴을 묻었다. 아무것도 모르는 그는 차갑게 식은 그녀의 어깨 위로 보드라운 이불을 살포시 덮어주며 품으로 더욱 끌어당겼다. 그의 입술이 정수리에 닿았다. 그녀의 입가에 서글픈 미소가 걸렸지만 그는 볼 수 없었다.

다음날 아침. 희영은 출근을 하는 그보다 더 바삐 움직였다. 그가 샤워를 하는 동안 심사숙고하여 고른 슈트를 꺼내놓고, 넥타이도 골라놓았다. 그에게 빼놓을 수 없는 시계와 구두까지 골라 세팅을 해놓고 그가 나오길 기다렸다.

"오늘은 뭐가 이렇게 자신만만하지?"

샤워를 끝내고 나온 그가 자신을 기다리고 있는 슈트를 보고 웃음을 보였다.

"오늘은 마음에 안 들어도 그냥 입어요."

"훗. 충분히 마음에 들어."

그가 머리 손질을 하는 동안 희영은 그의 재킷을 소중하게 들고 있었다. 거울을 통해 눈이 마주친 그가 싱긋 웃음을 보였다. 같이 웃고 있었지만 가슴은 미어지는 것처럼 아팠다. 희영은 그가 재킷을 입을 수 있도록 도와주고 이번에는 넥타이를 쥐었다.

"이번에는 금방 맬 수 있는 거야?"

선영의 목을 조르면서까지 열심히 연습했다고 하지만 그녀의 넥타이 실력은 여전히 서툴렀다. 희영은 심술난 표정으로 입술을 삐죽이며 그의 목에 넥타이를 둘렀다.

"자꾸 놀리면 확 졸라 버릴 거예요."

"으음. 그러면 안 되지."

그가 짓궂은 표정을 지으며 화장대에 엉덩이를 걸치고 앉더니 그녀의 허리를 잡아 다리 사이에 꼭 끼었다.

"사랑나무 모임 나간다면서?"

"……어떻게 알았어요?"

"네가 말해주지 않아도 알 수 있는 방법은 많아."

"아……."

희영은 최근 바자회에서 만난 진주와 인영을 떠올렸다.

"그래서 말인데 이번 주에 친구들 모임이 있어."

"그래요?"

"같이 가자."

막 매듭을 짓던 희영이 그의 눈을 바라보았다. 그의 눈동자는 기대로 반짝거렸다.

"결혼했다고 알린 지가 벌써 몇 개월인데 얼굴 한번 안 보여주냐고 친구들이 성화야. 정작 친구들에게는 소개도 안 하고 부인들만 어울려 다니게 할 거냐고 성질들이더군. 그동안 이래저래 바빠서 겨를이 없었는데 이젠 좀 여유가 생겼으니까 그 녀석들 한풀이 좀 해줘야지."

희영은 입술도 달싹할 수 없었다. 목이 꽉 메서 숨이 막힐 것 같았다. 그가 허리를 좀 더 끌어안으며 어린아이처럼 말했다.

"그러지 말고, 지인들에게 제대로 소개할 겸 결혼식을 올리자."

다 맨 넥타이의 매듭을 조이는 그녀의 손이 미세하게 떨었다.

"결혼사진도 다시 찍고, 신혼여행도 가자. 이번 겨울방학에 맞춰서 결혼식 하면 처제도 같이 데려갈 수 있을 것 같은데, 어때?"

희영은 그와 눈도 마주치지 못한 채 입술을 꼭 깨물고 그의 셔츠와 재킷의 깃을 정리했다. 떨고 있다는 걸 들키고 싶지 않은데 손은 의지와 반대로 움직이고 있었다. 목소리마저 떨까 봐 쉽게 대답을 못하는 그녀를 그가 의아한 눈으로 바라보았다.

"괜찮아요."

잔뜩 기대를 하고 있던 그가 실망한 표정을 지었다.

"결혼식이나 신혼여행 같은 거…… 별로 중요하지 않아요. 그렇게까지 할 필요 없어요."

"내가 필요해."

그가 단호한 목소리로 딱 잘랐다. 희영은 엷은 미소를 지으며 고개를 저었다.

"아니에요. 지훈 씨에게도 필요 없어요. 우리 그런 거 하지 말아요."

"김희영."

그가 이렇게 부르는 건 화가 났다는 표시였다. 그래도 희영은 절대 져줄 수 없었다.

"아침 먹으려면 어서 서둘러요."

돌아서려는 그녀를 그가 다시 붙잡았다.

"이상한 기분 들게 왜 그래?"

"어휴. 우리 박지훈 씨가 왜 이리 소심해졌을까?"

그의 얼굴을 양손으로 감싼 희영이 아프지 않게 이마를 콩 부딪쳤다.

"알았어요. 대신 친구들은 만나러 같이 가요. 됐죠?"

"이 일이 지금 협상해서 될 일이야?"

"그럼 나중에 얘기해요, 나중에. 지금 늦었다니까요?"

희영은 그의 어깨를 두드리며 져줬다는 듯 대꾸했다. 그는 기가 막혀 아무 말도 못했다. 희영은 어서 나오라고 그의 어깨를 한 번 더 두드리고 먼저 드레스 룸을 빠져나갔다.

"언니! 나 간다!"

그를 억지로 식탁에 막 앉혔을 때 계단을 뛰어내려 오는 선영의 목소리가 들렸다.

"얘가 정말."

그보다 더 아침을 챙겨 먹어야 하는 선영이 도망을 가려고 했다. 붙잡아 와서라도 아침을 먹일 생각에 막 주방을 나서려는데 아주머니가 재빨리 손에 작은 가방을 하나 들려주었다.

"죽이에요."

아침 안 먹고 도망가려는 걸 잘 알고 있는 아주머니가 미리 준비를 해놓은 도시락이었다. 희영은 고맙다는 말을 하고 재빨리 현관으로 뛰었다. 막 문이 닫히려는 현관문을 열고 선영의 가방을 붙들었다.

"아아앙."

언니에게 붙잡힌 선영이 앙탈을 부렸다.

"시끄러워. 이거 가져가."

"아침 안 먹으면 안 돼?"

"넌 절대 안 돼. 자꾸 이렇게 협조 안 하면 최 박사님께 이를 거야."

"히잉."

도시락을 들며 선영이 싫은 소리를 냈다. 희영은 선영을 엘리베이터 쪽으로 돌려세워 엉덩이를 두드려 주고 손을 흔들었다. 선영은 투덜거리면서도 언니에게 손을 흔들고 엘리베이터로 향했다.

등교하는 선영을 배웅하고 돌아오니 그는 얌전히 주방에서 아침을 먹고 있었다. 희영은 그의 맞은편에 앉아 수저를 들었다.

그동안 그와 마주 앉아 식사할 시간이 많지 않았다. 평일에는 이렇게 억지로 식탁에 앉히지 않으면 같이 식사할 기회가 아예 없는 거나 마찬가지였다. 그의 건강을 걱정하는 이유도 있었지만 이렇게라도 그와 함께하는 시간을 늘리고 싶은 속마음도 있었다. 그러나 이것도 오늘로 마지막이었다.

늦은 저녁에 퇴근을 하게 되면 그는 어떻게 될까. 앞에서는 아닌 척 안심을 시키더니 결국 이렇게 도망을 쳤다며 화를 내겠지. 차라리 그가 화를 냈으면 좋겠다. 그러면 미안한 마음은 덜늘 테니까…….

선생님의 호출을 받고 상담실로 온 선영은 말도 없이 와 있는 언니를 보고 눈을 휘둥그레 떴다. 선영을 본 희영은 자리에서 일어나 담임선생님께 인사를 했고, 선생님은 곧 자리를 비켜주었다.

"선영아, 가서 가방 챙겨와."

"갑자기 무슨 소리야?"

오전과 전혀 다른 언니의 반응에 선영이 어리둥절한 표정을 지었다.

"부탁이야. 그냥 언니가 하라는 대로 하면 안 될까?"

"언니……."

"미안해. 나중에…… 나중에 설명해 줄게. 지금은 언니가 하라는 대로 하자. 응?"

지친 기색이 역력한 언니의 사정에 선영은 아무런 토도 달 수 없었다. 지금은 언니가 하라는 대로 해야 할 것 같은 절박함이 느껴졌다. 알았다고 나간 선영은 얼마 되지 않아 가방을 챙겨 돌아왔다. 선영은 궁금한 것이 많았지만 더는 묻지 않고 언니를 따라 학교를 나섰다.

제 손을 잡고 목적지도 알려주지 않은 채 하염없는 걷기만 하는 언니를 바라보는 선영의 마음에 불안이 자리를 잡았다. 요 며칠 평상시보다 더 바쁘게 지내는 언니가 조금 이상하기는 했지만 딱히 특이사항도 없었기에 크게 신경 쓰지 않았었다. 그런데 공허한 언니의 눈빛을 보고 있자니 이미 오래전부터 어떤 계획을 꾸미고 있던 건 아닐까 하는 의문이 생겼다.

"언니……."

"……."

"형부는?"

선영은 당장이라도 비를 쏟아낼 것 같은 회색빛 하늘을 닮은 언니가 위태로워 결국 묻고 말았다. 앞만 보며 걷던 희영의 눈빛이 아주 잠깐 흔들렸으나, 이내 단조로운 목소리로 대답했다.

"이제 형부는 없어."

선영은 제 손을 잡고 있는 언니의 왼쪽 손을 쳐다보았다. 동생의 손을 꽉 쥔 언니의 손가락은 텅 비어 있었다.

## 12. 사랑하기에 (2)

낮부터 비가 쏟아지기 시작했다. 점점 굵어지는 빗줄기를 뚫고 검은색 승용차가 여유롭게 도로를 달리고 있었다.

창밖의 비를 바라보던 지훈은 문득 희영을 처음 만났던 날을 떠올렸다. 근심과 슬픔이 가득하던 얼굴. 그 무게만큼의 비로 온몸이 몽땅 젖어 덜덜 떨고 있던 여인. 병상에 누워 계신 어머니의 일 때문에 정신이 없던 그때, 이상하게 눈이 가던 여인이었다.

그녀와의 결혼은 뚜렷한 확신도 없이 던진 제안이었다. 수락해도 불안하고 거부해도 어쩔 수 없는 그런 터무니없는……. 하지만 어머니에게 아무것도 해줄 수 없었던 당시로는 그나마 유일하게 희망을 걸었던 일이었다.

그녀에게서 연락이 없는 동안 그는 얼마나 초조하고 불안했는지 모른다. 태연한 척 아무렇지 않은 목소리로 전화를 받았지만 그녀의 손을 덥석 잡고 백번이라도 인사를 하고 싶은 심정이었다.

부부라는 이름으로 그녀와의 동거가 시작되었을 때도 그것 역시 아무런 의미도 없는 단순한 비즈니스였을 뿐이다. 6개월만 버티면 되는 아주 단순한 계약. 그런데 어쩌다가 그녀에게 빠져 버렸을까.

지훈은 정말 어쩌다 보니 그녀에게 빠져 있는 자신을 발견했다. 쓸데없는 고집이라 치부했지만 그녀가 보여주었던 행동은 아내의 이름에서 파생된 책임감이었고 용기였다. 알게 모르게 흔들리던 마음을 굳건하게 다잡아준 사람이며, 아파하면 위로해 주던 사람이었다.

그녀가 있었기에 어머니와의 이별을 잘 준비할 수 있었고, 아버지를 향해 날뛰는 분노를 잠재울 수 있었다. 아버지에게 볼모로 잡힌 것 같던 인생이 그녀를 위한 삶으로 바뀌면서 새로운 미래를 꿈꿀 수 있게 되었다. 그녀만 있으면 설령 모든 것을 잃는다 해도 행복할 것만 같다.

"결혼반지도 바꾸셔야죠?"

흐뭇한 얼굴로 창밖을 내다보고 있던 지훈이 제 손을 내려다보았다. 그러고 보니 그는 아직까지 결혼반지를 끼지 않고 있었다.

멋도 없이 껴줘야 하냐고 물었었는데…….

귀찮아하던 그만큼이나 그녀도 투덜거리기는 마찬가지였지만 듣고 보니 반지부터 바꿔야 할 것 같았다.

"반지 사러 가자."

"네."

그보다 더 신난 민우가 차선을 바꿨다.

도착한 숍에서 지훈은 머리가 아파졌다. 그가 보기에 반지는 다 비슷비슷해 보이는데 민우는 자꾸 아니라고 우기기 때문이었다. 솔직히 시계라면 모를까 반지는 그에게 영 풀기 힘든 수학 공식 같았다. 바로 결정을 내리지 못한 그는 30분을 고민한 끝에 직원이 골라준 반지로 포장을 했다.

"오늘 드릴 겁니까?"

집으로 가는 차 안에서 민우가 물었다. 그는 그럼? 이라는 표정으로 바라보았다.

"그래도 근사한 레스토랑에서 분위기 좀 잡으면서 끼워 드려야 하지 않겠냐는 말입니다."

"흠……. 그래?"

민우는 답답하다는 표정을 지었다.

"사장님도 참……. 연애 안 해보셨습니까?"

"그건 이 부장이 더 잘 알잖아."

대꾸하는 그의 목소리가 퉁명스러웠다.

"죄송합니다."

정중하게 사과한 이후로 민우는 아무 말도 안 하고 운전만 했다.

"좋은 시간 되십시오."

주차장에서 그를 배웅하는 민우의 목소리에 장난기가 가득했다. 잠시 어처구니없어하던 그도 결국 싱긋 웃으며 엘리베이터로 향했다. 엘리베이터에서 그는 반지 케이스를 꺼냈다.

설마 프러포즈도 모를까.

그는 민우를 비웃듯 피식 웃었다. 결혼식이며 신혼여행이며 다 필요 없다고 했지만 반지를 주며 정식으로 프러포즈를 할 생각이었다. 정중하고 애절하게. 그래도 거절한다면 몇 날 며칠 들들 볶아서라도 꼭 승낙을 받을 각오였다.

그런데…….

설레는 마음을 안고 집으로 들어온 그는 곧 절망에 빠지고 말았다. 조용한 집 안은 수시로 보던 광경이었지만 오늘은 이상하게 많이 달랐다. 정말 아무도 없는 것 같은 기분 나쁜 정적이 그를 기다리고 있었다. 여러 번 겪었던 일이기에 설마, 하는 마음이 있었지만 주인 없는 선영의 방을 보고 무언가 잘못되었다는 걸 직감했다.

그는 2층에서 내려오며 희영에게 전화를 걸었다. 들려오는 소리라고는 전원이 꺼져 있다는 무심한 안내뿐이었다.

아니야. 아닐 거야.

전화를 다시 걸며 이번에는 부부 침실의 문을 활짝 열었다. 달라진 건 아무것도 없었다. 결혼사진들도 다 제자리에 있었고, 드레스 룸에는 그녀의 옷가지들이 그대로 걸려 있었다. 지금 당장이라도 그녀가 '왔어요?' 라고 물으며 안아줄 것처럼 집 안은 달라진 게 아무것도 없었다. 딱 하나. 그녀가 없었다. 그리고 그녀의 동생도…….

"김희영!"

그의 외침이 메아리가 되어 집 안을 울렸다. 넋이 나간 사람처럼 침실에서 나온 그는 다시 전화를 걸었다. 이번에는 선영이었다. 마찬가지로 전원이 꺼졌다는 음성만 들려왔다.

문득 어젯밤 서재에 있던 그녀가 떠올랐다. 그는 비틀거리며 서재로 가서 불을 켰다. 깔끔하게 정리되어 있는 책상에는 아무것도 없었다. 혹시나 하는 마음에 서랍을 열었던 그의 얼굴이 경직되었다. 제일 먼저 눈에 들어온 건 힘을 잃고 굴러다니는 반지였다.

사색이 된 그가 반지를 주웠다. 언제나 그녀가 끼고 있던, 멋도 낭만도 없이 마치 꼬리표를 달아주듯 주었던 결혼반지였다. 반지와 함께 있던 종이로 시선을 돌렸지만 해일처럼 밀려오는 불안감에 감히 들춰 볼 엄두가 나질 않았다. 반지를 꼭 쥔 그는 눈을 질끈 감았다.

아니야. 아니야.

꿈이었으면 좋겠다는 주문을 아무리 걸어보아도 눈에 보이는 건 현실이었다. 서랍에는 종이가 몇 장 들어 있었다. 의자에 앉은 그는 멍한 눈으로 제일 위에 있던 종이를 꺼내 펼쳤다. 하얀 종이 위에 꾹꾹 눌러쓴 편지였다. 기계처럼 글자를 읽어가던 그가 종이를 뒤로 넘겼다. 이혼신고서라는 글씨가 그의 망각에 잡혔다.

의식이 멀어지는 것 같더니 시선도 흐릿해졌다. 보이는 것들이 싹 지워지길 바라는 마음으로 눈을 거칠게 비벼보았지만 잔인한 현실은 건재했다. 멍해지는 정신을 차려보려고 고개를 마구 저었다. 서랍 제일 밑바닥에는 통장과 카드, 도장이 있었다.

통장표제부에 기록된 이름은 김희영이었다. 기록지를 넘기자 계약서를 작성하면서 입금했던 계약금을 시작으로 매월 지급된 용돈과 기타 비용들이 차곡차곡 쌓여 있었다. 절약이 몸에 밴 듯 지출은 입금된 금액과 비교하여 극히 소액이었다.

그녀의 반지가 있고, 그녀가 사인을 한 서류가 있는데, 그녀의 손이 닿았던 통장이 있는데 아무것도 믿겨지지 않았다. 도대체 왜…… 왜 이렇게 된 걸까.

"으아아악!"

불끈 쥔 두 주먹이 책상을 강하게 내려쳤다. 한 번 더. 그리고 다시. 아무리 책상을 두드려 보아도 답답한 속은 뚫리지 않았고 아무리 고함을 질러보아도 날뛰는 이성은 잠잠해지지 않았다.

"하아."

붉게 충혈된 눈동자가 책상 위의 전화기로 향했다. 꽉 깨문 어금니 사이로 신음이 흘러나왔다. 그는 민우에게 전화를 걸었다.

[네, 사장님.]

"김희영 찾아와."

[네?]

심상치 않은 그의 음성에 민우가 놀라 되물었다.

"김희영 찾아오라고! 당장!"

그가 거친 동작으로 책상에 있던 서류를 한꺼번에 쓸어버리자 그녀가 남겨놓은 것들이 허공으로 치솟았다.

**처음에 당신은 조금 특이한 사람이었습니다.**

잘 이해가 되지는 않았지만 내가 필요해서 당신의 손을 잡았습니다.

내가 필요해서 당신의 곁을 지켰습니다.

그러나 이젠 그럴 필요가 없어졌습니다.

우리는 이제 예전으로 돌아가야 합니다.

당신을 사랑합니다.

다시는 당신을 볼 수 없다 해도 당신을 사랑합니다.

내 존재가 물거품이 된다 해도 당신을 사랑한 일을 후회하지 않습니다.

그냥 꿈이었다고 생각해 주세요.

그래도 악몽보다는 행복한 꿈이었으면 좋겠습니다.

이제 눈을 떠요. 더 좋은 꿈이 당신을 기다리고 있을 테니까요.

꿈에서나마 난…… 행복했습니다.

하얀 눈으로 뒤덮인 일본 홋카이도 삿포로의 어느 주택가.

"와아…… 무슨 눈이 이렇게 많이 내려?"

차에서 내린 선영이 뽀얀 입김을 뿜으며 감탄했다. 서울은 아직 쌀쌀한 바람만 부는 시기에 이곳은 한겨울처럼 눈이 소복하게 쌓여 있었다. 반나절이 넘게 걸려 도착한 이곳이 두 사람이 앞으로 지내야 하는 곳이었다.

"언니, 안 추워?"

빠르게 식어가는 손을 입김으로 달래가며 선영이 물었다. 출국장을 빠져나오자마자 두꺼운 코트를 구입해서 입었음에도 칼바람을 막는 것이 쉽지 않았다. 그런데 희영은 옷도 제대로 여미지 않은 채 우두커니 서 있었다. 포기한 듯 한숨을 쉬던 선영은 엄한 표정으로 언니의 코트 단추를 채우기 시작했다.

"언니, 이러지 마. 나 겁난다."

흐리멍덩한 눈동자가 선영에게로 향했다. 한국을 출발하면서부터 희영의 상태는 좋지 못했다. 오는 동안 물 한 모금 입에 대지 않았고 단 1분도 눈을 붙이지 않았다. 마치 삶을 포기한 사람처럼 보여 선영은 덜컥 겁이 났다.

"미안해."

감정이 전혀 느껴지지 않는 목소리에 선영은 인상을 찌푸렸다.

"들어가시죠."

한국에서부터 동행한 비서실장이 문을 열어놓고 말했다. 지금의 2층짜리 단독주택이 두 자매가 살게 될 집이었다. 집 안엔 이미 모든 것이 완벽하게 갖춰져 있었다. 선영은 이곳에 좋은 일로 온 것이 아니라는 걸 직감했다. 어쨌든 여기서 계속 살아야 한다고 하니 집을 천천히 둘러보기 시작했다. 아무런 의욕도 없는 희영은 코트를 입은 채 작은 거실의 소파에 앉아 있었다.

"당분간 수경 씨가 함께 지낼 겁니다."

"엉뚱한 수작 부리지 마라, 뭐 이런 말인가요?"

선영은 커다란 냉장고를 열어보며 시큰둥한 목소리로 물었다. 그러나 비서실장은 변함없는 목소리로 말을 이었다.

"외부와의 연락은 삼가해 주시기 바랍니다. 혹시 불편한 사항이 있으면 수경 씨에게 말씀하시면 됩니다. 내년 1월부터 두 분께서 다니실 어학교가 등록되어 있습니다. 그 후의 진학 문제는 차차 저와 상의를 하시면 됩니다."

심드렁한 표정으로 설명을 듣고 있던 선영이 언니를 힐끔 쳐다보았다. 희영은 여전히 인형처럼 꼼짝도 않고 앉아 있었다.

"어차피 이렇게 된 거. 그럼 언니랑 여행 좀 다녀올게요."

"행선지를 말씀해 주시면 바로 준비하겠습니다."

잠시 고민을 하던 비서실장이 고개를 끄덕이며 승낙했다. 비서실장은 수경에게 나머지 일들을 지시하고 집을 떠났다.

"따뜻한 물로 목욕부터 하시고 좀 쉬시는 게 좋을 것 같아요."

무뚝뚝한 비서실장과 달리 수경은 친절했다. 그래도 갇혀 있다는 건 변함없지만 뻣뻣하기만 하던 남자 비서실장에 비해 한없이 천사처럼 보이는 수경이 선영은 마음에 들었다.

"언니, 방으로 가자."

선영은 기력이 없는 희영의 팔을 부축했다. 수경도 도왔다. 희영은 의식 없는 로봇처럼 두 사람을 의지해 방으로 들어갔다.

"우리 언니, 옷 갈아입자."

부러 활기차게 말하며 코트의 단추를 풀려고 할 때 희영이 슬픔이 가득한 눈으로 선영의 손을 꽉 잡았다.

"미안해. 혼자 있고 싶어."

혼자 남겨둬도 되는 걸까. 하지만 또 부탁할 힘도 없어 보이는 언니가 안쓰러워 선영은 자리를 피해주기로 했다.

"너무 오래 있지는 마."

희영은 아무런 대답도 하지 못한 채 동생이 나가길 기다렸다. 문이 닫히고 낯선 공기가 주위를 맴돌았다. 희영은 한국에서 유일하게 들고 온 핸드백을 열었다. 몇 가지 소지품들 사이에서 무언가를 꺼냈다. 바로 결혼사진이었다.

무심한 듯 저를 바라보는 그의 옆얼굴을 보자 무표정하던 그녀의 얼굴에 비로소 엷은 미소가 드리워졌다. 희영은 마치 그를 품에 안듯 사진을 가슴에 꼭 안았다. 그와 함께 지낸 지 얼마나 되었다고 이리도 가슴에 사무치는지…….

그는 지금 무얼 하고 있을까. 아마도 화가 많이 났을 것이다. 그를 사랑하지 않았다면 얼마나 좋았을까. 그를 사랑하게 된 것을 후회하는 건 아니다. 다만, 그 마음을 숨겼어야 했다. 그의 마음이 열리지 않도록, 그의 감정이 흔들리지 않도록 제대로 감추었다면 차라리 나았을 것이다. 그는 화가 나지 않았을 것이고, 적어도 그에게 미안한 마음은 생기지 않았을 테니까.

그래도 아팠을 테지. 그래도 숨이 막혔을 테지.

"으흑."

참고 있던 울음이 목구멍을 벌리고 고집스럽게 터져 나왔다. 아무리 두드려 보아도 꽉 막힌 가슴은 뚫리지 않았다. 슬픔의 강에 빠진 몸은 좀처럼 헤어 나올 생각을 하지 않았다.

친구에게 소개를 하고 싶다던 그의 해맑은 얼굴이 떠올랐다. 이혼이라는 말에 불같이 화를 내던 그의 얼굴도 떠올랐다. 그의 부드러운 입맞춤과 다정한 손길. 따뜻하고 포근한 품. 이 모든 것이 이제는 꿈이 되어버렸다. 만질 수 없고 안을 수 없는 신기루 같은 꿈. 이제는 영영 그의 목소리를 들을 수도 만질 수도 없게 되어버렸다.

"으윽."

울음이 괴로운 신음이 되었다. 몸을 가누지 못한 그녀가 차가운 바닥에 무너졌다.

❖

바닥을 긁는 기분 나쁜 소리와 함께 검은색 승용차가 거칠게 정차했다. 차에서 내린 지훈은 저벅저벅 대문으로 걸어가 초인종을 누르고 대문을 두드렸다. 아직 새벽이 물러나지 않은 시간이었다. 초인종을 다시 누르고 초조하게 대문을 더 두드리고 나서야 대문이 열렸다.

넓은 정원을 단 몇 걸음으로 건너간 지훈이 현관문을 열어젖히자 출근을 하려던 박 회장이 인상을 찌푸리며 서 있었다.

"무슨 일이냐? 이 아침부터."

"제 아내 어디 있습니까?"

"흣."

비웃듯 박 회장이 코웃음을 쳤다.

"드디어 제 주제를 알고 떠난 모양이구나. 어차피 사랑이랍시고 한 결혼도 아니면서 뭔 요란이냐? 사춘기 십대 청소년도 아니고, 나이 들어 방황도 그 정도 했으면 됐다. 정신 차리고 뒤처리나 제대로 해놔."

할 수만 있다면 거 보라는 식으로 웃고 있는 박 회장의 얼굴에 주먹이라도 날리고 싶었지만 지훈은 주먹을 쥐는 것으로 대신했다.

"정말 유치하게 왜 이러십니까?"

"뭐? 유치!"

박 회장의 표정이 험악하게 찌그러졌다.

"이러시면 제가 회장님이 원하는 대로 움직일 거라고 생각하셨습니까? 저를 마음대로 휘두르고 싶으셨다면 제 아내를 그대로 두셨어야 합니다. 제 아내 때문에 제가 지금까지 참고 있었던 겁니다. 제 아내 덕분에 회장님이 아침마다 웃으며 회사로 출근할 수 있었던 겁니다!"

얼굴이 붉어지도록 지훈이 큰 소리로 말했다.

"못난 놈."

박 회장이 가소롭다는 듯 옆에서 쩔쩔매며 서 있던 비서에게 서류를 달라고 했다. 비서가 가방에서 파일을 하나 꺼내 박 회장에게 넘겼다.

"뭡니까?"

박 회장이 건네는 파일을 노려보며 지훈이 물었다.

"봐라."

치밀어 오르는 화를 겨우 억누르며 지훈은 파일을 펼쳤다. 그러나 얼마 읽지 못하고 서류를 거칠게 덮었다.

"이게 도대체 뭡니까?"

"보고도 모르냐? 그 아이가 쓴 각서다."

"……."

"위자료는 넉넉히 챙겨주었으니 평생을 놀고먹으며 살 수 있을 거다. 계약이라는 걸 잘 이용할 줄 아는 아이더구나. 어떤 것이 이

득인지 금방 알아보는 영악함도 있어."

"그런 사람 아닙니다."

지훈이 낮지만 단호한 목소리로 말했다.

"잠깐의 치기로, 거짓으로 꾸민 결혼이 아니라고 해도! 네 인생에 전혀 도움이 되지 않을 여자야! 더 이상 그런 여자 찾지 마라. 그렇게 가볍게 만날 여자라면 널리고 널렸어."

"회장님 눈엔 모든 여자가 그렇게 보였을 것입니다. 심지어 본가 어머니도 그렇게 보셨으니까 오랜 세월 방치하신 것 아닙니까. 한 번이라도 두 분께 진심이신 적이 있었습니까? 회장님의 욕심을 위해서가 아니라 순수하게 그분들을 생각해 본 적이 있냐 말씀입니다."

처음에는 느긋해 보이던 박 회장의 얼굴에 점점 노기가 차기 시작했다. 지훈은 비웃으며 계속 말을 이었다.

"물론 저 같은 족속들은 죽을 때까지 알만 낳는 여왕벌처럼 제 인생을 모두 그룹에 저당 잡혀야 맞겠죠. 그 대가로 얻는 건 그룹을 이용한 허울 좋은 권력과 차고 넘치는 잔고 아니겠습니까. 그런데 그렇게 사는 거…… 무슨 의미가 있습니까? 사랑하는 사람 하나 제 곁에 온전히 둘 수가 없는데!"

"어디서 그따위 소리를 지껄이는 거야!"

박 회장이 천장이 울리도록 고함을 질렀지만 그는 미동도 하지 않았다. 오히려 더 침착한 모습을 보였다.

"제 어머니. 외롭게 지내다 가셨습니다만 회장님만 사랑하다 가셨습니다. 저를 어머니가 직접 키우진 못하셨어도 하나만은 제대로 가르쳐 주셨습니다. 누구를 사랑하거든 진심을 다해 끝까지, 죽을 때까지 사랑해야 한다는 것 말입니다."

"돈 앞에선 사랑도 진심도 없다. 그것이 내가 살아온 신조야. 그딴 허무맹랑한 것들을 좇기엔 시간이 너무 아깝다."

그 생각을 모르지 않았는데 막상 직접 듣고 보니 지훈은 소름이 돋았다.

"회장님은 제 어머니나 본가 어머니께…… 평생 사죄하며 사셔야 합니다."

둔탁한 소리와 함께 그의 얼굴이 옆으로 획 돌아갔다. 화를 참지 못한 박 회장이 씩씩거리며 그를 노려보았다. 턱을 움직이며 손으로 매만져 보던 그가 싱긋 웃으며 박 회장을 바라보았다.

"제 아내…… 돌려주십시오."

"제 발로 떠난 사람을 왜 나한테서 찾아!"

"제 발로 떠났든, 회장님이 보냈든 상관없습니다. 세진그룹의 더러운 바닥을 공개하고 싶지 않다면 최대한 빨리 제 앞에 돌려놓으셔야 할 겁니다."

두 주먹을 불끈 쥔 박 회장의 얼굴이 붉으락푸르락해졌다. 지훈은 웃음을 유지하며 박 회장에게 다가가 귀에 대고 속삭였다.

"회장님과 저. 그리고 세진그룹. 다 함께 망하는 겁니다."

"훗. 그거야말로 네가 할 수나 있겠냐."

박 회장이 기가 차다는 듯 가볍게 웃었다. 한 걸음 뒤로 물러난 지훈은 바지 주머니에 한 손을 찔러 넣고 느긋한 표정으로 말했다.

"걱정하지 마십시오. 결과야 어떻든, 시도를 했다는 것이 더 중요한 것 아니겠습니까? 저에게서 아내를 숨기신 이상, 회장님은 절 마음대로 하실 수 없습니다. 어제까지만 해도 회장님이 어떤 더러운 일을 맡겨도 제 아내를 생각하며 참고 견디려고 했는데, 어쩝니까? 이젠 그럴 이유가 없어졌는데. 전 이미 저의 전부를 잃었기 때문에 세진그룹이 어떻게 되든 상관없습니다. 걱정하셔야 하는 건 회장님입니다."

"너 이 자식……."

"시간은 길게 못 드립니다. 딱 일주일입니다. 일주일 내로 제 아내 제자리로 돌려놓으십시오."

"꺼져!"

"그래 드려야죠. 조금이라도 빨리 대응 방법을 찾으시려면 말입니다."

지훈은 현관문이 떨어져 나가라 닫고 집에서 나갔다. 뒤에 남은 박 회장은 분노로 부들부들 떨고 있었고, 지금까지의 대화를 듣고 있던 선주가 몸을 돌려 거실로 들어갔다.

세진화학으로 향하는 차 안에서 지훈은 굳은 표정으로 창밖을 노려보고 있었다. 그의 무릎 위에는 박 회장에게서 받은 서류가 올려 있었다. 파일을 펼치기까지 꽤 긴 시간이 필요했다. 그는 심호흡을 하고 천천히 파일을 펼쳤다.

눈앞에 펼쳐진 각서에서 그녀의 사인을 가장 먼저 확인했다. 다음은 필체였다. 모두 거짓말이길 간절히 바라는 그의 마음이었다.

그러나 그녀의 사인도, 딱 한 번 본 필체도 모두 그녀의 것이었다. 믿고 싶지 않은 현실에 그는 눈을 감아버렸지만 피할 수 없기에 용기를 내어 첫 문장부터 읽어 내려갔다.

이 각서는 본인의 의사에 따라 자필로 작성하였음을 밝힙니다.
본인은 현 배우자인 박지훈과의 원만한 합의 이혼을 위하여 아래와 같이 위자료를 청구합니다.

이어지는 내용을 쭉 읽던 그는 그녀의 사인 옆에 남겨진 작은 눈물자국을 발견했다. 아련한 눈으로 그 눈물자국을 손으로 쓸던 그는 탄식의 한숨을 쉬었다. 그는 먹먹한 가슴을 달래고자 창밖을 내다보았다.
마치 그녀가 이혼과 더불어 엄청난 규모의 위자료를 바란 것처럼 작성된 각서였다. 그가 준 것들도 모두 남겨놓고 간 그녀가 이토록 뻔뻔하게 위자료를 요구했을 리가 없었다. 무엇보다 그녀는 그를 사랑한다고 했다. 자신이 물거품이 되어 사라진다 해도 사랑한다고 했다. 그런데 이런 말도 안 되는 종이를 믿으라고?
기도를 하듯 먼 하늘을 바라보고 있던 그가 굳은 얼굴로 말했다.
"이번에는 중단하지 않아. 끝까지 갈 거야."
"알겠습니다."
"희영이……."
감정을 정리하듯 그가 말을 끊었다. 창틀에 걸친 그의 주먹에 힘이 들어갔다.

"우리 집사람 무슨 수를 써서라도 먼저 찾아내."

"알겠습니다."

민우마저 결연한 목소리로 대답했다.

"박 사장!"

이번에도 집무실이 허락도 없이 벌컥 열렸다. 업무를 보고 있던 지훈이 고개를 들자 영우는 제 팔을 잡고 있는 민우를 떨쳐 냈다.

"얘기 좀 하자, 지훈아."

100미터 달리기라도 한 사람처럼 영우가 거친 숨을 몰아쉬며 말했다. 지훈은 민우에게 나가라는 사인을 하고 문이 닫히기를 기다렸다.

"앉아."

"그래, 앉자."

영우는 근처에 있는 소파에 대충 앉았다. 지훈은 인터폰으로 차를 준비하라고 지시하고 소파로 왔다.

"내가 지금 차 마시러 온 줄 알아?"

"차 한잔 안 준다고 투덜거릴 땐 언제고?"

영우는 어이없어 했다.

"박지훈, 지금 농담이 나와?"

"안 나오면?"

"세진화학 주가 왜 그 모양이야?"

"떨어질 만하니까 떨어지는 거겠지."

세진화학을 책임져야 하는 사장의 입에서 나올 소리가 아니었다.

"미쳤어? 막아야지! 세진그룹 지원을 받든, 세진유통 지원을 받든 빚을 내서라도 유지해야 할 거 아니야. 누구 좋으라고 주가를 떨어뜨려?"

"너 좋으라고."

"박지훈!"

영우가 펄쩍 뛰어오르며 버럭 소리를 질렀다. 그 바람에 차를 가지고 들어오던 여비서가 화들짝 놀라 작게 비명 소리를 냈다. 당황한 여비서가 서둘러 차를 내려놓고 밖으로 나가자 영우가 주변의 눈치를 보듯 목소리를 낮췄다.

"있잖아. 세진화학을 우리 아버지가 탐내는 건 맞아. 그래서 몰래몰래 주식도 사서 모았어. 그래서 알려줬잖아. 경영권 지키라고. 자금 필요하면 내가 책임지고 보증도 서겠다고 했잖아. 그런데 이게 지금 무슨 짓이야?"

"세진화학, 네가 가져라."

"싫다니까!"

영우의 목소리가 다시 커졌다.

"그럼 세진그룹도 줄게. 가져가라."

"정신이 나갔구나!"

티 테이블을 내려치자 커피잔이 출렁거렸다. 그래도 지훈은 태연하게 커피를 마셨다.

"네가 지금 큰 거 터뜨린다고 계열사 사장들이 술렁거리고 난리도 아니야. 도대체 무슨 짓을 꾸미고 있는 거야?"

"자폭."

"허……."

지훈의 간단명료한 대답에 영우는 넋이 나간 표정을 지었다.

"이게 지금 너만의 문제야? 너랑 회장님이 싸우는데 왜 애꿎은 내가, 아니, 직원들 등이 터져야 하는데? 넌 회장님밖에 안 보여? 네 이름 밑으로 죽 늘어선 직원들과 부양가족은 안 보이냐고. 회사가 네 장난감이야?"

"나 하나 꿈틀거린다고 세진그룹이 무너지지 않아. 알면서 왜 이래?"

"그래. 안 망하지. 회복은 될 거야. 그래도 바닥으로 떨어진 회사 이미지는 어떻게 할 건데? 몇 년 전에 내부 고발로 휘청거렸던 회사는 이미지 회복하는 데 얼마나 긴 시간이 필요했는지 알아? 쏟아부은 돈은 어떻고?"

"내 알 바 아니다."

"야!"

영우가 다시 버럭 고함을 질렀다. 지훈이 쓴웃음을 지었다.

"희영이가 없으니까…… 사는 것이 별 의미가 없다."

"박지훈."

"친어머니의 존재를 알게 되었을 때, 지금까지 내가 갈구했던 삶을 산다는 건 불가능하다는 걸 알았어. 이미 손을 쓸 수 없는 지경이 되어버린 어머니를 보면서 난 무기력감을 느꼈어. 이렇게 컸는데도 내가 해드릴 수 있는 일이 전혀 없다는 걸 알게 되니 아무런 의욕도 없더라. 희영이를 만나기 전까지는 누군가의 손에 의해 짜인 프로그램대로 움직이는 기계처럼 정해진 시간을 살았던 것 같아. 아니, 희영이를 만나고도 한동안은 그렇게 살았어. 하지만 지금은 달라. 아버지가 정해준 목표대로 살던 내게 나만의 의미가 생긴 거야. 사랑하는 사람과 인생의 희로애락을 함께하며 살다가 죽는 것. 그것이 내가 이 세상을 사는 의미야."

진지하던 지훈이 허탈한 웃음을 보였다.

"그런데 지금은 없어. 내 인생의 전부라고 여기게 된 그 사람이 없다고. 그런 내게 아버지가 만들어놓은 삶을 살라고 하지 마. 이제는 그렇게 못해."

"하아…… 진짜 미치겠네."

영우가 옆으로 틀어 앉으며 머리를 헝클어뜨렸다. 지훈은 딴 세상에 사는 사람처럼 피식 웃었다.

"그런데 네가 세진그룹에 그렇게 애정이 깊은 줄 몰랐다."

"내가 애정이 깊은 게 아니야. 고모가 애정이 깊은 거지."

영우는 시큰둥하게 말했다.

"너도 알잖냐. 원래 이 회사 고모 부친 회사라는 거."

영우의 말대로 지훈도 알고 있었다. 세진그룹의 모회사인 세진화학은 애초에 선주의 아버지가 세운 회사였다. 세진화학을 창업할 당시 선주의 어머니, 즉 영우의 친가에서 사업자금을 댔었다. 선주의 아버지는 여러 분야의 회사를 인수하여 그룹으로 키웠고,

세진그룹은 박 회장에게로 승계되었다. 그래서 현재 지훈이 가장 마음이 쓰이는 사람은 다름 아닌 선주였다.

"그러니까 이번 기회에 가져가시라고 해. 난 전혀 방어할 생각 없으니까."

"회장님이 잘도 가만히 계시겠다. 당장 내일이라도 널 해임하겠다고 나올 분이잖아."

지훈은 쓴웃음만 지었다. 몸을 바로 하고 앉은 영우가 진지한 목소리로 말했다.

"그러지 말고 고모를 먼저 만나봐."

"……."

"제수씨가 그동안 계속 고모 만나러 다닌 거 몰랐지?"

"사랑나무 일이라면 알아."

"하여튼 단순하기는. 그것뿐이면 말을 안 하지. 대문 안 열릴 거 뻔히 알면서도 틈만 나면 본가에 갔었다고 하더라. 틈만 나면! 이 멍청아."

영우가 불쌍하다는 표정으로 혀를 끌끌 찼다.

"정 집사한테 들으니까 제수씨 정성이 눈물겹더라. 그게 다 뭐 때문이겠어? 너랑 고모 사이 화해시키고 싶었던 거 아니겠냐? 이제는 그 결실을 볼 때가 됐어. 그러니까 고모부터 만나보고 일을 터뜨려도 터뜨려, 인마."

생각에 잠긴 듯 지훈이 대답이 없자 영우가 가슴을 두드리며 답답하다는 듯 말했다.

"도와주고 싶어도 고모 자존심에 절대 먼저 말씀 안 하셔. 그러니까 네가 찾아가. 부모 이기는 자식 없다고 하지만, 자식이라면 먼저 숙이는 게 도리야. 너 고모 아들 아니었냐?"

갑자기 목이 콱 메어버린 지훈은 헛기침을 하며 몸을 바로 하고 앉았다. 영우는 다 식어버린 커피를 한번에 마셔 버리고 자리에서 일어났다.

"그리고 자식아, 나 커피 안 마셔."

영우는 멍하니 생각에 잠긴 지훈의 어깨를 두드리고 유유히 집무실을 나갔다.

## 13. 오랜 시간의 마침표

사방이 형형색색의 꽃들로 가득했다. 따뜻한 햇살과 달콤한 꽃향기로 어지러울 지경이었다. 싱그러운 바람과 함께 끝도 보이지 않는 꽃밭을 거닐고 있을 때 꽃 하나가 시선을 끌었다. 이름을 전혀 알 수 없는 꽃이었다. 하지만 그 빛깔이 무척 고와 그냥 지나칠 수 없었다. 문득 이 꽃을 그도 볼 수 있다면 얼마나 좋을까, 하는 생각을 했다.

"희영아."

한참 꽃을 감상하고 있을 때 뒤에서 부르는 소리가 들렸다. 듣고 싶던 목소리에 희영은 얼른 몸을 돌렸다. 멀지 않은 곳에서 그가 웃으며 서 있었다.

"지훈 씨, 이거 봐요."

안 그래도 보여주고 싶었는데, 희영은 신이 난 얼굴로 그에게 손짓을 했다. 그러나 그는 웃기만 할 뿐 움직일 생각을 하지 않았다. 빨리 와주지 않는 그가 서운해 마구 손을 흔드는데 갑자기 거센 바람이 폭풍처럼 밀려왔다.

희영은 재빨리 바람에 위태롭게 흔들리는 꽃송이를 품에 안았다. 눈을 가늘게 뜨고 출렁거리는 꽃송이를 걱정스럽게 바라보았다. 잠시 후 거짓말처럼 바람이 잠잠해졌다.

"지훈 씨."

그가 있던 곳을 찾아보았지만 그가 없었다. 놀란 희영이 한걸음 앞으로 나갔다. 따뜻한 햇볕도 달콤한 꽃향기도 그대로였고, 조금 전 보았던 고운 빛깔의 꽃도 그대로였지만 정작 있어야 하는 그는 없었다.

"지훈 씨!"

놀란 희영이 손나팔을 만들어 그를 큰 목소리로 불렀다. 하지만 되돌아오는 건 바람뿐, 어떤 소리도 들리지 않았다. 겁에 질린 그녀의 눈동자에 눈물이 빠르게 고였다.

아까 잡았어야 했는데…….

희영은 울먹거리는 목소리로 다시 그의 이름을 크게 불러보았다. 눈물이 얼굴을 적시고 목이 아프도록 그의 이름을 불렀다.

"허억!"

거친 숨을 몰아쉬며 희영이 눈을 떴다. 반짝거리던 하늘은 사라지고 꽃들도 사라졌다. 꿈이었다. 희영은 떨리는 손으로 눈가를 만져 보았다. 역시나 흥건하게 젖어 있는 얼굴. 불면증에 시달리

느라 어렵게 잠이 들면 여지없이 그를 만난다. 그와 대화를 할 수도 없고, 만질 수도 없는 그런 꿈을 끝도 없이 꾼다. 잠자기가 무서웠다. 수없이 반복되는 이별에 심신이 지쳐 갔다.

"으흑."

마르지도 않는 눈물이 얼굴을 쉴 새 없이 적셨다. 얼마나 지나야 그를 온전히 잊을 수 있을까. 이미 뼛속 깊이 남아 있는 그의 잔영이 사라지기는 할까. 꿈에 보이는 그는 심장이 뒤틀리는 고통이었다.

"어엉."

이불에 얼굴을 파묻어도 그녀의 설움은 공기를 타고 건너 방의 선영에게까지 전달되었다.

일본은 온돌 구조가 아니어서 한국처럼 따뜻해지기 어려웠다. 밖은 심심하면 눈이 내렸고, 내린 눈은 좀처럼 녹지 않았다. 한여름에도 27도 안팎을 유지한다는 곳이니 겨울은 얼마나 추울지 안 봐도 뻔했다.

"언니, 밥 좀 먹자."

선영이 온풍기의 온도를 올리고 가지고 온 담요를 덮어주며 사정하듯 말했다. 희영은 멍한 시선으로 새하얗게 뒤덮인 동네를 바라보고 있었다. 그녀는 하루의 대부분을 방의 베란다 앞에 놓인 작은 소파에서 보냈다.

하루에 한 끼 먹기도 힘들고 잠은 3시간을 못 넘기고 깼다. 이곳으로 온 지 고작 삼 일이 지났을 뿐인데 희영은 마른가지처럼 바짝바짝 말라가고 있었다.

선영은 여전히 자신들이 이곳에 온 이유를 모르고 있었다. 희영은 일상 대화도 힘든 상태라 이유를 물어보는 건 더더욱 엄두도 낼 수 없었다. 언제까지 이 상태가 이어질지 걱정이 태산이었다. 이러다가는 없는 병도 생길 것 같았다. 만약 여기서 더 심해지면 병원에 억지로라도 데려가기로 수경과 이야기를 마쳤다.

"선영아……."

이불을 덮어주고 같이 앉아 창밖을 내다보고 있던 선영이 고개를 돌렸다. 희영은 초점 없는 시선으로 밖을 내다보고 있었다.

"미안해."

"에이, 왜 그래."

잠시 멍하니 언니를 바라보던 선영이 장난기 가득한 얼굴로 어깨를 툭 쳤다.

"갑자기 학교도 못 나가고…… 친구들과도 연락이 끊겼잖아."

"무슨 소리야. 학교야 곧 나가게 될 거고, 그러면 친구들도 당연히 사귈 거고, 외국어도 배우고, 외국인 친구도 생길 거고, 눈도 아주 그냥 질리게 보고. 무엇보다 난 언니랑 같이 있어서 좋아."

무릎을 껴안은 선영이 해사한 얼굴로 언니를 바라보았다. 느리게 눈을 깜박이던 희영이 고개를 돌렸다. 여전히 그녀의 눈동자는 잔뜩 흐린 하늘 같았다.

"언니가 욕심이 너무 과했나 봐."

"……."

"내 것이 아닌데 욕심 부리고, 내 사람이 아닌데 욕심 부려서 벌

받나 봐, 선영아."

"아…… 진짜. 이상한 소리 좀 하지 마."

결국 선영이 짜증을 부렸다.

"도대체 언니가 뭘 그렇게 잘못했는데? 사람 사랑한 게 죄야? 그래? 죄라고 치자. 그래서 뭐! 언니가 죽을죄라도 졌어? 여기 이러고 와 있는 것만으로도 충분해. 언니 속 뭉그러지는 것만으로 충분하다고. 그놈의 할배, 보기만 해봐. 가만 안 둘 거야."

양반다리를 하고 앉은 선영이 창밖을 향해 삿대질까지 하며 고래고래 고함을 질렀다.

"훗."

"어? 우리 언니 웃었다."

이곳에 온 이래 처음으로 희영이 웃었다.

"아아앙. 우리 언니 계속 웃어라. 응?"

선영이 어리광을 부리며 그녀의 품을 파고들었다. 희영은 선영을 품에 꼭 안으며 고개를 끄덕였지만 눈에는 슬픔이 가득했다.

룸의 문이 열리고 무표정한 얼굴에 선글라스를 낀 선주가 들어왔다. 그녀를 초조하게 기다리고 있던 지훈이 자리에서 일어나 정중하게 인사를 했다. 선글라스도 벗지 않은 선주는 별 반응 없이 그의 앞에 앉았다.

"식사는―"

"됐어. 우리가 다정하게 마주 보고 앉아 식사할 사이는 아니잖아. 길게 할 얘기도 아닌 것 같은데 이대로 얘기해."

아무것도 주문하지 않은 채 어색한 시간이 흐르고 있었다. 영우의 말대로 먼저 말을 꺼내야 하는 건 그였지만 쉽사리 입이 떨어지지 않았다. 지훈은 차마 선주에게 제 아내를 찾을 수 있도록 도와달라는 말을 할 수가 없었다.

"보자고 한 이유가 있을 거잖아."

기다리다 못한 선주가 먼저 말을 꺼냈다. 그는 마음을 가다듬고 그녀를 똑바로 바라보았다.

"도와주십시오, 어머니."

"무엇을?"

지훈의 눈동자가 놀라움에 반짝거렸다. 선주가 이유를 묻는다는 것만으로도 엄청난 발전이었다. 예전 같으면 '내가 왜?' 라고 말했을 것이다. 지훈은 용기를 낼 수 있었다.

"제 아내가 사라졌습니다. 아마도 회장님이 어딘가로 보낸 것 같은데 전 제 아내를 찾아야겠습니다. 도와주십시오."

"조만간 터질 내부 고발 제보자가 너라는 소리가 있어. 사실이야?"

"네. 회장님께 통보한 날까지 삼 일 남았습니다. 검찰에 넘길 자료는 이미 준비를 마쳤고, 보도자료는 시한을 넘기는 즉시 언론사로 넘길 겁니다. 그날 오전에는 제가 직접 기자 회견을 하기로 했습니다."

"그렇게 되면 네 목도 남아나질 않아. 모든 비리의 중심엔 네가 있었어. 불법 승계, 불법 비자금 조성, 정계 로비 의혹 등등. 이런 거 다 네가 주도한 거라고 자수를 하신다고?"

팔짱을 낀 선주가 질책 어린 목소리로 말했다. 지훈은 혼나는 어린아이처럼 좀처럼 시선을 들지 못했다.

"넌 세진그룹에서 완전히 매장되고 싶어서 스스로 무덤을 파고 있는 거야."

"알고 있습니다."

"그런데도 그렇게 해야겠다는 거야? 여자 하나 때문에?"

잠자코 듣고 있던 그가 고개를 들어 선주를 바라보았다.

어떻게 하면 어머니에게 칭찬을 받게 되는지 어린 지훈은 정말 궁금했었다. 친구들에게 시험을 잘 보면 엄마가 좋아하더라는 말을 듣고 공부를 정말 열심히 했다. 오로지 어머니의 따뜻한 칭찬 한마디를 듣기 위함이었다. 하지만 돌아오는 건 비웃음이었다.

보통 아이들처럼 어머니에게 떼를 쓰고 싶었지만 근처에 오는 것도 싫어한다는 걸 알고 있었기에 그럴 수 없었고, 공식 행사에서라도 어머니 곁에 서 있으려면 점잖게 행동해야 했다. 이만큼 나이가 먹었고 덩치가 커졌지만 지금도 지훈은 어머니가 두려웠다.

"어린 마음에 어머니에게 관심을 받고 싶었을 뿐인데, 제가 다가가면 다가갈수록 나쁜 기억을 떠오르게 한다는 것을 뒤늦게 알았습니다. 저를 볼 때마다 느끼셨을 아버지에 대한 배신과 절망감이 긴 세월 동안 어머니를 얼마나 괴롭혔는지 저는 가늠도 할 수 없습니다. 절 낳아주신 어머니가 그러셨습니다. 어머니야말로 정말 큰 고통을 겪으셔야 했다고……. 당신이 어머니께 해드릴 수 있는 일은 죽지 못하는 목숨, 숨죽이며 지내는 것뿐이었다고…… 그렇게 말씀하셨습니다."

선주는 팔짱 낀 팔을 아프게 꽉 잡으며 선글라스를 벗지 않아 다행이라는 생각을 했다. 지훈의 말이 이어졌다.

"친어머니가 제 걱정을 많이 하셨습니다. 저에게 미안하다고 하셨습니다. 저를 포기할 수 없어 낳았지만 그로 인해 어머니께는 지울 수 없는 상처를 주었다며 계속 눈물을 흘리셨습니다. 처음에는 어머니도 많이 원망스러웠습니다. 친어머니는 아무런 잘못이 없는데 왜 그리 괴롭히셨나, 그러는 난 무엇을 잘못했나. 정말 궁금했었습니다. 지금은 친어머니가 운명으로 받아들이셨듯, 저도 그렇게 받아들였습니다. 지금까지 아버지에 대한 실망과 친어머니에 대한 절망. 그리고 어머니를 향한 죄송함이 계속 공존해 왔습니다. 결혼은 그저 망상이었고, 사랑은 불필요한 감정이었는데 그 사람이 바꿔주었습니다. 사랑이 얼마나 행복한 감정인지, 얼마나 따뜻한 감정이 알게 해주었습니다. 무엇보다……."

지훈은 콱 막혀오는 목 때문에 짧게 헛기침을 했다. 말아 쥔 손이 미세하게 떨렸다. 선주는 차분한 모습으로 그의 말에 귀를 기울였다.

"어머니의 일을 알게 된 후 마음은 그렇지 않은데 예전처럼 선뜻 다가가지 못했던 저에게 용기를 보여준 사람입니다. 세진화학이 어머니께 어떤 의미인지 알고 있습니다. 하지만 아내를 찾으려면 이 방법밖에 없고…… 그래서 어머니께 가장 죄송합니다."

그가 사죄하듯 고개를 숙였다. 둘 사이 조용히 흐르던 침묵을 깨고 선주가 자리에서 일어났다. 지훈도 따라 일어났다.

"네가 하고 싶은 대로 해. 다시 연락하마."

"어머니……."

"내가 주는 결혼 선물이다."

선주는 그대로 몸을 돌려 룸을 나갔다.

그날 저녁, 세진그룹을 둘러싼 소문들이 증권가를 시작으로 빠르게 퍼지기 시작했다. 가장 먼저 시작된 소문은 박지훈 사장의 이혼설이었다. 결혼한 지 다섯 달 만에 파경을 맞은 두 사람이 별거에 들어갔으며 희영이 고액의 위자료를 요구하고 있다는 주장이었다.

그녀의 신상 정보가 언론에 흘러들어 가면서 오래전에 연락이 끊긴 친인척과 그녀가 자란 고아원까지 뒤지는 기자들이 나타났다. 두 사람의 만남부터 별거까지 온갖 추측성 기사가 막무가내로 앞다투어 퍼져 나갔지만 그걸 막는 것에 한계가 있었다. 어떻게 해서든 이혼을 기정사실화하기 위한 박 회장의 계략이었다.

곧바로 터진 일은 경영진 교체가 초읽기에 들어갔다는 소식이었다. 세진화학을 시작으로 세진그룹의 전 계열사의 주가가 순식간에 요동을 치고 선주가 조만간 대주주로 등극할 것이라는 이야기가 흘러나왔다. 그 소문에 꼬리를 문 것은 박 회장의 해임이었다. 직접적인 오너가 박 회장에서 선주로 바뀌는 순간이었다. 그렇게 되면 후계구도는 180도 달라지는 것이었다. 그러나 역시 뚜껑을 열어봐야 아는 일이었고, 당장은 지훈이 쥐고 있는 키가 무엇인가에 관심이 집중되어 있었다.

그것을 반영하듯 세진그룹 회장실과 홍보실에 문서 하나가 팩스로 도착했다. 그 종이 하나는 세진그룹 전체에 큰 파장을 일으켰고, 박 회장이 직접 세진화학 사장실로 들이닥쳤다. 그가 정한 시한을 반나절 정도 남긴 시점이었다.

비서실장을 대동하고 무섭게 돌진하듯 들어오는 박 회장을 지훈은 덤덤한 얼굴로 맞았다. 얼굴을 빨갛게 물들인 박 회장은 들고 온 종이를 갈기갈기 찢어 그의 얼굴에 집어 던졌다.

"아주 발악을 하는구나!"

"제가 분명히 말씀드렸을 텐데요. 회장님과 저, 세진그룹이 함께 망하는 거라고요."

박 회장이 지훈의 멱살을 잡았다. 깜짝 놀란 민우와 비서실장이 중간에 끼어들었지만 그의 목덜미를 꽉 잡은 박 회장은 독기가 단단히 올라 있었다.

"부자가 오붓하게 구속되는 것도 참 좋은 그림 아닙니까?"

"너 이 자식!"

박 회장이 주먹을 휘둘렀지만 재빨리 움직인 민우와 비서실장에 의해 원하는 바를 이루지는 못했다.

"당장 중단하지 못해!"

"안 합니다."

"박지훈!"

"그전에 경영권 방어부터 하셔야 하는 것 아닙니까? 이미 지분이 5% 이상 이동했다고 들었습니다."

격분한 박 회장이 잡고 있는 사람들을 털어내듯 몸을 흔들었다. 그리고 호흡을 크게 하며 지훈을 노려보았다.

"이게 다 누구 때문인데 그따위 소리를 지껄이는 거야. 내가 지금까지 세진그룹을 누구를 위해 움켜쥐고 있었다고 생각해!"

박 회장이 손가락으로 지훈을 가리키며 큰소리쳤다.

"저를 위해서였다고 변명하지 마십시오. 처음에는 어머니에게 저를 없애라고 하셨죠? 그러더니 6개월도 안 된 저를 어머니로부터 뺏으셨습니다. 그게 저를 위해서였습니까? 모두 아버지의 돈과 권력, 명예 때문이었다는 걸 그런 식으로 포장하지 마십시오! 아버지가 저를 위해 하셨어야 하는 일은 제 어머니로부터 저를 데려오지 않고 본가의 어머니를 돈벌이를 위한 도구가 아닌 아내로 보시는 일이었습니다!"

"이……."

박 회장이 분노로 온몸을 떨었다.

"사랑을 잃어보지 않으셔서 잘 모르시는 것 같은데, 사랑하는 사람을 잃으면 이렇게 되는 겁니다, 아버지."

지훈은 씁쓸한 미소를 지으며 손목시계를 확인했다.

"11시간 남았습니다."

조용하던 집 안에 폭풍이 들이쳤다. 강한 힘에 의해 벽에 부딪힌 문의 유리창이 당장이라도 깨질 듯 비명을 질렀다. 급히 현관으로 뛰어나간 정 집사가 겁에 질린 얼굴로 박 회장을 맞았다. 낮에 집에 온 것도 놀랄 일인데 험악하기 그지없는 표정에 정 집사는 얼굴도 제대로 들지 못했다.

"이 사람 어딨어!"

"시청각실에—"

말이 끝나기도 전에 정 집사를 밀쳐 낸 박 회장은 시청각실로 향했다. 시청각실의 문을 열자 긴 소파에 몸을 묻고 클래식음악을 감상하고 있는 선주가 있었다. 눈을 감은 선주는 박 회장이 들어왔음에도 미동도 없었다. 박 회장은 다짜고짜 선주의 손목을 잡아 억지로 일으켰다.

"놔."

눈을 뜬 선주가 박 회장을 바라보지도 않고 낮은 목소리로 명령했다. 박 회장은 기어이 선주를 소파에서 일으켜 세웠다. 선주는 불쾌한 얼굴로 그를 노려보며 잡힌 손을 뿌리쳤다.

"왜 이래? 교양 없이."

"당신이야말로 교양 없이 사람 뒤통수에 대고 무슨 짓을 한 거야!"

"내 거 되돌려받겠다는데 뭐가 잘못된 건가?"

"당신 거? 어떤 게 당신 거라는 거야? 세진그룹이 이만큼 클 수 있었던 게 누구 덕분인데, 어디서 그런 말도 안 되는 소리를 지껄이는 거야! 여자 잘 만난 남자라는 소리 듣지 않기 위해 이를 악물로 회사 이만큼 키운 거야. 그걸 알기나 해!"

박 회장이 목에 핏대를 세우고 고함을 질렀다. 눈은 충혈되고 검은 눈동자는 깊은 구덩이처럼 어두웠다.

한때는 이 남자를 사랑했었는데……. 선주는 씁쓸한 미소를 지었다.

"그러는 난? 내가 당신한테 팔려왔을 때 그 기분이 어땠는지 알아?"

"팔려왔다니!"

"팔려온 거지 그럼 뭐야? 우리 부모님은 이미 알고 있었어. 내가 아이를 낳을 수 없다는 걸. 그러니 당신에게 데릴사위를 제안했겠지. 그러니까! 당신이 밖에서 뿌려놓은 씨도 거두라고 했겠지!"

다른 친구들은 벌써 다 시작한 생리를 고등학생이 되어서도 하지 않아 선주는 엄마와 함께 산부인과에 간 적이 있었다. 여러 가지 치료와 약을 먹으면서 생리를 시작하긴 했지만 난소 쪽의 문제로 생리는 여전히 불규칙했다.

대학생이 되어서까지도 병원을 다녔지만 어느 날 갑자기 엄마가 병원에 데리고 가지 않게 되었다. 이유도 모르고 있던 선주는 단지 병원에 가지 않아도 된다는 사실이 기뻐 앞으로 자신에게 어떤 일이 일어나게 될지는 생각도 못하고 있었다.

친구들이 하나둘 집안에서 이어주는 사람과 결혼을 할 때 자신에게도 혼담이 오고 가는 집안이 있다는 소리에 내심 기대를 했었다. 얌전히 신부 수업만 받으라고 했던 부모님의 요구에 따라 회사 일이나 외부 활동은 전혀 없이 집에서 어머니와 지내던 그녀에게 나타난 박 회장은 백마 탄 왕자님 같았다.

부드럽고 친절한 매너의 소유자인 그에게 선주는 한눈에 반해 버렸다. 학교에서 보았던 철없는 또래 남자들과는 다른 그의 어른스러운 면이 그녀에게 자신이 보호받을 수 있다는 안정감을 주었을지도 모른다. 선주는 사랑하는 남자의 아이를 낳고 단란하게 사는 꿈을 꾸게 되었다.

결혼을 하고 1년 정도는 여느 부부들처럼 지냈다. 정확히 말하자면 지훈의 존재를 알기 전까지였다. 아버지 생신 때 친정에 들렀던 선주는 그곳에서 충격적인 이야기를 들어야 했다. 남편에게 아이가 있다는 사실이었다.

그때까지 있는지도 몰랐던 여자가 아이를 낳았다는 것이다. 서재에 차를 들이던 선주는 열려 있는 문틈으로 새어 나오는 아버지와 남편의 대화를 들으며 몸이 얼어붙어 버렸다.

"어차피 우리 애는 아이를 낳을 수 없으니 상관없네. 딸도 아니고 아들 아닌가. 조금이라도 빨리 데려와야 성가신 일이 없을 거야."

그날 이후로 그녀의 삶이 달라졌다. 자신이 믿고 따랐던 아버지에게 버림받았고 의지했던 남편에겐 배신을 당했다는 생각이 그녀를 괴롭혔고 힘들고 어두운 날이 이어져 갔다. 처음엔 무조건 그를 거부했었다. 집 안에서도 마찬가지지만 외부 활동도 일절하지 않은 채 집 안에 틀어박혀 자신만의 세계에 빠져 지냈다. 그렇지 않았어도 아버지의 감시 때문에 밖에 나갈 수 없었다. 지훈을 그녀의 친아들로 만들기 위한 절차가 진행 중이었기 때문이다.

그럴 때 친정어머니가 찾아왔었다. 아버지 대신 용서를 빌며 집안을 위해 그리고 회사를 위한 일이니 희생한다 생각하지 말고 도와준다고 생각해 주면 안 되겠느냐고 호소했다. 하지만 선주는 여전히 납득을 할 수 없었다. 어머니는 집안을 위해 아버지와 결혼했는지 몰라도 그녀는 그렇게 생각할 수 없었다. 한 여자의 인생이 무너졌는데 집안이나 회사를 위한다는 핑계는 억지였고 그녀에게는 너무 무리한 요구였다.

그러다 결국 지훈이 집으로 들어왔다. 이제 갓 6개월이 지난 아이는 익숙한 얼굴이 보이지 않으니 우는 날이 많았다. 선주는 아이를 거들떠보지도 않았고, 보모와 집에서 일하는 사람들이 거의 키웠다. 그러다 문득 아이를 보게 될 때면 아이를 낳을 수 없다는 현실이 비수가 되어 가슴을 찔러댔다. 지훈이 자라는 동안 괴로움은 커져만 갔고 결국 의학의 도움을 받아야 했다.

정신과 치료를 받으며 많이 호전되었다고는 했지만 지훈을 볼 때마다 얼핏얼핏 보이는 희수의 환영은 끝내 뿌리칠 수 없었고 그녀는 마침내 지훈에게까지 폭언을 쏟아붓기 시작했다. 그러면서 그녀는 벗어나려고 발버둥을 친 것이었다. 이러는 것이 그녀의 환영으로부터 그리고 인간 같지도 않은 남편과 아버지에게서 벗어나는 길이라고 굳게 믿었다.

그녀가 지훈과 희수에게 어떻게 하고 있는지 다 알고 있는 남편이었지만 그는 한마디도 하지 않았다. 이유는 그녀가 보유하고 있던 회사 지분 때문이었다. 이미 세상을 뜬 아버지에게 고마워해야 하는 일인지는 모르겠지만 그녀의 아버지가 보유하고 있던 지분이 모두 그녀에게로 넘어갔다.

아버지의 장례 기간 내내 한 방울의 눈물도 흘리지 않던 그녀를 보며 사람들은 수군거렸다. 아버지를 닮아 돈밖에 모른다고. 그녀가 울지 않는 이유가 아버지가 충분한 재산을 물려주었기 때문에 아쉬운 게 없어서라며 속도 모르는 이상한 소리들을 지껄여 댔었다.

아버지에게 받은 재산 모두를 더러운 입을 놀리는 사람들에게 뿌리고 싶었다. 그녀가 바란 건 이런 더러운 돈이 아닌 단순한 사랑이었다. 아버지의 사랑과 남편의 사랑을 받고 싶었던 그녀의 지극히 단순한 소망을 그들은 모르고 있었다.

갑자기 밀려드는 옛 생각에 선주는 눈물이 고이는 걸 느꼈다. 완전히 말라 버린 줄 알았는데 꼴도 보기 싫은 사람 앞에서 고이는 눈물이 야속했다.

"당신의 야망만 없었다면 이보다 더 행복했을 거라는 생각은 들지 않아? 우리 아버지가…… 훗……."

아버지 생각을 하니 갑자기 웃음이 터져 나왔다. 선주는 신경질적으로 머리카락을 쓸어 넘겼다.

"우리 아버지가 당신을 정말 믿었다면 아버지의 전 재산이 나에게 넘어왔을까? 그건 왜였다고 생각해? 직접 선택한 사위였음에도 아버지는 죽는 순간까지 당신을 견제했던 거야. 당신은 몰랐을 테지. 우리 아버지야말로 아내마저도 믿지 않는 지독한 분이라는 걸."

아들을 고대했으나 딸만 어렵게 낳았다. 어머니의 몸 상태가 아이를 더 낳을 수 없다는 진단을 받게 되고 이후 회사를 창립한 아버지와 사업 자금을 대오던 외삼촌들 간의 줄다리기가 시작되었다. 두 집안의 권력 다툼 속에서 어머니와 선주는 점점 고립되어갔다.

아버지는 선주와 박 회장을 결혼시키므로 처가와의 싸움에서 승리를 했다. 당시 지독한 자금 압박으로 위기를 맞은 박 회장의 회사를 합병하면서 그룹으로 확장시켰다. 비록 무너지는 기업이었으나 경쟁력 있는 사업을 흡수하면서 자신의 세력을 굳게 다지는 기회로 삼은 것이다.

그러나 선주가 아이를 낳을 수 없게 되면서 끝난 것 같던 두 집안의 싸움에 다시 불씨가 붙으려고 했다. 처가와 회사를 나누고 싶지 않던 아버지는 지훈을 입적시켜 회사를 독식하려고 했다. 비록 제 딸의 자식이 아니더라도…….

"당신이 그 회사에 남아 있는 이상 우리는 아무도 행복해질 수 없어. 나도 그리고 지훈이도. 어쩌면 이미 벌써 가버린 그 여자도 마찬가지일 거야."

"지금 무슨 소리 하는 거야! 갑자기 그런 얘기가 왜 나와!"

"그만해! 그만하라고!"

선주가 머리를 움켜쥐며 버럭 소리를 질렀다.

"회사가 뭔데? 그 돈이 다 뭔데! 도대체 그게 뭐라고 사람을 이런 식으로 짓밟아! 나? 세진그룹 외동딸이었지만 그냥 평범한 여자였어. 사랑하는 사람 만나서 결혼하고 아이 낳고 알콩달콩 사는 게 소원이었던 그냥 평범한 여자였다고. 그런데 이런 내 소원을 누가 다 망가뜨렸을까? 나? 애 못 낳는 내 탓이야?"

선주가 남편 앞까지 걸어갔다.

"왜? 내가 애 못 낳는다니까 당신이 미리 알아서 밖에서 준비해

놓고 있었던 거야? 누구 좋으라고? 나 좋으라고? 당신 좋으라고?"

"이 사람이 도대체 무슨 소리를 하는 거야?"

"내가 아이를 낳을 수 없다는 건 이미 알고 있었어. 당신만 괜찮다면 아버지만 괜찮다면 예쁜 아이를 입양해서 친자식처럼 잘 키울 자신이 있었어. 그런데 뭐? 당신에게 이미 아이가 있어? 허!"

"그건—"

"그 여자가 마음대로 가진 거라고 핑계대지 마!"

선주가 눈을 부라리며 그의 말을 잘라 버렸다.

"당신의 그 핑계가 나와 그 여자 인생을 꼬이게 만들었어. 알아? 당신이 저지른 일이었어. 그럼 제대로 용서를 구했어야지. 아니, 빌기라도 해야지, 어떻게 감히 당당하게 아이를 데리고 와!"

멱살을 잡은 선주가 마구 흔들어대자 박 회장은 당황했다. 선주의 눈에선 눈물이 줄줄 흘러내리는데 목소리는 점점 더 신경질적으로 높아갔다.

"뭐야, 지금이 조선시대야? 애 못 낳는다니까 어디 가서 싸지른 애 안고 오면 되는 조선시대냐고! 그래서 그렇게 떳떳했어? 당신 말대로 여자 잘 만나서 돈 방석에 앉았으면 그따위로 행동하지 말았어야지!"

"그, 그만하지."

박 회장이 그녀의 손을 풀려고 했지만 선주는 더욱 꽉 잡으며 눈에 힘을 주었다.

"다 필요 없어! 나를 그만큼 무시했으면 됐어. 세진그룹? 이젠 말만 들어도 신물이 올라와. 아버지에게 한 번도 고마워한 적이 없는데 이번엔 좀 고마워해야겠어. 나한테 세진그룹 주식 모두 물려준 거. 딸 버려가며 돈을 좇은 것이 미안했을까? 아니면 나중에 당신한테 무시당하고 살지 말라고 일부러 그랬을까? 아니구나. 결국은 사위에게 당신의 모두를 넘기는 것이 아까우셨던 거야. 죽어서까지도 딸 이용해서 아버지 재산 지키고 싶었던 거네."

"여보."

"누가 당신 여본데? 더러운 입으로 나 함부로 부르지 마."

선주는 잡고 있던 멱살을 놓으며 그를 확 밀어젖혔다. 그리고 비정한 미소를 지었다.

"그것까지 계산하신 걸 보면 우리 아버지도 참 대단하셔. 그렇다면 딸인 내가 아버지가 벌인 일들을 마무리해야겠지?"

잔인한 미소마저 사라진 선주의 얼굴에 단호함이 서렸다.

"당신이 지키고 키웠다고 자부하는 세진그룹, 몽땅 뺏기고 싶지 않으면 잘 생각해. 그동안의 공로와 체면이 있으니 이혼은 하지 않겠어. 당신도 알 거야. 이번에 소집된 임시주총을 영원히 거부할 수 없다는 걸. 법원 명령서 떨어지기 전에 알아서 정리하는 게 좋을 거야."

싸늘한 미소를 지으며 그를 노려보던 선주가 밖으로 나가자 박회장은 털썩 자리에 주저앉아 버렸다.

희영이 병원에 가게 되었다. 그녀는 여전히 밥을 제대로 먹지 못했고, 잠도 거의 잘 수 없는 지경이 되었다. 수경이 한국에 연락을 해서 겨우 받은 허락이었다. 선영도 정기검진을 앞두고 있어서 병원에 가야 했다.

일주일 만의 외출이었다. 승용차에 올라 언니를 품에 안은 선영은 울컥 눈물이 나려고 했다.

'우리 언니가 이렇게 작았다니…….'

하루하루가 다르게 말라가는 언니를 보는 것이 선영은 고통이었다. 선영에게 희영은 어떤 어리광을 부려도 다 받아주는 엄마 같은 존재였다. 하지만 지금은 도움 없이는 혼자 화장실도 가지 못할 정도로 나약해졌다. 어떤 이유가 있어 결과가 이렇게 되었겠지만 이제는 없어져 버렸다는 형부가 원망스러웠다.

드디어 병원에 도착하고 희영은 기초 검진을 시작했다. 일본 말을 전혀 못하기 때문에 수경이 일일이 따라다녀야 했다. 선영도 한국에서 가지고 온 진료 차트를 판독중인 의사를 기다리고 있었다. 조용한 병원을 둘러보던 선영은 멀지 않은 곳에 있는 공중전화기를 발견했다.

'아, 전화!'

자리에서 벌떡 일어난 선영은 잽싸게 주변을 두리번거리며 주머니를 뒤졌다. 잡히는 돈이 한 푼도 없었다. 게다가 희영을 부축한 수경도 나타났다. 선영은 절망했다. 그런데 잠시 후 희영과 선영은 깜짝 놀랄 소리를 듣게 되었다. 의사의 진단을 들은 수경은 난감한 표정을 지었고, 의사는 싱글벙글이었다.

"뭐예요. 빨리 말해요."

선영이 화를 내며 다그치자 수경이 우물쭈물하며 입을 열었다.

"임신 8주라고 합니다."

일본인 의사가 또 뭐라고 말을 했지만 세 사람 사이에 이상한 침묵이 흘렀다. 그리고 잠시 후 희영은 손에 얼굴을 묻고 울음을 터뜨렸고, 선영은 기쁨의 비명을 질렀다.

병원에 다녀온 후로 모든 것을 포기한 것처럼 최소한의 생계 활동도 거부하던 희영은 점점 기운을 차리고 있었다. 삶의 희망을 잃었던 그녀에게 찾아온 새 생명은 작은 촛불과 같았다. 가벼운 바람에도 위태롭게 흔들리는 존재였지만 목숨을 다해 지켜야 하는 그와의 작은 끈이었다.

문득 그의 어머니도 비슷하지 않았을까 하는 생각이 들었다. 모든 것을 잃었고 버림받았지만 사랑하는 사람과 연결해 줄 수 있는 유일한 끈이 그였으리라. 그런 아들마저 빼앗겼을 때의 심정이 어땠을까를 생각하니 가슴이 먹먹해지고 눈시울이 붉어졌다.

희영은 제 배를 살며시 감쌌다. 뱃속에 웅크린 아이가 마치 하늘에서 내려준 선물 같았다. 쉽게 포기하지 말라는 깊은 울림처럼 들렸다. 아이가 그녀를 살린 것이나 다름없었다.

무심히 고개를 든 희영은 창밖에 휘날리는 눈송이를 보았다. 좋은 소식이 찾아든 지금, 눈이 아닌 비가 내렸다면 얼마나 좋을까. 희영은 아쉬움이 가득한 눈으로 춤을 추며 떨어지는 눈송이를 바라보았다.

"언니, 산책 갈까?"

돌아보니 얼굴을 빠끔 내민 선영이 배시시 웃고 있었다. 뒷짐을 진 선영이 방으로 들어와 창 앞에 섰다. 기웃기웃 밖을 내다보던 선영이 빙글 몸을 돌려 언니를 바라보았다.

"지겹도록 보는 눈인데도 오랜만에 내려서 그런지 조금은 반갑네? 요 앞에까지만 나갔다 올까?"

희영은 말없이 일어나 옷장에서 코트를 꺼냈다. 선영도 재빨리 제 방으로 가서 코트를 입고 나왔다. 쿵쾅거리며 1층으로 내려가니 희영은 벌써 현관에서 신발을 신고 있었고, 코트를 입은 수경이 바로 뒤에 서 있었다. 선영은 재빨리 뛰어가 막 신발을 신으려는 수경의 앞을 막았다.

"저기요. 이제 그만해요. 언니도 나도 휴대전화도 없고 집엔 인터넷도 안 되잖아요. 그리고 언니랑 나랑 지금 이 몰골로는 어디 도망도 못 간다고요. 그걸 알면 잠깐이라도 숨을 쉬게 해줄 수 있는 거 아니에요? 아줌마 때문에 우리 언니가 더 힘들어한다는 거 몰라요?"

20대 후반의 수경은 선영의 아줌마 발언에 당황했지만 곧 모든 걸 이해한다는 표정으로 순순히 물러났다.

"길이 많이 미끄럽습니다. 조심해서 다녀오세요."

이곳에 온 후 처음 갖게 되는 자유였다. 불만스럽게 입술을 삐죽이던 선영은 작은 목소리로 고맙다는 말을 하고 서둘러 현관문을 열었다.

그사이 희영은 이미 골목 어귀까지 나와 있었다. 넘어지기라도 할까 살금살금 걸으며 소리 없이 내리는 눈을 바라보았다. 그때는 그를 떠올리게 되는 것이 두려워 비가 내리지 않는 곳으로 보내달라고 했는데, 지금은 눈만 내리는 이곳이 아쉬웠다. 내리는 비를 그로 삼아 좋은 소식을 알릴 수 있었을 텐데, 하는 안타까움이 짙게 밀려왔다.

희영은 하늘을 올려다보며 눈을 감았다. 주머니에서 손을 빼고 아랫배를 감쌌다. 그녀의 마음을 위로하듯 얼굴 위로 떨어진 눈송이가 차가운 물방울이 되었다.

우리에게 아이가 왔어요.

이 소식이 하늘로 올라가 그에게 닿기를 소망하며 속으로 그렇게 외쳤다.

"계약 파기야."

희영은 풋, 하고 코웃음을 쳤다. 꿈으로도 모자라 이제는 눈만 감아도 그의 목소리가 들렸다. 오랫동안 잠을 못자서 그런 것 같기도 했다.

"계약 파기한다고."

반복되는 소리에 희영이 눈을 떴다. 눈앞이 캄캄해졌다. 그리고 가슴 설레는 온기가 눈 위로 내려앉았다. 단단한 팔이 어깨를 감싸고 딱딱하게 굳어 있던 등이 넓고 푸근한 품에 안겨 버렸다.

"그러니까 나랑 제대로 결혼해 줘야겠어, 부인."

꿈속에서나 들을 수 있는 목소리였고 맡을 수 있는 향기였다. 너무 놀라 벌어진 입새로 뜨거운 김이 흘러나가고 넓은 손바닥에 가려져 있던 눈에선 눈물이 흘러내렸다. 떨리는 손으로 눈을 가리고 있는 손을 만져 보았다. 따뜻했지만 희영은 그래도 믿을 수 없다.

이렇게 생생한데 눈을 뜨면 그는 항상 없었다. 바로 앞에 있는 그를 안으려고 하면 사라지고, 만지려고 하면 어두운 방이 온몸을 무겁게 내리눌렀다. 이번에도 그럴 것이 분명해서 도저히 걷어낼 용기가 없었다. 그냥 이렇게 울다 지쳐서 다시 깊은 잠에 빠져 버렸으면 좋겠다는 생각만 간절했다. 그런 간절함으로 잡은 그의 손이 제 손에서 벗어나려고 했다.

"으흑, 안 돼요."

희영이 울며 애원했다. 언제나 그랬듯 그가 사라지는 것이 두려웠다. 그 손을 꽉 움켜쥐고 지금까지 그래 왔던 것처럼 서러운 눈물을 하염없이 흘려보냈다.

"미안해요. 정말 미안해요."

그에 대한 모든 것이 미안했다. 그의 앞에 나타났던 것도 그의 계약을 받아들였던 것도 그러다 그를 사랑하게 되어버린 것도 다 미안하기만 한 그녀였다.

"사랑해."

따뜻한 온기와 함께 귓가에서 들려온 말이었다.

희영은 그제야 잡고 있던 손을 천천히 얼굴에서 떼어냈다. 엉망이던 시야가 맑아지면서 눈으로 뒤덮인 골목이 보였다. 그녀의 어깨엔 여전히 팔이 감겨 있었고 그녀의 손에도 여전히 커다란 손이 잡혀 있었다.

누군가의 힘에 의해 그녀의 몸이 돌려세워졌다. 하얗기만 하던 풍경이 움직이고 차갑던 공기가 흔들렸다. 어느새 그녀의 눈앞엔 검은색 코트의 옷깃이 보였다. 무서워 덜덜 떠는 그녀의 얼음장 같던 얼굴이 따뜻한 손에 녹아내리고 메말랐던 입술이 생기를 찾았다. 달콤한 키스가 꿈처럼 스쳐 지나갔다.

"아, 저씨?"

코앞에 있는 얼굴을 보고도 믿을 수 없어 희영은 몇 번이나 눈동자를 깜빡거렸다. 꿈이어야 하는데 그래야 맞는 것 같은데 지금 보고 있는 것이 현실이라고 느껴지지 않았다.

"나랑 협의도 없이 마음대로 떠났으니까 계약은 자동 파기야. 그러니까 신 앞에서 다시 서약해야겠어. 영원히 떠나지 않고 내 아내로 살겠다고……."

"아!"

그녀가 할 수 있는 일이라곤 작은 감탄사와 함께 그의 품에 안기는 것뿐이었다.

"흐윽. 아저씨, 아저씨."

"미안해, 너무 늦게 와서."

지훈은 울고 있는 그녀의 몸이 으스러지도록 꽉 껴안았다.

그가 내부 고발과 관련된 예고장을 본사로 보낸 시점에 맞춰 선주는 박 회장 해임 안을 상정했다. 해임이 된 후 검찰 송환이 이루어지면 선주의 손에 들어간 세진그룹은 박 회장을 적극적으로 변호할 필요가 없어지는 셈이었다. 오히려 박 회장을 제거하는 수단으로 사용하게 될 터였다. 지훈은 구속될 각오로 문건을 만든 거라서 세진그룹이 자신을 버리든 말든 크게 상관하지 않았다.

박 회장은 결국 백기를 들었고, 선주를 통해 세진그룹을 넘겨받게 된 지훈은 비상사태를 진정시키는 데 총력을 기울였다. 아직 여진이 남아 있긴 했지만 희영을 데리러 오는 일도 더는 놓칠 수 없어 겨우 짬을 내서 온 것이다.

지훈은 제 품에 그녀를 다시 안을 수 없을까 봐 얼마나 노심초사했는지 모른다. 어머니에 이어 그녀마저 잃은 그에게 세진그룹은 아무 의미도 없었다. 그녀를 찾을 수 없다면 그나마 가지고 있던 것도 다 버리는 것이 그가 그녀를 그리워하며 할 수 있는 유일한 방법이었다. 이제는 다 끝났다. 그녀를 되찾았다. 다시는 손에서 놓지 않을 것이다.

한편 희영을 따라가기 위해 현관문을 열었던 선영은 그대로 주저앉고 말았다. 예전 병원에서 마주쳤던 쌀쌀맞은 할머니가 마치 도깨비처럼 나타났기 때문이다. 선주를 알아본 수경도 놀라긴 마찬가지였다.

“으으. 춥다. 뭐 이런 곳까지 들어왔어?”

선주를 뒤따라 들어온 영우가 어깨에 떨어진 눈을 털어내며 투덜거렸다. 선주의 뒤에 선 영우는 귀신이라도 본 것처럼 주저앉아 있는 선영을 신기하게 바라보았다.

“학생, 거기서 뭐 해?”

“아…… 저기…… 그러니까…….”

말을 제대로 못하고 횡설수설하는 선영을 선주는 못마땅한 얼굴로 바라보았다.

"비켜."

선주의 도도하고 차가운 목소리는 여전했다. 선영은 자리에서 벌떡 일어나 옷에 묻은 먼지를 털고 선주가 들어가게 길을 비켰다. 추위를 못 참겠다는 듯 몸을 한번 부르르 떤 영우도 뒤를 따랐다.

따뜻한 차를 사이에 둔 세 사람 사이로 묘한 침묵이 흘렀다. 어디서나 고고한 선주는 김이 올라오는 차를 마시며 눈 내리는 창밖을 내다보고 있었고, 만사가 귀찮다는 표정의 영우는 소파에 거의 눕다시피 앉아 있었다.

세진그룹의 급한 불만 겨우 끈 지훈이 일본에 가겠다고 했을 때 선주는 동행하겠다고 했다. 제 가슴의 상처만 생각하고 이방인처럼 희영을 방치했던 것이 미안해서였다.

지훈은 표가 나도록 기뻐했다. 속마음을 쉽게 표현하지 않는 선주이었지만 그녀를 직접 데리러 가겠다는 의미였기 때문이다. 영우는 선주를 보필하겠다는 말도 안 되는 핑계로 따라왔다. 일하기 싫어서 도망 온 것이라는 걸 모르지 않았지만, 선주는 그냥 두기로 했다. 노는 것 같아도 제 할 일은 제대로 챙겨놓고 논다는 걸 알기 때문에 크게 걱정은 하지 않았다. 어차피 한국으로 돌아가면 엄청난 일이 그를 기다리고 있기도 했다.

"할머니 혼자 오셨어요?"

어색한 침묵을 참다못한 선영이 겨우 입을 열었다.

"할머니?"

선주의 우아하던 눈매가 사나워졌다. 장난기 가득한 영우가 웃으며 손뼉을 쳤다.

"와아. 천하의 우리 고모를 할머니라고 부르다니. 학생 용기가 가상해. 역시 제수씨 동생다워."

"할머니를 할머니라고 부르지 그럼 뭐라고 불러요?"

선영은 지지 않고 투덜거렸다.

"다시는 할머니 소리 하지 마."

선주는 애써 태연한 척 선영에게서 고개를 돌리며 경고했다. 책상다리를 하고 앉은 선영은 엉뚱한 곳을 보며 혼잣말처럼 중얼거렸다.

"듣기 싫어도 듣게 될 텐데 뭐."

"음?"

제일 빠르게 반응을 보인 건 영우였다. 몸을 일으켜 바로 앉은 영우가 호기심 가득한 얼굴로 물었다.

"학생, 뭐라고 했어?"

"뭘요?"

선영은 모르는 척 시치미를 뗐다.

"금방 한 소리가 뭐냐니까?"

"몰라요."

"어허. 꼬마 아가씨 맹랑하시네?"

"흥."

선영은 콧방귀를 뀌며 고개를 돌려 버렸다. 끓어오르는 호기심에 영우가 어쩔 줄 몰라 하고 있을 때 지훈과 희영이 집으로 돌아왔다. 너무 울어 눈이 퉁퉁 부은 희영을 본 선주가 혀를 끌끌 찼다.

“쯧쯧. 꼬락서니 하고는. 어디 죽도 못 얻어먹은 사람처럼 몰골이 그게 뭐야? 세상 무너질 일이라도 생겼어?”

“어머님…….”

살가운 인사 한번 건네지 않는 선주였지만 이렇게 다시 만나게 된 것이 감사해 희영은 또 눈물을 터뜨리고 말았다.

“어머님, 괜찮으시겠어요?”

당장 내일이면 한국으로 돌아가야 하는데 다 늦은 시간에 외출을 하는 것이 걱정되어 희영이 물었다. 선주는 장갑을 끼며 무심한 목소리로 말했다.

“사람 귀찮게 하는 건 누굴 닮았나 몰라. 가서 마음에 안 들면 버리고 올 테니까 알아서 해.”

“그건 제 책임이 아니에요. 여기, 이거 쓴 출판사에 따지세요.”

선영이 심술이 가득한 얼굴로 책을 들어 보였다. 영우까지 세 사람은 한사코 대게를 먹어야겠다는 선영의 투정에 못 이겨 외출을 하는 참이었다.

“나는 왜 따라가야 하는 거야?”

이번에는 영우가 투덜거렸다.

“아저씨는 운전해야죠. 그럼 할머니랑 나만 보낼 생각이었어요?”

아저씨 소리에 영우는 입을 쩍 벌렸고, 할머니 소리에 선주는 인상을 찌푸렸다. 당황한 희영이 선영의 옆구리를 찔렀다. 선주는 심기가 불편한 헛기침을 한번 하고 현관문을 열었다. 선영이 졸래졸래 따라 나가자 영우가 지훈을 보며 싱긋 웃었다.

"자리 비켜주는 거야. 제수씨, 밖이 너무 추워서 오래는 안 있을 거니까 할 말 있으면 후딱 끝내요."

"네?"

희영이 어리둥절한 표정을 지었다.

"급한 것부터 빨리 해결하라고요. 나머지는 한국 들어가서 두고두고 하시고. 아아, 저 꼬마 아가씨는 입도 무겁지. 저 성격이면 말하고 싶어서 입이 근질근질할 텐데 말이야."

영우가 찡긋 윙크를 하며 나가자 팔짱을 낀 지훈이 한심한 표정을 지었다.

"저 녀석 뭐라는 거야?"

무슨 얘긴가 곰곰이 생각에 잠겨 있던 희영은 얼굴을 붉히며 수줍은 미소를 지었다.

"들어가자. 추워."

지훈이 그녀의 어깨에 팔을 둘렀다. 희영은 고개를 끄덕이며 그와 함께 따뜻하게 데운 방으로 들어갔다. 그녀의 방에는 창가를 향해 긴 소파가 놓여 있었다. 희영이 대부분의 시간을 보내던 공간이었다.

그는 그녀를 소파에 앉히고 수면 등만 남겨놓은 채 방의 불을 모두 껐다. 그러자 눈에 덮인 까만 풍경이 그림처럼 펼쳐졌다. 눈은 가로등불로 반짝거렸고, 밤하늘에는 동그란 보름달이 떠 있었다.

소파로 온 그는 그녀 옆에 앉아 담요를 같이 덮었다. 그녀가 살며시 기대오자 그가 팔을 둘러 그녀를 단단히 품에 안았다. 바로 옆에 그가 있다는 사실이 희영은 여전히 믿겨지지 않았다.

"수시로 꿈을 꿨어요."

꿈을 떠올리는 건 힘든 일이었지만 영영 떠나지 않을 그가 곁에 있으니 용기를 낼 수 있었다.

"예쁜 꽃이 엄청 많은 거예요. 그중에 제일 큰 꽃이 하나 있었어요. 이름도 모르는 꽃인데 정말 예쁜 거예요. 그때 아저씨가 나타났어요. 꽃을 보여주고 싶었는데 그때마다 바람이 부는 거예요. 난 꽃이 꺾이기라도 할까 봐 꽃을 감쌌어요. 그러고 나면 아저씨만 꼭 없는 거예요."

어깨를 감은 그의 팔에 힘이 담겼다. 희영은 흐뭇하게 웃으며 그의 허리를 꼭 안았다.

"꿈에서 깨면 항상 울었어요. 잡았어야 했는데, 왜 잡지 않았을까 후회하면서. 이런 꿈을 꾸는 내가 정말 싫었어요. 그런데 이제는 그 이유를 알 것 같아요."

밤 풍경을 보고 있던 희영이 고개를 돌려 그를 올려다보았다. 그 역시 그녀를 부드러운 눈으로 바라보았다.

"우리에게 꽃처럼 어여쁜 아이가 생겼던 거예요."

그의 미간이 좁아지고 눈이 가늘어졌다. 그의 표정은 '무슨 소리야?' 라고 묻는 것 같았다.

"임신 9주예요."

"임…… 신……."

막 말을 배우는 어린아이처럼 그가 그녀의 말을 더듬거리며 따라했다. 희영은 감격에 젖은 얼굴로 고개를 끄덕였다. 그가 소파에서 등을 떼고 그녀를 빤히 쳐다보았다. 어안이 벙벙한 표정이던 그의 얼굴에 드디어 화사한 웃음이 번졌다. 감격에 겨워 입만 벙긋거리던 그의 눈에는 이슬까지 맺혀 있었다.

"아이가 생겼어요. 우리 아이."

"아…… 희영아!"

그가 그녀를 와락 끌어안았다. 해일처럼 밀려오는 감동에 지훈은 말문이 막혀 버렸다. 그렇게 마음고생을 하고도 작은 생명을 지켜낸 그녀가 대견하고 자랑스러웠다. 몸을 뗀 그는 밝게 웃고 있는 그녀의 얼굴을 감쌌다. 감격에 겨워 목구멍이 메었지만 하지 않을 수 없는 말을 그녀에게 했다.

"사랑해."

"나도요. 나도 사랑해요."

"사랑해. 사랑해."

희영은 '나도요.' 라는 말을 하고 싶었지만 그는 제 할 말만 하고 그녀에게 사랑과 감동이 담긴 입맞춤을 길게 했다.

입국장을 나가자 모여 있던 기자들이 한꺼번에 달려들었다. 이혼설로 몸살을 앓던 박지훈 사장 내외의 귀국이었다. 대기하고 있던 민우가 경호원들과 함께 일행을 에워쌌다. 지훈은 희영이 다치기라도 할까 최대한 품에 안고 경호원들이 만드는 길을 걸었다. 바로 뒤로 선글라스를 쓴 선영이 순진하게 웃으며 언니 부부를 따랐고, 제일 뒤에는 선주가 영우와 함께 나왔다.

일본에서 지훈은 홍보실을 통해 각 언론사에 희영의 임신 소식을 보도자료로 알리고 이혼설을 강력하게 부인했다. 출국 사실이 알려지지 않았던 희영은 요양차 일본에 있었다고 설명했다. 선주와 영우까지 대동하고 귀국을 함으로써 그동안 넘쳐 나던 여러 의혹들을 한꺼번에 불식시키게 되었다.

"곧 세진그룹 부회장으로 취임한다는 이야기가 있습니다. 그렇다면 세진화학의 경영진은 어떻게 구성이 되는 겁니까?"

"세진화학을 세진그룹에서 분리한다는데 사실입니까?"

두 사람의 이혼설은 이미 사라진 지 오래였고 기자들의 관심은 오로지 세진그룹의 후계구도와 구조 조정뿐이었다. 지훈이 별다른 대응 없이 지나가려고 하자 어느 기자가 외쳤다.

"최영우 대표께서 이번 인사로 세진화학으로 이동하시는 겁니까?"

"뭐요?"

제 이름을 귀신같이 들은 영우가 깜짝 놀란 목소리로 되물었다. 오히려 기자가 당황한 눈치였다. 놀란 영우가 선주를 바라보았지만 그녀는 모르는 척 꼿꼿한 자세로 앞만 보고 있었고, 어느새 공항을 빠져나간 지훈은 희영과 함께 막 차에 오르고 있었다.

박 회장은 표면적으로 여전히 세진그룹의 수장이었지만 종이호랑이나 마찬가지였다. 부회장으로 승진을 한 지훈이 2, 3년 정도

기반을 다진 후에 회장으로 취임하기로 내부적으로 정해졌다. 그에 맞춰 곧바로 대대적인 구조 조정을 실시할 계획이었다.

세진화학은 긴 작업을 거쳐 세진그룹에서 완전히 분리하기로 했다. 전대 회장이 세진화학으로 사업을 시작할 당시 사업자금을 대며 사업을 함께 키웠던 선주의 외가 쪽에 지분을 넘기기로 했다. 세진그룹의 전신인 세진화학을 원래 주인인 선주에게 되돌려 준 것이나 마찬가지였다.

"싫다니까!"

영우만 나타났다 하면 지훈의 집무실은 허락도 없이 열렸다. 한마디로 난동이었다.

"부회장님, 도대체 왜 이러세요? 난 사업이 싫다니까요?"

"너를 사장에 앉힌 건 내가 아니야."

"아아, 진짜! 뭔 놈의 회사가 당사자 의견은 반영을 안 해!"

영우가 뭐 마려운 강아지처럼 서성이며 머리를 헝클어뜨렸다. 책상에서 일어난 지훈이 피식 웃으며 재킷을 입었다.

"투정은 그만 부려. 너를 아들처럼 아끼시는 어머니 위해서 그렇게 한 거니까. 영 싫으면 빨리 결혼해서 아들이든 딸이든 낳아. 그리고 열심히 키워서 하루라도 빨리 물려주면 되겠네."

"박지훈!"

책상을 돌아 나오는 그를 손가락으로 가리키며 영우가 몸서리를 쳤다. 지훈은 화가 잔뜩 난 영우의 어깨를 안타까운 얼굴로 토닥이며 집무실을 나섰다. 영우는 치밀어 오르는 욕지거리를 겨우 참으며 발을 굴렀다.

씩씩거리는 영우를 남겨놓고 나온 지훈이 향한 곳은 대원백화점의 VIP실이었다. 유아용품을 사겠다고 나온 희영과 선주가 그곳에서 그를 기다리고 있었다. 직원의 인사를 받으며 VIP실에 막 들어서던 지훈은 창가의 소파에서 이마를 맞대고 있는 두 사람을 발견했다. 두 사람은 심각한 얼굴로 무언가를 들여다보고 있었다.

"꼭 젤리곰 같아요."

"젤리곰이 뭐야?"

희영의 심각한 목소리에 선주도 덩달아 심각한 목소리로 물었다.

"그…… 아이들이 먹는 젤린데 곰처럼 생겼거든요. 몰랑몰랑한데 시면서 달콤해요."

희영이 손가락으로 누르는 흉내를 내며 진지하게 설명했다. 그런 건 생전 본 적도 없는 선주는 들은 척도 하지 않았다.

"이렇게 작은데 언제 큰다는 거야?"

"그래도 어머님, 평균보다 크대요. 키도 크고 팔다리도 길고. 아빠 닮았나 봐요."

"제 남편 자랑은……."

고개를 든 선주가 혀를 끌끌 찼다. 수줍게 웃던 희영이 그를 발견하고 손을 흔들었다.

"지훈 씨."

손을 들어 보인 그가 소파로 와서 앉았다.

"뭘 그렇게 열심히 보고 계세요?"

"젤리곰 한 마리."

선주의 퉁명스러운 대답에 희영이 피식 웃었다. 선주가 가방을 챙기며 일어났다.

"난 이제 가봐야겠다."

"어? 어머님. 식사하고 가셔야죠. 엄마야."

선주를 따라 급히 일어나던 희영이 현기증을 느끼며 휘청거렸다. 선주는 기겁을 하며 그녀를 붙잡았다. 지훈도 놀라긴 마찬가지였다.

"얘가 이러니 편하질 않아."

선주는 걱정이 가득한 얼굴로 투덜거렸다. 배시시 웃는 그녀를 불만 가득한 얼굴로 바라보던 선주가 손목시계를 들여다보았다.

"난 모임이 있다. 너 때문에 이미 늦었어."

"그러면 그냥 저희랑 저녁 식사를 하세요."

그도 권했지만 선주는 한사코 고개를 저었다.

"됐어. 나도 내 생활이 있어. 이만 간다."

선주는 손을 한번 휘젓더니 서둘러 자리를 떴다. 선주가 VIP룸을 완전히 나가고 지훈이 자리에 앉았다.

"병원에서는 뭐래?"

"잘 크고 있대요."

"어머니가 같이 가신 거야?"

"네. 내가 같이 가달라고 졸랐어요."

"그래?"

그가 흐뭇한 얼굴로 웃었다.

한국으로 돌아온 희영은 지훈을 통해 더 오래전의 이야기를 들을 수 있었다. 특히 선주가 불임이라는 말이 그녀의 마음을 가장 아프게 했다. 그 이유로 오랜 시간을 고독하게 보냈다는 걸 알고 있기에 임신 소식이 기쁘면서도 죄송한 마음이 생겼다.

하지만 선주는 서툴기는 해도 예비 할머니로 희영이를 살뜰히 살폈다. 여전히 내뱉는 목소리와 말은 냉랭했지만 그것이 선주가 표현할 수 있는 최대의 관심과 사랑이라는 걸 알기에 전혀 상처가 되지 않았다.

"우리 이제 가요."

"그래. 그런데 처제는?"

그녀가 일어나는 걸 도우며 지훈이 물었다.

귀국 사진이 인터넷에 실리면서 선영은 친구들 사이에서 졸지에 유명인사가 되었다. 호기심이 많은 10대들 사이에서 선영은 영웅이나 다름없었다. 코트를 입으며 희영이 투덜거렸다.

"친구들한테 또 으스대러 갔겠죠. 걘 왜 그렇게 철이 없는지……."

쪽.

지훈은 코트 깃을 세워주고 그녀의 입술에 짧게 입을 맞췄다. 그의 돌발행동에 얼굴이 붉어진 희영이 재빨리 주변을 살폈다. 다행히 아무도 두 사람에게 관심을 보이지 않았다.

"사람들 많은 데서 뭐 하는 거예요?"

희영이 작은 목소리로 나무랐다.

"사랑해."

그래도 아랑곳하지 않는 그의 고백에 어이없다는 듯 웃음을 보인 희영이 그의 얼굴을 손으로 감쌌다. 발뒤꿈치를 세운 그녀가 그의 입술에 짧게 입을 맞췄다.

"사랑해요."

서로를 한번 부둥켜안은 두 사람은 다정하게 VIP 룸을 나갔다.

에필로그

# 01. 한가로운 오후

많은 일들이 스치듯 빠르게 지나갔다. 지훈은 부회장으로 취임을 했고, 영우는 우는소리를 하면서도 든든한 모습으로 세진화학의 사장이 되었다. 이후 세진그룹은 세진화학을 그룹에서 분리하기 위해 본격적인 작업에 착수했고, 그도 덩달아 바빠졌다. 해외유학으로 휴학처리되었던 선영의 학교 문제는 쉽게 해결이 되었다. 선영은 자퇴했으면 1학년을 한 번 더 다닐 뻔했다고 가슴을 쓸어내렸다. 그리고 지금은 겨울방학 중이다.

희영에게도 몇 가지 일이 있었다. 이미 부부인 두 사람이 결혼식을 올린다는 것이 모르는 사람들에게는 새삼스러운 일이라 아쉽지만 결혼식은 생략했고, 대신 결혼사진을 다시 찍었다. 임신한 그녀의 배가 나오기 전에 빨리 찍어야 한다며 서두르는 통에 귀국

후 제일 먼저 한 일이 결혼사진을 찍는 것이었다. 들러리로 영우와 선영이도 합세했다. 그 둘은 이상하게 짝짝꿍이 잘 맞았다.

신혼여행은 결혼 1주년 여행으로 가자는 말로 그를 겨우 설득했다. 순순히 동의하지는 않았지만 결혼기념일이 얼마나 모호한 날짜인지 뒤늦게 깨달은 그는 불만을 터뜨렸다. 결국 두 사람은 선영이 잠든 밤에 열띤 토론을 벌이기까지 했다.

"계약서 작성한 날로 할까요?"

"말이 되는 소리를 해. 그놈의 계약서 소리 한 번만 더 해봐."

그가 인상을 찌푸리며 화를 냈다.

"뭐예요. 계약서는 지훈 씨가 먼저 쓰자고 한 거였잖아요."

"누가 뭐랬어? 내가 지금까지 작성한 계약서 중에 가장 저질스럽고 최악의 계약이었어."

그는 처음 그녀가 했던 말을 심각한 목소리로 그대로 따라 했다. 희영은 저도 모르게 피식 웃음을 흘렸다.

"그럼 어떻게 해요? 혼인신고 한 날로 할까요?"

"혼인신고는 이런저런 이유들로 일찍 하기도 하고 늦게 하기도 하는데 그걸로 결혼기념일을 삼을 순 없지."

"어휴, 그냥 결혼사진 찍던 날로 해요."

희영은 졸음이 쏟아져 이런 실랑이 같지 않은 실랑이는 빨리 끝내고 싶었다. 음식을 못 먹을 정도의 입덧은 없었지만 시도 때도 없이 쏟아지는 졸음 때문에 그녀는 언제나 노곤했다.

"그러니까 결혼식을 하자니까?"

"아아아. 진짜 정말 이럴 거예요? 사람들이 욕해요. 무슨 결혼식을 두 번씩이나 하냐고."

"우리가 언제 결혼식을 했는데?"

희영은 지쳤다는 얼굴로 끝내 침대에 누워 버렸다.

"안 했죠. 우리는 결혼식을 올린 적이 없어요. 하지만 사람들은 우리가 8개월 전에 결혼식을 올린 줄 안다고요."

"비밀리에 한 결혼인데 결혼식을 나중에 하든 무슨 상관이야?"

"잊었어요?"

그가 옆에 누우며 모르겠다는 표정으로 그녀를 바라보았다.

"박지훈이라는 베스트셀러 작가가 쓴 소설 잊었냐고요."

"젠장."

생각을 더듬던 그가 고개를 푹 숙이며 험한 소리를 내뱉었다.

첫 보도자료가 떠올랐다. 구체적인 이야기들이 있어야 제대로 믿지 않을까 싶어서 결혼식은 언제 어디서 치렀는지까지 정확하게 적었다. 그래 놓고 이제 와서 무슨 핑계를 대며 결혼식을 다시 올릴 수 있단 말인가. 6개월 후의 미래가 이렇게 바뀔지는 전혀 몰랐기에 벌어진 일이었지만 두고두고 평생에 한처럼 남을 일이었다.

"아무리 그래도 당신, 결혼식에 대해 너무 감흥 없는 거 아니야?"

"음?"

희영이 눈을 동그랗게 뜨고 그를 쳐다보았다. 그 역시 '왜?'라는 표정으로 그녀를 멀뚱멀뚱 바라보았다.

"당신이라고 하지 말아요."

"뭐?"

"난 아직 사모님이라는 말에도 적응이 안 된단 말이에요. 대학교 졸업도 안 했는데 늦봄이면 출산을 한다는 것도 실감이 안 되고…… 다 이상해요."

희영이 침울한 표정으로 아랫입술을 쑥 내밀었다.

"그 나이에 이혼녀 되는 건 괜찮았고?"

"그때는 일이라고 생각했으니까 아무렇지도 않았는데 이제는 현실이 되었잖아요. 난 세진그룹 박지훈 부회장의 부인이고, 곧 아이를 낳아요. 사람들은 날 모두 사모님이라고 부르고, 몇 년 후에는 누구누구 어머니라고 부를 거란 말이에요. 그런데 아저씨까지 날 당신이라고 부르니까 내가 벌써 딴사람이 된 것 같아요."

칭얼거리는 어린아이처럼 그녀가 그의 품을 파고들었다. 입가에 웃음을 가득 담은 지훈이 그녀의 작은 몸을 조심스럽게 끌어안았다. 부쩍 배가 많이 나와 안고 있는 것도 여간 신경 쓰이는 일이 아니었다.

"그래도 어쩌겠어. 사모님, 소리는 적응을 해야지. 대신 내가 둘이 있을 때는 이름으로 부를게. '희영아.' 이렇게."

그래도 희영은 품에 묻은 얼굴을 들지 않았다.

"결혼식 문제를 이런 식으로 얼렁뚱땅 넘어가려고 하지 마."

그가 짓궂은 목소리로 귀에 대고 속삭였다. 희영이 간지러움에 짧게 비명 소리를 내며 고개를 들었다. 웃음이 가득한 얼굴이 붉게 물들어 있었다.

"내가 뭘 얼렁뚱땅 넘어갔다고 그래요?"

"결혼기념일 여행에 속아 넘어갈 것이 아니라 친구들이라도 불러놓고 결혼식을 했어야 했어."

그가 분하다는 듯 중얼거렸다.

"나중에 우리 아이가 날짜까지 따지며 자기는 속도위반 딱지냐고 물으면 뭐라고 할래요?"

"뭐어?"

그녀의 말이 어찌나 기가 막히는지 헛웃음이 터져 나왔다. 지훈은 끝내 두 손 두 발 들고 말았다. 불만 가득한 표정의 그가 체념한 목소리로 말했다.

"알았어. 그럼, 혼인신고 한 날을 결혼기념일로 해."

"이렇게 쉽게 끝날 거를, 어쩜 그렇게 고집이 세신지."

희영은 밉지 않게 눈을 흘기며 입술을 삐죽거렸다.

"결혼식을 못한 게 아쉬워서 그러지, 아쉬워서."

"꺄악!"

그가 여기저기 깨물어대는 통에 희영은 비명을 질렀다. 이가 아닌 입술로 깨물기 때문에 아프지는 않았지만 간지러워서 숨이 꼴깍꼴깍 넘어갈 것 같았다. 아무리 밀어내도 그는 공격을 늦추지 않았고 너무 웃었더니 등이 당기기 시작했다.

"아앙! 그만해요. 허리 아파요, 허리."

배를 감싼 희영이 눈꼬리에 눈물을 매달며 사정을 하고서야 그의 공격이 멈추었다. 웃음이 가시지 않은 두 사람은 가쁜 숨을 몰아쉬며 서로를 한참 동안 바라보았다.

"미친놈 취급 안 하고 결혼해 줘서 고마워."

그윽한 표정의 그가 부드러운 목소리로 말했다. 희영은 해사하게 웃으며 고개를 저었다.

"나야말로 결혼하겠다고 한 계기가 불손했는걸요. 그래도 고마워요. 결혼하자고 해줘서."

"사랑해."

"나도 사랑해요."

두 사람은 서로를 꼭 껴안고 달콤한 키스를 나누었다.

다음날 희영은 정오가 다 되어서야 잠자리에서 일어났다. 한동안 휴일에 제대로 쉬지도 못했던 지훈이 오랜만에 쉬는 날이기도 했다. 부스스한 얼굴로 자리에서 일어난 희영은 달아나지 않는 잠을 쫓아내기 위해 차가운 물로 세수를 하고 침실을 나섰다.

어쩐 일로 허기가 느껴져 우유라도 먹을 생각을 하며 주방으로 향하던 희영은 시끌벅적한 소리에 고개를 돌렸다. 서재였다. 뭐가 그렇게 터지는지 펑펑 소리와 쉭쉭 소리가 정신 사납게 들리고 선영의 짧은 비명 소리가 띄엄띄엄 흘러나왔다. 서재의 문을 열자마자 지훈에게 쏟아지는 선영의 핀잔이 들렸다.

"형부는 어렸을 때 이런 것 하나 안 하고 뭐 했대요?"

"나야 열심히 공부했지. 으아!"

이번엔 지훈까지 소리를 지르며 죽어라 클릭을 하고 있었다.

"거기 뒤! 형부! 빨리요!"

"어디! 으아!"

어린아이마냥 두 사람이 질러대는 비명 소리에 희영은 고개를 절레절레 흔들었다. 서른네 살과 열여덟 살의 만남. 아주 절묘한 커플이었다.

주방으로 들어간 희영은 잔뜩 쌓여 있는 설거지를 보고 인상을 찌푸렸다. 지금껏 설거지가 쌓여 있는 걸 한 번도 본 적이 없는데 이건 누구 짓일까. 두 사람의 고함 소리가 희미하게 들려왔다.

'둘 중 하나겠지 뭐. 쯧.'

싱크대의 물을 틀고 스펀지에 세제를 묻혀 그릇을 닦기 시작했다. 허기 채우려고 나왔다가 설거지라니. 따질 기운도 없어 희영은 멍한 얼굴로 설거지를 계속했다.

"언제 나왔어?"

드디어 게임을 끝낸 건지 주방으로 들어온 그가 그릇에 손을 댔다. 희영은 슬쩍 그를 밀어냈다.

"헹구기만 하면 되니까 괜히 손대지 마요."

"됐어. 내가 할게."

"나야말로 됐어요. 지훈 씨가 할 거면 진작 좀 해놓던가. 이게 뭐예요? 잔뜩 쌓아놓고."

심술이 난 희영이 툴툴거리고 있는데 이번엔 선영이 주방으로 들어왔다.

"어? 형부가 해야 하는데?"

"뭐?"

"그냥 둬. 형부가 할 거야."

희영의 손을 씻긴 선영이 언니의 허리를 잡아 돌려세우고 거실로 데리고 나갔다.

"나랑 형부랑 내기했어. 게임에서 진 사람이 설거지하기로."

"아……."

거실 소파에 희영을 앉힌 선영이 씩 웃더니 몸을 일으켜 다시 주방으로 총총히 들어갔다. 지훈은 남은 설거지를 하고 선영은 냉장고에서 무언가를 꺼내 냄비에 붓고 가스레인지에 불을 붙여 올려놓았다. 뭐가 그리 재미있는지 서로를 쳐다보며 깔깔거리고 웃고 있는 두 사람이 보기 좋았다. 한참의 시간이 지난 후 선영이 죽 그릇을 들고 거실로 나왔다.

"어제 아주머니가 만들어놓고 가셨어. 그중 반은 내가 먹어버렸지만."

선영이 민망한 웃음을 보였다.

"자! 난 이제 올라갈래. 형부랑 싸우지 말고 잘 놀아."

"장난한다."

언니의 핀잔에도 굴하지 않는 선영은 혀를 내밀며 메롱거리더니 2층으로 도망을 가버렸다. 뜨거운 죽을 한 수저 떠서 호호 불어 입에 넣었는데 지훈이 주방에서 물을 들고 나왔다. 옆에 앉은 그가 죽 그릇을 제 무릎에 올렸다.

"응? 왜요?"

"내가 먹여주려고."

선영이 보았으면 일주일짜리 놀림감이었다.

"으음. 됐어요. 그냥 줘요."

"싫어."

그가 정색을 했다. 희영은 못 이기는 척 숟가락을 그에게 주었다. 죽을 한 수저 뜬 그는 호호 불어 열기를 식혔다. 희영은 잠자코 그가 내미는 죽을 맛있게 먹었다. 한참을 말없이 죽을 먹여주던 그가 말했다.

"처제가 자기 생일날 친구들을 집에 초대하고 싶다고 하던데."

입안 가득 죽을 담은 희영이 인상을 찡그렸다.

안 그래도 며칠 전부터 친구들을 초대하고 싶다며 징징거렸었다. 패밀리 레스토랑에서 생일 파티를 열어주겠다고 했지만 계속 집에서 하고 싶다고 졸랐다. 생일이라고 친구들을 집에 초대해 본 적이 없었다. 계속 고아원에서 지냈고, 독립을 한 후에도 사정이 좋지 못해 친구들과 식사할 수 있는 기회를 마련해 주지 못했다. 그때는 유치원생들이나 집에서 생일 파티하는 거라며 허세를 부리더니 이래저래 친구들에게 자랑하고 싶은 것이 많이 생긴 모양이었다.

"생일 파티는 이벤트 회사에 맡기면 되니까 친구들 초대하라고 해."

"누가 귀찮아서 그러나요. 괜히 이상한 소리 나올까 봐 그러지."

"많이 안 부른대. 정말 친한 친구 다섯 명만 부를 거래."

"휴우. 알았어요."

얼마나 친구들을 부르고 싶었으면 형부에게까지 부탁을 하나 싶어 희영은 선영의 소원을 들어주기로 했다.

"그런데 아까 무슨 게임을 그렇게 열심히 했어요?"

"어휴, 말도 마. 클릭을 하도 했더니 손목이 아파."

그가 손목을 빙빙 돌렸다.

"농장 키우는 게임인데 농작물 심고 물 주고 거두고 농약도 뿌리고……. 정말 웃긴 건 뭔 줄 알아? 그걸 정해진 시간 안에 다 해야 하는 거야. 심지어 도둑놈들도 있어. 그놈들까지 잡으려면 하아……. 정말 숨넘어가는 줄 알았어."

천장을 올려다보는 그의 목소리에 피로감이 가득했다.

"가족이 생기니까 선영이가 좋은가 봐요."

"그렇지?"

그가 싱긋 웃으며 기운을 차렸다.

"나도 좋아. 행복하고."

눈을 내리깐 그가 죽을 한 수저 펐다. 그리고 입으로 호호 불었다.

"나도 좋아요. 행복하고."

쪽!

그가 기습 뽀뽀를 했다. 그리고 그는 태연한 얼굴로 수저를 내밀었다. 어이가 없어서 피식 웃음을 보인 희영이 손을 뻗어 그의 얼굴을 꽉 잡고 제 쪽으로 끌어당겼다.

"어어."

무릎엔 죽을 올려놓고 손에는 수저를 든 그가 어정쩡한 자세로 끌려왔다. 희영은 사악한 미소를 지으며 그의 입에 베이비키스로 폭격을 가했다.

"잠—"

쪽, 쪽, 쪽.

선영은 말릴 새도 없이 이어지는 형부를 향한 언니의 무차별 키스 세례를 2층에서 바라보며 고개를 설레설레 저었다. 그리고 질렸다는 듯 어깨를 떨었다.

에필로그

## 02. 특별한 오후

“아니야, 언니. 그건 별로야.”

화장대 의자에 앉은 선영이 심각한 얼굴로 고개를 저었다.

“그럼 도대체 뭘 입으라는 거야?”

희영이 끝내 울상을 지었다. 토요일인 오늘은 지훈과 추모공원에 가기로 한 날이었다. 회사에 급한 일이 있다며 출근을 한 그는 추모공원에서 만나자며 그녀를 선영에게 부탁했다. 열여덟 동생에게 맡겨진 스물넷의 언니라니. 어이가 없는 일이었지만 두 사람이 즐거워하니 희영도 거기에 맞춰주기로 했다. 그러나 선영의 잔소리가 너무 심했다. 아무리 저녁에 친목 모임이 예정되어 있어도 추모공원을 가는데 자꾸 화려한 원피스를 입으라고 강요했다.

“이거 예쁘잖아. 이거 입어.”

벌떡 일어난 선영이 고른 옷은 하얀 원피스였다. 내일모레면 꽃이 핀다지만 아직은 찬바람이 부는 겨울인데 하얀 원피스라니. 희영은 고개를 저었다.

"그냥 이거 입을래."

희영이 고집스럽게 브라운 톤의 투피스를 꺼내 들었다.

"고지식하기는! 태교를 해야 하는 엄마가 이런 칙칙한 색상의 옷을 입다니! 엄마 아빠도 언니가 이런 옷을 입고 오는 건 원하지 않을 거야. 예쁘게 하고 가. 봄처럼 화사하게."

선영이 큰 원을 그리며 반짝반짝 손짓을 했다.

"그리고 형부 친구들과 처음 만나는 자린데 예쁘게 보여야지. 걱정하는 배도 안 나와 보이고, 색상이 하얘서 그렇지 디자인은 단순해서 요란해 보이지도 않아."

"아무리 그래도 이건 좀……."

"추모공원에서는 이걸 입고 있으면 돼."

선영이 옷장에서 꺼낸 건 검은색 외투였다.

"실내라 덥겠지만 언니가 영 마음에 걸리면 외투 안 벗고 있으면 되잖아. 예쁘게 하고 가자. 응?"

선영이 이제는 애처로운 얼굴로 설득했다. 희영은 하는 수 없이 선영이 고른 원피스로 갈아입고 검은색 외투를 걸쳤다.

"이제 가자."

준비를 모두 마치고 가방을 챙겨 들자 선영도 커다란 쇼핑백을 챙겨들고 신나는 목소리로 말했다. 두 사람을 데리러 온 사람은 영우였다. 추모공원에서 선영이를 집에 데려다 줄 사람이 필요했는데 그걸 영우가 해주겠다고 했다. 지훈의 어머니를 만나고 싶다고 해서 겸사겸사 부탁을 했다.

지훈과 영우 두 사람을 보고 있으면 고등학교 때 어떤 모습이었을지 상상이 되었다. 영우를 싫어하지는 않았지만 지훈은 그를 귀찮아하는 것 같았고, 영우는 상대방 의견 따위 필요 없다는 듯 지훈을 친근하게 대했다. 그래서인지 영우는 자기가 지훈의 친형제라도 되는 것처럼 굴었다.

"아저씨는 토요일인데 데이트도 안 해요?"

뒷좌석에 올라탄 선영이 운전석에 기대며 맹랑하게 물었다. 선영이 너무 버릇없이 행동하는 것 같아 희영이 주의를 주었지만 영우는 괜찮다고 허허 웃음을 보였다.

"그런데 아가씨, 내가 사실은 아가씨 형부보다 한 살이 어려요."

"그래서 뭘 어쩌라고요?"

당돌한 대꾸에 희영이 눈을 휘둥그레 떴다.

"아니, 뭐……. 아저씨라는 소리는 듣기 싫다, 그거지."

헛기침을 한번 한 영우가 차를 출발시켰다.

"띠가 한 바퀴를 훌쩍 돌았는데 그럼 아저씨라고 부르지 뭐라고 불러요?"

"예, 예. 알겠습니다."

괜히 말 꺼냈다가 본전도 못 찾았다.

"영우 씨 선봤다는 얘기 들었는데, 어떻게 됐어요?"

"어? 그걸 어떻게 알았어요? 기업 비밀인데……."

영우가 능청을 떨었다.

"영우 씨는 연애 한번도 안 했어요?"

"했어도 안 했다고 해야 하는 거예요. 우리 같은 사람들은……."

"불쌍하다."

뒤에서 불쑥 선영이 끼어들었다. 희영이 주의를 주듯 선영의 이름을 불렀다. 선영이는 모르는 척 창밖을 내다보았다.

"선영이가 버릇이 좀 없죠? 죄송해요."

희영이 작은 목소리로 사과를 했다. 영우는 괜찮다며 기분 좋게 웃어넘겼다.

"만나던 사람은 있었죠?"

"후후. 그렇죠 뭐."

영우의 목소리에서 체념 섞인 그리움이 묻어났다.

"아직도 못 잊나 봐요?"

희영이 넌지시 물었다.

"그래서 그런지 선보라는 말이 참 부담되네요. 만나는 사람에게 미안하기도 하고요. 시간이 조금 더 필요한 것 같은데 고모도 모자라서 지훈이 자식까지 자꾸 결혼하라고 등을 떠밀어요. 지가 언제부터 그렇게 결혼에 긍정적이었다고."

영우는 투덜거리면서도 얼굴에 웃음이 가득했다.

"싫지 않으면 몇 번 더 만나봐요. 지훈 씨 얘기 들어보니까 아가씨 인품이 좋다고 하더라고요."

"제수씨."

"네?"

"혹시 지훈이한테 부탁받았어요? 결혼 압박 넣으라고?"

영우의 진지한 반응에 희영이 피식 웃음을 흘렸다.

"설마요."

"그럼 혹시 내가 집에 놀러 가는 게 귀찮아서 그럽니까? 연애를 해도 결혼을 해도 집에는 자주 놀러 갈 겁니다."

"어휴. 그런 거 아니라니까요. 영우 씨 좋은 사람인데 혼자 있는 게 보기 딱해서 그래요."

"심각하게 의심스럽습니다."

영우의 목소리가 진지해졌다.

"뭐가요?"

"제수씨 나이가 진정 스물넷이 맞는지 말입니다. 내가 아는 스물넷 아가씨들은 그런 말 잘 안 하거든요."

희영이 웃음을 터뜨리며 그의 팔을 몇 번 두드렸다.

"뭐예요? 나더러 애늙은이 같다는 말하고 싶은 거예요? 지훈 씨한테 확 일러 버릴 거예요."

"어허! 누구 죽는 꼴 보고 싶습니까?"

영우가 기겁을 했다. 영우의 엄살과 희영의 설득이 오가는 동안 차는 어느 한적한 교회 앞에 멈추었다.

"자, 도착했습니다."

"여긴 어디예요?"

"볼일이 좀 있어서요. 잠깐 들어갔다 가요."

영우가 태연하게 말했다. 선영은 벌써 차에서 내렸다. 조금 이상하기는 했지만 희영도 차에서 내려 교회로 들어가는 두 사람을 따라갔다. 아담한 크기의 교회는 내부가 아늑하게 꾸며져 있었다. 한 남자가 강대상 앞에 서 있었다.

"지훈 씨?"

그라는 걸 알아채고 희영이 놀란 목소리로 그를 불렀다. 그가 웃으며 손을 흔들었다. 뜬금없이 교회라니. 희영은 이 일이 다 뭔가 싶었다.

"언니, 이거 벗자."

선영이 그에게로 가려는 희영을 붙잡고 외투의 단추를 풀었다.

"어? 왜?"

희영은 어리둥절했다. 엄숙한 곳에서 소란도 피울 수 없어 외투를 반강제적으로 벗어야 했다. 선영이 이번에는 아까부터 들고 있던 쇼핑백에서 작은 부케를 꺼냈다.

"이게 뭐야?"

"뭐긴 뭐야. 부케지."

"하아……."

놀란 희영의 입에서 감격에 겨운 한숨이 흘러나왔다. 선영은 희영의 왼쪽 약지에서 반지를 뺐다. 그러나 희영은 정신이 없어 반지를 빼는지도 몰랐다.

"으음. 면사포도 써야 하는데."

희영의 머리카락을 정리하는 선영이 불만 섞인 목소리로 투덜거렸다.

"빨리 오세요. 신랑 목 떨어집니다."

언제 갔는지 영우가 강대상에서 두 사람을 불렀다. 희영은 선영의 손을 잡고 덜덜 떨리는 걸음을 옮겨 그가 기다리고 있는 강대상 앞까지 갔다.

"신랑 신부 서로 인사하세요."

영우가 근엄한 목소리로 사회자를 자청했다. 지훈과 희영이 서로에게 인사를 했다. 인사가 끝나자 선영이 쇼핑백에서 예쁜 리본으로 장식된 파일을 꺼내 두 사람에게 내밀었다. '혼인선언문' 이라는 글자를 본 희영이 눈물을 터뜨렸다.

"안 돼, 안 돼. 벌써 울면 안 돼."

놀란 선영이 부랴부랴 손수건을 꺼내 언니의 눈물을 닦아냈다.

"신랑, 혼인서약 하세요."

지훈이 쑥스러운 표정을 짓더니 목을 한번 가다듬고 차분한 목소리로 선언문을 읽어 내려갔다.

"나 박지훈은 사랑하는 당신을 내 아내로 맞아 평생을 함께할 것을 하늘에 맹세합니다. 당신과 함께할 기쁨과 행복을 소망하며 당신을 변함없이 사랑하겠습니다. 행복하고 사랑이 넘치는 가정을 이루기 위해 남편으로서의 책임과 의무를 다하겠습니다. 어렵고 힘든 순간이 오면 당신과 사랑으로 협력하여 함께 이겨내겠습니다. 어떠한 일에도 아내와 가정을 최우선으로 하며 평생 당신의 든든한 버팀목이 될 것을 엄숙히 서약합니다."

선언문 낭독이 끝난 그가 뿌듯한 얼굴로 그녀를 바라보았다. 이번에는 그녀의 순서였다. 그러나 울음이 멈추지 않는 그녀는 선언문을 낭독하는 것이 쉽지 않았다. 한참 숨을 고른 그녀가 떨리는 목소리로 선언문을 읽어 내려갔다.

“나 김희영은 사랑하는 당신을 남편으로 맞아 평생을 함께할 것을 하늘에 맹세합니다.”

말을 잇지 못하고 몇 번이나 입술을 달싹거리던 그녀가 고개를 들고 그를 바라보았다. 그리고 떨리는 목소리로 말했다. 그것은 선영이 준비한 혼인서약서가 아니었다.

“어떠한 일에도 당신의 편에서 당신만을 응원하겠습니다. 언제나 당신의 편안한 휴식처가 되도록 아내로서의 책임과 의무를 다할 것을 엄숙히 서약합니다.”

짧지만 그녀가 그에게 꼭 하고 싶은 말들이었다.

두 사람의 서약을 지켜보며 눈시울을 붉히던 선영이 바쁘게 선언문을 거두었다. 이어 영우가 근엄한 목소리로 다음 순서를 진행했다.

“이어서 언약의 증표를 교환하겠습니다.”

그러더니 재빨리 안주머니에서 벨벳 케이스를 꺼냈다. 뚜껑을 열고 신부 반지를 지훈에게 건넸다. 그건 그녀가 사라지기 전에 구입했던 반지였다. 그 반지가 이제야 그녀의 손에 끼워지는 순간이었다. 진중한 표정의 지훈이 그녀의 손가락에 반지를 끼웠고, 선영에게 반지를 전해 받은 희영이 그의 손가락에 반지를 끼웠다.

지훈이 훌쩍이는 그녀의 얼굴을 양손으로 부드럽게 감쌌다. 그리고 살며시 그녀의 입술에 입을 맞추었다.

“어이, 이보세요. 난 아직 키스하라고 안 했어요.”

영우가 짓궂은 목소리로 툴툴거리고 선영은 부르르 몸을 떨었다. 키스가 끝난 두 사람이 서로를 꼭 끌어안았다.

“사랑해.”

“사랑해요.”

선영과 영우가 힘차게 박수를 치는 것으로 두 사람의 결혼식은 마무리가 되었다. 이번 결혼식의 내막은 이랬다. 희영이 아무리 반대해도 지훈은 결혼식을 꼭 치르고 싶었다. 그 문제로 한참 고민하던 그가 선영에게 도움을 청했고, 주례 없는 결혼식에 대한 정보를 얻게 되었다. 선영은 언니에게 미리 말하자고 했지만 지훈은 그랬다가는 평생 결혼식울 할 수 없을 거라면서 비밀리에 해야 한다고 주장했다.

그래서 비밀스럽게 적당한 날을 정하고 영우를 조력자로 끌어들였다. 신랑의 혼인서약문은 그가 직접 작성을 했고, 부케와 예쁘게 꾸민 혼인서약서는 모두 선영이 직접 준비한 것들이었다. 나중에 두 사람이 치른 결혼식에 대한 이야기를 전해 들은 민우는 자기만 빠졌다며 꽤 오랫동안 삐쳐 있었다.

## 에필로그

### 03. 만남

여름이 문턱을 넘기 전, 우렁찬 울음소리와 함께 건강한 아들이 태어났다. 분만실 앞을 초조하게 서성이던 선주는 그제야 안심이 된 듯 긴 한숨을 흘리며 복도 의자에 몸을 맡겼다.

"어머니, 같이 들어가실래요?"

탯줄을 자르기 위해 분만실로 들어가려던 지훈이 선주에게 물었다. 선주는 얼굴이 하얗게 질려서는 필요 없다고 손을 저었다.

"희영이가 어머니도 들어오셨으면 좋겠다고 했거든요."

"누구 뒤로 넘어가는 꼴 보고 싶어서 그래? 됐다고 해."

선주는 끝내 그의 권유를 뿌리쳤다. 그는 하는 수 없이 혼자 분만실로 들어갔다. 답답한 공기가 가득한 곳에 땀을 흠뻑 흘린 희영이 그를 보며 웃고 있었다. 아이는 엄마의 가슴에 엎드려서 손

발을 바동거리고 있었다. 진통 시간이 꽤 길었지만 그녀는 자연분만으로 건강한 아이를 낳았다.

"어머님은요?"

역시나 희영은 선주를 먼저 찾았다. 그는 축축해진 그녀의 이마에 길게 입맞춤을 했다.

"우선 탯줄부터 자르자. 우리 아들 빨리 목욕해야지."

기다렸다는 듯 의사가 그에게 가위를 건네주고 어디를 잘라야 하는지 자세하게 알려주었다. 생각보다 잘 잘리지 않아 애를 먹었지만 탯줄 자르기는 무사히 끝낼 수 있었다. 그는 이따가 보자는 말과 함께 키스를 하고 분만실을 나갔다. 복도에는 선주가 아직도 멍한 얼굴로 앉아 있었다.

오늘 희영은 선주와 미술관에 갔었다. 선주는 따라오지 말라고 했으나 희영이 고집을 부리며 기어이 따라갔다가 그곳에서 진통이 시작되어 부랴부랴 병원으로 오게 되었다. 나오려면 아직 멀었다고 호기를 부리더니 사람들 혼을 쏙 빼놓았던 것이다.

한 달 전에도 희영은 사랑나무 모임에 갔다가 넘어진 적이 있었다. 어디 부딪친 것도 아닌데 혼자 철푸덕 주저앉았다. 그 일로 모임이 발칵 뒤집혔다. 그녀는 괜찮다고 하는데도 119를 불러라 기사를 불러라 한바탕 난리가 났었는데, 스피드를 사랑하는 진주가 제 차로 쏜살같이 달려 그녀를 병원으로 데려갔다. 덕분에 진주는 교통법규위반 벌금통지서를 두 개나 받았다. 다행히 큰 탈은 없었지만 식구들의 간담을 서늘하게 만든 벌로 꽤 오랫동안 잔소리와 감시를 받아야 했다.

그런데 오늘 또! 말 안 듣고 기어이 미술관에 따라갔다가 병원에 실려 왔으니 선주의 혼은 빠지고도 남을 일이었다. 지훈의 인기척을 느낀 선주가 지친 얼굴로 고개를 들었다.

"젤리곰은 멀쩡하니?"

선주는 지금까지 아이를 태명처럼 젤리곰이라고 불렀다.

"네. 열 손가락, 발가락 다 붙어 있고 눈코입도 다 제자리에 붙어 있어요."

"휴우. 내가 진짜 네 와이프 때문에 10년은 늙은 것 같아."

선주가 기운 빠진 얼굴로 의자 등받이에 엎드리듯 기댔다.

어머니가 어찌나 긴장하고 초조해하는지 지훈은 막상 걱정하는 티도 낼 수 없었다. 자기까지 불안해하면 어머니가 쓰러져 버릴 것 같았기 때문이다. 희영이 무탈하게 순산했기에 망정이지 까딱했다가는 오히려 어머니가 입원하는 사태가 올 뻔했다.

"어머니, 병실로 가시죠."

"아니야. 난 집에 가서 좀 쉬어야겠어."

"손주 안 보실 거예요?"

"그 짧은 다리로 젤리곰이 어디 멀리 갈 것도 아니고, 난 내일 와서 봐야겠다."

선주가 끙, 소리를 내며 자리에서 힘들게 일어났다. 한 번 더 붙잡아보았지만 선주는 끝내 집으로 돌아갔고, 지훈 혼자 희영이 사용할 입원실로 갔다. 얼마 후 회복실에서 녹초가 된 희영이 올라왔다.

"어머니는 가셨나 봐요?"

"응."

"웅. 서운하네요."

"오늘 너무 놀라서 기운이 없으시대. 내일 오신다고 했어."

오늘 있었던 일을 떠올린 희영은 머쓱한 표정으로 웃음을 보였다. 지난번처럼 넘어지거나 그런 것이 아니라 때가 되어 자연스럽게 진통이 온 것인데 여러 사람을 놀라게 만든 것 같아 미안한 마음이 생겼다. 더욱이 어머니는 미술관에 오지 말라고 극구 말렸으니 많이 당황했을 것이다. 병원으로 향하는 차 안에서 당장이라도 울 것 같던 어머니의 얼굴이 떠올랐다.

"어머니 많이 놀라셨죠?"

"그걸 말이라고 해? 내일모레 한다는 사람이 그러게 왜 나가서 걱정하게 만들어."

그가 나무라도 희영은 할 말이 없었다.

"인터넷에 보니까 첫 아이는 예정일보다 조금 늦다고 하길래 나도 그럴 줄 알았죠. 우리 젤리곰이 이렇게 급하게 나올 줄 알았나요?"

시무룩하던 그녀는 아이 생각을 하며 활짝 웃었다. 그의 얼굴에도 행복함이 가득했다. 따끈한 온돌 위 이불에 누운 희영은 남편의 손을 꼭 잡았다. 그가 그녀의 머리카락을 부드럽게 쓸어 넘겼다.

"난 태몽이 꽃이라서 딸일 줄 알았어요."

"내 태몽이 더 강력했나 봐."

그가 히죽 웃었다.

일본에 있는 그녀를 데리러 가기 전날, 그는 새우꿈을 꾸었다. 커다란 새우가 힘차게 꿈틀거리는 꿈이었는데 그때는 무슨 꿈인 줄 몰랐다가 희영의 임신 소식을 듣고서야 태몽이라는 걸 알았다.

일본으로 향하는 비행기에서 꿈 이야기를 들은 영우는 복권을 사야겠으니 꿈을 팔라는 소리까지 했었다. 너에게 줄 꿈이 없다며 쌀쌀맞게 거절했는데 꿈을 팔았으면 큰일 날 뻔했다며 얼마나 가슴을 쓸어내렸는지 모른다.

"하긴 안 팔리고 살아남았으니 강력하긴 강력했네요."

희영이 진지한 얼굴로 고개를 끄덕이며 수긍했다. 지훈이 부스럭거리며 옆에 누워 그녀를 바라보았다. 긴 진통으로 핼쑥해진 얼굴이 그의 마음을 아프게 했다. 그래도 욕심이 생겼다.

"우리 딸도 낳자."

"훗. 뭐예요. 나 출산한 지 하루도 안 됐어요."

"우리 희영이처럼 따뜻하고 당찬 딸이었으면 좋겠어. 엄마 닮아서 우리 딸은 미인일 거야. 기껏 키워놨는데 이상한 놈 만날까 봐 걱정이긴 하지만 엄마 피를 제대로 받았다면 멀쩡한 남자 만날 거야. 제 엄마처럼."

"정말 뭐예요."

그의 말이 우스워 희영은 웃음을 터뜨렸다.

"도대체 그건 내 칭찬이에요, 당신 자랑이에요?"

"둘 다."

그녀가 까르르 웃었다. 그가 살포시 그녀를 품에 안았다. 산후조리용 병실이라 방 안이 후끈했지만 그녀를 놓고 싶은 생각은 없었다. 그가 그녀의 등을 다정하게 토닥거렸다.

"우리, 젤리곰 보러 가요."

"나중에. 그 녀석보다 내 여자가 더 중요해."

그의 품에서 그녀가 다시 키득거렸다. 그가 그녀의 턱을 조심스럽게 들어 올렸다. 지친 기색이 사라진 그녀의 눈동자가 행복으로 일렁였다. 그는 그녀의 입술에 짧게 입을 맞췄다.

"고생했어. 고마워."

"사랑해요."

"사랑해."

서로를 바라보는 눈동자에 사랑과 신뢰가 가득했다.

THE END

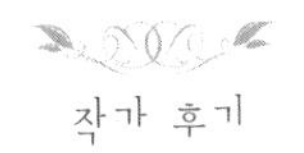

## 작가 후기

꽤 오랜 시간 제 손에 들려 있던 작품이었습니다. 여러 기록들을 뒤져 보니 지금의 도입부로 2011년 10월에 시작한 원고가 있더군요. 연재와 중단을 자주 반복한 탓에 똑같은 도입부만 여러 번 보신 분들도 계실 것 같아요. 그래도 고치고 바꾸고 다시 쓰면서 3편부터는 거의 새로 쓴거나 마찬가지랍니다.

부족한 점이 많은 작품임에도 오랜 시간 출간을 기다려 주시고, 연재할 때마다 응원해 주신 분들이 계셨기에 마무리를 할 수 있었던 것 같습니다. 진심으로 감사드립니다. 계약 후 일 년의 시간을 믿고 기다려 주신 예원북스 유경화 실장님께도 죄송하고 감사하다는 말씀 드리고 싶습니다.

2013년 봄에 출간을 하고 오래 쉬었습니다. 편하게 쉬었다면 좋을 텐데 슬럼프가 찾아와 힘들게 쉬었습니다. 슬럼프는 여전히 저와 동고동락하고 있지만 어디 저만 그렇겠습니까? (저만 그런가요? ^^;;) 떼어낼 수 없다면 지고 가는 방법을 터득해야 한다는 걸 이번에 조금 배운 것 같습니다. 극복해야 하는 문제들이 많지만 포기하지 않고 글쓰기에 전념할 생각입니다.

마지막으로, 이 작품을 세상에 내놓을 수 있는 용기를 허락해 주신 하나님께 모든 영광 드립니다. 멀리서 응원해 주시는 외삼촌과 외숙모께 감사드립니다. 책이 나올 때마다 뿌듯해하시는 부모님. 사랑합니다. 그리고 내 곁을 지켜주고 있는 그대들. 진심으로 고맙습니다.

언제나 최선을 다하는 모습 보여 드리겠습니다.

2014년을 맞이한 어느 날 밤에…….